KB075874

아무도
돌보지 않은

아무도
돌보지 않은

변지안 미스터리 스릴러

공주느
이엔T!

아무도
돌보지 않은

초판 3쇄 발행 2022년 2월 25일

지은이 변지안
펴낸이 배선아
디자인 엄인경
펴낸곳 (주)고즈넉이엔티

출판등록 2017년 3월 13일 제2021-000008호
주소 서울특별시 중구 청계천로 40, 1203호
대표전화 02-6269-8166 **팩스** 02-6166-9199
이메일 gozknockent@gozknock.com
홈페이지 www.gozknock.com
블로그 blog.naver.com/gozknock
페이스북 www.facebook.com/gozknock
인스타그램 www.instagram.com/gozknock

ⓒ 변지안, 2021
ISBN 979-11-6316-146-2   03810

내지이미지 Designed by dgim-studio / Freepik

잘못된 책은 구입하신 서점에서 교환해 드립니다.
이 책은 저작권법에 따라 보호받는 저작물이므로 무단 전재와 복제를 금합니다.
이 책의 전부 또는 일부 내용을 재사용하려면 사전에 저작권자와 본사의
서면 동의를 받아야 합니다.

사랑하는 나의 부모님에게

| 차례 |

잘 자라는 키스를 하고서

눈 폭풍이 매섭게 휘몰아치는

밖으로 나갈 생각을 하니 두렵지만

당신이 날 꼭 안아준다면

나는 집에 도착할 때까지 따뜻할 거예요.

바깥 날씨는 끔찍하지만

여기 장작불은 참으로 아늑하답니다.

우린 어차피 갈 곳이 없으니

이 눈이 그치지 않기를…

계속 내리기를…

계속, 계속….

「렛 잇 스노우(Let It Snow)」 중에서

면 접

"엄마는 어디 계시니?"

매번 같은 질문이다.

"먼저 주문하고 기다리랬어요. 딸기 밀크셰이크 주세요. 여기 돈이요."

거슬러 받은 돈에서 300원이 모자라다. 하지만 되묻지 않는다. 괜한 눈길을 더할 필요가 없다. 되도록 카드는 사용하지 않으려 노력한다. 평소와 같은 평균적인 카드 대금이 인출될 수 있도록 짜임새 있게 사용 중이다.

비교적 한가한 시간, 한가한 장소를 골라 찾은 카페에는 막 하교한 아이들과 엄마들로 북적인다.

역시 어른을 동반하지 않은 아이는 나 하나뿐인가.

입에 머리핀을 물고 딸아이의 흐트러진 머리칼을 한 갈래로 올곧

게 떴던 여자와 시선이 마주친다. 그녀의 눈빛이 소리 내며 묻는다.

'엄마는 어디 계시니?'

순간 나는 그녀의 귀에 바짝 다가가 마치 세상에 둘도 없는 비밀을 알리듯 속삭이고 싶어진다.

'엄마 따윈 없어요. 멋대로 죽어버려서. 아 참, 어찌 된 일인지 아빠란 사람도 같이요.'

착한 아이는 거짓말을 하지 않으니 그녀는 믿지 않을 것이다. 설사 정말이라고 해도.

앉을 자리를 둘러보다 너무 한가운데도 아니면서 지나치게 구석도 아닌 적당한 자리를 고른다. 그러나 배낭 두 개를 둘러맨 채 한 손으로는 유모차를, 다른 한 손으로는 겨우 뒤뚱거리기 시작한 사내아이의 팔을 잡은 노인에게 자리를 빼앗기고 만다. 노인의 모든 주름 사이로 '지쳐버림'이 먼지처럼 끼어 있다. 털썩, 자리에 앉자마자 단 1초의 여유도 없이 유모차 밖으로 아기의 칭얼거리는 소리가 터져 나온다.

노인의 굽은 등 위로 둥글고 거대한 바위가 흔들린다.

노인은 유모차 덮개를 열어 성별을 알 수 없는 아기를 끄집어내고 약간은 신경질적인 손짓으로 아기의 입에 공갈 젖꼭지를 물린다. 아기의 울음이 멈춘다.

그제야 노인의 등에서 '쿠르르, 쿠르르' 소리를 내며 흔들리던 바위가 때마침 열린 카페 문밖으로 굴러나간다.

우린 눈이 마주친다.

노인은 '엄마는 어디 계시고 너 혼자니'라고 묻지 않았고, 나 역시 '아이 엄마는 어디 가고 늙은 당신만 혼자 이렇게 지쳐가나요?'라고 묻지 않는다. 그저 서로의 지침을 들킨 것으로 충분하다. '이브' 이후 나는 지쳐가는 중이다.

이대로 얼마나 들통나지 않고 혼자 버틸 수 있을까.

때문에 반드시 오늘 그녀를 만나야 한다.

나는 청색 벨벳이 덧씌워진 낡은 소파로 향한다. 형체를 알 수 없는 오염 물질이 아스팔트 위 껌딱지처럼 검은 원을 그리며 들러붙어 있다. 맞은편 의자 역시 매한가지다. 테이블 위엔 동그란 고리 모양으로 물컵 자국이 둘러 있고 플라스틱 빨대의 비닐 포장이 쪽지 모양으로 접힌 채 놓여 있다.

음료 반납대에서 휴지 몇 장을 가져와 물기를 닦는다. 주변의 시선이 느껴진다. 어른을 동반하지 않은 고작 여섯 살 정도로 보이는 어린아이가(사실 나는 아홉 살이다) 어질러진 테이블을 닦고 너저분한 소파 위에 챙겨온 손수건을 펼쳐 앉는 건 퍽 어색한 풍경일 것이다. 그러므로 이 기특한 여자아이를 바라보는 시선들이 끊임없이 속삭인다.

'도대체 네 엄마는 어디 계신 거니.'

약속한 시각에서 십오 분이 지난다. 여자도, 딸기 밀크셰이크도 늦어진다. 늦지 말아 달라 여러 차례 당부했음에도 여자는 첫 만남부터 늦는다. 오 분이 더 지나면 일어나기로 마음먹는다. 메뉴가 준비되었음을 알리는 진동 벨이 울린다. 십오 분이나 걸린 딸기 밀크셰이크를 주며 직원은 이렇게 묻겠지. '엄마는 아직이시니?'

"엄마는 아직이시니?"

역시. 염려랍시고 내 쪽을 힐끔거리던 직원의 눈빛은 단체로 입장한 녹색어머니회 무리 때문에 거둬진다. 약속 시각에서 십팔 분이 지나고 있다. 나는 엄마보다 먼저 도착한 아이에서 어쩌면 혼자일지도 모르는 아이가 되어가고 있다.

이 시선들. 오랫동안 동정과 연민과 혐오가 뒤섞인 시선 속에 자라던 나에게 어느 겨울날 그들은 산타처럼 나타났다. 젊고 아름다운 그들 덕분에 나는 잠시 '보통 아이'가 될 수 있었다. 그건 정말이지 멋진 일이어서 당장 내일 아침이면 어른이 되어 있을 것만 같았다. 한동안 정말 그랬다.

하지만 유난히 따뜻하고 특별했던 '이브'에 그들은 나만 두고 멋대로 죽어버렸고 '보통 아이'로서의 삶은 끝나는 듯했다. 하지만 아직 기회는 있다. 내가 무사히 어른이 되기 위해선 십구 분째 늦어지는 이 여자가 꼭 필요하다.

만약 여자가 늦는 게 아니라 나올 생각이 없는 거라면? 이미 내 제안을 거절한 거라면? 아니다. 그랬다면 여자는 미리 알렸을 것이다. 게다가 며칠 전 근무하던 요양병원에서 전과 기록이 문제 되어 해고당한 여자는 지금 돈이 절실하다. 여자에게 내가 제안한 금액은 그녀의 사회적, 경제적 수준을 고려했을 때 월등한 것이었다. 그러니 나올 것이다. 늦어도 좋으니 꼭 나올 것이다.

이십이 분이 지났다. 여전히 자리를 지키고 앉은 나는 여자에게 늦은 것을 책망하지 않겠다는 뉘앙스를 고민해 문자를 보낸다.

(저는 도착했습니다.)

(들어가요!)

여자의 답은 원래 약속 시각이 이십이 분이었던 것처럼 무례하고 사소하다. 이어 카페 문이 열리고 모습을 드러낸 여자는 두리번거리지 않고 곧장 내 앞으로 걸어와 앉는다.

족히 굽 높이만 십 센티는 되어 보이는 검은 워커는 여자의 발목을 덮고 종아리에서 끝이 난다. 팬티 라인을 겨우 가린 형광 오렌지색의 핫팬츠와 색색의 물감을 마구잡이로 뒤섞어 놓은 요란한 점퍼. 싸구려 탈색한 핑크색이 뒤엉킨 단발머리와 염색한 지 꽤 지난 듯 솟아난 검은 머리칼. 너무나 예상했던 모습이라 금세 시시해진다.

하지만 그녀의 얼굴. 민 눈썹 아래로 길고 가늘게 찢어진 눈매, 그에 반해 유난히 검은 눈동자. 삐쩍 마른 몸에 비해 광대를 뒤덮은 살집 있는 볼. 한쪽 입꼬리가 고정된 듯 왼쪽으로 올라간 입매. 각기 다른 몸체들에서 모은 듯 제각각인 눈, 코, 입(오묘한 불협화음은 오히려 희한한 하모니를 만들어 내기 마련이다). 그녀는 나의 토모코를 닮았다.

***

작년 밸런타인데이, 일본 출장에서 새벽녘에 돌아온 아버지는 잠든 내 머리맡에 나리타공항 면세품 로고가 박힌 비닐 백을 두고 나갔다. 자기로 만든 인형이었다. 붉은 비단 위로 화려한 백분홍 벚꽃이 흐드러지게 수놓인 유카타를 걸치고 길고 풍성한 검은 머리칼이 발뒤꿈치까지 정갈하게 늘어뜨린 토모코의 발바닥 아래엔 'MADE IN CHINA' 스티커가 붙어 있었다.

토모코의 눈, 코, 입은 유난히 작고 짙은 데다 어쩐지 제각각인 느낌이었는데 나는 그것이 묘하게 마음에 들었다. 오로지 날 위해 준비된 선물을 처음 받아보았기에(아쉽게도 다시 없을 일이 되어버리고 말았지만) 흥분한 나는 그것이 장식용 인형인 줄도 모르고 함박눈이 펑펑 내려앉던 초봄 내내 얼음처럼 차고 딱딱한 토모코를 끌어안고 잠이 들었다. 그녀는 결코 따뜻해지는 법이 없었다. 한밤중에도 토모코의 차디찬 볼에 닿은 입술에 놀라 깨곤 했지만 그럴수록 나는 더욱더 토모코를 세게 끌어안았다. 마치 언젠가는 그녀가 틀림없이 따뜻해질 거라 믿은 듯이. 안타까운 일이었다.

***

약속 시각을 무려 이십이 분이나 넘기고도 여자는 그다지 서둘렀다든가, 미안해한다든가 하는 태도는 없어 보인다.

오히려 일찍 온 내가 지나친 입장이 되어버린 듯.

여전히 내 쪽을 힐끔거리는 직원과 다시 눈이 마주친다. 마치 '엄마라고 하지 않았어? 어쨌든 어른이 왔으니 안심이야'라는 듯 미소를 보낸다. 그래, 꼭 엄마일 필요는 없을 것이다. 그저 어른이 함께 있으면 되는 것이다.

"너구나?"

오늘 처음 본 여자는 어떻게 날 한눈에 알아봤을까.

여자는 내 이름을 알지 못하고 나는 여자의 이름을 안다.

"네."

"난 또 고등학생 정도는 될 줄 알았지. 대체 몇 살이니?"

"아홉 살이요."

"무슨 아홉 살 애 눈빛이 백 만년이야. 징그럽게."

나는 작정만 하면 아홉 살 아이의 눈빛과 열아홉 살 소녀의 눈빛을 연기할 수 있다. 보여줄 걸 그랬나. 그랬다면 속았을까. 아니 속아주기나 했을까.

"주문 안 하세요? 제가 살 건데요."

"됐어, 이미 세 잔이나 마셨어. 더 마시면 오줌통이 터져버릴 거야."

내가 알기론 여자에겐 차 석 잔을 같이 마실 가족이나 친구 따위는 없다. 여자는 내가 벗겨놓은 빨대 비닐 포장을 손가락을 다리미 삼아 쫙쫙 펼치더니 쪽지 모양으로 접기 시작한다. 문득 이 테이블 위에 둥근 컵 자국을 만들고 떠난 알 수 없는 누군가가 어쩌면 여자가 아닐까 하는 쓸데없는 상상을 한다. 쪽지로 접을 작정이지만 자꾸 미끄러지는 비닐. 쪽지 접기에 실패한 여자는 비닐껍데기를 던져버리고 점퍼 주머니 속에 두 손을 푹 찔러 담는다(저 요란한 점퍼의 양쪽 지퍼는 어째서 가슴 위치에 달린 걸까. 꼭 양손으로 젖가슴을 하나씩 움켜쥐고 있는 것 같다).

쪽지가 되지 못한 비닐이 원래의 모습으로 돌아가려는 듯 느리게 펼쳐진다. 다리를 꼰 여자가 날 낯선 물건 살피듯 꼼꼼히 본다. 과연 우리는 언제쯤 우리가 만난 목적을 이야기할까.

"누구 닮았는데. 그게 누구더라. 아… 옛날 영화였는데. 그 제목이 뭐더라. 아씨, 짜증 나, 요즘 자꾸 이래."

스스로 떠올리는 것은 무리라 판단한 여자는 휴대전화를 꺼내 검색을 시작한다. 한참 동안 여자의 긴 손톱이 휴대전화 자판 위를 도닥도닥 두드린다. 이윽고 원하던 걸 찾은 여자의 모인 미간이 활짝 펴진다.

"그래! 이거! 아담스 패밀리."

자랑이라도 하듯 다짜고짜 찾아낸 이미지를 내 코앞에 들이민다. 거대하고 음침한 고딕풍의 대저택을 배경으로 기괴하고 우중충한 검은 옷을 입은 어른과 아이들의 가족사진이 담긴 영화 포스터다.

무섭다기보다 어쩐지 익살맞고 유치한 분위기의 이들 무리 중 앞줄 맨 왼쪽에 있는 여자아이. 새까만 머리를 양 갈래로 땋아 내린 소녀는 희고 둥근 카라가 달린 검은 원피스를 입고 '빅 아이'를 연상시키는 커다란 눈동자로 모든 것이 못마땅하단 듯 노려본다.

"어때, 닮았지?"

"아니요, 모르겠어요."

"그래? 내가 보기엔 똑같은데?"

"전 이 아이처럼 눈이 크지 않아요."

나는 쌍꺼풀이 없는 내 눈을 가리킨다.

"뭐 분위기가 비슷하단 거지. 닮았다는 건 그런 거야."

나의 토모코와 여자는 분위기가 전혀 닮지 않았지만 나는 둘이 닮았다고 생각한다.

"세상에!"

휴대전화 화면을 보던 여자가 뭐에 놀랐는지 입을 쩍 하고 벌린다.

"아담스 패밀리 1편이랑 나랑 나이가 같아."

그해에 전 세계에 만들어진 영화가 수만 편은 될 것이다.

"1991년이요."

여자는 1991년 8월에 태어났다.

"맞아, 그때야. 넌 정말 나에 대해 모르는 게 없구나. 난 너에 대해 쥐뿔도 모르는데. 불공평하게시리."

사실 나는 여자가 알고 있는 것보다 여자에 관해 훨씬 많은 것을 알고 있다. 내가 알고 있는 것들을 여자도 알게 된다면 여자는 나를 측은해할까, 원망할까. 어떤 것을 '이미, 혼자 알고 있다'는 것은 외롭고 지치는 일이다. 아무것도 모르는 여자는 피할 게 없고 나는 도처에 깔렸다.

역시 나에겐 여자가 필요하다.

"부모님은 알고 계시니? 우리가 뭘 할 건지?"

나는 아직 여자와 일을 함께 할지 결정하지 않았다.

"관심 없으세요."

관심? 글쎄, 그들이 만약 살아있다면 나는 여자가 필요하지 않았을 테지. 그들이 살아있다면 나는 여자의 존재를 알지 못했겠지.

"하긴 날 낳은 여자도 그랬어. 자기가 새끼를 깠는지 어쨌는지도 가물가물 잊은 것처럼 살았거든."

"그런 부모가 있어요?"

"그런 부모도 있어. 의외로 많아. 요즘엔 특히."

이해할 수 없다. 어째서 요즘엔 특히 많아졌을까.

나는 몹시 궁금해져 곧장 묻고 만다.

"그런데 어떻게 어른이 되었어요?"

"어?"

"아무도 돌보지 않은 아이가 어떻게 어른이 되었냐고요."

나도 모르게 툭, 너무 아홉 살이다.

여자의 표정이 멈춘다. 조심해야 한다. 앞으로도 이런 식이면 곤란하다. 여자는 날 빤히 보다 웃음을 참을 수 없다는 듯 팡, 하고 터진다.

"아무도 돌보지 않는다고 해서 어른이 못 되진 않아."

여자의 말이 사실이라면, 나에게 이보다 더 큰 안심은 없다. 두 달 전 젊고 아름다운 나의 양부모들이 한꺼번에 죽어버렸지만, 그럼에도 불구하고 내가 어른이 될 수 있다는 말이다. 여자도 어른이 되었으니 나도 될 수 있을지 모른다.

두 달 동안 밤마다 내가 더는 자라지 못하게 침대 밑에서 매일 내 발목을 도끼로 서걱서걱 썰어대며 날 괴롭히던 수많은 내일의 괴물들이 여자의 말에 한순간에 사라진 것 같다. 나는 계속 자라 어른이 될 것이다. 다만 그때까지 그 누구에게도 나의 비밀을 들켜선 안 된다.

깔깔 웃던 여자가 작고 짙은 새까만 눈동자를 내 눈동자에 고정한다.

"진짜 아홉 살이 맞구나. 난 또 네가 뭐 천재 그딴 거여서 엄청난 줄 알았지."

이쯤에서 나는 이상하다 생각한다. 약 한 달 반 전 여자가 수감 중이던 교도소에 처음 편지를 보낸 시기부터 출소 이후까지 우리가 몇 번의 메시지와 메일을 주고받는 동안 여자와 난 서로에게 꽤 정중한 존칭을 사용했다. 게다가 난 곧 여자의 고용주가 될 예정이고 여자는 곧 나의 고용인이 될 처지다. 이 각각에 해당하는 태도에 대해 잘 알고 있기에 앞뒤 없이 짧아진 여자의 말투가 거슬리면서 동시에 자연스럽게 받아들인다. 왜냐하면, 현재 난 보호자를 동반하지 않은 고작해야 여섯 살 정도로 보이는 아홉 살짜리니까.

"딸기 밀크셰이크? 넌 마실 수 없을 텐데."

여자의 말에 나는 안심한다. 비웃음도 염려도 아닌 전문적인 견해다. 내가 여자한테 바란 것이다. 잠시 잊고 있었다. 내가 그녀를 고용하려던 이유 중 하나를 그녀가 상기시킨다. 나는 그녀의 경험이 필요하다. 아니, 절실하다.

"알아요."

"근데 왜 시켰어."

"보통 애들은 이런 걸 먹거든요."

"넌 보통 애가 아니잖아."

여자의 말에 '보통 애'처럼 보이고 싶었던 나는 묘하게 주눅이 들고 만다. 그때 맞은편, 유모차 속에 터질 듯 끼여 앉은 덩치 큰 녀석이 젖을 빨 듯 딸기 밀크셰이크를 들이켜다 내 딸기 밀크셰이크를 쳐다본다(녀석의 엄마는 언제까지 족히 일곱 살은 되어 보이는 녀석을 유모차에 구겨 넣을 생각인 걸까). 마치 '다음 차례는 너야' 하는 탐욕스러운 시선으로 내 딸기 밀크셰이크를 향해 팔을 뻗었다.

여자는 버둥거리며 휘두르는 녀석의 짧고 뭉텅한 손짓을 보고는 내 딸기 밀크셰이크를 손가락으로 쓱 밀어 테이블 모서리에 아슬아슬하게 놓아둔다.

녀석이 욱욱거리며 신경질적으로 양팔을 흔들어대자 여자는 작은 입을 새초롬하게 쭉 모아 내밀더니 밀크셰이크를 들고 벌컥벌컥 들이켜기 시작한다.

여자의 울대가 부었다 가라앉았다 빠르게 울렁대는 걸 보던 녀석의 울음소리와 함께 요란한 소리가 내 몸에서 터져 나온다.

삑—

경고음이다. 팔목에 차고 있던 스마트워치에서 혈당 수치가 280을 넘어서고 있다. 나는 서둘러 옷을 걷어 연속혈당측정기를 점검한다. 멈추지 않는 불쾌한 원음 데시벨 덕분에 겨우 벗어난 사람들의 시선이 일제히 내게 다시 모인다.

여자의 말이 옳다. 아무래도 나는 딸기 밀크셰이크를 주문하는 '보통 아이'는 될 수 없나 보다. 괜히 나는 내가 서운하고 민망하다.

그때다. 내 코앞까지 테이블 위로 성큼 엎드려 다가온 여자가 다짜고짜 내 팔을 움켜쥐고 스마트워치에 표시된 혈당 수치를 확인한다.

"어디 됐어!"

여자는 신속하게 내 가방에서 인슐린 주사기를 찾아낸 뒤 웃옷을 들추고 알코올 스와프를 이빨로 찢어 꺼내 배에 문지른다. 청량한 냄새가 공기 중에 머물다 빠르게 사라진다. 이어 여자는 망설임 없이 능숙하게 주삿바늘을 내 배에 찔러 넣는다.

젊고 아름다운 나의 양어머니는 그러지 못했다. 그녀의 딸이 된 이후 나는 자주 목이 말라 물이고 우유고 주스고 벌컥벌컥 들이켰다. 무엇을 먹어도 체중이 급격히 줄어들기 시작했다. 내 몸체보다 큰 첼로를 이고 레슨을 다녀온 날 간식을 먹다가 나는 갑작스럽게 정신을 잃었고 병원에서 깨어났을 땐 겁에 질린 얼굴로 달달 떨고 있는 어머니의 손에 인슐린 주사가 들려 있었다.

병명은 자가 면역 질환의 일종인 제1형 당뇨, 흔히 말하는 소아당뇨였다. 병원에서 돌아온 밤, 내 방을 찾은 어머니는 나에게 스스로 주사 놓는 방법을 알려주었다. 그것은 이후로도 그녀가 날 위해 주사를 놓는 일 따윈 없다는 의미였다. 이로 인해 이 집을 떠나야 되는 걸까 염려스러웠던 나는 조심스럽게 물었다.

"어머니, 혹시 이 병에 걸린 게 제 탓일까요?"

"아니, 그런 건 아니야. 다만 조금만 더 일찍 알았다면….'"

조금만 더 일찍 알았다면. 풀이하면 이랬다. '너를 입양하기 전에. 너를 이 집에 데려오기 전에. 네가 나를 어머니라고 부르고 너를 내 딸이라고 말하기 전에 너의 병력을 알았더라면 나는 너로 인해 이토록 당황스럽고 귀찮은 일 따윈 생기지 않았을 텐데 무척 아쉽구나'라고.

해석하자면 이랬다.

'입양을 후회하는 중이야.'

결국 내 탓이 아니었지만 내 탓이 되어버렸다. 나는 그녀에게 몹시 미안해 오랫동안 고개를 숙이고 있었다.

얼마나 지났을까. 천천히 안정을 찾으며 내려간 혈당 수치가 130선에서 멈추자 그제야 여자는 내내 붙들고 있던 내 팔을 놓는다. 여자의 손은 토모코의 볼처럼 찼지만, 이상하게도 뜨겁게 느낀 나는 퍽 안심이 되어 물어보기로 한다.

"아까 그 영화요. 나랑 닮은 애가 있던."

영화의 제목은 아담스 패밀리라고 여자가 다시 말해주었다.

"어, 왜?"

어쩐지 창피하지만 물어보기로 한다.

"그 사람들은… 전부 가족이에요?"

"응?"

부끄럽지만 그래도 물어보기로 한다.

"…가족이냐고요."

"맞아, 그랬어. 제목도 아담스 패밀리잖아. 패밀리, 가족 맞아."

나는 그저 영화 속 나와 '분위기가 닮은' 여자아이를 둘러싼 사람들의 정체가 궁금해서 질문했을 뿐이라고, 나는 그저 내가 필요로 할 때 아홉 살 여자아이를 돌봐줄 수 있는 어른 여자가 필요할 뿐이라고 말하려 했지만 괜한 속을 들킬 것 같아서 하지 않기로 한다.

대신 나는 서둘러 이렇게 말한다.

"언니를 고용할게요."

제 안

역시 아무 말이 없다.

가석방 출소 직후 담당 보호관찰관 창수는 여경에게 휴대전화 개통부터 지시했다.

개통 후 이튿날 뒤부터 간혹 늦은 밤, '발신표시제한' 전화가 걸려왔다. 상대는 숨소리조차 내비치지 않다 10분 정도가 흐르면 먼저 끊었다. 오로지 서로의 침묵만 주고받는 이 이상한 통화는 삼사일 간격으로 한 달째 이어지고 있었다.

누군지 짐작조차 되지 않았다. 여경의 번호를 알고 있는 이는 여성 재소자 쉼터의 관장 수녀와 담당 보호관찰관 창수, 지금 일하고 있는 경기도의 노인 요양병원의 원장이 전부였다. 고로 이 침묵의 전화는 여경에게 걸려오는 유일한 '사적인 전화'였다.

***

출소 직후 딱히 돌아갈 곳도, 기다려준 누군가도 없던 여경은 교도관의 소개로 수녀원에서 운영하는 여성 재소자 쉼터를 찾았다.

특별한 절차 없이 몇 가지 규칙 사항과 함께 방이 배정되었다. 마주 보는 네 개의 이층침대와 각각의 개인 사물함, 공용으로 사용하는 작은 책상 하나가 놓인 방은 텅 비어 있었다.

어제까지 서로의 용변 소리까지 확인하며 부대끼던 여경에게 이 공간은 바깥 풍경보다 출소 사실을 더욱 실감 나게 했다. 다시 홀로 남겨진 것이다.

아무도 없는 줄 알았던 방에서 부스럭거리는 소리가 들렸다. 보니 이불을 뒤집어쓰고 좀처럼 모습을 내보이지 않는 사람이 있었다. 먼저 입실한 그녀는 충분히 침대 위치를 선점할 수 있었는데도 창가도 아닌 입구 쪽, 침대 일층이 아닌 이층을 사용 중이었다.

여경은 맞은편 창가 침대 일 층에 짐을 풀었다. 여자는 슬그머니 이불을 걷다 여경과 눈이 마주치자 불에 덴 듯 재빨리 이불을 머리 끝까지 뒤덮었다.

보름이 넘도록 여경은 여자가 침대에서 내려온 모습을 본 적이 없었다. 언제나 여자는 침대 위에 있었다. 앉으면 정수리가 천장에 닿는 높이에서 여자는 화장을 하고 군것질을 하고 누군가와 알 수 없는 언어로 통화를 하다 여경이 들어오면 이불을 뒤집어썼다.

출소 이틀 만에 여경은 쉼터 후원자의 소개로 노인 전문 요양병원에 청소 일을 하게 되었다.

쉼터가 있는 서울 북쪽 끝에서 경기 남부 끝에 위치한 요양병원까지는 지하철과 버스를 두 번씩 갈아타며 왕복만 4시간이 걸리는 먼 거리였다. 새벽 3시 30분에 일어나 4시엔 쉼터를 나서야 4시 15분 첫차(나중에 알게 된 사실이지만 그 버스는 첫차가 아니라 심야 마지막 버스였다)를 탈 수 있었다.

버스 안은 엇비슷한 모양새와 냄새를 가진 사람들로 항상 만원이었다. 오랫동안 빨지 않아 변색된 두꺼운 점퍼들 사이로 삐져나온 누런 솜털과 이미 지친 표정들, 젖은 머리에서 나는 싸구려 샴푸 냄새 같은 게 뒤범벅 되어 항상 코가 시큰거렸다. 해가 뜨기도 전, 이미 하루를 버텨낸 사람들처럼 입을 꽉 다문 채 제 몸보다 큰 배낭 하나씩을 울러 맨 남자들과 달리 버스 안 아주머니들은 대체적으로 활기가 있었다.

대부분 건물 청소 일을 나가는 이들은 오랜 출근길 동행으로 서로를 언니, 동생 또는 '성님'이라 불렀다. 언제나 반쯤 젖은 머리로 버스에 오른 그녀들은 흔들리는 차 안에서 화장을 고쳤고 곗돈을 거두거나 비닐봉지 따위에 대충 싸 온 주전부리를 나눠 먹으며 수다를 떨었다.

여경이 이 버스를 탄 지 보름이 되어갈 무렵, 이 낯설고 젊은 여자의 이른 출근길이 상당히 궁금했던 여자가 먼저 말을 걸었다.

"아가씬 무슨 일을 하는데 이렇게 일찍이유?"

"저요? 청소요."

제 입술 라인보다 훨씬 크게 진달래색 립스틱을 바르던 요란한 여자도 말을 거들었다.

"아니, 어쩌다? 요즘 젊은 사람들 누가 이런 일을 한다고."

"기특하지 뭐. 뭐라도 자기 힘으로 벌어먹고 살려는 게."

"어마맛, 누가 뭐래? 새파랗게 젊은 아가씨가 보기 아까워서 그러지. 근데 자기, 대학은 안 나왔나 봐. 그치?"

"자네도 참, 요즘 뭐 대학 나온다고 딱히 뭐가 있간디."

"궁금해서 그러지. 자기, 원래는 무슨 일 했는데?"

"대학은 당장 먹고 살 돈도 없어 못 갔고요. 곧 서른이라 새파랗게 젊진 않고요. 출소한 지 얼마 안 돼서 일단 청소일 하면서 사회에 차차 적응해보려고요. 뭐 더 괜찮은 일 있음 소개 부탁할게요."

이제 좀 조용해지겠지. 곧 멋대로 단죄의 눈빛을 주고받으며 쑥떡이겠지. 차라리 그게 편하다. 매일 같은 버스에서 이들에게 둘러싸여 시시콜콜한 대화를 이어가느니.

"왜? 자기, 무슨 죄지었는데?"

세상에, 전혀 예상하지 못했다. 마치 오늘 아침은 뭘 먹었는데? 하고 묻는 줄 알았다. 오히려 '별 시답지 않은 죄명이면 콱 실망하고 말 테다' 하는 눈빛이었다.

"자네, 뭘 그런 걸 물어보고 그래. 미안해, 아가씨. 내가 사과할게. 우리가 괜히. 나이 들면 남들 사는 게 다 궁금하고 그래."

"성님도 참, 뭐 어때? 자기, 왜 갔는데? 간통은 아니지?"

진달래색 립스틱을 바른 여자는 호기심 가득한 눈으로 재차 물었다.

"네. 아니에요."

"그럼 됐어. 여자가 간통 빼고 깜빵 갈 땐 다 말 못 할 사연 하나쯤 있는 거야."

다행이다. 간통은 아니어서.

다행이다. 다음 역이 환승할 역이어서.

여자는 희미한 회갈색만 남은 숱 없는 눈썹 위로 갈색 아이브로우를 덧칠하고 있었다. 여자가 '그 말 못 할 사연'을 묻기 전에 다행히 버스는 다음 역에 정차했다.

여경이 서둘러 내리려는 순간 누군가 여경의 가방을 움켜잡았다. 아니나 다를까 진달래 립스틱을 바른 여자였다. 여경이 매서운 눈으로 확 노려보고 뿌리치려 하자 여자는 재빨리 가방에서 가래떡 두 줄이 든 까만 봉지를 여경의 가방 속에 푹 쑤셔 넣었다.

"배고플 때까지 기다리면 늦어. 미리미리 챙겨 먹어."

버스가 떠났다. 멍하니 서 있던 여경은 갑자기 밀어닥친 허기에 가래떡 하나를 입에 물었다. 아직 따뜻했다.

지하철로 갈아탄 여경은 종점에서 다시 시내버스를 갈아타고 도심을 빠져나와 무엇을 만드는지 당최 알 수 없는 공장들과 희뿌연 논과 밭들을 차례로 지나 직장인 노인 전문 요양병원에 도착했다.

주로 치매 노인들이 입원 중인 병원에 처음 방문한 날 여경은 자기도 모르게 팔 년 전 '그곳'을 떠올렸다. 병실마다 줄지어 있는 폭 좁은 침상들과 기다란 창문, 흰 커튼. 복도를 끄는 고무 재질의 슬리퍼 소리, 알싸한 소독약 냄새까지.

하지만 곧 이곳이 '그곳'과 전혀 다른 세계라는 것은 출근 첫날 똥칠로 범벅이 된 벽을 보고 깨달았다. 최 노인은 매일 같이 자신의 오물로 벽이나 창문에 똥칠갑을 해댔다. 닦아내고 닦아내도 누렇게 변색된 흔적은 어쩔 수 없었다. 최 노인의 용변 낙서를 지우고 나면 여경은 뒷산으로 이어지는 소각장 구석에 쭈그려 앉아 담배 한 갑을 다 털 때까지 연기를 피워대며 스스로를 소독했다.

한 가지 이해할 수 없는 것이 있었는데 여경이 벽을 치우는 동안 최 노인은 병실 문 모퉁이에서 벌 받는 아이처럼 내내 두 팔을 들고 있었다. 그러다 여경이 청소를 마무리하고 병실을 나갈라치면 최 노인은 엉엉 울며 여경의 옷자락을 잡고 놔주질 않았다. 최 노인의 등을 토닥이며 내일은 그러지 말자 새끼손가락 걸었지만 다음 날이면 어김없이 벽은 똥칠로 엉망이 되어 있었다.

반복되는 그의 행동을 이해할 수 없었다. 담배 한 갑에서 담배 서너 개비로 충분히 소독이 가능해졌을 때 여경은 문득 용변 낙서에 일정한 패턴이 있다는 사실을 알았다. 패턴은 매일 벽을 닦는 여경의 눈에만 보였다. 어쩌면 벽을 더럽히고 스스로를 모욕하기 위한 것이 아니라 뭔가를 표현하려 했을지 모른다는 생각에 여경은 인근 문방구에서 싸구려 물감 몇 개를 구입해 최 노인에게 선물했다. 다음 날 병실 벽에는 불규칙적으로 이어진 날것의 색들이 추상화의 그것처럼 춤추고 있었다.

어쩔 수 없이 매일 지워지는 낙서지만 그 이후 여경이 벽을 닦는 동안 최 노인은 벌서듯 두 팔을 들어 올리지 않았고 여경은 담배를 물지 않았다.

일주일 전 입원한 은발의 윤씨 할머니는 전혀 말을 하지 않았다. 대신 매일 옥상에 있는 텃밭 모퉁이에 꽃씨를 심고 물을 뿌려댔다. 겨울 언 땅은 아무것도 길러내지 못했지만, 개의치 않고 비가 내리는 날에도 우산을 쓰고 물을 뿌려댔다. 이상한 건 확실했다.

며칠 뒤 같은 병실을 사용 중인 구씨 할머니의 팔순 날 손녀들이 꽃다발을 한 아름 선물했다. 퇴근을 앞두고 옥상 텃밭 근처에서 쉬고 있던 여경은 윤씨 할머니가 뭔가를 끊임없이 돌로 찧고 있는 모습을 봤다. 구씨 할머니의 꽃다발이었다. 이를 본 구씨 할머니가 윤씨 할머니의 은발머리를 다 뽑아 버릴 듯 붙잡고 흔들어대기 시작했다. 두 할머니는 요양사들이 달려와 따로 떼어 놓을 때까지 빗속에서 치고받고 넘어지며 싸웠다. 여경의 눈에 그녀들은 어쩐지 오랜만에 신나 보였다.

다음 날 출근과 동시에 여경은 원장이란 여자의 호출을 받았다. 유니폼 상의 속에 여름용 쿨토시를 착용하고 동그랗게 만 앞머리를 가운데 정수리 기준으로 정확하게 반으로 가른 뒤, 단 한 올의 삐쳐 나온 머리카락도 허용하지 않겠다는 듯 머리칼을 뱀 똬리처럼 뱅뱅 돌려 묶고 다니는 여자였다. 그 탓에 눈꼬리는 항상 도도하게 들어 올려 있었지만 오후가 되면 숱이 없어 맥없이 축 풀어진 머리 뭉치와 함께 눈꼬리도 처지기 시작했는데, 여자는 눈꼬리의 위치에 따라 목소리의 톤이나 걸음걸이, 분위기 같은 게 변하곤 했다. 여경을 호출한 지금 그녀의 눈꼬리는 단단하게 치솟은 상태였다.

노크를 하고 사무실에 들어선 여경은 씩씩거리며 자신을 노려보는 여자의 시선에서 대강의 이유를 눈치챘다.

"내가 주여경 씨 왜 불렀는지 알죠!"

여경은 소파에 앉을까 아님 서 있을까 잠시 고민했으나 '일단 앉으세요'라는 말이 없으니 서 있기로 했다.

"정말이에요?"

정말인지 정말 몰라서 묻는 건 아닌 것 같다.

"뭐가요?"

뭔지 몰라서 뭐냐고 묻진 않았다.

"사람이 죽었다면서요?"

흠, 역시 그 이야기였군. 분명 사람이 죽긴 했지.

"고의로 죽인 건 아닌데요."

"뭐… 뭐라고요? 기도 안 차서 정말, 여경 씨 진짜 웃긴 사람이네. 아니, 이런 엄청난 사실을 어떻게 감쪽같이 속일 수가 있죠?"

도대체 여경은 자신이 뭘 웃기게 속였다는 건지 궁금했다. 하루 걸러 사방팔방 벽에 똥칠해대는 노인들을 견디지 못한 청소용역 업체들이 더는 아주머니들을 파견하지 않겠다고 선언하자, 세탁실엔 똥 묻은 기저귀가 쌓여갔고 복도 바닥엔 토사물이 굳은 채 말라붙어 있었다. 처음 방문해 면접을 볼 때 저 원장이란 여자는 질문 대신 다짜고짜 여경의 두 손을 덥석 붙잡고 이렇게 말하지 않았던가.

'4대 보험은 당연하고 명절 보너스에 교통비, 식대 다 지급해드려요. 부디 오래만 계셔주세요. 저희가 사정이 좀 급해서 그런데 당장 오늘부터 가능하실까요, 주여경님?'

그래놓고 이제 와 여자는 날 웃긴 사람이라고 한다.

"약물 범죄라면서요. 농번기에 순진한 시골 농부들 꼬드겨 주삿바늘이나 찔러 대서 돈이나 뜯고. 맞죠? 그 사건. 듣고 나니 나도 어렴풋이 기억이 나더라고!"

그다지 명석해 보이지 않는 여자조차 얼추 9년이 다 된 사건을 단번에 기억해냈다면 앞으로 어딜 가나 이와 같은 상황을 반복해야 할지 모른단 생각에 짜증이 밀려왔다.

"도대체 여기 들어온 진짜 목적이 뭡니까!"

"돈 벌려고요."

그것 말고 이곳에서 여경은 어떤 목적을 꿈꿨어야 했을까.

"주여경 씨 때문에 어제 여기 사람들 전부 약품 재고 확인하느라 난리도 아니었다고요! 긴말 필요 없고, 정리해주세요. 어휴 진짜 내가 전화를 받았기 망정이지."

"전화?"

무슨 전화였을까. 누가 전화해서 이 여자가 자신을 이토록 함부로 앙살 맞게 대하도록 만들었을까. 혹 '발신표시제한'으로 전화를 걸어오는 그 사람일까?

"누구긴 누구겠어요! 주여경 씨를 원망하는 피해자들 중 하나겠지."

***

피해자들이라….

흥분한 원장 여자가 지칭하는 '피해자'들은 그 '피해'를 잠시라도 맛보기 위해 밤낮 가리지 않고 스스로 여경을 찾았다.

비옥한 붉은 토지 덕분에 유독 특산물이 많던 시골 동네엔 넘쳐나는 수확물을 건질 손이 항상 모자랐다. 쉬지 않고 밤낮으로 일하던 그들 중 하나가 어지러움과 매스꺼움을 호소하며 읍내 사거리의 동네 병원을 찾았고, 쉬어야 한다는 의사의 소견도 무시하고 당장 밭으로 달려 나가겠단 그의 팔에 스물한 살의 간호조무사였던 여경이 우유 빛깔 주사를 놓은 건 오직 안타까워서였다.

문제는 이 안타까움이 비단 한 농부만의 사정이 아니었기에 언제부터인가 병원 앞마당은 붉은 경운기들로 들어차기 시작했다. 유독 땅도, 하늘도 달달하고 사방으로 징그럽게 푸르렀던 그해는 다시 없을 풍년이었고 마을 특산품은 열 중이 더 늘었다. 게다가 한 TV 프로그램에서 만병통치약이 되어버린 이곳 대표 특산물 덕분에 병원은 환자를 치료하는 대신 팔, 다리 붙잡고 사정하는 안타까운 농부들을 위한 사랑방이 되어가고 있었다.

병원 개업 이래 내내 닫혀 있던 이층 입원실은 벽을 트고 베드를 늘려 지친 농부들을 맞이했다.

드뷔시의 달빛 소나타가 흘러나오는 하얀 병실에서 빳빳하게 다림질된 새하얀 베드에 누워 흰 실크 커튼 사이로 살랑거리는 바람을 맞으며 농부들은 우유 빛깔 주스가 혈관을 타고 흐르는 동안 달콤한 휴식을 취했다. 쉰다고 하지만 사실 고작해야 새참 시간 남짓이었다. 한국 전쟁이 발발한 딱 그 해만 빼고 손에서 흙을 놓아본 적 없다는 박 노인은 낡고 거친 손으로 어린 여경의 손을 꼭 붙잡고 처음 맛보는 호사에 눈물이 다 난다고 했다. 하지만 이 호사는 길지 않았다. 근처 다방 마담들은 문턱이 닳도록 드나들던 농부들의 발걸음이 일제히 사거리 병원으로 향하자 수상하게 여겨 염탐한 끝에 병원에서 일어나는 일을 지방 신문에 제보했다.

별일 없어 무료했던 지방 언론들은 앞다퉈 미스터리한 시골 병원의 정체에 대해 다루기 시작했고, 얼마 지나지 않아 여경은 체포되었다.

이 사건이 TV를 통해 전국적으로 방영되고 모든 사람이 그녀를 나무랄 때 구치소에 갇힌 여경을 매일 찾아와 사과하고 판사에게 탄원서를 넣었던 그들은 바로 그녀의 '피해자들'이었다.

그런 와중에 그 사람, 이정수가 죽어버렸다.

약물 투약 중 무호흡 증상으로 병원에 실려 간 그는 이틀을 누워 있다 끝내 깨어나지 못했고, 여경의 남은 20대는 교도소 담장을 넘어서지 못했다.

***

원장이란 여자는 서랍에서 봉투를 꺼내 닿기 싫다는 듯 소파 위로 툭 내던졌다. 팔걸이에서 쓱 미끄러진 봉투에서 만 원짜리 몇 장이 삐져나왔다.

"아무튼 소개해준 사모님도 있고 해서 한 달 치로 계산해 넣었어요. 다음부턴 어딜 가든 좀 솔직해지세요. 괜히 사람들 피해 주면서 일 복잡하게 만들지 말고. 요즘 세상이 어떤 세상인데."

"어떤 세상인데요?"

정말 요즘 세상이 팔 년 전과 어떻게 다른지 궁금했다. 여경이 봤을 땐 의외로 세상은 그다지 변한 게 없어 보였다. 시시할 만큼.

"죄짓고 살기 힘든 세상이죠."

죄를 지은 것만 남아 있고 죗값을 치른 건 잊히는 세상인가 보다.

"그럼 다시 죄짓는 편이 쉽겠네요."

여자는 어이없다는 듯 이중 턱이 되도록 입을 쩍 벌린 채 쓸데없이 빠른 손부채질을 해댔다. 2월의 요양원 평균 실내온도는 16도를 유지했다. 종일 노인들이 기침을 해댔지만 아랑곳하지 않던 원장의 방은 따뜻하다 못해 더운 기운 때문에 쿨토시도 손부채도 충분히 필요해 보였다.

짐이라곤 첫날 구입한 슬리퍼 한 짝과 고무장갑이 전부여서 원장실을 나온 지 채 5분도 지나지 않아 떠날 준비를 마쳤다. 떠나기 전 어제 오후 소동의 진원지인 옥상 텃밭을 찾은 여경은 바닥에 흩어져 있는 꽃잎을 모아다 돌로 찧었다. 그러고선 비닐과 실을 준비해 은발의 윤씨 할머니 방을 찾았다. 잠든 할머니 이마엔 구씨 할머니가 할퀸 손톱자국이 선명하게 남아 있었다. 주름진 피부는 상처도 쭈글쭈글했다. 여경은 잠든 할머니의 손톱 위로 찧은 꽃잎을 올리고 비닐을 씌워 실로 꼼꼼하게 묶어준 뒤 병실을 나왔다.

따로 인사할 사람은 없었다. 앞으로 4시 15분 버스를 탈 일도 당분간 없겠지. 중앙 현관문을 열자 아직 차디찬 2월의 공기 속에 거짓말 같은 봄 공기 한 움큼이 뒤섞여 여경의 목 뒷덜미를 간지럽게 훑고 지나갔다.

그때였다. 맥락 없이 그 문장이 떠올랐다.

〔저의 보호자가 되어주세요. 기본수당 월 280〕

여경은 출소 후 첫봄을 느끼는 그 순간 왜 그 문장이 떠올랐는지 도통 알 수 없었다.

***

초조한 마음으로 가석방 심사 결과를 기다리던 밤에 한 통의 편지가 도착했다. 8년의 수감 기간 동안 여경이 받은 편지는 총 세 통뿐이었다. 첫 번째 편지는 교도소 사목을 담당하는 수녀의 편지였다. 기품 있는 필체와 지극히 거룩한 문장들에 질려 찢어버렸다. 두 번째 도착한 편지는 엄마의 부고 통지서였다. 덕분에 수감된 지 일주일 만에 귀휴를 얻은 여경은 열두 살짜리 딸만 남겨두고 집 나간 엄마와 죽은 채로 십칠 년 만에 재회했다. 사인은 약물중독에 의한 심정지. 충분히 예상 가능한 죽음이었다.

　마지막으로 받은 편지는 새빨간 딸기 스티커가 입구를 봉인한 편지였다. 스티커를 뜯는 여경의 손에 어린 시절 문방구 앞에서 팔던 불량식품 딸기향이 배기 시작했다.

　(저의 보호자가 되어주세요. 기본수당 월 280)

　이 한 줄의 문장이 전부였다. 엉뚱한 편지였지만 분명 받는 이는 '주여경 귀하'였다. 보호자가 되어 달라니. 당시 교도소에선 여성과 남성 재소자들 사이에 펜팔을 장려하고 있었다. 사랑에 빠진 재소자들의 재범률이 낮다는 멀고 먼 낯선 섬나라의 연구 결과 때문이었다. 여경은 그저 어느 멍청한 남성 재소자의 장난 편지쯤으로 여겼다.

　취침 소등 후 생각보다 늦어지는 가석방 심사 결과에 초조해하던 여경은 심사받던 순간을 떠올렸다. 심사관들은 앞으로 사회에 나가면 어떤 사람이 되고 싶냐 물었고 잠시 고민하던 여경은 이 뻔한 질문에 준비해온 '일등 시민, 모범 시민의 포부' 대신 이렇게 말하고 말았다.

　"아침 먹고 일하고 점심 먹고 일하고 저녁 먹기 전에 퇴근하는 보통의 삶을 살고 싶습니다."

　못 먹고 죽은 귀신이 붙은 것도 아닌데 꼬박꼬박 삼시세끼 챙겨먹겠단 쓸데없는 이야길 주절거린 것 같아 내내 후회되어 죽을 지경이었던 여경은 양손으로 마른세수를 하다 얼굴에 번지는 딸기 향에 어지러움을 느꼈다.

　결국 긴장감을 이기지 못하고 동이 트기 전 구역질을 해대기 시작했다. 이른 출근을 한 교도관이 이를 지켜보곤 여경의 텅 빈 등을 두들기며 말했다.

"주여경, 나가도 별거 없어."

"알아요."

"아는데 나가서 뭐 하게?"

"그 별거 없는 것 좀 다 해볼라고요."

"에휴, 이 꼴통. 그럼 어디 한번 나가서 내 말이 맞나 틀리나 확인해보던가!"

"…!"

다짜고짜 여경을 끌어안은 교도관의 목소리가 떨렸다.

"축하한다. 졸업 준비하자."

팔 년 사 개월 하고도 이십일 일. 이십 대 대부분을 이곳에서 보낸 여경에게 출소는 사실상 지구 밖으로 나가는 것과 다르지 않았다. 그토록 간절했건만 덜컥 겁이 난 여경은 출소 전날 밤 고향 떠나는 사람처럼 떨었고, 그런 그녀를 이해하는 사람은 아무도 없었다.

**

일방적으로 해고당한 뒤 쉼터가 있는 언덕을 힘없이 오르던 여경은 자신을 차갑게 내려보는 시선을 알아차렸다. 입곱 살 정도 된 여자아이의 손을 잡은 필리핀 여자였다. 여경 또래로 보이는 여자의 얼굴엔 표정이 없었다. 한눈에 여자를 알아본 여경의 발걸음은 여자의 시선에 더는 다가가지 못하고 멈췄다.

종업원이 테이블 위로 바닐라 아이스크림과 커피를 내려놓고 갔지만, 아이는 엄마에게 허락을 구하고서야 아이스크림을 떠먹었다.

여자도, 여경도 앞에 놓인 커피엔 손을 대지 않았다.

"언제 출소했어요?"

"보름 조금 넘었어요."

"…."

미리 알릴 걸 그랬나.

"은혜가 많이 컸네요."

"아기 땐 몰랐는데 커가면서 남편을 닮아가네요."

여경은 여자의 남편을 안다.

여자의 남편은 죽은 이정수다.

여자는 '피해자'의 어린 아내였다.

여경은 입고 있던 점퍼 안주머니에서 몇 시간 전에 받은 처음이자 마지막 급여 봉투를 꺼내 건넸다. 여자는 봉투를 받아 내용물을 확인하고 본래 제 것인 양 가방에 넣었다.

여전히 여자의 얼굴엔 표정이 없다.

"아이가 이번에 학교를 들어가서 거절할 입장이 아니에요."

"네."

아이스크림을 다 먹은 아이는 아쉬운지 스푼을 입에 물고 위아래로 시소처럼 흔들어대고 있었다.

여경이 대화를 이어갔다.

아무래도 근황을 묻는 게 낫겠지.

"가게는…."

"장사가 시원찮아서 작년에 문 닫았어요. 그래서 보증금은 못 돌려 드릴 것 같아요."

"아뇨, 이미 제 돈이 아닌데요."

구속 일주일 만에 엄마의 사망으로 귀휴를 나온 여경은 장례식장 앞에서 아기를 안고 자신을 향해 울부짖는 이 여자를 처음 만났다.

이정수는 이제 막 백일 된 딸이 있던 비교적 젊은 농부였다. 정수의 밭엔 밤이고 낮이고 새벽이고 언제 들러도 그가 있었다. 어른들은 정수의 뼈는 무쇠로 만들었다며 그의 다부진 근력과 부지런한 인성을 칭찬했지만, 그의 뼈는 그냥 사람 뼈였다. 피곤을 이기지 못한 정수가 소문을 듣고 여경을 찾았다. 우유빛깔 주스가 몸을 타고 흐르는 동안 그는 쉬지 않고 키우는 가축과 작물들 이름을 떠들어 댔고, 막 태어난 딸과 아내의 이름을 부르며 실실 웃어대곤 했다.

'살아있는 걸 가꾸고 키우고 지키는 건 보람찬 일이야. 그게 뭐든 말이야. 여경 씨도 언젠간 그렇게 되겠지? 하하하.'

그는 행복해 보였고 여경은 그런 그의 행복을 듣고 구경하는 게 더없이 좋았다. 여느 날처럼 병원을 찾은 그는 시간이 다 되도록 깨어나지 못하고 큰 병원으로 실려갔고, 여경은 구치소에 구금된 동안 끊임없이 정수의 상태를 물었지만 그 누구도 알려주지 않았다.

얼마 뒤 그녀는 재판에서 형을 선고받으며 정수의 죽음을 듣게 되었다.

당시 정수의 어린 외국인 아내는 한국말이 서툴고 얼굴은 한겨울에도 까무잡잡했는데 지금 그녀는 여경보다 희고 말도 능숙했다.

"저희 포항으로 내려가요. 제가 결혼을 하게 돼서요."

"아, 축하합니다."

"떠나기 전에 한 번은 만나야 할 것 같았는데 아이를 데리고 교도소로 갈 순 없어서."

"아무래도 그렇죠."

"남편… 음, 정수 씨는 납골당에 모셨어요. 그리고 이건….."

여자는 가방에서 납골당 연장 계약서를 내밀었다.

"네, 제가 알아서 할게요."

여자는 일어나 아이의 목도리를 둘러매주었다.

아이는 여경을 보더니 빠진 앞니를 드러내며 웃었다.

정수가 가꾸고 키우고 지키고 싶어 했던 그 웃음이었다.

"그럼 가볼게요."

"네."

아이와 돌아선 여자의 발걸음이 갑자기 멈췄다.

역시나 표정을 내비치지 않은 채.

"그 사람 죽기 직전에요, 잠시 의식이 돌아왔을 때요. 나한테 마지막으로 한 말이 있어요."

"….."

"그쪽 탄원서 써주라고. 꼭…. 근데 저요, 안 썼어요."

그랬다. 동네 이장까지 나서 '피해자'들이 모두 여경을 위해 탄원서를 썼지만 여자는 끝내 쓰지 않았다.

"부탁 있어요."

"네, 뭐든 말씀하세요."

어떤 부탁이든 여경은 들어줄 작정으로 여자의 말을 아니, 처분을 기다렸다.

아이의 손을 힘줘 잡은 여자는 처음으로 여경의 눈을 바라봤다. 여경은 저도 모르게 침을 삼켰다. 다행이다. 생각보다 그렇게 차갑진 않았다. 여자가 말했다.

"이제 그만하세요. 미안해하는 거. 우린 괜찮으니까."

미안함. 그것이 여경을 집어삼킨 시간이 있었다. 때론 숨이 컥컥
막혀 기절했고, 때론 스스로 숨을 참았다. 씹어 삼킨 모든 것은 성
난 여경의 몸에서 거칠 대로 거칠어져 그녀의 몸 여기저기를 찔러
대며 괴롭혔다. 자신으로 인해 누군가 죽었고 그가 가꾸고 키우고
지켜져야 할 두 사람은 하루아침에 가장을 잃고 세상에 던져졌다.

면회 온 이장은 노력했지만 끝내 여자의 탄원서를 받아내지 못했
다며 연신 미안해했다. 바로 그 순간이었다. 초점 없이 면회실 투명
가림막의 구멍만 세던 여경의 눈빛이 되살아났다. 여자가 끝내 자
신을 위한 탄원서를 쓰지 않았다는 사실이 아이러니하게도 여경을
살렸다. 여경에게 해야 할 일이 생긴 것이다.

미안함. 여경은 그것에 복종해 살아보기로 했다. 방법은 간단했
다. 할 수만 있다면 정수가 두 사람에게 해주려던 것을 대신하는 것
이었다. 가꾸고 키우고 지켜주는 것. 그 첫 번째가 엄마의 사망 보험
금이었다. 금액은 여경의 생각보다 컸다.

아마도 여자는 그 돈으로 작은 가게를 차렸던 모양이다. 그다음
은 노역으로 벌어들이는 수입이었는데, 그건 모녀에게 그다지 대단
한 수입원이 되지 않았다. 그 외에 교도소 안에서 벌어지는 '은밀한
일들'을 닥치는 대로 하며 어떻게든 돈을 마련해 모녀에게 송금했
다.

출소 후에도 이런 여경의 삶은 계속될 예정이었는데 여자가 이제
그만하라고 한다. 미안함에 지배당하고 싸우며 꽁꽁 얼어붙은 여경

에게 여자가 방금 '얼음 땡'을 해준 것이다.

"그래도 돼요?"

"네, 대신… 다신 볼 일이 없었으면 좋겠어요."

언덕 아래로 두 사람의 모습이 사라질 때까지 카페 창가에 우두커니 앉아 있던 여경은 문득 요양원 원장 여자가 한 말이 떠올랐다.

'누구긴 누구겠어요! 주여경 씨를 원망하는 피해자들 중 하나겠지.'

마지막 남은 피해자의 원망 하나가 방금 끝났다.

샤워를 끝내고 방으로 돌아온 여경의 침구 맡에 편지 봉투 하나가 올라 있었다. 새빨간 딸기 스티커로 봉인되어. 여전히 불량식품 냄새가 풍겼다. 봉투를 뜯자 역시 같은 문장이었다.

〔저의 보호자가 되어주세요. 기본수당 월 280〕

특정 메신저 앱 명칭과 아이디가 적힌 포스트잇 한 장이 들어 있었다. 앱을 깔고 적힌 아이디를 검색했더니 빨간 딸기 모양이 찍힌 프로필이 떴다.

〔안녕하세요. 주여경입니다.〕

답은 곧장 왔다.

〔안녕하세요. 진해나입니다.〕

〔저를 어떻게 아시죠?〕

〔저는 주여경님을 잘 모릅니다. 그냥 여러 우연과 타이밍이 우리를 연결해줬습니다. 이 이상 자세한 건 설명도 어렵고 의미도 없습니다. 다만 제가 확신할 수 있는 것은 어떤 경우에도 주여경님에게 피해가 되는 일

을 제안하지 않는다는 것입니다. 이런 상황들이 불편하시다면 다신 연락하지 않겠습니다.〕

〔솔직히 별로 궁금하지도 알고 싶지도 않고요. 보호자가 되어 달라는데. 무슨 소리죠?〕

〔저는 현재 미성년입니다. 보호자의 동의 없이는 할 수 있는 일이 제한적입니다. 역시 모든 사정을 말할 순 없지만, 부모님은 현재 저의 보호자 역할을 할 수 없는 상황입니다. 때문에 저의 보호자 역할을 해줄 분을 찾고 있습니다.〕

〔왜 저죠?〕

〔반드시 주여경님이어야 할 필요는 없습니다. 거절하시면 다른 분을 찾으면 됩니다.〕

여경은 특별히 본인이어야 하는 것이 아닌, 우연히 자신이 선택된 거라면 안심이라 생각했다.

〔일은 요일 상관없이 평균 주 3일 업무를 진행하게 될 예정이며 업무 시간과 업무 내용은 일정하지 않습니다. 월급은 280이며 그 외 기타 수당은 따로 책정하겠습니다. 그전에 간단한 면접이 있습니다. 주여경님 역시 저를 거절하실 수 있습니다.〕

〔오케이, 약속을 잡죠.〕

〔내일 행암동 사거리에 있는 카페 '프루스트'에서 2시에 뵙겠습니다. 약속 시간은 꼭 지켜주세요. 늦어지면 제가 상당히 곤란해지거든요.〕

상대는 여경을 알고 있었고, 여경은 짐작조차 하지 못했지만 불안하지도 궁금하지도 않았다. 사는 동안 불안을 느낀다거나 미안해야 하거나 용서를 청해야 하거나 원망하거나 미워해야 하는 사람

중에 미성년자는 없었다.

   그날 밤, 막 잠들려는데 휴대전화가 울렸고 침묵의 대화는 10여 분간 이어지다 끊어졌다.

업 무

업무의 첫 시작은 쇼핑이었다.

〔해당 장소에서 해당 물품들을 구입하시면 됩니다.〕

해나가 보낸 우편물 속에는 플래티넘 신용카드 한 장과 패션 잡지 속 다양한 모델들의 사진들이 스크랩되어 있었다. 각각의 사진에는 모델이 착용한 옷과 가방, 구두, 액세서리 따위의 브랜드명과 방문할 백화점 지점, 예약된 헤어숍 위치까지 자세하게 써 있었다.

대부분의 브랜드는 여경이 발음하기조차 힘든 고급 상품들이었다. 지시된 물품들을 구입하고 뷰티숍에서 지정된 스타일링을 완성하는 데 꼬박 삼 일이 걸렸다.

이 특수한 업무로 여경은 영화 〈귀여운 여인〉에서 로데오 거리를 활보한 비비안처럼 변신하겠지만, 결코 마무리되지 않은 한가지 일이 남아 있었다. 한때 간호조무사 일을 했지만 아이러니하게도 자신의 몸에는 바늘이 닿는 것조차 견뎌내지 못한 여경은 몇 번이나 주얼리 가게 앞을 서성이다 번번이 발걸음을 돌리고 말았다.

쉼터로 돌아와 영롱한 빛깔의 진주 귀걸이 두 짝을 손바닥에 올려놓고 깊은 한숨을 내쉬는데, 뒤로 기척도 없이 누군가 다가왔다. 무척 놀란 여경이 헉! 소리를 내며 돌아보자 좀처럼 이층침대에서 내려오지 않던 그녀였다.

"깜짝이야! 왜! 뭔데요?"

"저, 저기…. 귀 뚫을 줄 아는데…."

여경이 쉼터에 입실한 이래 그녀가 처음으로 말을 걸었지만 뭔가 말을 입속으로만 웅얼거리듯 해 잘 들리지 않았다.

"네?"

"뚜, 뚜, 뚫… 어 줄까요?"

"여기서요?"

"가, 간단한데…. 제… 친구들도 제가 다 뚫어… 줬거든요."

수줍은 듯 겨우 말을 이어가던 여자는 갑자기 팔을 뻗어 여경의 귓불을 잡고 문질렀다.

"귀, 귓… 불이 꽤 두껍… 네요. 그래도 뭐, 할… 수 있어요…."

여자는 말이 끝나기 무섭게 이층침대로 올라가더니 도시락 가방 같이 생긴 검은 가방을 가져와 펼쳤다. 그 속엔 다양한 길이와 두께의 피어싱 바늘들이 키대로 진열되어 있었다. 그제야 여자의 손가락 사이와 팔목에 새겨진 타투 문양이 눈에 들어왔다.

"뭐 하는 사람이에요?"

여자는 대답 대신 여경이 방구석에 던져놓은 쇼핑백의 브랜드명을 혼잣말처럼 웅얼거리며 읊었다.

"대체로… 크, 클래식… 하네요. 저런… 분위기라면 여기 이… 위치가 좋겠… 어요…."

이윽고 여경의 양쪽 귓불에 검은 점이 연이어 찍혔다.

피어싱용으로 보이는 바늘 하나를 꺼내 라이터로 바늘대가 주홍빛을 띨 때까지 달구고는 여경에게 건넸다.

"자, 잠시만 들고 계세요…."

알코올에 적신 면봉으로 양쪽 귓불을 깨끗하게 문질러 닦은 여자는 여경에게 맡겼던 달궈진 바늘을 빼앗아 들고 다시 한번 라이터로 달구었다. 입김을 불어 가볍게 식힌 다음 여경의 귓불을 아래로 잡아 늘어뜨리더니 바짝 세운 바늘을 눈 깜짝할 사이에 통과시켰다.

'뚜두둑' 둔탁한 소리와 함께 여경의 양쪽 귓불엔 각각 하나의 구멍이 생겼다. 여자가 알코올을 적신 솜을 건넸다.

"귓… 불에 대고 계세요…. 내일까지… 물이… 들어가지 않게 조, 조심하… 고요…."

일을 마친 여자는 후다닥 검은 사각 가방을 챙겨 재빠르게 이층 침대로 올라가 언제나처럼 이불을 푹 뒤집어썼다. 조용히 불을 끄고 누워 여전히 아릿한 귓불을 문지르며 여경은 생각했다. 순식간에 지나간 이 일련의 과정에 자신이 여자에게 귀를 뚫어도 좋다고 동의를 했었던가를.

"이씨…."

***

"찬성, 찬성, 찬성, 찬성, 찬성…."

2학년 새 학기 시작은 회장 선거로 시작한다. 칠판에는 반장 단독 후보로 출전한 '윤유진'의 이름 아래로 다섯 번째 '正'이 막 완성되던 참이다.

학급 인원수 총 스물여섯 명. 이제 남은 투표용지는 마지막 한 장. 이미 유진의 당선은 확실했지만 그와 담임 그리고 모두는 완벽한 만장일치를 기대하고 있다. 불행하게도 그런 일은 일어나지 않을 테지만.

마지막 투표용지를 확인한 담임이 잠시 머뭇거리다 미안한 듯 유진을 보고 말한다.

"기… 권?"

어떤 아이는 기권이 누군가의 이름인 줄 알고, 어떤 아이는 아직 한글을 쓸 줄 모르는 친구의 실수라 믿고, 어떤 아이는 '기권'이라는 발음조차 제대로 하지 못한다. 역시나 항상 질문이 많은 아이는 언제나처럼 오른팔을 번쩍 든다.

"네, 김승찬 어린이, 질문하세요."

"선생님, 기권이 뭐예요?"

"혹시 여러분들 중 기권이 뭔지 아는 어린이가 있을까요?"

아이들을 둘러보던 담임이 칠판에 '기권'이라고 쓴다.

"기권은 여러분들이 모여 투표나 게임 같은 걸 할 때 나는 참여하지 않겠다는 마음을 표시하는 거예요."

거침없고 즉각적인 반응들이 손을 들기 시작한다.

"왜요?"

"왜 표시하기 싫어해요?"

"회장 투표에 왜 기권을 써요?"

"그 친구는 유진이를 싫어하나요?"

아홉 살 아이들의 쏟아지는 '왜'에 애매하게 둘러 말할 답을 찾지 못한 어른은 쩔쩔매기 일쑤다.

"그, 글쎄요. 아마도 기권을 쓴 친구는 음… 그러니까 유진이를 회장으로 뽑고 싶지 않았나 봐요."

"왜요?"

"유진인 착한 어린인데요?"

"1학년 때도 유진이가 회장을 했는데요?"

"자, 어린이 여러분. 기권은 투표에 참여하지 않겠다는 의미일 뿐 반대표가 아니랍니다. 단 한 명의 반대표도 없이 스물여섯 명 중 스물다섯 명이 찬성했다는 건 정말 멋진 일이에요. 선생님은 그것만으로도 윤유진 친구가 자랑스러워요. 유진아, 잠깐 이리 나와볼래."

담임 곁에 선 유진은 항상 그렇듯 가지런한 이를 한껏 내보이며 아이들을 향해 웃는다.

"자, 이번 2학년 2반 학급회장이 된 윤유진 어린이에게 우리 다 같이 박수 쳐줄까요. 유진아, 잘 부탁해."

일동 합창하듯 '유진아, 잘 부탁해!' 외치는 아이들의 박수 소리가 우렁차게 교실에 울려 퍼졌다.

고개 숙여 인사하는 유진은 입은 웃고 있지만 그의 눈은 나를 향해 이렇게 말한다.

'너지? 너밖에 없어.'

나는 유진의 눈빛을 그대로 받아 대답한다.

'아마도.'

1년 전, 입양 직후 나의 양부모님은 집 근방에 있는 일반 초등학교 대신 거리가 꽤나 먼 이 학교에 나를 입학시켰다. 프랑스의 한 저명한 교육철학자의 새로운 교육 이념(예술과 철학이 주 교과 과목이 된다는 것 외 사실 특별할 건 없었다)을 토대로 설립된 이 학교는 유럽을 제외하고 아시아에선 유일하게 한국만이 분교 설립을 허가받았다. 작년 첫 입학생 모집 경쟁률은 134:1이었고, 나는 비공식상(학교에선 공식적으로 아이들의 성적을 공개하지 않았지만 엄마들의 정보력 앞에서 큰 의미 없는 결정이었다) 전 시험 과정에서 유일하게 만점을 받은 학생으로 입학이 결정되었다.

　입학을 일주일 앞두고 나는 유진과 학교의 호출을 받았다. 이유는 사전에 치른 시험성적 결과 때문에 따로 지능 검사가 필요하다는 것이었다. 며칠 뒤 검사 결과를 확인하러 학교를 찾은 양부에게 담임은 흥분을 감추지 못했다.

　"오! 아버님, 굉장히 특별한 아이를 두셨어요. 지능검사 결과 모든 영역에서 해나 학생은 1% 중에서도 1%에요!"

　미묘한 표정으로 검사 결과지를 보던 양부는 시큰둥하게 대답했다.

　"아, 네. 그런가 보군요."

　길지 않은 면담이 끝난 후 집으로 돌아가는 차 안에서 양부는 한동안 말이 없었다. 서울을 벗어나자 짧은 한숨을 내뱉은 뒤 그는 이렇게 말했다.

　"암만해도 너는 우리 생각보다 지나치게 뛰어난 아이인 것 같구나."

　양부의 무표정한 얼굴에 얼핏 스치는 실망감을 확인한 나는 뭔가 큰 실수를 한 것 같아 그날 밤새 쉽사리 잠들지 못했다. 평범하고 크게 눈에 띄지 않는 건강한 아이를 원했던 부부에게 나는 '지나치게' 지능이 높아 눈에 띄는 아이였기 때문이다. 학교에서 여러 차례 영재 전문학교 입학을 권유했지만 양부모님은 거절했고 나 역시 그들이 원치 않는 걸 원하지 않았다.

첫 등교 날 유진과 나는 같은 반을 배정받고 짝이 되었다. 프랑스 명문 초등학교의 분교를 설립하는 데 일조한 유진의 엄마는 학기가 시작되기 전부터 주도적으로 학부모 모임을 만들고 종종 수업을 참관하거나 임원 선생님들과 다과 시간을 갖곤 했다.

그녀는 꼭 여왕벌 같았다. 대다수의 엄마들이 자녀들의 이름을 따서 '누구 엄마'라 불리는 반면 그녀의 경우는 달랐다. 오로지 그녀만이 '유진 엄마'가 아닌, 유진이 '그녀의 아들'로 불렸다.

적극적으로 학교 활동에 참여하는 다른 엄마들과 달리 서울을 벗어나 경기도 외곽 지역에 저택을 지어 살며 일체 외부활동을 꺼렸던 나의 양어머니는 매일 아침 교문 앞에서 아이들을 등교시킨 후 우르르 카페로 향하는 엄마들을 보고 어린 자녀를 학교에 데려다주는 일이 단순히 등교에서 끝나지 않는 것임을 깨달았다.

이후 아침마다 대문 앞에는 등하교를 책임져줄 계약 택시가 대기 중이었는데, 기사님은 삼십 대 중반의 육중한 체구에 다부진 인상을 가진 여성으로 말수가 없는 분이셨다.

왕복 두 시간이 걸리는 등하굣길의 택시 안은 두 번의 파양을 거쳐 불가능할 것 같은 세 번째 입양이 결정된 이후 유일하게 내가 모든 긴장을 내려놓을 수 있는 시간이고 공간이었다.

교문 분수대 앞, 북적이는 부모들의 픽업차 중 택시에 오르는 아이는 나뿐이었기에 나는 '만점으로 입학한 아이'에서 '택시를 타고 다니는 아이'로 바뀌더니 빠르게 사람들의 관심에서 멀어져 어느새 '그냥 그 아이'가 되었다. 양부모에게 지나치지 않는 아이가 되기 위해 노력 중인 나로선 모두의 관심에서 멀어지는 쪽이 훨씬 편했다.

하지만 '그녀의 아들'이었던 유진의 사정은 전혀 달랐다. 여왕벌 어머니와 모든 이의 관심을 한몸에 받던 유진은 누구에게나 밝고 친절하고 예의가 바른 아이였지만 그 사건 이후 그는 결코 내 앞에서만큼은 가지런한 이를 드러내고 웃지 않았다.

***

대부분의 수업은 시시했지만 일주일에 두 번 진행되는 수영 수업만큼은 극도로 나를 긴장하게 만들었다. 나는 물속에서 지나치게 온몸이 경직되는 습관이 있는데 코치는 갖은 방법으로 극복할 수 있게끔 도우려 했으나 별반 소용이 없었다.

나를 비롯한 대다수의 아이는 발끝이 바닥에 닿지 않아도 울거나 비명을 지르기 일쑤였지만 개중엔 뛰어난 수영 실력을 갖춘 아이들도 더러 있었다. 그중에서 단연코 으뜸은 유진이었다. 물속에서 자유롭게 양팔을 번갈아 뻗으며 흐트러짐 없이 라인과 나란히 나아가는 그 아이를 보고 있노라면 일종의 기품마저 느껴졌다.

곳곳에서 발견된 죽은 매미들 때문에 아이들의 비명이 끊이지 않았던 작년 늦여름, 코치는 국가대표 출신이 운영하는 인근의 한 어린이 수영센터의 초등부 팀을 초대해 수영 대회를 개최했다.

상급생이 없던 우리 학교에선 유진이 대표로 출전하게 되었다. 어린이 수영센터에선 고학년의 남녀 어린이들이 출전해 경기엔 총 일곱 명이 경합을 벌이게 되었다.

시합 당일 참관하러 온 부모들과 경기에 출전한 학생들의 출신 학교 아이들, 여러모로 이슈가 된 이 학교가 궁금해 모여든 사람들까지 시끌벅적한 가운데 흡사 큰 시합을 앞둔 듯 긴장감마저 감돌았다.

안내 방송이 나오고 자유형 50미터에 출전할 어린 선수들이 일제히 출발 지지대 위에 올랐는데, 1학년인 유진을 제외한 나머지는 3, 4, 5학년으로, 아이들의 신장 차이는 상당했다. 잠시 뒤 코치가 심사대에 오르자 부모들은 아이들의 출발 모습을 놓칠세라 관람대에서 일어나 몸을 빼들고 휴대전화며 카메라 셔터를 눌러대기 시작했다.

수영장에 울려 퍼진 휘슬 소리와 동시에 아이들은 날렵하게 물속으로 뛰어들었다. 수영장은 아이들 응원 소리와 흥분한 어른들의 함성으로 가득 찼다. 상대적으로 스타트를 끊는 힘이 약했던 유진은 잠시 뒤처지는 듯했으나 25미터에서 턴과 동시에 속도를 내기 시작했다. 이윽고 선두를 달리던 4학년 아이와 엎치락뒤치락하며 서로를 따라잡던 끝에 1미터를 앞두고 아슬아슬하게 유진이 먼저 골인을 했다. 일등이었다.

터지는 함성을 뒤로하고 나는 인슐린 주사를 놓기 위해 화장실을 찾았다. 주사를 놓고 곧 있을 메달 수여식을 보기 위해 복도를 달리다 자판기 옆 구석에 쭈그려 앉아 맨몸으로 달달 떨며 훌쩍이는 한 아이를 봤다. 방금 시합에서 누나, 형들을 제치고 멋지게 일등을 차지한 유진이었다.

들키지 않게 돌아 나갈 생각이었는데 어디선가 또각또각 구두 굽 소리가 울려 나는 얼른 자판기 반대편으로 몸을 숨겼다. 발소리는 울 고 있는 유진 앞에서 멈췄다. 두 사람의 모습은 보이지 않았지만 바 닥에 깔린 그림자로 짐작건대 유진의 그녀였다.

"훌륭해, 일등이야. 네가 수영에 이 정도 소질이 있는지는 엄만 미 처 몰랐지 뭐니. 아빠도 얼마나 기뻐하셨는지 몰라. 이참에 전문 코 치 선생님을…."

"싫어! 무서워! 나 물에 들어가는 거 엄청 싫어해!"

"싫어? 무서워? 그런 애가 어떻게 일등을 해?"

"일등이어야 하니까! 그래야 하잖아."

유진의 말에 충격을 받은 것일까, 둘 사이에 짧은 침묵이 지나갔 다.

"풉, 하하하, 그래서 수영도 일등 한 거였어?"

"응. 엄마, 나 진짜 수영 싫어. 매번 꼭 물에 빠져 죽을 것 같은 기 분이야. 귀랑 코에 물 들어가는 것도 싫고…."

"음, 그래? 그럼 됐어. 이제 하지 마. 일등 했으니 그만둬도 돼."

"정말 그래도 돼?"

"당연하지, 네가 이토록 무섭다는데 엄마가 어떻게 널 다시 물속 으로 밀어 넣겠어. 걱정 마. 세상엔 이딴 것 말고도 일등을 할 것들 이 널려 있거든. 넌 뭘 하든 일등만 할 거야. 엄만 알아. 네가 그런 아 이라 엄만 무척 기뻐."

"정말? 기뻐?"

"응. 아주 많이. 대신 잘 들어, 유진. 이건 아주 중요한 말이니까. 네가 더 이상 수영을 하지 않는 이유가 물을 두려워해서라는 걸 아무에게도 들켜서는 안 돼."

그녀의 그림자가 조금씩 길어지고 있었다.

"왜? 해나는 물에 발만 넣어도 코치님한테 무섭다고 말해."

"유진, 넌 사람들한테 네가 이런 시시한 약점이 있다는 걸 알리고 싶은 거야?"

"아니."

"해나가 물을 무서워한다는 약점을 알았을 때 넌 어땠어?"

"기분 좋았어. 나는 해나보다 수영을 잘하니까."

"거 봐. 누군가의 약점은 상대의 힘이 되기도 하거든. 그러니 감춰야겠지."

"…아빠한테도?"

"응, 아빠는 더욱. 너에게 약점이 있단 사실을 알면 크게 실망하실 거야."

"알았어, 그럴게."

곧 메달 수여식이 있을 예정이니 선수들은 대기실로 모이라는 안내 방송이 흘러나왔다.

"자, 그럼 이제 일등 메달을 받으러 가볼까, 아들."

딸꾹딸꾹.

엿가락처럼 길어진 그녀의 그림자가 복도를 가로질러 창문을 기어 타고 천장까지 뻗자 참고 있던 딸꾹질이 터져버렸다.

천장에서 멈춘 그녀의 그림자가 내 쪽으로 고개를 꺾더니 이어 또 각또각 발걸음 소리와 함께 다가와 날 내려다봤다.

딸꾹딸꾹.

"네가 그 아이지?"

나는 일어나 인사를 했다.

"안녕하세요, 딸꾹."

"그래, 네 이름이⋯."

그녀는 이미 내 이름을 알고 있다. 나는 그녀가 설립하는 데 공을 세운 이 학교에서 감히 그녀의 아들을 이기고 입학한 유일한 아이였기 때문이다.

"진해나요, 딸꾹."

"맞아. 진해나. 기억나. 아줌마가 궁금한 게 있는데 해나 어머님은 어쩐지 도통 뵐 수가 없구나. 혹시 오늘 이곳에 오셨을까?"

"아니요, 저는 수영을 할 줄 모르거든요, 딸꾹. 물을 아주 많이 무서워해서요."

그렇다고 해서 그따위가 제 약점이 될 순 없어요.

전 더 끔찍하고 거대한 약점들을 숨기고 있거든요.

천장에서 날 내려다보던 그림자가 서서히 창문을 타고 복도로 내려와 그녀의 신장에 맞춰 눕자 거짓말처럼 딸꾹질이 멈췄다.

"그러니? 네가 우리 유진이 짝이라면서."

"네."

"다음에 유진이랑 집에 놀러 오렴, 맛있는 거 해줄게. 어머님도 꼭 한번 뵀으면 좋겠다고 전해주렴."

유진은 그 누구도, 아버지조차도 알아선 안 되는 자신의 약점을 나한테 들킨 게 분한지 매서운 눈으로 날 노려보았다. 그날 이후로 유진은 모든 사람에게 이를 드러내며 웃었지만 내 앞에서만큼은 애써 웃지 않았다.

***

스물여섯 명 중 스물다섯 명의 찬성표와 한 명의 기권을 받아 학급회장이 된 유진은 학급회장 모임에 참석하느라 하교가 늦었고 나역시 연락도 없이 나타나지 않는 기사님을 기다리고 있다.

매번 교문 앞까지 유진을 픽업 오던 필리핀계 아떼[1]도 웬일인지보이지 않는다. 모두가 떠난 광장 분수대 앞에서 우리 두 사람은 멀뚱히 서 있으면서도 인사조차 하지 않는다.

여러 차례 전화를 걸어도 상대가 받지 않자 유진은 잔뜩 성질이난 상태다. 잠시 뒤 멀리서 새빨갛게 놀란 얼굴의 아떼가 헉헉거리며 달려오자 유진은 가방에서 책이며 필기구를 모조리 꺼내 아떼를향해 집어 던진다. 그러고도 분이 풀리지 않는지 실내화 가방으로 아떼를 내려치기 시작한다.

우리보다 고작 열 살 정도 많은 앳된 아떼는 양팔로 몸을 감싼 채시간에 맞춰 픽업하러 왔었노라고, 암만 찾아도 보이지 않아 정신없이 찾는 중이었노라 띄엄띄엄 말했지만, 유진은 들리지도 않고 듣고싶지도 않은 듯하다. 두 사람의 모습을 지켜보던 내가 분수대 바닥에 깔린 자갈 하나를 골라 들고 그를 향해 집어 던지려는 찰나 급하게 달려온 택시가 내 앞을 가로막는다. 차에서 달려 나온 기사님이다짜고짜 유진을 뒤에서 끌어안는다.

거친 호흡을 뱉어내던 유진이 겨우 안정되자 기사님은 허리를 두르고 있던 팔을 풀고 수화를 시작한다.

---

1) 살림살이, 육아 등을 도와주는 필리핀계 입주 도우미를 부르는 말.

"해나, 늦어서 미안해. 많이 기다렸지?"

얼마 전 나는 그녀가 말수가 적은 것이 아니라 소리를 낼 수 없단 사실을 알았고, 그녀 역시 내가 수화를 한다는 걸 안다. 그녀의 팔과 목에 검붉은 상처가 보인다.

"혹시 사고가 있었나요?"

"아니, 아니, 그런 건 아니고…. 애들 아빠가 또 찾아와서."

택시 룸미러에 걸려 있는 그녀의 어여쁜 가족사진엔 내 또래로 보이는 세 명의 딸과 그녀만 있었다.

"일단 병원부터 들르세요."

"아니, 괜찮아. 우선 너를 집에 데려다줘야 해. 네가 늦어지면 엄마가 걱정하실 거야. 상처는 내가 알아서 할게."

내가 암만 늦어져도 엄마는 날 걱정할 수가 없어요.

"기사님이 염려돼요."

"고맙지만 난 정말 괜찮아. 어서 타렴."

차에 오르려는데 유진이 다가온다.

"나 집에 데려다줘. 쟨 시간이 좀 걸릴 것 같거든."

가엾고 앳된 아떼는 바닥에 내팽개쳐진 노트와 책들을 털어가며 줍고 있다. 우리를 친구라 믿은 기사님은 웃으며 택시 문을 열어준다.

차가 출발하자 눈물을 훔치며 쩔뚝거리는 아떼의 모습이 사이드미러에서 멀어진다. 유진은 관심 없어 보인다.

기사님은 나에게 유진의 집이 어디냐고 묻는다.

"뭐라는 거야?"

"집이 어디냐고 물으셨어."

"방향대로 움직일 테니 내 손가락을 잘보라고 해."

나는 기사님에게 수화로 유진의 말을 전한다.

10분 정도 유진의 손가락을 내비게이션 삼아 직진과 우회전을 반복하던 차가 한 고급 아파트 입구를 지나자 유진이 기사님의 어깨를 툭툭 쳤다. 차가 멈추고 기사님은 얼른 주머니에서 캔디 하나를 꺼내 건넨다.

기사님과 나를 번갈아 보던 유진의 입꼬리가 기분 나쁘게 올라가더니 선명한 입 모양으로 또박또박 말한다.

"병신!"

사탕을 길에 집어 던지고는 거세게 차 문을 닫고 가버린다. 호의를 베푼 아이에게 무방비상태로 얻어맞은 기사님의 양어깨가 떨린다.

나는 문을 박차고 달려가 여전히 왼손에 쥐고 있던 자갈로 힘껏 유진의 뒤통수를 내려친다. 뒤따라 내린 기사님이 놀란 얼굴로 누구를 붙잡아야 할지 망설이는 동안 털썩 주저앉은 유진이 일어나 내 어깨를 세게 밀쳤고 나는 자갈을 쥐지 않은 손바닥으로 그의 뺨을 후려친다.

금세 빨갛게 부어오른 볼로 나를 노려보다 축축한 뒤통수로 손을 옮긴 유진은 손에 묻어난 피를 보자 악을 쓰며 알 수 없는 욕지거리를 해댄다. 나는 물러서지 않고 가까이 다가가 그의 차가운 눈동자에 내 노여움을 처박을 듯 노려보며 말한다.

"나는 네가 가엾다 생각해. 왜냐면 앞으로 넌 아주 쓸모없는 나쁜 어른이 될 게 뻔하거든. 백프로 확신해."

그때 고급세단이 우리 곁에 멈추고 우아하게 차에서 내린 발걸음이 우리를 향해 걸어온다.

또각또각. 걸음걸이는 유진을 지나 내 앞에 멈춘다. 그녀다. 뒤따르던 비서가 황급히 손수건으로 유진의 뒤통수를 지압하며 구급차를 부르려 하자 그녀가 손짓으로 저지시킨다.

"괜찮아요. 그 정도는 충분히 제가 치료할 수 있어요."

그녀의 목소리엔 흥분도 서두름도 그 무엇도 없다.

"엄마, 진해나 미쳤어! 아빠한테 말해서 경찰서에 처넣어버려! 넌 이제 끝났어. 우리 아빠가 너 퇴학시킬 거야!"

그녀는 허리를 굽혀 천천히 주먹을 쥔 내 손가락을 하나하나 펼치고는 자갈을 빼앗아 든다. 목을 두르던 새하얀 실크 스카프로 자갈을 깨끗이 문질러 닦고는 내 눈앞에 피 묻은 스카프를 활짝 펼쳐 든 채 씽긋 웃으며 이렇게 말한다.

"아무래도 이젠 해나 어머님을 만나 뵐 수 있을 것 같구나."

***

아직은 쌀쌀한 3월 초순이지만 이날 오후만큼은 꼭 4월의 초봄처럼 맑고 따뜻하다. 담임이 무거운 얼굴로 학교폭력위원회라고 쓰인 팻말을 회의실 문 앞에 붙이는 동안 나의 시선은 창밖 교문에 고정된다.

"해나야, 오늘도 아버님이 오시니?"

"아뇨, 엄마가 오신댔어요."

"어머, 그렇구나!"

회의실 문이 열리고 교장과 참관 경찰, 머리에 반창고를 붙인 유진과 유진의 그녀가 회의실 안으로 들어온다.

"안녕? 해나 학생."

"안녕하세요."

"어머님은 아직이시니?"

"곧 도착하신다고 했어요."

분위기를 바꾸려는 듯 교장이 애써 화제를 찾아 던진다.

"유진 학생은 앞으로 수영 선수를 해도 되겠더군요. 형, 누나들 다 제치고 그렇게 빨리…. 지켜보는 나까지 어찌나 신이 나던지."

그녀가 유진의 코를 장난스럽게 꼬집으며 말한다.

"그럼 좋을 텐데 유진인 그날 이후 수영이 시시해졌대요."

유진과 눈이 마주치자 내 머릿속에 '약점'이란 단어가 빠르게 스쳐 지나간다.

'나한텐 별것도 아닌 게 왜 너에겐 숨겨야 할 약점인 걸까?'

'닥치고, 비밀이나 지켜.'

"아, 예. 뭐 그렇더라고요. 그 나이 땐 밤낮으로 좋아하는 것들이 수시로 바뀌니까요. 그럼 유진인 요즘엔 뭐에 관심이 있을까? 교장 선생님한테 알려줄 수 있니?"

"펜싱을 배우고 있어요."

유진이 이를 드러내고 웃으며 말하자 담임이 거든다.

"지난주부터 무슈 슈발리가 아이들에게 펜싱을 가르치고 있어요. 유진이가 특히 열심히고요."

"다행이군요. 괜히 애들 다칠까 어렵게 결정했는데."

서로 궁금하지 않았던 근황은 곧 짧은 침묵으로 이어진다. 담임이 초조한 듯 연신 손목시계를 들여다본다. 작은 초침이 정확하게 숫자 2를 가리키는 순간 회의실 문이 천천히 열린다.

부드럽게 웨이브를 넣은 풍성하고 긴 머릿결을 한쪽 어깨로 가지런히 떨어뜨리고, 살굿빛이 감도는 원피스 위로 트위드 클래식 자켓을 가볍게 걸친 채 겹겹이 레이어드 된 진주 목걸이와 귀걸이를 착용한 여경이 차분하게 회의실 안으로 걸어 들어오자 모두가 일제히 일어나 여경을 맞이했다. 면접 이후 여경을 두 번째 만나는 나는 이 놀라운 변화에 잠시 여경을 알아보지 못한다.

　여경을 향해 먼저 손을 내민 건 그녀다. 여경은 끼고 있던 베이지색 가죽 장갑을 부드럽게 손에서 빼낸 뒤 가볍게 그녀의 손을 잡는다.

　"유감스럽게 이런 자리에서 처음 뵙네요, 해나 어머님."

　"그러게요. 처음 뵙겠습니다, 유진 어머님."

　여경은 이 학교에서 그녀를 두고 '유진 어머님'이라고 부른 첫 번째 사람이다.

사 과

"때리지 마… 아파."

CCTV 화면으로 저항 따윈 꿈도 못 꾼 채 깡마른 팔로 몸을 감싸 안고 유진의 폭력을 고스란히 감내하는 아떼의 모습이 적나라하게 재생되고 있었지만, 여경과 해나를 제외한 다른 이들에게 그녀는 투명인간일 뿐이었다.

대신 모두의 시선은 화면 오른쪽 끄트머리에 위치한 분수대 안으로 슬쩍 삐져나왔다 재빠르게 빠져나간 작고 가녀린 팔 하나에 집중되었다.

참관 경찰이 화면을 정지시키고 물었다.

"여기 방금 분수대로 뻗어 나온 이 팔이 해나양의 팔입니다. 본인 역시 확인한 사항이고요. 그렇죠, 해나양?"

해나가 고개를 끄덕였다.

"해나양, 분수대 바닥에서 뭘 꺼내 든 건지 말해 줄래요?"

"자갈이요."

"크로아티아에서 저 예쁜 자갈들을 수입할 때까지만 해도 저게 내 아들 뒤통수를 가격하는 흉기가 될 줄이야 상상이나 했을까요."

그녀는 송구한 표정을 요구하듯 해나와 여경을 쳐다봤지만 여경은 내용을 전부 확인하기 전까진 어림도 없다는 표정이었다.

이런 자리에 익숙한 듯 참관 경찰은 진행을 이어갔다.

"다음 사건이 일어난 장소로 화면을 이동해도 될까요?"

그녀는 뭔가를 제지하려는 듯, 한 손으로 우아하게 손사래를 쳤다.

"어머, 경찰관님. 사건장소라뇨. 고작 애들끼리 다투다 벌어진 일에 사건이라고까지 하시니 제 마음이 괜스레 무겁네요. 범죄 현장도 아니고 말이죠. 안 그래요, 해나 어머님."

"고작 애들끼리 다툰 일에 유진 어머님이 이런 자리까지 주최하셨으니 확인해보죠. 얼마나 거창한 사건 현장인지."

너스레 떨던 말속의 본심이 여경에게 그대로 읽히자 그녀의 짙은 파운데이션 위로 붉은 열기가 올라왔다. 참관 경찰은 이 또한 익숙한 듯 어깨를 으쓱하고는 화면을 재생시켰다.

화면 속엔 고대 로마 신전을 흉내 낸 거대하고 긴 기둥들 사이로 해나의 택시가 프레임 인 했다.

차에서 내린 유진이 아파트 입구로 들어서려 하자 뒤따라 내린 해나가 빠른 걸음으로 유진을 쫓은 뒤 다짜고짜 뒤통수를 가격하고 뺨을 후려치는 장면에서 멈췄다. 일순간 짧은 비명이 회의실을 울렸다.

비명의 주인공인 담임은 교장의 눈치에 쩔쩔매며 연신 사방으로 고개를 숙여댔다.

"죄, 죄송합니다…."

"그리고 때마침 도착한 여사님과 비서분이 상황을 정리하셨죠. 여기까지가 당일 상황입니다."

짧은 침묵이 피해자와 가해자를 명확하게 구분하고 있었다.

순간 여경은 그녀를 보며 암만해도 이상하단 생각이 들었다. 아들이 자갈로 뒤통수를 가격당해 피를 흘리는데 모니터하는 그녀의 표정엔 아무런 변화가 없었다. 하다못해 담임조차 놀라서 비명을 지르지 않았던가. 그녀는 노하거나 놀라거나 애처로워하기는커녕 기회를 잡은 '위풍당당한 피해자'의 모습으로 유진의 머리만 쓰다듬고 있을 뿐이었다.

"제 눈에만 다분히 의도적으로 보이는 걸까요."

침묵을 깰 권리는 오로지 본인만 있다는 듯 여유로운 목소리로 그녀가 입을 열자 연신 콧잔등의 땀을 닦아대던 교장이 여경에게 물었다.

"해, 해나 어머님, 어떻게 생각하십니까?"

"유진 엄마 말대로인데요? 그보다 유진 학생 상처는 좀 어때요?"

여경이 묻자 상황의 주도권을 쥔 그녀가 너그럽게 말을 이었다.

"다행히 상처는 크지 않아 제가 간단히 치료했어요. 해나 어머님, 제가 고작 아홉 살짜리 애들 다툼에 학폭위까지 제안한 건 해나가 꼭 어떤 처벌을 받길 원해서가 아니랍니다. 이제 설립 두 해 차에 접어든 명문 학교에서 벌써 학폭위라니요. 더구나 이 학교에 특별한 애정을 가진 저로서는 결코 원치 않는 일이죠, 암요. 다만 해나 어머님."

이제부터가 이 학폭위가 열린 진짜 이유겠군, 하고 여경은 생각했다.

그녀는 늘 주인공이었다. 또래보다 말도 글도 빨랐던 유진 역시 주인공이어야 했다. 때문에 그들의 무대가 될 이 학교 유치에 상당한 공을 들였고 결국 이뤄냈다. 분수의 자갈 하나까지 그녀의 손이 닿지 않은 곳이 없었다. 문제는 입학 전 아이들의 입학시험, 지능검사, 학생 개별 인터뷰 따위의 결과였다.

담임은 그녀에게 이렇게 말했다.

"여사님, 이 결과지를 한번 보시겠어요? 보시면 유진이 얼마나 뛰어난 아이인지를 알 수 있답니다."

담임이 내민 두 개의 결과지 중 더 우수한 것은 유진의 것이 아니었다.

"이 아인 모든 검사에서 거의 완벽에 가까운 점수를 획득했어요. 지능 역시 단언컨대 대한민국에서 0.1% 안에 속할 거예요. 이런 경우는 그냥 타고난, 특별히 선택받은 아이인 거죠. 이에 반해 유진은 다른 보통의 평범한 아이들과 별반 다르지 않은 지능을 가졌음에도 불구하고 이 아이 못지않은 성적을 달성했어요! 정말 놀랍지 않으세요? 제 개인적으로, 이 결과는 순전히 여사님 노력이 지금의 유진을 만들었다고 확신합니다!"

다분히 모욕적이었다. 요약하자면 내 아들이 0.1%가 아닐뿐더러 주인공 역시 아니란 소리다. 게다가 담임은 감히 유진을 두고 '보통의 평범한 아이'란 표현을 했다.

"진해나? 이 학생 부모는 어떤 사람들인가요?"

"글쎄요, 아직 어머님을 만나보진 못해서요. 아버님은 뵌 적이 있어요. 근데…."

"왜요? 결과에 많이 흥분하시던가요?"

"전혀요, 그 반대였어요. 뭐랄까, 별 대수롭지 않은 일처럼 생각하셨어요."

"대수롭지 않게?"

자녀가 0.1%에 속한 아이라는 사실을 대수롭지 않게 생각하는 그 이상한 부모는 이후에도 학교 행사나 학부모 모임에 참석하지 않았고, 등하교 역시 택시에 아이를 태워 보냈다. 내 아이를 '보통 평범한 아이'로 만들어버린 그들의 모든 것이 언짢아지기 시작할 때쯤 그 0.1%의 선택받은 특별한 아이가 내 아들의 뒤통수를 자갈로 내려친 것이다.

"여기 계신 선생님들도 그러시겠지만 저 또한 심히 해나가 우려된답니다. 애들끼리 싸울 수 있어요. 있고말고요. 하지만 해나는 처음부터 유진일 해칠 목적으로 자갈을 준비했어요. 실행에도 옮겼고요. 이런 의도적이고 계획적인 해나의 행동이 뭐랄까…. 너무도 아이답지 않아서요. 어른들이 동행한 이런 자리를 통한다면 어리고 똑똑한 해나가 자신의 행동을 무겁게 반성하지 않을까 했어요. 그 외엔 다른 뜻은 결코 없답니다. 해나 어머님, 이해하시죠?"

그녀가 입을 열 때면 딸깍 인형처럼 고개를 끄덕이던 교장은 그제야 안심이 되는지 더는 콧잔등에 땀을 닦지 않았다.

"그럼요, 그럼요. 여사님. 이 선택받은 어린 학생들에게 학폭위라니요. 이번 자리를 통해 서로 오해도 풀고…."

여경이 교장 말을 끊었다.

"오해는 무슨? 그쪽 말이 맞아요. 근데 해나가 자갈을 유진 학생의 뒤통수를 후려갈긴 이유, 나만 궁금한 거죠?"

'후려갈기다'라는 말에 놀라 눈을 동그랗게 뜬 담임과 달리 그녀는 여유롭게 찻잔을 들어 한 모금 삼키고 시선이 다시 자신에게로 집중되자 만족한 듯 입가에 미소를 머금었다.

"해나 어머님, 아홉 살 아이들의 이유라는 게 대개는 그리 대수롭지 않을뿐더러 진실하지도 않답니다."

여경이 팔을 테이블에 올리고 턱을 괸 다음 고개를 살짝 오른쪽으로 기울이자 본래의 근성이 걸친 명품 옷들과 고급 스타일링을 뚫고 삐져나오기 시작했다.

"저기요?"

이곳에서 그녀의 공식 호칭은 '여사님'이었지만 여경에게만큼은 '유진 어머님'에서 '그쪽'이 되었다가 방금처럼 '저기'일 뿐이었다.

"네, 말씀하세요. 해나 어머님."

"저도 유진 학생이 심히 우려스러운 마음에서 한 가지 질문을 할까 하는데요?"

"그러시죠."

자리에서 일어난 여경은 참관 경찰에게 다가가 슬쩍 윙크를 하고 그의 손에 들린 리모컨을 빼들어 학교 앞 분수광장 화면을 재생시킨 뒤 손바닥으로 해나의 팔을 가렸다. 그러자 자연스럽게 시선은 유진의 잔인한 액션에 집중되었다.

"아까 제대로 못 보신 것 같아서요."

여경의 발걸음이 그녀를 지나 유진 앞에 멈추더니 두 팔을 테이블 위로 길게 뻗어 기댄 채 말없이 유진을 내려다봤다. 자신의 시선을 억지로 버티는 아홉 살에게 여경이 물었다.

"자주 그러니?"

"뭘요?"

"아줌마가 얼마 전까지 너랑 비슷한 사람들이랑 좀 어울려봐서 잘 알거든. 저 날 네 행동은 거의 분노조절장애에 가까운 폭력이야. 해나는 그런 널 말리려 했던 거고. 맞니?"

"해나 어머니!"

교장이 버럭 소리를 지르자 그녀가 손바닥을 들어 교장의 흥분을 저지 시킨 뒤 들고 있던 찻잔을 소리 나게 내려놨다.

그녀의 심기가 불편해진 걸 눈치챈 유진이 벌떡 일어나 여경을 노려보며 외쳤다.

"아무것도 아닌 저 거지 같은 게 날 기다리게 했다고요!"

유진의 흥분에 다들 잠시 놀란 듯 짧은 침묵이 이어졌다.

여경이 과장되게 미간을 찌푸리고는 그녀에게 물었다.

"근데 저 여자분은 괜찮아요? 아무리 애라지만… 저 정도 폭행을 당했으면 몸도 마음도 꽤나 충격이 클 텐데요."

그녀는 여경에게 시선을 내주지 않은 채 손톱 끝으로 찻잔의 손고리를 톡톡 치더니 웃으며 말했다.

"염려는 감사하지만 저 아인 건강하게 잘 있어요. 그런데 교장 선생님, 이 자린 우리 집에서 일하는 아이의 건강 상태를 체크하기 위한 자리는 아닌 것 같은데요."

"아, 예. 맞습니다. 여사님, 우리가 오늘 이 자리에 모인 건 어디까지나 진해나 학생의…."

그녀가 교장의 말을 자르고 여경을 올려다봤다.

"만약 도와주고 싶어 자갈을 쥔 거라면 어째서 해나 학생은 상황이 종료되고도 돌을 계속 쥐고 있었던 걸까요?"

여경은 참관 경찰관 앞에 놓인 자갈을 들어 요리조리 돌려보다 대답했다.

"뭐, 타이밍을 놓쳤거나 아니면 크로아티아에서 수입한 만질만질한 이 돌의 촉감이 무척 마음에 들었던가. 아까 말씀하지 않으셨어요? 아이들의 이유라는 게 보통은 그리 대수롭지 않다고? 저도 동의하는데. 해나, 대답해줄래?"

이제 해나 차례다.

"갖고 싶었어요. 보랏빛 돌은 처음 봤거든요."

"그랬구나. 그래서 너는 그 예쁜 돌로 유진의 뒤통수를 내려친 거니?"

해나는 다시금 그날 유진이 기사님에게 내뱉은 모욕의 말을 떠올리곤 매서운 눈으로 유진을 노려봤다. 블랙박스에 녹화된 음성 파일을 가지고 있었지만 공개할 생각은 없었다. 사건의 경위야 밝혀지겠지만 기사님을 또다시 모욕당하게 할 순 없었다.

어제저녁 해나는 늦은 시간까지 여경과 통화하며 학폭위가 열리게 된 연유와 자신의 계획을 설명하고 세 가지 사항을 부탁했다.

첫 번째는 어떤 경우에도 나의 보호자가 되어줄 것.

두 번째는 어떤 경우에도 모욕을 당하지 말 것.

세 번째는 어떤 경우에도 반드시 해나의 계획을 발표할 것.

여경은 잘 해내고 있었다. 충분히 유진의 그녀를 당황케 했고 해나의 보호자로서 지켜주고 있었으며 그 어떤 모욕도 당하지 않았다. 이제 남은 건 해나의 계획을 여경이 발표할 차례였다.

담임이 연약한 목소리로 물었다.

"해나야, 친구한테 왜 그랬는지 말해줄래?"

해나가 유진을 똑바로 쳐다보며 말했다.

"난 절대 네가 차에서 한 말을 하지 않을 거야. 널 위해서가 아니란 것쯤은 너도 알겠지. 넌 그 일에 대해 반드시 사과해야 해. 그건 널 위한 일이기도 해."

씩씩거리며 유진이 말했다.

"웃기지 마!"

순식간에 유진을 나쁜 아이로 만들어버릴 그 단어는 해나와 유진만 알고 있었다.

"아, 저기, 두 아이의 담임으로서… 제 생각엔 어떻든 아이들끼리 화해가 우선이지 않… 을까 하는데요. 일단 해나가 유진에게 사과하고 유진인 해나의 사과를 받아주고, 어떠세요?"

해나의 진심 어린 사과 한마디면 어떤 처벌도 내려지지 않을 테고 프랑스에 본원을 둔 이 명문 학교엔 학폭위 기록 따윈 삭제된다. 또한 해나의 사과 한마디로 유진은 계속 가지런한 이를 한껏 내보이며 웃는 유진일 것이고, 그녀는 쭉 학부모들의 여왕벌로 군림할 것이다.

이 학폭위의 본래 목적은 바로 그런 것이었다. 만점으로 입학한 아이와 그의 부모에게 실제 주인공을 알리는 자리. 하지만 그녀는 여경에게 가진 수를 몽땅 읽힌 어리석은 여자일 뿐이다. 여경을 제외한 모두가 해나의 사과를 기다리고 있다.

"진심으로 사과한다면 받아줄 생각이야."

유진이 빈정거리듯 말하자 여경이 해나를 돌아보며 말했다.

"네가 원하는 대로 해."

"미안하지만… 사과한다고 해도 그건 내 진심은 아닐 거야."

잠시 잠깐 해나가 사과를 한 것인지 하지 않은 것인지 모두 헛갈렸지만, 얼굴이 새빨갛게 변한 유진이 자리에서 벌떡 일어난 것으로 해나는 사과하지 않은 것이 되었다.

"사과해! 그날 네가 나한테 한 말 사과하라고!"

유진이 해나에게 원하는 사과는 자갈로 자신의 머리를 내려친 '행동'이 아니라 '어떤 말'이었고, 이 말을 유일하게 알아들은 사람은 해나뿐이었다.

이쯤 되자 시종일관 가면 같은 미소를 장착했던 그녀조차 얼굴이 굳어지기 시작했다.

"안타깝지만 지금부터는 학폭위 성격으로 진행해야겠군요. 교장 선생님, 그저 사과하고 끝날 아홉 살 애들 다툼이 아니라 이 학교의 학생과 학생 사이에서 벌어진 사건으로 진행해주세요. 어때요? 해나 어머님, 동의하시나요?"

"뭐 제가 힘이 있나요. 유진 어머님 원하시는 대로."

"저기 여사님, 이럴 게 아니라…."

"해나 어머님 생각엔 과연 동급생을 계획적으로 폭행한 아이가 이 학교에 계속 남아 있을 자격이 있다 보십니까?"

그녀가 건조하게 묻자, 여경은 이전의 그녀를 흉내 내듯 우아하게 찻잔을 들어 한 모금 삼킨 뒤 소리 나게 내려놓으며 말했다.

"아뇨, 전혀요. 이번엔 자갈을 들었지만 이 꼬맹이가 나중엔 뭘 집어 들지 제가 어떻게 알겠어요? 그래서 말인데…."

이제 세 번째 사항, 해나의 계획을 발표할 차례였다.

여경이 돌아보자 해나가 결심이 선 듯 고개를 끄덕였다.

"저는 진해나의 보호자로서 이 모든 상황에 책임을 지고 이 순간 이후로 해나의 자퇴를 결정할까 합니다."

다시 짧은 비명이 터졌다. 이번에도 담임이었다.

여경의 돌발발언에 그녀와 유진은 이 자리에서조차 주인공이 될 수 없었다. 감히 134:1의 경쟁을 뚫어야 들어올 수 있는 이 학교를 고작 사과 한마디 대신 그만두겠다고?

"아니, 해나 어머님. 자퇴라니. 그게 무슨 말씀이십니까! 애들끼리 다툰 일에 자퇴씩이나. 게다가 의무교육과정인 초등학생이 자퇴라니요! 불가능합니다."

교장은 큰 소리로 나무라듯 말했고 담임은 거의 울기 직전이었다.

"해나 어머니 결정이 그러하시다니, 저로선 심히 유감스럽지만 존중하겠습니다. 그럼 대충 마무리된 것 같으니 전 이만."

그녀는 유진을 혼자 남겨두고 회의실을 나가버렸다.

홀로 남은 유진은 정지된 CCTV 모니터 화면을 물끄러미 보았다. 뒤통수에서 피 흘리는 제 곁을 지키는 사람이 엄마가 아닌 비서인 게 이상했다. 반면 해나의 자퇴 문제로 교장과 실랑이 중인 여경을 보며 보호받는 해나가 부러웠다. 그 순간 유진과 눈이 마주친 해나가 이렇게 말하고 있었다.

'네 약점은 수영이 아니라 네 엄마야.'

해나가 교실에서 짐을 정리하는 동안 구두를 벗어 던진 여경은 게시판에 붙은 '우리 가족 소개하기' 그림을 보고 있었다. 해나의 그림도 있었다.

숲속인지 배경은 온통 나무와 꽃들이 가득한 곳에서 핑크색 원피스를 입은 엄마와 앞치마를 두르고 바이올린을 켜는 아빠 그리고 어린 해나가 행복한 듯 웃고 있는 그림이었다.

'예쁜 우리 엄마의 취미는 식물 가꾸기, 다정한 우리 아빠는 바이올린을 만드는 마스터 그리고 나'라고 소개 글이 쓰여 있었다.

"앞으로 내가 할 업무도 이런 식인 거니?"

여경의 목소리에 어떤 불만이 감지되었다.

"넌 오늘 내가 뭘 했다고 생각해?"

"일이요. 물론 합당한 보수는 지급할 테고요. 왜요? 불편하세요? 괜찮으니 말씀해주세요."

"네 말대로 난 합당한, 아니지 네가 주는 금액은 합당함을 넘어서긴 해. 여하튼 난 일하고 보수만 받으면 되니까."

"앞으로도 그렇게 생각하시면 편할 거예요."

"그게 문제야. 편하지가 않거든. 아홉 살짜리를 자퇴시켰는데 마냥 편할 순 없지. 적어도 널 처음 만났을 때 네가 필요한 도움이 이딴 건 줄 몰랐지."

"전 도움이 필요해요. 언니도 제 도움이 필요하고요."

"어. 맞아. 하지만 앞으로도 이런 일에 입 닥치고 무조건 네 편이나 드는 게 내가 할 일이라면 당장 그만둘 생각이야."

해나는 자신이 얼마나 힘겹게 여경을 찾아냈는지 얼마나 큰 용기로 연락을 했는지가 떠올랐다. 그에 반해 아무렇지 않게 언제든 그만두고 자신을 떠나겠단 여경의 말에 순간적으로 발끈했다.

"아무것도 모르면서! 난 잘못하지 않았어요!"

"아니. 잘못했어. 넌 사람을 해치려 했어."

"언니도 사람을 해쳤잖아요! 안 그래요?"

"…"

고약한 말은 이미 해나의 머리와 가슴을 빠져나와 여경을 넘어뜨렸다. 오후의 붉은 노을이 교실 커튼을 붉게 물들이고 둘 사이의 침묵도 붉게 만들었다.

"이봐, 꼬맹이. 네가 나에 대해 얼마나 조사했는지 모르겠지만, 함부로 지껄이지 마. 적어도 난 내가 해친 사람한테 끝까지 사과했어. 사과했어야 해, 너도."

"……."

해나는 자신의 말을 후회하며 마음속으로 빠르게 되뇌었다. 제발 그 말만은 하지 말아 달라고. 하지만 여경은 정확하게 그 말을 하고야 말았다.

"너한테 뭔 사정이 있어 이런 요상한 연극이 필요한지 모르겠지만 아무래도 이 일에 나보다 더 맞는 사람이 분명 있을 거야. 난 절대 아냐. 어울리지도 않고."

사실 여경은 언제든 원하면 이 일을 그만둘 수 있다.

"네, 알았어요. 일할 사람이야 얼마든지 있으니까요."

하지만 이 일을 할 사람은 반드시 여경이어야 했다.

이유를 밝히지 못한 채 이미 너무 많은 걸 혼자 감당해야 했던 해나는 지쳐 마음에도 없는 말을 하고 있었다.

"이 옷은 알다시피 내 취향은 아니라서. 돌려보낼게. 그럼 안녕, 꼬맹이."

여경이 해나만 남겨두고 교실을 떠났다.

텅 빈 교실에 혼자 남은 해나는 묵묵하게 짐정리를 마무리한 뒤 기사님께 픽업 호출 문자를 보냈다. 제 몸만 한 가방을 둘러매고 일어서다 힘든 듯 털썩 의자에 주저앉았다. 해나는 한동안 미동도 없이 점점 짙어지는 붉은 노을 속에 자신을 내버려 뒀다. 그러다 의자에 올라서더니 게시판에 붙은 가족 그림을 갈기갈기 찢기 시작했다.

"잘 알지도 못하면서! 아무것도 모르는 주제에!"

이 말은 아무것도 말할 수 없는 해나가 여경에게 유일하게 해주고 싶은 말이었다.

***

양어머니의 온실은 내가 태어나서 본 것 중 가장 아름다웠다. 입양이 결정되고 처음 이 집으로 향하던 길, 도심을 벗어나 외곽으로 접어들자 양 길가로 높게 솟은 나무들이 바람에 흔들리며 자동차 위로 은빛 눈가루를 뿌려댔다.

나를 태운 양아버지의 차가 작은 마을을 지나 숲으로 향하는 샛길로 빠지자 기둥이 흰 나무 그림자가 샛길 바닥에 간격을 두고 누워 있었다. 창을 내려 손을 밖으로 뻗자 나무 그림자는 내 작은 손 위를 차례로 빠르게 지나갔다.

잠시 뒤 샛길이 끝나는 지점에서 차는 멈췄고 대문 너머로 이층 높이의 저택 지붕이 보였다. 저택 주변에 다른 집은 없었고 방금 지나온 마을이 한눈에 내려다보였다. 육중한 소리와 함께 고풍스러운 철제문이 활짝 열리며 이층으로 지어진 목조저택이 모습을 드러냈다. 넓은 마당엔 낡은 그네 안장 위로 둥글게 쌓인 눈이 금방이라도 넘어질 듯 쌓여 있었다. 긴 창들과 앙증맞은 발코니, 멋들어진 굴뚝이 있는 이 집은 꼭 동화책에서 본 집 같았다.

나와 양부모 이렇게 셋이서 살 집은 서른두 명이 살던 보육원보다 훨씬 컸다.

나는 현관에서 맨발로 뛰어나와 날 반기는 양어머니를 따라 집 안으로 들어섰다. 포근한 색들이 가득한 다이닝룸과 주방, 부부 침실을 지나 이층으로 이어진 계단을 오르자 양어머니는 복도 두 번째 방의 문을 열어주었다. 밖에서 본 발코니가 있던 방이었다.

내가 본 것 중 가장 높은 침대와 다양한 책으로 가득 채워진 책장, 여러 스타일의 원피스가 걸려 있는 옷장이 있었다. 이층 계단 첫 번째 문은 욕실이었는데 내 키에 꼭 맞춘 세면대와 욕조, 변기가 놓여 있었다.

"해나야, 마음에 드니? 불편한 게 있으면 언제든 말하렴."

"그럴 리가요."

양부모님은 모든 게 꿈 같아 얼떨떨해하는 내 손을 끌고 뒷마당으로 향했다. 거기엔 유리로 만든 삼각 지붕의 거대한 온실이 있었다. 문을 열고 들어서자마자 새소리와 함께 따뜻하고 습한 공기 중에 뒤섞인 꽃향기, 풀 비린내가 콧속으로 훅 하고 들어와 금방이라도 온몸 구석구석에서 새싹이 자랄 것만 같았다. 온실은 겨울 동안 은신 중인 세상의 모든 색이 고향으로 돌아온 듯 화려했다. 떠올려 본 적조차 없는 다양한 색감과 모양을 지닌 꽃과 식물들은 손에 대기만 해도 색이 그대로 묻어날 것만 같았다.

작은 분수대에선 쉴 새 없이 쏟아지는 물줄기에 앙증맞은 무지개가 환영처럼 나타났다 사라졌다. 걸치고 있던 베이지색 스웨터와 푸른색 머플러를 벗자 양어머니가 받아 팔에 두르고 환하게 웃었다.

푸른 이끼가 포장된 검은 돌다리를 건너 밟으며 온실의 가운데로 들어서자 떡갈나무로 만든 아주 긴 식탁 위로 꽃만큼 화려한 음식들이 차려져 있었다.

　그 순간 나는 양부모님으로 인해 앞으로 내 인생의 모든 것이 변할 것 같은 예감이 들었다(불행하게도 그 예감은 맞았다. 전혀 다른 방식으로). 어디선가 캐롤이 들렸고 양아버지가 의자를 빼주자 나는 편하게 앉아 그의 서빙을 받으며 이름 모를 맛있는 음식을 즐겼다. 따뜻한 음식과 나를 둘러싼 이 온실의 색들 덕분에 나는 이대로 자라 어른이 될 것처럼 자꾸 몸이 간질거렸다.

　이곳은 본래 온실이 아닌 냉실이었다고 했다. 고산지대의 식물과 꽃을 특별히 좋아했던 전 주인이 제작했다고 한다. 때문에 바닥엔 토양의 온도를 조절할 수 있게 파이프가 설치되어 있었고 내부 기온은 외부의 상황과 상관없이 조절할 수 있도록 환풍, 차광 시설까지 완벽하게 구비되어 있었다. 이후 그들은 자녀들이 있는 외국으로 가면서 양부모님에게 이 집을 넘겼다고 했다.

　이 집으로 거처를 옮긴 양부모님은 제일 처음 냉실을 온실로 바꾸는 작업부터 시작했다. 색감에 탁월한 감각을 지닌 양어머니 덕분에 온실 속은 눈이 오나 태풍이 퍼붓거나 항상 다른 세계로 향하는 통로처럼 눈부시게 아름다웠다. 외진 곳이라 달리 갈 곳도, 친구도 없던 나는 종종 이곳에서 화원을 돌보는 양어머니와 시간을 보내곤 했다. 그럴 때면 양어머니는 꽃말이나 꽃에 얽힌 사연들을 들려주곤 했다.

　하루는 온실이 아닌 대문 앞 길목에 핀 복숭아꽃 빛깔이 나는 꽃을 만지려 하자 어머니가 서둘러 내 팔을 낚아챘다.

　"미안, 놀랐지? 하지만 해나야, 이 식물은 뿌리도 꽃도 풀잎도 절대 만져선 안 돼. 사람을 다치게 할 수 있거든."

"이렇게 예쁜데요?"

"그러게 말이야. 옛날 그리스의 어떤 마법사들은 이 예쁜 꽃을 이용해서 사람을 미치게도 죽게도 했다는구나."

나는 이 잔인한 꽃에서 한 발짝 물러나 물었다.

"이런 꽃에도 꽃말이 있을까요?"

"그럼, 당연히 있지."

"뭔데요?"

"방심은 금물. 어때 무척 어울리지 않니?"

그때 난 그녀에게 이토록 위험한 독성을 지닌 꽃을 굳이 길목에 심은 이유를 묻지 않았다. 늦여름까지 꽃을 피웠다 겨울이 가까워지자 꽃잎은 모두 떨어졌지만 여전히 뿌리와 줄기는 빳빳하게 기다란 키를 뽐내며 서 있었다.

양어머니는 외출을 전혀 하지 않고 오직 집과 온실에만 머물거나 기껏해야 집 앞 샛길 산책을 나가는 게 전부였다. 내가 저혈당으로 쓰러져 병원을 방문한 날과 학기가 시작되어 학교에 데려다준 그 이틀이 그녀가 외출한 전부였다.

나는 가끔 온실에 있는 떡갈나무로 만든 십 인용 식탁에 우리 세 사람을 제외하고 누가 앉을 일이 있을까 궁금했다.

날이 눈부시게 좋거나 쌀쌀할 때에 우린 이곳에서 식사를 하곤 했는데 그날은 특별히 양아버지가 요리를 담당했다. 오랫동안 헝가리에서 유학 생활을 한 그의 요리 솜씨는 꽤 훌륭했다. 그 당시 우리 셋은 분명 행복했다. 나는 그들이 원하는 딸이 되려고 노력했고, 그들 역시 나를 따스한 눈빛으로 바라보던 짧은 시절이었다. 하지만 이층 목조저택을 둘러싼 숲에 첫서리가 내릴 때쯤 온실의 꽃들이 조금씩 시들기 시작했다. 이 사실을 눈치챈 건 양아버지보다 내가 먼저였다.

그리고 그날이 왔다. 12월 24일, 크리스마스이브.

이른 저녁 식사를 마지막으로 더 이상 우리 세 사람이 산 채로 십 인용 식탁에 앉을 일은 없어졌다. 양어머니의 요청으로 양아버지가 크리스마스 특별식으로 만든 굴라쉬 스튜와 곁들인 깜빠뉴 빵을 마 지막으로, 내가 깨어났을 때 두 사람 중 한 사람은 손에 스푼을 쥔 채, 한 사람은 두 눈을 뜬 채로 날 바라보며 식탁에 엎드려 있었다.

그날이 이곳이 온실로 존재했던 마지막 날이었다.

−30℃ / −22°F

이제 이곳은 본래 지어진 목적대로 냉실이 되었다. 식물들과 꽃들 은 매서운 기온을 견뎌내지 못하고 죽거나, 급속 냉동이 가동되어 하 얀 서리들이 내려앉은 채로 얼어붙었다.

덕분에 냉실은 여전히 차갑게 푸르렀다. 중앙에 위치한 떡갈나무 식탁엔 시간이 멈춘 듯 그날의 모습 그대로 양부모님이 엎드려 있었 다. 꽝꽝 얼어붙은 채로.

양어머니는 숨을 거두는 마지막 순간까지 눈을 뜨고 날 바라봤던 모양이다. 뜬 눈은 다신 감기지 않았다. 나는 가끔 궁금했다. 마지막 순간, 그녀는 나를 보며 무슨 생각을 했을까.

만약 이곳이 온실로 돌아간다면 그들은 원래 모습으로 깨어날 수 있을까. 온도 스위치를 한 단계씩 올릴 때마다 양어머니의 얼어붙은 시퍼런 얼굴에 붉은 기가 돌기 시작하고 꽃들 위로 내린 서리는 청량한 물방울이 되어 깨어난다.

또 스위치를 한 단계 올리자 색색의 물고기들이 얼어붙은 연못의 빙판을 입으로 깨부수고 어디선가 다시 새들이 지저귀기 시작한다. 이윽고 양어머니의 굳은 손가락 마디마디가 매끄럽게 움직이기 시작하더니 급기야 심장 뛰는 소리가 들려온다.

스위치를 최대치로 올리자 그녀의 머리칼을 뒤덮고 있던 서리가 녹고 윤기가 흐르는 머리칼 위로 햇살이 내리쬐고 얼어버린 굴라쉬 스튜 그릇에선 따뜻한 김이 피어오른다.

식탁 위 바구니 속 색색의 과일들이 제각각의 향기를 뿜어내면 양아버지는 초록 사과를 한 입 베어 물고 새로 작업한 바이올린을 가져와 우리에게 자랑한다. 식사를 끝낸 양부모님은 나를 침대에 눕히고 이마에 키스를 한 뒤 통통한 양 볼을 사랑스럽다는 듯 쓰다듬고 내가 잠들 때까지 곁에서 꼼꼼히 보기 시작한다.

눈, 코, 입. 한참을 보고 만지던 양어머니의 눈동자가 순식간에 슬픔과 절망으로 가득 차기 시작한다. 양아버지는 그런 양어머니의 어깨를 토닥여보지만 그녀는 혈관 속에 고통이 주입된 사람마냥 통증을 끌어안고 며칠 내내 침대 밖으로 나오질 못한다. 나는 이제 안다. 그들의 눈동자 속에 눈, 코, 입은 나의 것이 아니다. 날 꼭 닮은 그 아이의 것이다.

삐—

연속혈당측정기가 울리자 나는 재빨리 상상에서 빠져나와 냉실 온도를 한 단계 더 낮게 설정한 다음 내 방이 있는 이층까지 한걸음에 달려가 윗옷을 들고 배에 인슐린 주사를 놓는다.

호흡을 어느 정도 가다듬은 뒤, 발코니로 나가 냉실을 내려본다.

가로등 하나 없는 칠흑 같은 숲속의 밤, 떨어진 달빛이 냉실의 꼭짓점에 뾰족하게 찔려 있다.

그 아래로 떡갈나무 식탁이 어슴푸레 비친다.

여전히 그들이 그곳에 있다.

아무도 모르게.

따르르릉.

내가 이 집에 온 후 처음으로 응접실의 전화벨 소리가 울린다. 거의 은둔 생활을 했던 양부모님에게 전화가 걸려오는 일은 없었다. 일층 응접실로 내려간 나는 한참을 망설인다. 이 전화를 받아도 될까. 누구든 내 목소리를 듣고 나면 분명 이렇게 묻겠지.

"엄마 좀 바꿔 주겠니?"

끊어질 때까지 그냥 둘까.

그랬다간 누군가 집에 직접 찾아올지도 모른다.

이렇게 망설이는 사이 전화벨은 끊어졌고 더욱 불안해하며 이층 계단을 오르려는데, 다시 전화벨이 울린다. 이번엔 서둘러 전화는 받는다. '여보세요'라는 말 대신 나는 잠시 침묵을 유지한다. 이윽고 깊은 한숨 소리와 함께 목소리가 들려온다.

"진해나 너 맞지? 나야, 윤유진."

이 시간에 이 아이가 왜 집으로 전화를 건 거지?

그보다 집 전화번호를 어떻게 알아낸 거지?

"윤유진?"

"네가 받아서 정말 다행이야. 늦은 시간이라 고민했거든."

"집 번호는 어떻게 알았어?"

"아, 담임 선생님한테 부탁했어. 첨엔 절대 가르쳐줄 수 없다 하셨는데… 내가 자꾸 조르고 졸라서."

"무슨 일이야?"

"…있잖아, 나 아떼에게 사과했어. 그리고 네 기사님께도 사과하고 싶어."

유진은 그 말을 끝으로 아무 말도 하지 않았다.

"윤유진."

"어?"

"나도 너한테 사과해도 돼?"

"…응."

학폭위가 열리던 회의실에서 유진이 나에게 그토록 사과하라고 외친 건 뒤통수에 흐르던 피 때문이 아니다. 그날 아파트 광장에서 내가 유진에게 퍼부은 저주 때문이다.

'나는 네가 가엽다 생각해. 왜냐면 앞으로 넌 아주 쓸모없는 나쁜 어른이 될 게 뻔하거든. 백프로 확신해.'

"그날 내가 한 말 미안해. 사과할게."

"…나 있잖아, 네가 그렇게 말하니까 정말 그렇게 될까 봐 사실 엄청 쫄았어."

유진이 떨리는 목소리로 말했다.

"인정해. 내가 심했어."

"사과 받아줄게. 진해나 학교 안 나오는 건 언제? 좋아?"

"별루야."

"그럼 다시 나오면 안 돼?"

"안 돼. 사정이 있어서 그럴 수가 없어."

사과도 끝났고 더 이상 용건도 남지 않았는데 유진은 전화를 끊지 않는다. 나는 사과를 한 입장이라 먼저 끊을 수도 없다.

"…."

"…."

"저기 있잖아, 진해나. 난 물을 엄청 무서워해. 그 사실을 아는 사람은 엄마랑 진해나 너밖에 없어."

"미안, 난 모르는 걸로 할게."

"아니, 아니. 진해나. 그게 아니라….'

"…?"

"숨기지 않아도 되는 사람이 있어서… 좋아."

유진은 숨기지 않아도 되는 사람이 있어서 좋다고 했다.

나도 산더미처럼 숨기고 있는 걸 털어놓으면 좋을까.

"유진, 넌 물을 무서워하지만 난 물속에 들어가는 것도 무섭고, 깜깜한 밤도 무서워해. 내가 보통 아이들과 좀 다르단 것도 무섭고 죽은 사람들도 무섭고 하루에도 몇 번씩 오르내리는 혈당수치도 무섭고, 내 곁에 아무도 없다는 것도 나 혼자 모든 사실을 알아버린 것도 언젠가 이 모든 것이 들통날 것도 무서워. 또….'

"또?"

"…이대로라면 결국 난 어른이 되지 못할까봐 무서워."

"걱정 마. 우린 어른이 될 거야. 약속해."

"유진, 이제 넌 내 약점을 다 알고 있는 유일한 사람이야."

"비밀은 꼭 지킬게."

"응. 고마워."

나는 왜 갑작스럽게 유진에게 내 불안과 공포를 토로했는지 알지 못한다. 함부로 나쁜 어른이 될 거라 저주를 퍼부어놓고선 고작 사과 따위로 퉁 치는 게 미안해서였을까. 아니면 그게 누구든 '단 한 명' 만큼은 내 두려움을 알아주길 바란 것일까. 것도 아니면 숨기지 않아도 되는 사람이 생겨 좋다는 유진의 말에 혹했던 것일까.

그 무엇도 아니라면 나는 정말 겁이 나기 시작했는지도 모른다.

***

편의점에서 마시지도 못하는 술을 한 병 사다 빠르게 들이켜며 심장에 들러붙은 불편함이 알코올에 씻기길 바랐지만 실패다. 학교에서 돌아온 뒤부터 이 불편함이 사라지질 않는다. 따지고 보면 고작 두 번의 만남과 세 번의 통화가 전부인 아이다. 하찮은 감정조차 주고받을 그 무엇도 없는 사이와 시간이다.

아이를 처음 만난 날(해나는 그날을 멋대로 '면접'이라 표현했다) 보호관찰관과의 면접이 길어져 약속 시간보다 늦게 도착했지만 나는 카페 문을 열자마자 한눈에 아이를 알아봤다. 심지어 그렇게 어린아이일 거라 상상조차 않은 상황에서도 말이다. 누구의 눈에도 띄지 않기 위해 머리카락부터 구두코까지 꽝꽝 얼어 있던 아이는 카페에서 해나가 유일했으니까.

그 시절, 내가 그랬던 것처럼.

내가 뭘 어쩔 수 있는 아이도 아니다. 더구나 아이에겐 장미 정원을 가꾸는 엄마가 있고 바이올린을 만드는 마스터니 뭐니 하는 아빠도 있다. 그런데 나는 어쩌자고 자꾸 아이에게서 열두 살의 나를 발견하는 것일까.

남은 반병도 재빨리 들이켠다. 구역질이 올라올 때쯤 휴대전화 벨이 울린다. '발신표시제한자'일까? 나는 지금 그의 침묵이 간절하다. 하지만 액정에 뜬 번호는 해나다. 나는 꼭 기다린 사람처럼 서둘러 통화 수락 버튼을 누른다.

"아담스 패밀리를 봤어요."

"그랬니?"

해나가 아무 말도 하지 않는다.

전에 영화 속 얄궂게 무서운 여자아이를 닮았다 그래서 삐친 걸까. 지금이라도 닮지 않았다고 말할까.

"내가 먼저는 아니지만…."

"응."

"근데요…. 저요."

"응. 너, 뭐?"

"사과했어요. 유진이한테."

"…."

"진짜 뻥 아니고 진심으로."

"알아, 그랬을 거야."

아이는 유진에게 사과를 했다는 말로 나에게 사과하고 있다. 그 말을 '다시 돌아와 주세요'로 이해해도 될까. 해나와 통화가 끝나자 내 내 괴롭히던 불편한 마음은 사라졌지만 대신 이유도 모르고 알싸하게 슬퍼진다. 술 때문인가? 이 기분의 정체를 도통 나도 알 수가 없다.

해리티지

따뜻해서였을까.

앞으로 홈스쿨링을 하게 되었다는 말에 마지막 퇴근을 끝낸 기사님이 차에서 내려 날 끌어안는다.

"해나 학생을 위해 잘한 선택이길 바랄게. 오늘이 마지막인 줄 알았으면 작더라도 선물 같은 걸 준비할 걸 그랬어."

무능력한 남편을 대신해 혼자 사진 속 딸 셋을 책임져야 하는 그녀는 내 자퇴로 하루아침에 고정수입이 날아갔지만 아쉬운 표정 대신 날 꼭 안는다. 따뜻하다. 그래서였을까. 나도 모르게 돌아서는 기사님 옷자락을 잡고 만다.

"엄마가 물어봐 달라하셔서요. 등하교 대신 저를 전담해주실 수 있는지."

"그게 무슨 말이야?"

"제가 외출할 일이 있을 때마다 기사님이 수행해 줄 수 있는지 물어보라 하셨어요. 그리고 이거."

난 봉투를 내민다. 사실 퇴직금으로 준비했던 금액이었다.

"엄마가 전해드리라고 하셨어요."

봉투에서 금액을 확인한 기사님은 은혜 입은 사람마냥 떨리는 두 팔로 소리 없는 말을 이어갔다.

"정말 이래도 되는 거야?"

"아직 외출이 힘들어 직접 전달 못 드려 죄송하다고."

"아니, 아니야, 어머님께 감사하다고 꼭 전해줘."

기사님의 양어깨를 짓누르던 백 킬로그램짜리 추가 녹아내린다. 당신의 따뜻함으로. 다행이다.

사실 자퇴를 결심한 건 학기가 시작되기 전부터였다. 학부모 활동과 외부활동이 압도적으로 많은 학교였기에 위험 요소도 많았다. 이 상황에서 벗어날 방법을 고민하던 중에 '유진 사건'이 터졌고 여경의 힘을 빌려 자퇴를 결정했다.

교장의 말대로 의무교육과정인 초등교육엔 자퇴 개념이 없기 때문에 나는 '정원 외 관리자'로 불리게 되었다. 마지막 순간 그들을 설득한 건 '유진사건'이 아닌 오히려 0.1%라는 내 지능 검사 결과였다. 이걸 핑계로 유학을 운운한 게 겨우 먹혔다.

내 최종 목적은 완연한 봄을 맞기 전 이곳을 완전히 벗어나는 것. 결론은 역시 유학이다. 복잡한 이해관계가 뒤엉킨 한국보단 그편이 훨씬 안전할 것 같았다.

유학원에서 소개한 명문 학교들은 저마다 입학생 정원의 5% 이상이 한국 학생이라며 홍보했지만 이는 나한테는 불리한 조건이다. 일주일을 꼬박 뒤져 찾아낸 학교는 위스콘신주에 있는 가톨릭 수도회에서 운영하는 기숙사형 여학교다. 가장 마음에 드는 점은 다른 학교에 비해 월등히 짧은 방학 기간과 원한다면 언제든 기숙사에서 머물 수 있다는 것이다. 딱히 갈 곳이 없는 나에겐 최적화된 장소다.

단 한 가지 유일한 문제는 입학 전 학부모와의 면담이었다. 여경이 여기까지만 도와줄 수 있다면 이후로 나는 스스로 자랄 준비가 되어 있다.

이제 여경의 상황을 정리할 차례다. 내가 무사히 이곳을 벗어날 때까지 나의 대행 엄마이자 보호자인 그녀를 계속 쉼터에 머물게 할 수 없고, 비밀이 겹겹이 쌓인 이층 목조저택에 머물게 할 수는 더욱 없는 노릇이다. 방법은 그것뿐이다.

그곳으로 가는 수밖에. 해리티지 타워로.

서울 도심 중앙에 위치한 최고급 주상복합 아파트. 이곳은 나의 양부모가 갑작스럽게 서울을 떠나 경기 외곽으로 오기 전까지 머물렀던 곳이다. 해리티지에 입장하기 위해선 로비에서 일종의 입주민 증명 절차를 거쳐야 했기에 나는 여경과 로비에서 만나기로 한다.

주변을 둘러봤지만 여경은 보이지 않는다. 오늘은 그녀가 늦어지는 것이 아니라 내가 너무 서둘렀다.

모던한 스타일의 로비와 어울리지 않게 어지럽고 거대한 그림 하나가 걸려 있다. 뒤엉킨 나선형의 계단들은 어떤 방향에서 내려와도 결국은 되돌아 올라가는 모양새로 뫼비우스 띠 같은 갑갑함을 안겨

준다. 계단의 맨 위쪽과 아래쪽에 각각 위치한 소녀들의 모습은 뒤돌아서 있어 보이지 않는다.

'네가 있는 곳이 마지막 계단이니?'

'아니. 네가 있는 곳은 출발점이니?'

'아니. 너는 뭐가 보이니?'

'네 등이 보여.'

'그럴 리가 없어.'

'어째서?'

'나도 네 등이 보이거든.'

계단에 갇힌 두 아이는 서로의 등만 바라보고 있다.

두 소녀가 마주 볼 수 있도록 한 소녀를 돌려세우려 팔을 뻗는 순간 등 뒤에서 낯선 목소리가 들린다.

"안녕! 해나."

크림색 정장을 입은 여자는 내 키에 맞게 몸을 낮춘다. 프런트에서 날 쭉 지켜보고 있던 여자다. 왼쪽 가슴에 부착된 골드 빛 명찰을 통해 여자가 이곳의 매니저임을 알 수 있다. 한소윤. 그녀의 이름이다. 여자는 날 향해 유독 반가운 미소를 지었고, 내 이름까지 알지만 난 여자를 떠올리지 못한다.

"안녕하세요."

"정말 오랜만이다, 그치? 그사이 많이 자랐구나!"

여자가 자신의 손바닥을 내 머리 위에 띄우며 말한다.

"나 기억하지?"

기억하는 편이 유리한 것 같아 일단 고개를 끄덕인다.

"한동안 못 봐서 이젠 해리티지로 돌아오지 않는 줄 알았어."

"이사한 곳이 좋아서요."

"역시 그렇겠지? 부모님은 잘 계시지?"

"네."

"학교 입학했겠구나."

"2학년이에요."

"세상에나, 벌써 시간이 그렇게 흘렀구나. 난 아기 해나, 꼬마 해나만 기억했는데 이렇게 크다니. 근데 어머님은?"

여자가 주변을 둘러본다.

"집에 계세요."

"그럼 혹시… 아버님이랑 같이 왔니?"

"이모랑 같이요."

어쩐지 그녀의 얼굴에 실망감이 스친다.

"아, 이모? 해나한테 이모도 있었구나. 이모는 처음 뵙네."

"곧 오실 거예요."

때마침 여경이 로비로 들어온다. 백화점에서 구입한 옷들은 어디 갖다 버렸는지 어설프게 물 빠진 진과 후드 티, 그 위로 모자가 달린 코트를 입고 머리에 비니까지 눌러쓴 차림이다(대체 모자만 몇 개일까). 누가 봐도 여경은 해리티지와는 어울리지 않는다.

아니나 다를까 프런트의 건장한 직원이 여경에게 다가가며 소윤에게 무선을 보낸다.

'통제가 필요한 사람 같죠?'라고.

나는 여경에게 달려가 오른팔을 덥석 잡는다.

"이모!"

여경은 중얼거리듯 '오늘의 업무는 이모야?' 하고 묻는다.

소윤이 여경에게 정중하게 자기소개를 한다.

"해나한테 이모님이 계신 줄 몰랐어요."

"네, 안녕하세요."

따로 입주자 증명 절차 없이 소윤은 우리를 에스코트해 자신의 카드키로 대기 중인 승강기 문을 열어준 뒤 익숙하고 당연하게 48층 버튼을 누른다.

"해나야, 다시 봐서 너무 반가웠어. 또 봐."

"네."

아파트 내부는 어제까지 누군가 머물렀던 것처럼, 내일 누구든 들어와 지낼 수 있을 만큼, 가구들과 조리도구들까지 깔끔하게 정리되어 있다. 주기적으로 청소가 되었던 모양이다. 도통 집엔 흥미가 없는지 여경은 창가에 붙어 아래를 내려다보다 말한다.

"여기 있으니 내가 살던 세상에서 멀어진 기분이야."

"나쁜 기분이에요?"

"좋다 나쁘다는 아니고. 뭔가를 올려만 보고만 살아봐서. 내려 보는 건 이런 기분이겠군 싶어. 근데 여긴 어디야?"

이제 말할 때가 됐다.

"쉼터에서 나오시는 건 어때요?"

"그건 왜?"

내 질문에도 여경은 쉼터에서 나오는 것과 이곳에서 머무는 것을 연관시키지 못한다.

"당분간 이 집에 계시는 건 어때요? 어차피 빈 집이거든요."

"그러니까 왜 그래야 하냐고."

"지금 계시는 데는 아무래도 이 일을 하기엔 적절하지 않은 장소 같아요. 그냥 회사 기숙사 같은 거라 생각하시면….“

"여기 있는 동안 나는 네 이모인 거니?"

"네."

"조건이 있어."

언덕배기에 위치한 낡은 재소자 쉼터에서 서울 중심에 위치한 48 층 팔십 평대 아파트로 옮기는데 여경은 조건을 내건다.

"나한테 집은 집이어야 해. 업무의 조건이 아닌. 다시 말해 이 공간에 내가 있는 동안 네가 상관하지 않았으면 해."

"네, 상관 안 해요."

"그리고 그거."

여경의 눈이 내 손목을 두른 스마트워치에 머문다.

"이거요?"

"알아보니 네 혈당수치를 내 휴대전화로도 확인할 수 있다던데 맞아?"

"네, 맞아요."

여경이 휴대전화를 내민다.

"해줘."

나는 여경의 휴대전화에 관련 애플리케이션을 깔고 연속혈당측정기의 데이터가 자동 전송될 수 있게 한다.

"여길 누르면 언제든 확인할 수 있어요."

한참 이리저리 누르며 해당 애플리케이션의 기능을 익힌 여경이 말한다.

"예전 결과치도 전부 나오는구나."

"네, 언제 어디서든 제 상태를 확인할 수 있거든요. 문제가 생기면 곧장 경고음도 울리고요. GPS 기능도 있어서 대강의 위치도 확인할 수 있어요."

나는 괜히 신이 나고 만다.

"작년 12월, 너한테 아주 특별한 일이 있었나 보군."

무슨 의미일까.

"크리스마스쯤이었구나."

"…왜요?"

"그날 네 혈당 그래프 수치가 엉망이야."

***

해리티지인지 뭔지에서 쉼터로 돌아와 방문을 열자 이층침대의 여자가 후다닥 이불을 뒤집어쓴다.

나는 봤고 여자는 늦었다. 나는 여자가 덮고 있는 이불을 거세게 잡아당긴다.

화들짝 놀란 그녀가 반사적으로 구석에 몸을 구겨 넣는다. 그녀의 팔엔 세로로 그어진 3센티 남짓한 가는 핏자국이 셀 수 없이 그어져 있다. 자해다. 그녀가 서둘러 팔을 등 뒤로 숨기고 이불을 뒤집어쓰자 나는 방을 나와버린다.

나 역시 이층침대 여자와 다르지 않았다. 그 순간만큼은 다른 모든 것에서 해방되어 오직 나만이 나를 공격할 수 있기에 다른 의미로 자해는 일종의 나를 지키는 방어였으며 내가 살아있음을 확인하는 유일한 행위였다. 하지만 늘어나는 붉은 줄만큼 내 영혼도 칼로 그어지고 있었고, 상처투성이인 과거에 나를 묶어두는 행위였기에, 나는 멈췄다. 스스로 멈추는 건 불가능하다. 나에겐 수감번호 대신 이름을 불러주는 교도관이 있었다. 이층침대의 여자도 누군가 필요하다.

찬 바깥바람을 쐰 뒤 방으로 돌아와 짐정리를 시작한다. 내가 가진 짐은 이번 업무를 위해 산 옷들과 장신구를 제외하곤 등산용 가방 하나도 다 채우지 못한다. 떠나기 전 나는 창을 활짝 열고 대걸레로 구석구석 꼼꼼하게 청소를 한다.

아까부터 이불 밖으로 빠끔히 눈만 내밀고 내 동선만 졸졸 쫓던 이층침대의 여자가 갑자기 머리만 덩그러니 침대 밖으로 툭 떨어뜨리고는 작게 웅얼거린다.

"같… 이 가고 싶은데…."

무시하고 양동이에 대걸레 머리를 넣고 빼는데 어느새 침대에서 내려온 여자가 내 등 뒤에서 쭈뼛거린다. 여자는 양 주먹을 꼭 쥐고 어깨를 한껏 끌어 올리더니 조금 더 크게 웅얼거렸다.

"저, 저! 기…. 나도 가… 면!"

"안 돼!"

놀란 여자의 어깨가 솟아오른 상태로 멈춘다.

"내 집도 아니고 신세 지는 거라 멋대로 아무나 데려갈 수 없어. 더구나 우린 서로 이름도 모르는 사이잖아."

"제니… 내 이름…."

내가 못 들은 척 걸레질을 시작하자 여자는 다시 이층침대로 올라가 이불을 뒤집어쓰고는 숨소리조차 내지 않는다.

여자는 이름조차 모르는 낯선 날 어쩌자고 다짜고짜 따라나서겠다는 걸까. 순간 여자가 뚫은 귓불에 아릿한 통증이 지나간다.

　나는 관장 수녀에게 쉼터 퇴소 소식을 알린다. 수녀는 이곳을 거쳐간 사람 중 가장 단시간에 떠난다며 축하했지만, 막상 어디로 가는지 묻지 않는다. 그러고 보니 쉼터에 입소할 때도 수녀는 이곳을 연결해준 교도관의 안부 외엔 그 어떤 것도 묻지 않았다. 쉼터를 운영하며 스스로 터득한 일종의 불문율 같은 걸까.

　"제 방에 그 친구요."

　"제니?"

　"제니? 진짜 이름이 제니예요?"

　"20년 전에 미국에 입양됐다가 작년에 강제 출국당했어."

　"강제 출국? 죄명이 뭐였길래요?"

　"죄명? 하하, 굳이 죄명을 찾는다면, 불법체류 정도?"

　"그게 무슨….'

　"웃기지? 미국에 입양되고 거기서 자랐는데 하루아침에 불법체류자가 된 거지. 복잡해. 제니가 입양된 때엔 어린이 시민권법이 제정되기 전이라. 쉽게 말해서 입양되면 자동으로 미국인이 되는 줄 알았던 거지."

　"아니란 거네요?"

　"어, 아니래. 말하자면 한국에서 팔았는데 미국에선 우린 산 적이 없대. 성인이 되고도 선거권이 안 나오니까 이상했나 봐. 그때 알았대. 권리도 자격도 없는 나라에서 어떻게 살아. 강제추방 당했지. 이젠 미우나 고우나 여기서 살아야지 어쩌겠어. 다행히 어디서 주워들었는지 한국말은 꽤 해."

　"미국에 가족들이 있을 거 아니에요?"

"지들이 입양 절차 잘못한 탓인데도 관심 없어."

"버려진 거네요."

"그렇지, 양쪽에서 모두."

여자가 이층침대에서 내려오지 않은 건 이 땅에 닿는 두 발이 좀처럼 익숙해지지 않아서였을까. 차라리 묻지 말걸. 불편해지기 시작한다. 내가 어쩔 수 있는 일이 아니다. 상관없는 사람이다. 해가 뜨자마자 서둘러 여길 떠나기로 마음먹고 이불을 뒤집어쓰는데 내 팔목에 남은 자해 자국의 흔적이 보인다.

'안 돼, 주여경, 멈춰!'라고 해봤자 이미 늦었다. 나는 결국 제니의 이불을 획 걷어내고 만다. 피어싱용 바늘로 자신의 팔을 콕콕 찌르던 제니가 바늘을 뒤로 감추고 재빨리 구석으로 붙어 앉는다. 이젠 어쩔 수 없다.

"조건이 있어. 여기서처럼 지내는 건 용납 안 해. 일단 지금 그딴 행동은 더욱더 안 돼. 내 말 이해했어? 가능해?"

격하게 고개를 끄덕인 제니는 벌떡 일어나 짐정리를 시작한다.

제니의 짐은 이민 가방 세 개를 터질 듯 채우고도 모자라 내 배낭속에 헤어 롤을 쑤셔 넣는다. 그동안 난 해나에게 제니의 입주 사실을 통보한다. 한참 뒤 제니의 짐정리가 얼추 마무리될 때쯤 해나에게 답장이 도착한다.

'네, 언니 뜻대로. 상관하지 않아요.'

그날 저녁 제니는 자신의 침대가 아닌 내 침대 이층으로 올라와 처음으로 코를 골기 시작한다. 아, 정말 잘한 결정일까. 혼란스럽다. 오지 않는 잠을 고집스레 시도하던 중 휴대 전화벨이 울린다. 발신표시제한자다. 나도 모르게 기다렸던 것일까, 서둘러 받는다. 그리고 나는 결코 던지지 말아야 하는 질문을 하고 만다.

"누구세요?"

***

퇴근 준비를 마친 소윤은 멀뚱히 서서 로비에 걸린 그림을 바라보고 있었다.

"선배, 뭐해요? 퇴근 안 해요?"

"아, 해야지."

"저 그림 며칠 전에 48층에 살던 분이 기증한 거죠? 저 작가 엄청 유명해서 값이 엄청날 텐데. 전 여태 그 집에 아무도 안 사는 줄 알았어요."

"맞아. 꽤 오래 비어 있었거든. 이제부터 이모란 사람이 대신 들어와 살 거래."

소윤은 뭐가 생각난 듯 프런트 맨 아래 서랍박스를 꺼내 뒤적이기 시작했다.

"뭐 찾으세요?"

"카드. 분명 여기 뒀는데…."

빠르게 뒤적이던 소윤이 반가운 얼굴로 카드를 꺼내 들었다. 산타가 그려진 카드를 펼치자 캐롤 'Let It Snow' 멜로디와 함께 앙증맞은 여자아이의 목소리가 흘러나왔다.

〔소윤 이모, 메리크리스마스! 이모는 어른이니까 내가 대신 산타할아버지한테 멋진 삼촌 선물해달라고 말해줄게. 사랑하는 해나가.〕

추억에 잠긴 소윤의 눈가가 살짝 촉촉해졌다.

"누구예요?"

"한때 해리티지의 천사였던 아이."

"제가 오기 훨씬 전인가 보네요. 전 여기서 꼬마 악마들만 잔뜩 만나봐서."

"오늘 다시 봐서 너무 반가웠는데, 아이가 날 잘 기억 못 하는 것 같아 괜히 서운한 거 있지."

"애들은 자라면서 뭐든 금방 잊으니까요."

"그렇겠지? 근데 저기 있잖아."

"네."

"왼손잡이인 아이가 오른손잡이가 되는 경우는 있지만 오른손잡이였던 아이가 왼손잡이가 되는 경우도 있을까?"

"그게 무슨 말이에요?"

"아냐, 암것도."

로비에 걸린 그림을 만지려 뻗던 해나의 왼팔.

로비에 나타난 이모의 오른팔을 붙잡던 해나의 왼팔.

자꾸 해나의 왼팔이 떠올라 소윤의 퇴근이 늦어지고 있었다.

엄마

"누구세요?"

묻자마자 '발신표시제한' 전화는 끊어진다.

상대는 자신을 밝힐 의사가 전혀 없다. 나 역시 상대를 꼭 알아야 겠다는 생각은 없었지만 막상 끊어지고 나니 괜한 후회가 밀려온다.

앞으로 연락이 오지 않을 수도 있다. 체념하고 있던 차에 한 장의 사진이 첨부된 메시지가 도착한다. 어느 고급스런 납골당에 보관된 옥빛의 사치스러운 유골함이다. 그 밑으로 분명하게 쓰여 있는 익숙하고 낯선 이름, 주미경.

죽은 엄마다. 이어 또 하나의 메시지가 도착한다.

"안타깝지만 당신 어머니는 살해당하셨습니다."

9년 전 엄마는 서울의 5성급 호텔 스위트룸에서 죽은 지 이틀 만에 객실 룸메이드에 의해 발견되었다. 사체 주변에 나뒹구는 마약성 약품들과 팔에 남은 주삿바늘의 흔적으로 미뤄 약물중독에 의한 심정지로 특별한 부검 절차 없이 단순 변사 사건으로 처리되었다.

수감된 지 일주일 만에 귀휴를 나온 나는 시체 공시소에 안치된 엄마의 사체를 확인했다. 구청직원은 시신인수 여부를 물었고 두 손목에 걸쳐진 수갑의 무게조차 감당할 힘이 없던 나는 무연고 시신처리 동의서에 서명했다.

자치단체에서 호출한 장의사가 하얀 봉고에 싸구려 합판으로 짠 엄마의 관을 비슷한 사연을 가진 관들 위로 쌓았다. 이어 부수고 빻아져 공기 중에 흔적도 없이 사라진 그녀와 나의 인연은 애초에 존재하지 않았던 것처럼 마무리되었다고 믿었다. 그런 그녀가 여전히 한 줌의 물질로 세상에 존재하고 있다. 누굴까? 그녀를 버젓이 잡아둔 사람이. '발신표시제한자'는 왜 내게 이 메시지를 전송한 것일까.

'발신표시제한자'는 한 장의 사진과 한 줄의 메시지 외엔 어떤 정보도 전송하지 않았다. 다음날 나는 9년 전 엄마의 장례를 담당했던 지역구청의 복지지원과를 찾았다.

날 발견한 새치머리가 많은 남자가 양치하러 가다 말고 신경질적으로 컵을 탁 내려놓고 자리에 앉는다.

내가 용건을 말하자 새치머리 남자가 짜증 섞인 목소리로 응답한다.

"이봐, 아가씨. 9년 전에 시신처리 위임서에 서명했다며?"

"네, 했어요."

새치머리 남자의 눈이 '그래놓고 이제 와 뭐가 궁금하다는 거지'

라고 말한다.

"시립 승화원으로 가봐요. 무연고 사망자는 일단 다 거기서 처리하니까. 9년이면 아직 거기 있겠네."

나는 휴대전화 속 '발신표시제한자'가 보내준 사진을 그에게 내민다.

"여기가 거기예요?"

"여기가 어딘데?"

"방금 말한 곳, 여기 아니에요?"

"이봐, 조성진이. 여기 시립 승화원 아니지?"

그의 말이 끝나기 무섭게 옆자리에 빨강 뿔테 안경을 쓴 젊은 남자가 다가와 휴대전화 속 사진을 확인한다.

"한눈에도 꽤 값나가는 유골함인데요? 시설도 보통 이상으로 고급스러운 것 같고."

"거 봐, 내가 거긴 아닌 것 같다 그랬잖아."

"아무래도 옮기신 것 같아요. 얼마나 됐다고 하셨죠?"

"9년이요."

"보통 10년 동안은 이쪽에서 보관하고 그 후엔 합동 안장하는 방식이거든요. 사진 속 유골함은 승화원 물건은 확실히 아니고요."

"그럼…."

"뭐 정말 간혹이지만 사정이 좀 나아져서 나중에라도 찾아가는 분들이 계시긴 해요. 이 경우도 그런 것 같은데요?"

도대체 누가 엄마의 유골함을 찾아간 것일까.

'발신표시제한자'일까? 엄마와 무슨 관계이기에?

"근데요, 그러려면 연고자가 가족이어야 해요. 반드시."

대화에 불쑥 끼어든 새치머리 남자가 날 책망하듯 말한다.

"이봐, 아가씨. 아가씨가 가족이라며. 근데 몰라?"

"네, 전혀요."

새치머리 남자가 조심성 없이 묻는다.

"고인이 누군데?"

"엄마요."

새치머리 남자는 고개를 저으며 혀를 찬다.

"저기 혹시… 보험 문제 때문에 그러시는 거예요?"

뿔테 안경을 쓴 남자가 조심스럽게 묻는다.

"아뇨, 그런 건 아니고. 꼭 알아볼 게 있어서요."

"아무튼, 우린 몰라."

새치머리 남자가 귀찮다는 듯 손사래를 치자 뿔테 안경을 쓴 남자가 자리로 돌아가며 나에게 오라고 손짓한다.

"고인을 모셔간 분들이 남긴 기록이 있을 거예요. 혹시 고인의 주민번호 기억해요?"

"네."

열두 살의 나는 그녀의 주민등록번호를 달달 외웠어야 했다. 제멋대로 집을 떠난 그녀를 대신해 처리해야 할 일이 생각보다 많았기 때문이다. 성인이 되고 나 역시 주민번호가 생겼지만 각인된 엄마의 주민등록번호 때문에 나는 자주 번호를 헷갈려해 종종 의심을 사곤 했다.

뿔테 안경을 쓴 남자가 뭔가를 찾은 듯 모니터를 본다.

"작년 11월쯤에 반환신청이 있었네요."

"작년 11월이면 석 달 전이요? 반환 신청인 이름은요?"

"네, 주여경님이라고 쓰여 있어요."

나는 엄마의 유골함을 가져가지 않았다.

새치머리 남자가 칫솔질을 해대며 거품을 입에 머금고 묻는다.

"누군지 알아?"

"제가 주여경인데요."

"뭐? 그럼 아가씨가 가져간 거네."

"전 아니에요."

"아니긴 뭐가 아냐, 떡하니 아가씨 이름이 있는데."

"그럴 리가 없어요. 그땐 복역 중이었거든요."

드디어 새치머리 남자의 입을 다물게 할 수 있을까.

"그럼 누굴까요?"

"모르겠어요."

"왜 몰라. 가족 아니면 인수가 안 되는데. 당연히 가족 중 한 사람이겠지."

모니터를 보던 뿔테 안경을 쓴 남자의 얼굴이 밝아진다.

"아, 여기 남아 있네요! 인수한 분 연락처."

뿔테 안경을 쓴 남자가 전화번호를 메모지에 적어 건넨다. 받자마자 두세 번 연달아 걸어보지만 받지 않는다.

"안 받아요?"

"네, 이따 또 해보죠, 뭐. 감사했습니다."

돌아서는 내 뒤로 칫솔질을 하던 새치머리 남자가 말한다.

"어휴, 말세야 말세."

결국 발걸음을 멈춘 내가 돌아서자, 그는 연신 칫솔질을 해대며 내 시선을 피한다. 나는 정수기에서 종이컵 가득 물을 채워 계속된 칫솔질에 넘쳐나는 거품을 입에 문 새치머리 남자 앞에 내려놓는다.

"이봐, 아저씨. 그만하고 헹궈요. 보는 사람도 역겨우니까!"

"뭐…."

새치머리 남자가 눈썹을 일그러뜨리며 '저년이 뭐라고 했어!'라며 입을 열자 입술 사이로 거품이 흘러내린다. 더는 상대하기 귀찮아 돌아서는데 갑자기 쿵! 하는 소리와 함께 짧은 비명이 터지고 사람들이 웅성거리기 시작한다. 새치머리 남자가 가슴을 부여잡고 바닥에 쓰러져 있다.

뿔테 안경을 쓴 남자는 서둘러 119에 신고를 하고 나머지 사람들은 어쩔 줄 몰라 발만 동동 구를 뿐이다.

나는 새치머리가 남자의 머리맡에 쪼그려 앉아 고통에 신음하는 그의 탁한 눈을 내려다본다. 혈압이 상승해 얼굴과 목이 시뻘겋게 변한 남자가 고통스러운 가슴을 부여잡고 생의 끝에서 간당거리며 누워 있다.

"이봐, 아저씨. 여기서 지금 아저씨 살릴 사람 나밖에 없는 것 같은데. 그럼 얼마 줄 거야?"

점점 풀리는 그의 동공과 함께 가슴을 부여잡은 손에서도 힘이 빠져나간다.

"달라는 대로 줄 거야? 그럼 아저씬 10분 뒤에 다시 양치질하러 갈 수 있어. 망설이면 4분 안에 지붕 뚫고 저세상 가는 거고. 선택해."

새치머리 남자는 덜덜 떠는 손으로 내 옷자락을 붙잡으며 고개를 끄덕이는 시늉을 한다.

"여기 있는 사람들이 다 증인이야. 약속했어."

나는 서둘러 남자의 셔츠를 풀어헤치고 심폐소생술을 시작하며 뽈테 안경을 쓴 남자에게 외친다.

"어서 심장제세동기 가져와요. 여기 어딘가에 있을 거예요!"

"제, 제가 어디 있는지 알아요!"

여자가 외치며 뽈테 안경을 쓴 남자를 데리고 간다. 나는 있는 힘껏 누운 남자의 가슴을 압박하며 CPR을 진행한다. 고작 2분 정도 지났을 뿐인데 이마에 땀이 맺히고 손끝에 쥐가 나기 시작한다.

심장제세동기가 도착하자 남자의 가슴에 패드를 부착한 뒤 버튼을 눌러 작동시킨다. 이런 반복이 계속되고 이마에 맺혔던 땀방울이 콧등을 타고 남자의 가슴으로 떨어진 뒤에야 그의 코와 입에서 가느다란 숨이 흘러나온다.

조금씩 남자의 호흡이 안정을 찾아갈 때쯤 구급대원이 도착해 남자를 베드에 싣는다. 나는 실려가는 남자의 귓속에 대고 속삭인다.

"이봐, 아저씨. 계좌번호는 책상 위에 남겨 둘게."

'주여경. 주여경. 주여경….'

버스를 기다리며 내 이름을 반복해서 되뇐다. 엄마의 유골함을 가져간 사람이 남겨놓은 이름 주여경.

그래! 그 여자 이름도 주여경이었다!

"아가씨 안 타요?"

내 이름이 주여경이 된 이유.

"아가씨?"

재수 없던 그 계집애.

버스는 나를 두고 떠난다.

엄마가 집을 나간 후부터 고등학교를 졸업할 때까지 주인집 할머니를 통해 매달 최소한의 생계비를 지급하던 사람. 쓸쓸했던 고등학교 졸업식을 마치고 집에 돌아온 내게 주인집 할머니는 통화 중이던 수화기를 건넸다.

그날 난 그녀와 처음이자 마지막으로 짧은 통화를 했다.

주여경, 그녀의 첫마디는 간단했다.

"계좌번호 외우니?"

"네."

"불러."

그녀가 내 계좌번호를 받아 적는 동안 나는 너무 많은 질문이 복잡하게 떠올라 무엇을 먼저 물어야 할지 망설이고 있었다.

엄마와 연락되세요?

혹시 나에게 가족이 더 있나요?

어째서 아무도 날 만나러 오지 않죠?

…지금까지 절 도와주셔서 감사합니다.

이 중에 감사 인사를 먼저 하기로 결정하고 입을 열려는 순간 깊은 한숨과 함께 그녀가 말했다.

"부디 넌 네 엄마처럼 살지 않길 바랄게. 그럼."

이어 전화는 끊어졌고 1분이 지나지 않아 통장으로 천만 원이 입금되어 있었다. 그게 마지막이었다.

통화도, 매달 지급되던 생활비도.

통장에 찍힌 송금자의 이름은 '주여경'이었다.

주여경이 주여경에게 입금을 한 것이다.

엄마의 유골함을 가져간 여자는 주여경, 나의 이모다.

혹시 그녀가 '발신표시제한자'일까? 그렇다면 어째서 이모란 사람은 자신의 정체를 숨기고 나에게 전화를 하는 것일까. 혹시 뿔테 안경을 쓴 남자가 알려준 번호의 주인일까? 이모라는 사람은 왜 뒤늦게 엄마의 유골함을 고급 납골당으로 옮겼을까.

그녀를 만나봐야겠다.

***

유진과는 매주 목요일 오후 두 시에 도서관 앞에서 만나기로 했다. 유진은 내가 학교를 나가지 않는 대신 규칙적으로 외출할 곳이 필요하다며 도서관을 추천했다. 기사님은 날 도서관에 데려다주고 하교하는 딸들을 마중하러 떠났다.

보육원 시절, 그곳에 있던 책들은 대부분 기증을 받은 것들이어서 어쩔 땐 같은 제목의 책이 3권씩 발견되기도 했다. 그에 반해 종류는 다양하지 않아 일찌감치 책들을 다 읽은 나는 조잡한 그림에 시시한 글들이 쓰인 책들에 흥미를 잃었다.

그러던 어느 날 보육원에서 해리포터란 영화를 보여줬는데(주인공 남자아이 역시 고아라는 설정에 언젠가 마법의 문을 열고 새로운 세상으로 들어갈 수 있을 거란 헛된 믿음을 심어준 영화였다) 며칠간 잠을 설칠 만큼 나를 설레게 한 것은 마법이 아닌 도서관이었다.

눈을 감고 촬영지였던 아일랜드에 위치한 트리니티 도서관에서 종일 책을 읽던 헤르미온의 모습에 나를 투영한 채 긴 복도와 참나무 책꽂이에 늘어선 책들을 한 장씩 넘기는 상상을 하곤 했다. 며칠 뒤 나는 대학생 봉사자 중 각별히 나를 예뻐하던 여자에게 도서관에 데려가 달라 부탁했고 그녀는 막 교제를 시작한 남자친구와 함께 보육원을 방문해 원장의 허락을 구한 뒤 나를 인근 구립 도서관으로 데리고 갔다.

비록 트리니티 도서관에 비할 바는 아니었지만 태어나 처음 엄청난 양의 책들을 보자 죽을 때까지 할 일이 생겼단 생각에 기뻐 눈물이 날 것 같았다. 대부분의 아이는 부모와 함께였지만 처음으로 그들이 전혀 부럽지 않았다.

내가 종일 이 책 저 책을 읽으며 황홀해하는 동안 두 사람은 달콤한 데이트를 즐기고 있었다. 오후가 되어 보육원에 돌아갈 시간이 가까워지자 읽던 책을 마무리하려 서둘러 페이지를 넘겼지만 아직 절반이나 남아 있어 나는 발만 동동 굴리고 있었다.

"그렇게 재밌니?"

"네. 네! 여기서 덮으면 이번 주 내내 슬플 것 같아요."

"그럴 순 없지. 빌려 가면 돼. 반납은 네가 할 수 있지?"

이 책들을 빌려 갈 수 있다니, 그게 사실이라면 앞으로 남은 모든 날이 크리스마스가 될 것이다. 신이 난 나는 빌리고 싶은 책 몇 권을 더 뽑아 들고 그들과 함께 대여 창구에서 차례를 기다렸다.

앞서 줄 선 아이들의 부모가 뭔가를 내밀자 도서관 직원이 바코드로 확인을 하고 그들에게 책을 넘겨주었다. 아주 간단했다. 드디어 우리 차례가 되었다.

"아… 힘들 것 같은데요?"

회원증이 있어야만 했다. 만 14세 미만의 어린이가 회원증을 발급받으려면 보호자와 함께 가족관계증명서, 신분증과 사진이 필요하다 했다. 당연히 그녀는 나의 법적 보호자가 아니었고 나는 그 누구의 아이도 아닌 상태라 가족관계증명서는 있지도 않았다. 책을 대여하는 일은 불가능했다. 나는 재빨리 들고 있던 책을 원래 자리에 꽂아 두는데 그녀가 도서관 직원에게 하는 말이 들렸다.

"사실 저 아인 부모가 없어요. 시설에 있는 아이거든요."

"저런, 보육원 책임자가 대리인이 되면 대여는 가능해요."

"어쨌든 오늘은 빌릴 수 없다는 거네요."

"네, 그렇죠."

안타까워하는 그녀의 어깨를 남자친구가 감싸 안았다.

"쟤, 불쌍해서 어떡해…."

"그러게 말이야, 휴…."

보육원으로 돌아가는 길, 나는 신나는 모험에서 막 돌아온 사람마냥 쉬지 않고 떠들었지만 그들의 시선 속에 난 '불쌍한 아이'였다. 이후 그들은 보육원을 찾지 않았고 나는 한동안 도서관에 갈 일이 없었다.

유진이 정각 두 시에 도착하자 우린 도서관 앞 수제 햄버거 가게로 향한다. 유진은 수제 햄버거 세트를, 나는 지중해식 샐러드를 주문한다.

"서둘러, 해나. 시간 다 됐어."

며칠 전 유진은 통화 내내 도서관에서 열리는 작은 공연에 대해 흥분해 떠들었다. 뭐 대단한 공연인가 했더니 그저 뻔한 전래동화 아동극이라 내용조차 기억나지 않는 시시한 공연이었다.

그런 나에 비해 유진은 공연 내내 상당히 집중했고 짧은 공연이 끝나자 그 누구보다 크게 박수를 친다.

"멋지지 않아? 저 사람들? 전부 연기 전공하는 대학생들이래. 한 달에 두 번 정도 이런 공연을 하는데 너무 멋져."

그제야 난 유진이 빠져든 건 전래동화가 아닌 걸 깨닫는다.

"이것도 비밀인데 나 가끔 집에서 혼자 연습할 때 있어."

"아까 본 그런 거?"

"응."

"재밌어?"

"장난 아니야. 네가 원하는 건 뭐든 다 될 수 있고 다 할 수도 있어."

내 기억에 1학년 유진이 발표한 장래희망은 분명 '우주과학자'였다. 스물여섯 명 중 우주과학자는 유진 말고도 세 명이나 더 있었다.

"너도 저 사람들처럼 되고 싶은 거야?"

"뭐? 나더러 배우가 되고 싶은 거냐고 물은 거야?"

"아니야?"

유진이 내가 이해할 수 없을 만큼 크게 소리 내 웃는다.

"맙소사, 당연히 아니지, 난 유명한 과학자가 될 거거든."

"난 또 네가 그 사람들처럼 배우가 되고 싶은 줄 알았지."

"그런 마음이 없는 건 아니지만, 불가능해."

이상하게 난 곧장 이해되어 더는 묻지 않는다. 유진의 우주과학자 꿈은 단순히 공상 과학 애니메이션을 본 아이들이 무작정 꿈꾸는 꿈이 아니다. 그는 정말 우주과학자가 되어야만 했다. 그것이 유진의 그녀가 바라는 것일 테니.

"진해나, 넌?"

"나?"

"발표를 들었는데 기억이 안 나. 뭐라고 했지?"

나 역시 장래희망 칸에 뭐라고 썼는지 기억나지 않는다.

선생님? 간호사? 의사? 뭐 그런?

도서관에서 책을 읽다 유진의 아떼와 기사님이 마중 올 시간이 가까워오자 우린 다 읽지 못한 책을 덮는다.

"빌릴 거야?"

유진에게 나는 회원증을 만들 수 없단 말을 하지 않는다.

"아니. 이 책, 별로야."

과연 미하엘 엔데의 책이 별로일 수 있을까. 사실 난 꽤 신나게 읽던 중이었다.

내 또래의 여자아이가 보호자 없이 회원증을 내고 책을 대여한다. 너무 간단해 화가 날 지경이다. 잠시 화장실에 간 유진을 기다리다 나는 불현듯 번뜩하고 '그 이름'이 떠올라 대여 창구로 향한다.

"깜빡하고 회원증을 가져오지 않았어요. 다음에 가져오면 안 될까요?"

"그건 좀 곤란할 것 같은데. 혹시 회원 번호는 알고 있니?"

"네, 082613."

"고은율 맞아?"

고은율, 첫 번째 입양된 집에서 지어준 나의 두 번째 이름.

"네, 맞아요. 고은율."

책은 쉽고 간단하게 대여되었다.

3년 전 그 이름으로.

도서관에서 돌아온 난 옷을 갈아입고 주문한 혈당조절 도시락을 먹는다.

소화를 위해 동영상을 틀어놓고 간단한 스트레칭을 따라한 다음 인슐린 펌프의 주삿바늘을 교체하고, 샤워를 끝낸 뒤 토모코를 끌어안고 침대에 눕는다.

두 시간쯤 흘렀을까. 오늘도 잠이 오질 않는다.

일어나 빌려온 책을 읽는데 유진의 메시지가 도착한다.

〔찾아보니까 넌 장래희망에 엄마라고 썼어. 진짜 특이해.〕

〔뭐가 특이해?〕

〔엄마 같은 건 저절로 되는 거잖아. 이런 게 어떻게 장래희망이야.〕

저절로? 유진과 나는 확실히 다른 세계에 살고 있다.

통화를 끝낸 뒤 불을 끄고 토모코를 꼭 끌어안은 채 이불을 코까지 끌어 올린다. 그리고 혼자 아무도 모르게 속삭인다.

"엄마…."

나를 낳은 그녀와 함께 한 시간은 그녀의 뱃속에 머물렀던 열 달가량이 거의 전부다. 그녀는 이미 오래전에 죽은 사람이다.

정확하게 그녀는 죽임을 당했다.

푸른 냉실 중앙, 떡갈나무 식탁 위에 엎드려 죽어 있는 나의 양어머니에게….

***

이 집에 온 후로 제니는 꾸준히 코를 곤다. 하지만 더 이상 이불을 뒤집어쓰지 않기에(이젠 걷어차는 수준이다) 나는 아무 말 않기로 한다.

제니의 코골이에 묘한 최면이 걸린 건지 나는 '오래전 그날'의 꿈을 꾼다. 꿈속에서 난 유년 시절 중 가장 행복했던 하루와 가장 불행했던 하루를 차례로 만나고 있다.

며칠째 계속된 여름 장마가 막 끝난 다음 날이었다.

매일 쓸고 닦아도 지저분하고, 오르막 내리막뿐이던 달동네 골목이 모처럼 말끔해졌고, 그날따라 항상 누군가의 다툼으로 시끄럽던 동네가 어쩐 일인지 종일 고요했다. 유일한 소란은 고양이의 하품뿐이던 희한한 날이었다. 평화로웠다.

굵은 빗방울을 용케 이겨낸 파란 나팔꽃이 담벼락 사이사이 줄지어 있었고, 금 간 바닥 틈새에 핀 잡초마저 싱그러운 어느 여름날 오후였다. 새벽녘, 취해 비틀거리며 돌아온 엄마가 게워낸 토사물 역시 빗물에 말끔하게 씻겼다.

주인집 할머니는 출산한 며느리한테 가고 집엔 엄마와 나 둘뿐이었다. 나는 마당 한구석에 주인집 할머니가 심어놓은 봉숭아꽃을 따서 엄마와 내 새끼손톱에 물들이려 돌조각으로 찧는 중이었다.

보통 이 시간에 엄마는 잠을 자거나 누군가와 끊임없이 통화를 하곤 했는데, 그날은 신비스러운 보랏빛 노을 때문이었는지 어쩐지 평상에 드러누워 하늘을 보며 노래를 흥얼거렸다.

그날따라 엄마는 내가 다가가도 비키질 않았다. 나는 무슨 말이든 꺼내 엄마를 곁에 붙잡아두고 싶었지만 아쉽게도 엄마에 대해 아는 것이 별로 없었고 엄마는 나에게 궁금한 것이 전혀 없었다. 그래서 고작 꺼낸 말은 참 보잘것없었다.

"내 이름은 왜 주여경이에요?"

피식 웃던 엄마가 꺼낸 첫 말은 이랬다.

"꼴 보기 싫은 재수 없는 계집애."

나는 엄마에게 내 이름이 왜 여경이냐고 물은 것이 아니라 내 성이 어쩌다 엄마와 같은 주씨가 되었는지 물었던 건데 엄마는 내가 왜 '여경'인지를 말하고 있었다.

"우린 분명 같은 시간 같은 배에서 태어났지만, 아니지 내가 1분 정도 먼저 나왔지. 어쨌든 난 이상하게 처음부터 알았던 것 같아."

"뭘요?"

"우린 결코 자매가 될 수 없단 걸. 걔도 그걸 안 것 같아."

주여경은 엄마의 쌍둥이 여동생이자 한 번도 본 적 없는 나의 이모다. 엄마는 자신의 딸 이름에 쌍둥이 여동생 이름을 갖다 붙였다.

엄마의 새끼손톱은 생각보다 길어서 조금 더 많은 꽃잎이 필요했다. 나는 이야기가 끝나면 엄마가 떠날까 서둘러 꽃잎을 더 따와 찧었다.

"근데 왜 우린 이모를 본 적이 없어요?"

"우리? 아니지. 너만 못 본 거야. 난 가끔 봐. 물론 네 이모도 외할머니도 날 반가워하진 않지만."

"왜요?"

"그 사람들은 우리랑 다르거든. 아주 많이."

"어떻게요?"

"만약 지금 네 외할머니가 꽃잎을 찧고 있는 널 봤다면 기겁했을 거야."

엄마는 뭐가 재밌는지 깔깔 웃으면서 말했다.

"꽃을 꺾어서요?"

"아니, 더럽다고."

"하지만 난 손을 여러 번 씻었…."

"상관없어. 그 사람들이 더럽다는 건 더러운 거야. 더러운 건 절대 가까이하지 않을뿐더러 기겁하는 양반들이라 나도 쫓겨난 거야."

나는 갑자기 화가 나 꽃잎을 찧다 멈췄다.

"엄마가… 왜 더러워요!"

"나? 음, 일단 공부를 못 했고, 화장을 빨리 배웠고, 남자도 일찍 알았거든. 그들은 그걸 더럽다고 말해."

엄마는 뭐가 재밌는지 자꾸 웃었다. 더는 형체를 알아볼 수 없는 붉은 꽃 찌꺼기에서 비릿한 냄새가 풍겼다.

"주여경 이모는요?"

나는 내가 내 이름을 말하는 것이 우스워서 힉, 하고 웃는 반면 엄마의 얼굴에선 웃음기가 사라졌다.

"재수 없는 계집애. 그 계집앤 학교든 길에서든 날 보고도 모른 척했어. 내가 손이라도 대려고 하면 더러운 게 묻은 것처럼 씻어댔거든. 혹시라도 나랑 닮은 구석이 하나라도 있을까 봐 쓸데없이 안경을 쓰고 머리를 잘랐다 길렀다, 묶었다 풀었다 지랄발광을 했지."

"왜요?"

"나처럼 보일까 봐."

도대체 이모는 왜 그랬을까.

"미친년, 지가 그럴수록 난 그년이랑 더 똑같이 보이려 했거든. 선생님들도, 어쩔 땐 니 외할머니까지 깜빡 속아 넘어갔지."

난 막 찧어낸 봉숭아 꽃잎을 엄마의 새끼손톱 위에 올렸다. 오려낸 비닐봉지를 그 위에 덮고 실로 고정할 생각에 마음이 바빠졌다.

며칠 전 같은 반 현주의 새끼손톱에 짙은 주홍색 꽃물이 들어 있었다.

'첫눈이 내리는 날 같이 봉숭아 꽃물 들인 두 사람 새끼손톱에 눈이 떨어지면 죽을 때까지 헤어지지 않는대.'

현주가 말했다.

'누가 그래?'

'우리 엄마가.'

현주는 엄마와 함께 새끼손톱에 꽃물을 들였다고 했다. 집에 돌아온 나는 마당 텃밭에 주인집 할머니가 심어놓은 봉숭아꽃 나무가 얼른 자라기만 기다렸다. 할머니는 올가을이 지나면 텃밭에 꽃을 다 치워버리고 상추랑 고추씨를 뿌릴 거라 했다. 다행히 봉숭아꽃 나무는 무럭무럭 자라 다홍색 자태를 살랑였지만 늘 취해 잠들어 있거나 갑작스럽게 화를 내다 이유도 없이 펑펑 울어버리는 엄마의 새끼손톱 위로 꽃을 올린 용기는 없었다.

하지만 마을에 마법 가루가 뿌려진 지금 내 곁엔 고요한 엄마가 누워있다. 마법이 풀리기 전, 서둘러 엄마의 새끼손톱에 봉숭아꽃물을 들여야 한다.

다행히 엄마는 계속 말을 이어갔다. 나는 겨우 내 이름이 엄마의 '재수 없는 계집애'인 여동생의 이름과 같다는 사실만 알았다. 이제 빨은 꽃잎을 올릴 차례다.

"하루는 며칠 만에 집에 들어갔는데 그 계집애가 네 외할머니 앞에서 대성통곡하고 거야. 왜 저 지랄을 떠나 했는데 그럴 만했더라고."

엄마가 품, 웃으며 말했다.

"왜요?"

이제 실로 고정만 하면 마무리인데 젖은 명주실이 자꾸 묶이질 않아 나를 초조하게 만들었다.

"누가 길에서 이렇게 불렀대. '주미경' 하고."

주미경은 엄마의 이름이었다. 이모는 누가 자신을 엄마로 착각한 것이 서러워 그렇게 울었던 것이다.

엄마는 그 말을 끝으로 웃지 않았다. 보랏빛 노을은 시퍼런 초저녁으로 변했고 엄마의 이야기는 끝나버렸지만 나는 겨우매듭을 마무리했다.

갑자기 옆으로 돌아누운 엄마는 날 빤히 바라보다 내 목덜미를 훅 끌어안고 귓속에 속삭이듯 말했다.

"니가 엄마라 부르는 사람은 난데 어째서 너한테서 주여경 냄새가 나는 걸까."

엄마의 휴대 전화벨이 울렸다. 이제 마법이 끝난 것이다.

엄마는 언제나처럼 화장을 한 뒤 집을 나섰다. 비록 꽃잎 덩어리는 떨어지고 없었지만 엄마의 새끼손톱엔 여전히 희미하게 봉숭아 꽃 물이 들어 있었고 처음 취하지 않은 엄마와 그렇게 긴 이야기를 나눈 나는 모든 것이 만족스러운 날이었다.

하지만 다음 날 주일이라 현주와 교회를 다녀온 나는 화장대에서 엄마의 화장품이 모두 사라진 사실을 알게 되었다. 엄마는 한동안 돌아오지 않았다. 주인집 할머니를 통해 나와 이름이 같은 이모가 전달한 내용은 이랬다.

엄마는 이 집으로 다시 돌아갈 생각이 없다는 것, 내가 고등학교를 마칠 때까지 이모가 집세와 생활비를 지원한다는 내용이었다.

조건은 단 하나. 내가 혼자 남겨졌다는 사실을 아무에게도 알리지 않는 것이었다.

내가 부탁해 며칠 대문을 잠그지 않았던 주인집 할머니는 보름이 지나자 대문을 걸어 잠가버렸고, 나는 졸린 눈을 비비며 새벽마다 몰래 잠긴 대문의 열쇠를 풀었다.

이모는 약속대로 주인집 할머니를 통해 집세와 생활비를 보내주었고, 가을이 되자 주인집 할머니는 봉숭아꽃 나무를 몽땅 뽑아버리고 그 자리에 배추와 무씨를 뿌렸다.

저녁 뉴스의 날씨 예보로는 내일 첫눈이 내린다고 했다.

내 새끼손톱엔 여전히 주홍빛의 봉숭아 꽃물이 남아 있었다. 엄마의 손톱은 어떨까. 내일 첫눈이 우리 두 사람의 새끼손톱에 닿는다면 얼마나 좋을까.

정말 날씨 예보대로 다음 날 저녁부터 첫눈이 내리기 시작했다. 잠긴 대문을 열어 두기 위해 마당으로 나갔을 때 곰 같은 코트를 입은 엄마가 붉은 입술로 환하게 웃고 있었다. 기적이었다. 복슬복슬한 갈색 털들 위로 하얗게 내려앉은 눈은 녹지도 않고 쌓였고 선글라스를 쓴 엄마의 눈 주위로 시퍼런 멍이 번져 있었다.

나는 엄마의 새끼손톱이 너무나 궁금했지만 푸른 가죽 장갑을 한 그녀의 손을 볼 수 없었다. 엄마는 집 안으로 들어올 생각이 없는지 대문 밖에서 꼼짝도 하지 않았는데 골목 어귀에서 자동차 헤드라이트가 깜빡깜빡 신호를 보내듯 일렁였다.

"돈 가진 거 있지? 네 이모가 보내준 거."

"네."

그날은 이모가 약속한 집세와 생활비를 보내준 날이었다.

또다시 골목 벽에 노란 불빛이 깜빡깜빡 부딪혔다.

"지금 급하게 그 돈이 필요해."

나는 서둘러 방으로 들어가 서랍장에 넣어둔 돈봉투를 집어 들고 맨발로 달려 나와 엄마 앞에 섰다. 엄마의 붉은 입술이 환하게 벌어지더니 장갑 낀 손을 내밀었다.

"그 돈 내가 부탁한 거야. 널 위해서. 알지?"

"네."

"도둑맞았다고 해. 그럼 다시 줄 거야."

"네, 그럴게요."

"자 그럼…."

날 설득했다 여겼는지 엄마는 봉투를 달라는 듯 손을 흔들었다. 맨발로 한참이나 쌓인 눈 위에 서 있던 발바닥이 시큰거리며 아파왔다.

"장갑을 벗어줘요."

"아, 진짜 뭐래. 어서 내놔."

"장갑 벗어서 손 보여줘요."

"애, 너 왜 안 하던 짓을 해. 어서 봉투나 줘."

"…장갑부터 벗어주세요."

다시 헤드라이트 불빛이 깜빡이자 엄마는 신경질적으로 끼고 있던 장갑을 벗어 손바닥을 내밀었다.

나는 떨리는 손으로 엄마의 손 위에 내 손을 얹었다. 떨어진 눈송이가 나의 새끼손톱 위에서 잠시 머무르다 이내 녹았다. 자, 이제 엄마 차례다. 나는 엄마의 손을 잡고 뒤집었다. 알싸한 통증이 느껴지던 발바닥의 감각이 멈췄다. 눈송이들은 자줏빛 매니큐어로 화려하게 장식된 엄마의 손톱 위로 떨어지고 있었다. 그녀는 더는 참을 수 없다는 듯 봉투를 낚아채고 손을 장갑 속으로 끼워 넣었다.

"내가 왔었다고 말하면 안 돼. 알지?"

"…"

고개를 숙이고 아무 대답이 없는 나에게 그녀가 말했다.

"또 보자."

과연 그녀와 내가 또 볼 날이 오기나 할까.

그녀가 떠난 뒤 한참 동안 서 있던 나는 대문을 잠갔다.

흔 적

때론 아무것도 변하지 않는 자체가 공포다.

비좁은 골목, 제각각 멋대로 쌓은 돌 위로 아무렇게나 퍼부은 시멘트 계단들과 곰팡이와 이끼가 뒤엉킨 퀴퀴한 담벼락, 가지치기를 하지 않아 삐죽삐죽 솟아난 나무는 기괴하게 사람 키만큼만 자라 길을 방해하고 있다.

대부분의 집 대문과 담벼락엔 붉은 스프레이로 'X' 표시가 되어 있거나 '재개발 환영', '사람 있음' 같은 붉은 글씨가 휘갈겨져 있다. 빈집들 사이로 여전히 사람이 살고 있다는 걸 증명하듯 모퉁이마다 쌓이거나 깨진 채 구르는 연탄재들이 있고 누군가 다투는 소리가 메아리처럼 들려온다.

제 발로 여길 다시 찾을 거라고는 상상조차 하지 않았기에 계단을 오르는 내 한 걸음 한 걸음은 질퍽거리는 과거를 지르밟아 새어 나오는 구정물 위를 딛듯 아프고 역겹다.

드디어 그 집, 대문 앞에 서자 거짓말처럼 발이 시려온다. 녹이 슬어 끼익, 소리 내는 초록 대문을 열고 마당으로 들어서자 봉숭아꽃을 심었던 작은 텃밭은 잡초로 무성하고, 마당에 놓인 평상 위로 시커먼 먼지가 파도 같은 얼룩을 만들어 놓았다. 오랫동안 사람이 살지 않아 망가지고 고장 난 세간살이는 할 일을 잃고 엉뚱한 장소에서 나뒹굴고 있고, 부서져 반쯤 열린 방문 사이로 벽에서 분리된 벽지들이 헐겁게 붙어 있다.

이 집의 어느 것 하나 추억할 것이 없다.

부엌이 있던 자리엔 깨진 사발들과 녹슨 수저, 다리가 부러진 밥상이 널브러져 있고, 싱크대 위를 점령한 곰팡이와 거미줄을 보자마자 기침이 터진다. 나는 벽과 찬장 사이 틈 안으로 휴대전화 조명을 들이댄다. 여전히 있을까? 저건가?

바닥에 나뒹구는 젓가락 하나를 주워 벽 틈새에 낀 것을 끌어내기 시작한다. 이어 젓가락 끝으로 끌려 나온 건 한 장의 낡은 사진이다. 어린 내가 몰래 숨겨놓고 보물처럼 꺼내 보던 사진.

마당으로 나와 소매로 먼지를 깨끗이 털어내자 사진의 이미지가 선명하게 드러난다. 출산 직후 등을 돌리고 누운 엄마의 뒷모습과 갓 태어난 날 안고 있는 주인집 할머니의 무표정한 모습.

이 사진이 유일하다. 그녀와 내가 함께 찍힌 건.

어린 나는 엄마의 화장대 서랍에서 구겨진 이 사진을 발견하곤 들킬까, 뺏길까 부엌 찬장 틈새에 사진을 숨겨놓았다. 몰래 꺼내 보며 엄마가 돌아서 아기를 쳐다보길 기도했다. 그때 내 기도는 구걸에 가까웠다.

대문을 열고 밖으로 나가려는데 어디선가 쓱쓱, 스프레이 뿌리는 소리가 들리고 초록 대문 위로 그어진 붉은 X에서 붉은 국물이 줄줄 흘러내린다.

"저기요! 빈집에 멋대로 들어가고 그럼 안 되거든요!"

마스크를 쓴 남자가 날 발견하고 성가시다는 듯 말한다.

"이 집에 살던 할머니 어디로 갔는지 아세요?"

남자가 미심쩍은 눈으로 나를 훑는다.

"왜, 누군데요? 빚쟁이처럼은 안 보이는데?"

"이 집에 세 들어 살던 사람인데요. 주인집 할머니를 찾고 있어요."

남자가 미심쩍은 눈빛에 설마, 하는 눈빛을 더해 나를 본다.

"혹시 혼자 살던 그 계집애? 맞네."

남자가 마스크를 벗었지만 나는 모르는 얼굴이다.

"절 아세요?"

"이 동네에 너 모르는 사람이 어디 있어. 혼자 살던 아이. 이야, 네가 어른이 다 되다니. 세월 한 방이네, 안 그래?"

과하게 반가움을 드러내던 남자의 어조가 무슨 이유로 순식간에 식는다.

"소문에… 네가 뭐 뉴스에 나고 그랬다던데, 그래?"

"네, 출소한 지 얼마 안 됐어요. 할머니는 살아 계세요?"

남자는 '결국 혼자 자란 아이는 어른이 되어 범죄자가 되었군.'이라고 결론 내린 듯 찌뿌둥한 얼굴로 날 쳐다본다.

"그 집 할머니는 왜?"

"물어볼 게 좀 있어요."

"명줄 긴 양반이라 살아있긴 한데… 좀 숭한 곳에 있어."

제길, 치매만 아니길.

"어딘데요? 그 숭한 곳이."

여길 이렇게 금방 방문하게 되다니.

주인집 할머니는 교도소에 수감 중이었다. 사연은 대략 이렇다. 내가 어릴 때도 종종 동네 여자들의 머리를 말아주던 주인집 할머니의 만 원짜리 파마는 '오래 간다'는 소문이 나 금세 마을 여자들의 사랑방이 되었다. 으레 그렇듯 계가 만들어졌고 성실한 계주였던 주인집 할머니 덕분에 이웃 마을 사람들까지 가세해 할머닌 제법 규모가 큰돈을 굴리게 되었다.

문제는 주인집 할머니의 막내아들이 곗돈을 종잣돈 삼아 사업을 하다 실패했고, 피해 금액은 자그마치 이십 오억이었다.

겨울이면 수도가 얼어 데운 물로 수도꼭지를 녹여야 했던 이런 동네도 쥐어짜면 이십 오억이 나올 수 있다니, 놀라운 일이다. 덕분에 할머니는 팔순을 코앞에 둔 일흔아홉에 사기죄로 복역 중이다.

십수 년 만에 재회한 주인집 할머니는 사진 속, 아기를 처음 건네받았을 때와 같은 건조한 눈빛이다. 과거 그녀는 나에게 손주들에게 구워주는 고기 한 점 나누지 않았고, 감기로 콜록거리기라도 하면 텔레비전 볼륨부터 높였다. 낳은 엄마도 버리고 간 마당에 주인집 할머니의 행동이 딱히 서럽거나 야멸차다 느낀 적은 없었다.

여전히 그녀에게 난 '예전에 세 들어 혼자 살던 여자애'라 나 역시 편하다. 용건만 간단히.

"어릴 때 얼굴이 좀 남아 있긴 하구나."

"물어볼 게 있어요. 그 여자 연락처 혹시 가지고 계세요?"

"누구, 그 이모라는 사람 말이냐? 아니, 당연히 없지. 네가 떠나고 따로 연락할 이유가 없었으니까."

"네에."

"이제 와서 뭘 안다고, 그 사람은 뭣 하러 왜 찾아?"

예상치 못한 반응이다. 내가 이모를 찾는 걸 두고 '찾지 마라'고 들린 건 내 착각일까.

"그냥 확인할 게 좀 있어요."

내가 의뭉스럽게 쳐다보자 그녀가 말을 돌린다.

"넌 어떻게 지내고 있냐, 소문에…."

"네, 저도 얼마 전까지 그 안에 있었어요."

"집터가 그런가…."

"다행이지 뭐예요. 다 부숴버릴 모양이던데."

고향집 폭격 소식이라도 들은 마냥 주인집 할머니의 얼굴 위로 아쉬움이 일렁이다 사라진다.

"그럼 건강히…."

접견실을 나오며 나는 아무래도 주인집 할머니의 반응이 묘하다고 생각한다.

'이제 와서 뭘 안다고, 그 사람은 뭣 하러 왜 찾아.' 라니.

내가 뭘 알아야 하는 것이며 무슨 이유로 그 사람을 찾지 말아야 하는 것일까.

나는 이제 엄마가 내 이름에 왜 하필 '재수 없는 계집애'의 이름을 붙였는지 그 이유를 알아야겠다.

***

해나의 정기검진을 위해 일주일에 한 번 보호자로 병원을 찾는다. 대기실 너머 바쁘게 움직이는 간호사들을 지켜보다 내가 한때 저들과 비슷한 모습으로 어딘가에 존재했던 사실을 떠올리자 피식 웃음이 난다. 과연 그때로 돌아갈 수 있을까.

나의 사랑스럽고 순박했던 환자들. 그들은 찌푸리거나 불안한 얼굴로 병원을 찾는 법이 없었다. 오히려 휴양을 떠나는 사람들 마냥 들뜬 얼굴이었고, 난 그들에게 최선을 다했다. 덕분에 금쪽같은 이십 대를 개떡같이 날려 먹었지만.

"초인혜님."

해나가 내 옆구리를 툭 쳤다.

"우리 차례예요. 주치의를 바꿔서 몰라보겠지만 그래도 조심해야 해요."

"알았어."

여러 검사를 받은 터라 해나는 이미 지쳐 보인다. 진료실에 들어서자 40대 후반의 여자 의사가 친절한 미소로 우리를 맞았다. 검사 결과를 살펴보던 의사는 다문 입술을 한쪽으로 밀었다 제자리로 돌려놓으며 말한다.

"담당 선생님을 바꾼 특별한 이유가 있을까요? 김 선생님도 소아당뇨 분야에선 꽤 알려진 분인데."

난 미리 준비해 온 대답을 한다.

"소아당뇨 커뮤니티 엄마들 사이에서 선생님 칭찬이 잦기도 하고… 또 해나가 여자아이다 보니 은근 남자 선생님들을 불편해하기도 하고요."

"하하, 벌써부터요? 근데 해나 어머님, 최근 해나가 잠을 잘 못 자거나 식사를 잘 못 하는 경우가 잦나요?"

그것까진 나는 알지 못한다.

"혈당 그래프의 격차가 자꾸 이런 식으로 커지면 문제가 생길 수도 있거든요. 보시면 그래프가 올라갔다가 진정되고 훅 내려갔다 진정되고 이런 경우가 잦아요. 차라리 수치가 어느 정도 상승하더라도 꾸준한 게 좋거든요. 지금도 최선을 다하시겠지만 조금 더 신경을 쓰셔야 할 것 같아요. 그리고 보자… 아, 작년에 저혈당으로 입원한 적도 있네요."

"…."

사실 딱히 대안이 없는 병이다. 잊지 않고 인슐린을 주입하고 식단을 조절해야 하며 적당한 운동과 스트레스를 받지 말아야 한다. 이게 반복되는 조언의 전부다.

진료실을 나서려는 우리를 의사가 급하게 불러 세운다.

"저기 해나 어머님?"

"네?"

"아, 혹시 해나 아버지가 진상원님이세요?"

'초인혜'란 이름과 마찬가지로 '진상원'이란 이름도 나에겐 낯선 이름이다.

"네, 우리 아빠예요."

"하하, 제 큰 아들 바이올린이 진 마스터님 작품이거든요. 아, 이거 영광인데요. 오늘 저녁에 아들한테 알려줘야겠어요."

의사는 우릴 반가워했지만 우린 의사의 말에 또 다시 병원을 옮겨야겠다고 생각한다.

진료실을 나오자 해나의 얼굴색이 하얗게 변하더니 손과 얼굴에서 식은땀이 나기 시작한다. 난 해나를 복도 벤치에 눕히고 음료자판기에서 이온 음료를 꺼내 마시게 한다.

몸에 있는 힘이 다 빠져나간 해나를 품에 안고 나는 말한다.

"아무 걱정 마. 병원은 셀 수 없이 많으니까."

가늘게 눈을 뜬 해나가 말없이 느리게 눈꺼풀만 깜빡인다.

***

잠결에 제니가 희한한 외국어를 중얼거린다. 우린 침대가 있는 여러 개 방을 놔두고 거실에 요를 깔고 생활한다. 나야 바닥 생활이 익숙해서 그렇다지만 제니는 대체 왜 이러는 걸까.

다행인 점은 서로에게 모든 생활이 노출되어 있었지만 딱히 불편하게 느끼진 않는다. 제니에 대해 알게 된 몇 가지 중 하나는 한국말을 할 때만 더듬는다는 것과 컴퓨터를 꽤 잘 다룬다는 사실 그리고 미국에 있는 남자친구가 멕시칸이라 스페인어를 수준급으로 한다는 것.

하루의 대부분을 남자친구에게 메일을 쓰거나 전화를 거는 데 낭비했지만, 불행하게도 미국에 있다는 멕시칸 남자친구는 답이 없다.

"요즘 같은 시대에 연락이 끊어져? 연락을 끊은 거겠지."

내 말에 제니는 또 이불을 뒤집어썼지만 약속대로 예전 같은 일은 벌어지지 않을 걸 알기에 내버려 둔다.

얼마 전부터 자해 대신 식욕에 점령당한 제니는 손에 집히는 대로 먹기 시작해 암만 냉장고를 채워도 이틀이면 텅 비어버렸다. 하루는 기껏 힘들게 장을 봐 채운 냉장고가 하루도 못 가 텅 비자(치사한 줄 알면서) 제니를 불러 세웠다.

"분명 말했어. 이전처럼 지낼 순 없다고. 뭘 할 생각인지 말해봐."

"하… 고 싶… 은 게… 없… 어요."

"나도 그래. 그래도 해. 너도 나도 살아 있잖아."

"그… 그럼… 죽을… 까요?"

"여기 48층인 거 알지?"

"네."

"뛰어내리면 깔끔해. 찔러봤자 피 몇 방울이 고작인 네 바늘들로 뜸 들이지 말고. 한방에 훅. 네가 원하면 창문은 내가 열어줄게. 그 정도 아량은 베풀 수 있어."

"…고소 공포… 증이… 있어요…."

"말도 안 돼. 넌 항상 이층 침대 위에 있었잖아."

"그건… 어쩔 수… 없었… 어요. 아래에… 있으면…."

"있으면 뭐?"

"…만져요. 자꾸…."

더 듣지 않아도 제니의 과거 한 면을 목격한 기분이다. 하지만 그 일이 그녀의 무기가 아니듯 나 역시 그녀의 방패일 순 없다.

"그건 내 알 바 아니야."

제니가 입술을 삐죽 앞으로 내민다.

"넌 3개월 뒤 이 집을 나갈 거야. 혼자서. 만약 네가 쉼터로 돌아가겠다면 난 거기 있는 이층침대 다리를 모조리 썰어내 일층짜리 침대로 만들어버릴 거야."

"언니… 못… 된 사람… 이에요?"

"때때로. 좀 자주."

그로부터 며칠 뒤 로비 프런트에서 매니저란 여자에게 연락이 왔다. 여자는 멋대로 날 '해나 이모'라 부른다. 그녀는 제니가 승강기에 전단지 붙이는 걸 주의해 달라고 했다. 대신 원한다면 3층에 해리티지 클럽에 클래스를 오픈해주겠다는데 난 뭔 뜬금없는 소리인가 싶었다. 이후 제니의 스페인 민요 배우기(난 제니가 스페인어를 할 줄 안다는 것보다 그녀가 노래를 가르친다는 사실이 훨씬 놀라웠다) 클래스가 시작되었고, 하루 만에 마감 되었다.

그제야 난 제니가 그 멕시칸 남자와 제법 부지런한 연애를 했을지 모른단 생각을 했다. 얼마 뒤 제니는 냉장고를 꽉꽉 채우다 못해 더 이상 음식을 넣을 공간이 없자 냉장고 한 대를 더 주문했다. 이후 내가 냉장고 문을 열 때면 제니는 예전의 치사함을 상기시키듯 멀뚱히 쳐다보고는 아이스크림을 핥으며 이렇게 말한다.

"마… 음껏… 먹어요. 난… 앞으로 쭉… 언니랑… 있을 거거든요."

프런트로 배달된 제니의 택배를 찾으러 왔을 때 프런트 매니저가 내 사인을 보고 눈이 동그래진다.

"해나 이모님, 성함이 정말 주여경님이세요?"

"그런데 왜요?"

여자가 손가락으로 로비에 걸린 그림을 가리킨다.

로비에서 날 기다릴 때마다 해나가 뚫어지게 쳐다보던 그림.

"저기 저거요."

"저 우중충한 그림이요?"

"모르세요? 저 작가님 엄청 유명하신데."

"그림이나 감상하고 살 여유가 없어 봐서요. 그럼."

택배를 들고 자리를 뜨려는데 여자가 말한다.

"주여경."

뭐지? 함부로 남의 이름을 멋대로 부르고.

"저 작가 이름이요, 해나 이모님이랑 성함이 같아요."

설마 그 여자일까?

여자가 다가와 속마음을 읽은 듯 말한다.

"형부 되시는 분이 이모님 입주 전에 그림을 기증해주셨거든요. 전 이모님 입주 선물인 줄 알았죠. 못 들으셨어요?"

"이 사람 어디 가면 만날 수 있어요?"

"주 작가님이요? 운이 좋다면 전시회에서 뵐 수도 있지 않을까요? 아, 마침 저희 입주민들한테 전시 초대권 들어온 게 몇 장 있는데 드려요?"

"네, 주세요. 두 장."

전 시

VIP 특별 초대 관람

콘크리트와 나무의 질감이 절묘하게 어우러져 둥근 벽면을 장식한 독특한 외형의 미술관 입구엔 검은 정장을 입은 남자들이 그리 많지 않은 입장객들의 초대장을 확인하고 있었다.

멋지게 차려입은 사람들이 로비에 준비된 간단한 다과를 즐기며 전시 입장을 기다리는 사이 간헐적으로 스낵 씹는 소리가 삐져나왔다. 몇몇 불편한 시선이 모인 곳에 해나와 여경이 나란히 앉아 있었다.

전시와 어울리지 않는 오렌지색 항공 점퍼에 찢어진 스키니 진을 입고 연신 왼쪽 다리를 떨며 새우깡을 씹어대는 여경. 그 옆에 양 갈래 땋은 머리에 붉은 리본이 허리에 둘러진 초록 벨벳 원피스와 까만 에나멜 소재의 구두를 신은 해나가 인형처럼 앉아 있었다.

여경의 손에서 스낵 가루가 무릎으로 떨어지자, 해나가 핸드백에서 손수건을 꺼내 그녀의 무릎 위에 펼쳤다.

"실례예요."

"넌 왜 따라와서까지 잔소리야!"

"잊었나 본데 오늘 근무 날이에요."

"너도 먹을래?"

"배고프면 저기 있는 걸 드세요."

"저거 다 공짜야? 진작 말했어야지!"

해나가 고개를 끄덕이기도 전 여경은 크루아상 샌드위치를 집어 들고 입안 가득 구겨 넣었다.

방송에서 곧 전시 도슨트가 시작된다는 말과 함께 세련된 정장 차림의 여자가 사람들 사이 자리를 잡고 이어마이크 스위치를 켰다.

"안녕하세요, 여러분. 환영합니다. 저는 주여경 작가님의 베니싱 트윈 시리즈 전시의 해설을 맡은 김경진 큐레이터입니다. 일반 전시에 앞서 그동안 저희 미술관을 후원해주신 특별한 분들을 모신 자리라 오늘 이 시간이 더욱 뜻깊은 것 같습니다. 전시 해설은 삼십 분 정도 진행될 예정이고, 진행 중 언제든 작품 관련 질문이 있으면 편하게 질문 또는 말씀 주시길 바랍니다. 그럼 잘 부탁드리겠습니다."

관람객을 둘러보던 여자의 시선이 여경이 든 스낵 봉투에서 멈추자 이를 본 사람들이 불쾌한 듯 소리 없이 쯧쯧 댔다.

"아, 그리고 물론 다들 아시겠지만… 당연히! 관람 매너 상 음료 포함 모든 음식물은 반입금지입니다. 스낵도 마찬가지겠죠?"

여자의 말에 여경이 스낵 봉투를 안겨주며 말했다.

"제가 당연한 걸 잘 모르고 살아서. 이것 좀 맡길게요. 아직 많이 남았거든요. 버리긴 아깝잖아요."

"네, 물론입니다, 선생님. 전시가 끝난 후 즉시 찾을 수 있도록 보관하겠습니다."

다른 직원이 와서 스낵 봉투를 가져가자 여자는 손을 털고 흰 장갑을 낀 뒤 여경과 해나를 포함한 관람객들을 데리고 전시실 안으로 입장했다.

그녀의 모든 그림과 조각 작품엔 두 명의 소녀가 출연했다.

두 소녀는 물안개 자욱한 잔잔한 강 위를 걷기도 하고 휘몰아치는 거센 파도에 위태롭게 버티는 배의 양 끄트머리에 서 있기도 하고 구름을 뚫고 치솟은 계단의 어디쯤 앉아 있기도 또는 그저 아무것도 없는 허공 속에 떠 있기도 했다. 거의 공간의 끝과 끝 지점에 간격을 두고 위치한 두 소녀는 관람객에게 등을 돌리고 철저히 뒷모습으로만 그려져 있었다. 덕분에 둘 역시 서로 마주 보지 못했다. 얼굴은 확인이 불가능했고 모습이 같아 둘을 구분할 어떤 다른 특징도 찾을 수 없었다.

해설이 진행되는 동안 해나를 비롯한 관람객들은 차분하고 진지하게 작품을 감상 중이었지만 여경은 이 유령 같은 두 여자애의 뒤통수만 보는 데 좀이 쑤시기 시작했다.

"저기요!"

"네! 선생님, 말씀하세요."

"쟤들 얼굴은 언제 볼 수 있어요? 갑갑증이 생겨서."

괴상한 걸 묻는다고 쑥덕거리는 사람들과 달리 의외로 여자는 좋은 질문이라며 칭찬했다.

"아마도 모두 두 소녀의 생김새나 표정이 궁금하실 텐데요. 보통 이렇게 작가가 의도적으로 인물의 어떤 모습을 감췄을 때 감상자들은 작가를 대신해 자신이 상상하는 표정이나 대사를 자발적으로 묘사하게 됩니다. 어떤 분에겐 이 소녀가 웃고 있을 수도 어떤 분에겐 잔뜩 화가 난 상태일 수도 있을 거예요. 질문하신 분 생각엔 이 소녀들은 바라볼 수조차 없는 서로에게 어떤 말을 하고 있을 것 같나요?"

기대감 없는 시선이 집중되자 여경이 픽 웃으며 대답했다.

"꼴 보기 싫은 재수 없는 계집애. 뭐 그런?"

진지하지 않은 태도에 질렸다는 듯 여경을 쏘아보는 사람들 사이에서 해나가 손으로 입을 막고 품!하고 웃었다.

주제가 '분리'인 제2전시실에 들어섰을 때 여경은 그 누구보다 먼저 두 소녀를 구분 짓는 특징을 발견했다. 그것은 바로 꽉 움켜쥔 주먹이었다.

한 소녀는 오른손을, 다른 소녀는 왼손으로 주먹을 쥐고 있었는데 이와 같은 행위는 제2전시실에 있는 모든 그림 속에서 반복적으로 나타났다. 여자는 두 소녀가 비로소 어떤 '차이'를 만들어냄으로써 상대로부터 분리, 독립하는 과정이라 했다. 여경은 궁금했다. 이미 거리를 둔 채 서로 바라보지도 않는 둘 사이에 분리는 무슨 의미일까.

'속죄' 타이틀이 붙은 제3전시실에 들어서자 사람들의 입에서 작은 탄성이 터졌다. 스무 평 남짓한 전시실 자체가 하나의 비뚤어진 육면체가 되어 창살 같은 줄 그림자가 천장에서 바닥까지 이어져 있었다. 관람객들은 육면체 속에 갇힌 것 같은 착각을 느꼈는데, 줄 그림자는 천장과 바닥까지 이어지다 전시장 중앙에 점으로 모여들 어 새로운 입체 공간을 만들어내고 있었다.

그 점들의 중심에 여태껏 그림 속에 갇혀 있던 한 소녀가 웅크리고 앉아 있었다. 일종의 홀로그램 착시를 일으키는 그림이었다. 관람자들이 이 작품에 빠져 있을 때 여경은 두 소녀 사이에 무슨 일이 있었기에 한 소녀만 혼자 덩그러니 남겨졌는지 궁금했다. 홀로 남은 소녀는 얼굴을 무릎 사이에 완전히 파묻고 있어 이번에도 얼굴은 확인할 수 없었다.

이번엔 해나가 손을 들었다.

"다른 한 명은요? 보이지 않아요."

'사라졌나 보지', '죽었나?' 여자는 사람들의 반응을 조금 더 지켜보려는 듯 섣불리 대답하지 않았다. 그때 여경이 아무렇지도 않게 혼잣말처럼 말했다.

"사라지지 않았어. 잡아먹힌 거지."

사람들이 웅성대자 여자가 여경에게 물었다.

"선생님은 왜 그렇게 생각하세요?"

여경이 소녀의 홀로그램 주변을 돌며 손으로 가리켰다.

"여기, 오른손, 왼손 양손 주먹을 다 쥐고 있잖아요."

정답이었다. 여자는 소녀가 홀로 남겨진 것은 일종의 '베니싱 트윈 현상', 즉 '쌍둥이 소실 현상'이라고 했다. 두 개의 태반과 심장이 확인된 쌍생아가 임신 두세 달 사이 원인도 모른 채 한 명이 자연 소멸되는 현상으로, 매우 드물게 일어나는 증상이었다. 심리학에선 한쪽이 사라지기를 간절히 바라는 쌍생아의 원초적인 공포를 의미한다고도 했다. 결국 생에 대해 더 큰 갈망을 가진 쪽이 원초적인 공포, 소멸을 제거하고 홀로 남은 것이다.

만약 이 작품이 엄마와 이모를 의미한다면.

생의 갈망이 더 강렬했던 쪽은 누구였을까.

아마도 이모 쪽이겠지. 사라진 건 엄마니까.

그렇다면 여경은 더욱 궁금했다.

양 주먹을 다 쟁취한 이 '승리자'는 왜 고개조차 못 들고 얼굴을 무릎 사이에 처박고 있는 것일까.

여경의 질문을 눈치 챈 듯 여자가 말을 이었다. 어느 소녀가 선택되었든 우린 내 안에서 사라져버린 소녀 때문에 필연적인 외로움과 죄책감을 지닌다고 했다. 소녀의 웅크림은 거기에 기인한 것이라 했다. 여경은 무릎 사이에 파묻힌 소녀의 표정이 궁금했다. 해설이 끝나자 웅크린 소녀의 등에서 아주 작게 노랫소리가 흘러나왔다.

노래다. 그 노래다.

여경은 이 노래를 안다.

어린 여경이 봉숭아 꽃물을 들이는 동안 엄마가 흥얼거리던,

엄마와 너무도 어울리지 않던 노래.

여경이 함께 노래를 흥얼거리자 여자가 말했다.

"이 노래 발표된 곡이 아닌데 어떻게 아시네요. 선생님은 주 작가님 작품에 특별히 관심이 많으신가 봐요."

"그냥 누가 자꾸 생각나서요."

"실례가 안 된다면 누군지 물어봐도 될까요?"

"엄마요."

"아, 전시에 꼭 한 번 모셔오세요. 좋아하실 거예요."

"과연 그럴까요? 그보다 나 이 사람 만나고 싶은데 어디서 볼 수 있죠?"

"주 작가님은 본인이 외부에 노출되는 걸 꺼리시는 분이시라서요. 특별히 작품을 구입하시는 몇몇 분들을 제외하곤⋯."

그때 어른들 허리춤 사이에서 작은 팔 하나가 번쩍 올라왔다. 모두의 시선이 여경에게서 붉은 리본을 허리에 두른 어린 여자아이에게 집중되었다.

"얘야, 왜 그러니?"

"그림을 사려고요."

해나가 여경을 쳐다보자 여경의 입꼬리가 올라갔다.

"뭐, 그렇다네요."

여자는 고급 가죽소파가 있는 방으로 여경과 해나를 안내한 뒤 급하게 어디론가 전화를 걸었다. 아마도 작가 측에 연락을 취하는 것 같았다.

문을 열고 들어온 직원의 쟁반엔 샴페인 두 잔이 올려져 있었다. 해나를 발견한 직원은 곤란한 표정을 지으며 샴페인을 두 잔 모두 여경 앞에 내려놓았다.

"두 분이라고만 들어서, 아이가 있는 줄 몰랐어요. 다른 음료를 준비하겠습니다."

여경이 휴대전화로 해나의 혈당을 체크한 뒤 물었다.

"괜찮아?"

"네."

통화를 끝낸 여자가 두 사람에게 다가왔다.

"작가님이 지금 출타 중이시라 성함과 연락처를 남겨주시면 연락을 하시겠다는데 어떠세요?"

"어쩔 수 없죠."

"성함이?"

"주여경."

"네?"

여경이 일어나 샴페인을 한 번에 쫙 들이켜고 나머지 샴페인도 말끔히 비워냈다.

"신기하죠? 제 이름도 주여경이라. 그래서 작품이 그렇게 쏙 와 닿았나?"

장난인지 진심인지 분간하지 못하는 여자를 뒤로하고 여경은 해나에게 손을 내밀었다.

"이제 그만 가자."

자리에서 일어난 해나가 직원에게 말했다.

"아까 맡긴 과자 돌려주세요."

여자가 고개를 끄덕이자 직원이 급히 사무실을 나갔다.

"그럼 정말 구입할 생각이신 거예요? 혹시 장난이시면…."

"솔직히 그런 우중충한 그림엔 별로 관심이 없어요. 내용도 쓸데없이 난해하고. 근데 제가 그 사람은 꼭 만나야 하거든요."

여경의 말이 끝나기 무섭게 여자의 미간이 무섭게 구겨졌다.

"이봐요, 지금 뭐 하시는 겁니까! 애까지 데리고. 도대체 당신 같은 사람들을 내가 왜 상대하고….”

하는데 여자의 휴대전화가 울렸다.

“네, 김경진입니다. 안 그래도 전화하려던 참인데, 그럼 구입 건은 없던 일로 해야 할 것 같아요. 제가 제대로 확인도 하지 않고…. 네? 뭐라구요? 네… 네, 그렇게 전달하겠습니다.”

통화를 끝낸 여자의 태도가 원래대로 돌아왔다.

“주여경님, 주 작가님께서 연락처 꼭 남겨주십사 부탁하셨답니다.”

이로써 확실해졌다.

이모란 사람은 여경의 휴대전화번호를 모른다.

고로 그녀는 ‘발신표시제한자’가 아니다.

이모란 사람은 예전에 주인집 할머니를 통해서만 여경과 연락했듯 여전히 자신의 연락처를 알려주지 않았다. 일방적으로 전화를 기다리던 시절은 벌써 끝났다.

“제 연락처 남길 생각은 없어요. 수요일 1시쯤에 방문하겠다고 전해주세요. 그땐 꼭 뵙길 바란다고. 안 그러면 좀 화날지도 모른다고.”

미술관을 나온 여경은 아무 말이 없다. 해나는 그런 여경을 방해하지 않았다. 샐러드 전문 레스토랑에서 식사를 하는 동안에도 둘은 이 침묵을 유지했다. 기껏해야 여경이 후무스를 빵에 펴 발라 한 입 베어 물더니 곧바로 혀를 내밀고 휴지로 닦아내자, 해나가 깔깔 웃은 게 전부였다.

이거면 대화는 충분했다.

창밖으로 빗방울이 떨어지기 시작하자 기사님이 건물 아래 도착
했다는 메시지가 도착했다.

미술관을 나선 뒤부터 줄곧 말이 없던 여경이 승강기 유리벽에
흘러내리는 빗물을 보며 말했다.

"수요일에 말이야. 같이 가줄 수 있어?"

"네, 그럴게요."

승강기가 멈추고 유모차를 끈 젊은 부부가 탔다.

잠든 아기의 앙증맞은 두 발이 유모차 밖으로 삐져나왔다.

3층에서 부부가 내리자 다시 둘만 남겨졌다.

빗줄기는 거세졌지만 여경에겐 우산이 없었다.

감 시

약물을 흡입한 뒤 연탄을 피웠다고 했다.

요란한 사이렌 소리를 울리며 경찰차들이 어지럽게 엉켜 주차되어 있다. 그 위로 진눈깨비가 내려앉았다. 오래전 운영을 멈춘 놀이공원은 을씨년스럽다.

젊은 경찰 둘이 회전목마와 조종실 근방으로 샛노란 폴리스라인을 두르고 있다. 잠시 뒤 창수의 차가 도착했다.

그를 발견한 차경감이 케첩 뚝뚝 떨어지는 핫도그를 든 채 불룩 나온 엉덩이를 씰룩이며 손을 흔들었다.

한 사람이 겨우 들어갈 만큼 좁은 조종실 좌석에 초라한 행색의 남자가 고개를 푹 숙이고 고꾸라져 앉아 있다.

녹이 슨 조종실 천장에서 떨어진 빗물이 남자의 등산용 모자챙에 고였다가 무게를 견디지 못하고 남자의 등으로 주르륵 쏟아졌다. 남자의 얼굴을 확인한 창수가 참담한 표정을 짓는다.

"맞아?"

바닥으로 떨어지려는 케첩을 혀로 냉큼 핥으며 차경감이 묻자 창수가 고개를 끄덕였다.

차경감이 어이! 하며 손을 들어 현장감식반을 부르자 조종실에서 조심스럽게 남자의 시신을 끄집어낸다. 비좁은 공간이라 꺼내는 과정에서 남자의 툭 떨어진 팔이 뭘 건드렸는지 둔탁하고 기분 나쁜 기계음이 났다. 이어서 놀이공원 특유의 요란한 멜로디가 울려 퍼지며 현장 위로 색색의 조명이 켜졌다.

멈춘 세월의 무게를 힘겹게 밀어내며 회전판이 끽, 소리와 함께 움직이기 시작했다. 멈춰 있던 말들이 쩍 벌어진 입에서 비명 같은 쇳소리를 지르며 돌아가던 회전목마는 창수가 조종실의 붉은 버튼을 찾아 누르자 비로소 멈췄다.

"판타스틱하구만. 안 그래?"

"…."

"이 양반 설마 이거 타러 온 걸까?"

"그야, 저는 모르죠."

차경감은 남자의 낡은 외투 주머니에서 휴대전화를 끄집어냈다. 최근 통화목록 버튼을 누르자 창수의 휴대전화가 울렸다. 남자가 죽기 전 마지막으로 통화한 사람은 바로 그의 담당 보호관찰관 구창수였다.

죽은 남자 한씨는 경기도의 한 물류 창고에서 일하던 중 술에 취해 경리로 있던, 자신보다 일곱 살이나 많은 유부녀를 강간한 혐의로 5년 형을 받고 만기 복역 후 출소했다.

혼탁한 눈동자, 움푹 팬 광대, 항상 어디고 꼭 한 군데 상처를 달고 다니던 그는 출소 후 이렇다 할 돈벌이도 없이, 식당에서 허드렛일로 노모가 벌어오는 돈으로 술을 마시며 삶을 축내고 있었다. 취한 한씨는 매번 피해자인 유부녀에게 복수하겠다며 아무에게나 행패를 부리곤 했다. 성범죄 교육 이수를 위해 보호관찰소를 찾은 한씨는 교육 영상이 상영되는 내내 애써 두 눈을 꼭 감고 있었는데 이유는 자신은 죄를 짓지 않았으니 볼 이유가 없다는 것이었다.

맨정신이든 취했을 때든 그는 매번 '억울하다'고 했다. 한씨가 구속되기 전 삶을 살펴보던 창수는(그의 말을 믿어서가 아니라 그의 업무였다) 실은 과거의 그가 술을 한 모금도 입에 대지 못했다는 사실에 놀랐지만 도울 수 있는 건 없었다. 한씨의 노모는 언제고 아들이 예전의 건실한 모습으로 돌아올 거란 믿음으로 무너지는 아들의 삶을 꾸역꾸역 지키고 있었다. 그러던 중 오늘 그가 죽어버렸다.

어제 오후였다. 집을 나선 한씨가 동네 언덕 너머, 폐장한 지 오래된 놀이공원으로 향하자 위치추적관제센터에서 모니터링을 하던 관제사가 창수에게 내용을 전달했다.

창수는 곧장 한씨에게 전화를 걸어 당장 집으로 돌아갈 것을 명령했다. 성범죄 전과 때문에 발목에 전자발찌를 착용한 한씨는 취한 목소리로 '말 타러도 못 가능교' '내 돈 있다카이!'라며 우스갯소리를 해댔다. 이후 그가 몇 시간째 같은 공간에 머물자 창수는 다시 전화를 걸었고 그는 반갑게 받았다.

"어이, 보호관찰 나리, 오늘 내캉 술 한 잔 안 할라요? 아무도 내캉은 술잔을 안 마주칠라 카네. 비 내리믄 내가 파전 한 장 살꾸마. 내 그 정도 돈은 있다카이."

"한 영철 님, 다음 방문 전까지 알코올 의존증 검사하기로 한 약속 기억하십니까?"

한씨가 뭐라 알아들을 수 없는 말을 중얼거리는 사이 휴대 전화 액정 위로 이혼한 아내의 전화번호가 떠올랐다. 이 전화는 받아야 했다.

"한 영철 님, 두 번 말 안 합니다. 어서 집에 돌아가십시오."

"구창수 보호관찰관님, 내 쪼갤할 때 이게 뭐시라꼬 그래 한번 타 보고 싶대. 그란데 내가 이게 너무 무거버서 우짜지. 너무 무거버서 집에도 못 가고 고마 말에 올라타지도 못한다. 좀 떼주면 안 되능교."

한씨가 무겁다고 말하는 것은 발목에 차고 있는 고작 150g짜리 전자발찌를 일컫는 것이다.

"그거 절대 함부로 건드리면 안 돼요. 진짜 큰일 납니다."

"억수로 큰일이 나는 갑네?"

한씨가 장난처럼 대꾸하는 동안 창수는 대기 중인 아내의 전화가 끊길까 조바심에 짜증이 밀려왔다.

"거 참말로 안 되겠능교?"

"진짜 그거 건들지 마요! 알았죠? 급한 전화가 들어와서 끊습니다."

창수는 서둘러 전화를 끊고 대기 중인 아내를 연결했으나 이미 끊어진 뒤였다. 재연결 버튼을 누르려는데 아내의 문자가 도착했다.

〔수인이 그룹 과외 들어감. 두 과목에 150〕

이혼 도장 찍은 지 이제 여섯 달. 자신과 아내가 아무 상관 없는 사이란 사실이 창수는 여전히 어색했다. 어느 날 아내는 특별한 이유

대신 그냥 이렇게 말했다.

'이건 아닌 것 같아.'

이혼 후 딸, 수인 때문에 그나마 이어지는 관계는 언제든 어느 한 쪽이 멈추면 정말 끝나버릴 것 같았다. 아내가 전화를 받지 않자 창수는 수인에게 전화를 걸었다.

"아빠야."

수인은 언제부턴가 부쩍 창수와 거리를 두었다. 바람을 피운 적도, 노름을 해서 재산을 날려 먹은 적도, 손찌검 한번 한 적 없지만 어쩐 일인지 모녀는 쌍으로 이혼의 책임을 창수에게 돌리는 듯했다. 이혼 합의서에 '성격차이'란 분명한 이유를 기재했지만 창수는 두 사람의 시린 눈빛 때문에 정말 이혼이 자기 탓인 듯 저자세가 되곤 했다.

"엄만? 집에 있어?"

"없어."

"밥은 먹었어?"

"어."

"뭐 먹었어?"

"…."

"엄마한테 아빠 전화 왔었다고 말해."

"어."

항상 이런 식이다. 이런 반응이 서운하면서도 창수도 언제부턴가 어색하긴 마찬가지여서 이런 건조한 대화가 때론 편하기도 했다. 아내는 여전히 전화를 받지 않는다.

하늘을 보니 다시 진눈깨비가 내리고 있었다. 이런 날이면 예전 사수였던 재석과 노가리 집에서 기울이던 소주 한 잔이 간절해졌다.

직장에선 보호감시대상자와 적당한 거리를 유지하라고 했지만 전직 형사 출신인 재석은 종종 그들과 술자리를 가졌다. 그는 그들을 감시자가 아닌 보호대상으로 여겼고, 다양한 교화 프로그램보다 같이 부딪히는 술잔이 더 낫다 확신하는 촌스러운 사람이었다. 처음엔 사수의 그런 행동이 못마땅했지만 어느 새 창수 역시 사수의 개똥이론을 전수받아 종종 그들과 술자리를 갖고 취기에 형님, 아우 동생 따위가 되기도 했다. 하지만 재석은 더 이상 창수의 사수가 아니었다.

작년 마트에 주차된 차량을 탈취, 무면허로 음주운전을 하던 미성년 무리에게 퇴근 길, 뺑소니 당해 그 자리에서 즉사했다. 그로부터 정확하게 보름 뒤, 창수는 사고 당일 운전대를 잡았던 녀석의 담당 보호관찰관이 되었다.

사수를 죽게 한 녀석을 보호하는 어른이 된 것이다. 갑작스런 재석의 죽음이 이유였을까, 아니면 각오했던 아내의 이혼 선언이 원인이었을까. 언제부터인가 창수는 몸속의 감정들이 하나씩 부식되어 사라지는 기분이 들기 시작했다. 한씨의 경우도 그랬다. 그는 벌써 세 번째 죽은 보호관찰대상자였다.

첫 번째 보호대상자의 죽은 발목에서 전자발찌를 풀어내던 날 창수는 날이 새도록 술을 마시며 괴로워했었다. 그때까지 그들에게 창수는 분명 '보호자'였다. 하지만 불필요한 감정들이 거세된 지금 창수는 그저 그들의 '감시자'일 뿐이었다.

"마지막에 둘이 통화했네?"
"네."

"이상한 소린 없었고?"

"딱히요."

"그거 많이 비싸나?"

"뭐, 그렇지도 않아요."

창수는 몸을 숙여 한씨의 발목을 두르고 있는 전자감시 장치를 해지, 분리했다.

폴리스라인을 지나 차로 돌아가던 창수는 현장에 막 도착한 한씨의 노모를 발견했다. 급하게 왔는지 노모는 '참 좋은 데이'라는 소주 브랜드 문구가 쓰인 초록 앞치마를 두르고 망연자실한 얼굴로 서 있었다. 노모의 눈에선 슬픔이나 분노의 감정 같은 건 감지되지 않았다. 다만 멍하니 응시한 시선 끝에 멈춰 선 회전목마가 있었다. 쏟아지는 진눈깨비 속에서 노모는 늙은 손을 힘줘 깍지 낀 채 회전목마만 바라보고 있었다.

노모의 곁을 지나치는 창수의 머릿속에 한씨의 말이 스쳐지나갔다.

'내 쪼깬할 때 이게 뭐시라꼬 그래 타보고 싶대.'

차에 탄 창수는 서둘러 현장을 벗어나 어머니가 계시는 요양원을 향해 액셀을 밟았다.

재작년 봄, 어머니의 치매 증상은 건망증처럼 시작해 올해 들어서면서 창수의 이름까지 앗아갔다. 혼자 어머니를 돌볼 여유가 없던 창수는 이제야 어머니를 요양원에 모실 수 있단 생각에 불편한 안도감을 느꼈다. 매일 아침 '아저씨 누구세요?'라는 어머니의 질문이 그의 죄책감을 어느 정도 희석시켜주었다.

작년 여동생 윤정은 남편에게 좋은 투자처가 생겼다며 함께할 것을 제안했다. 그것은 미래 대안 식량인 곤충 식량에 관한 것이었다. 이미 유엔의 세계인구백서를 통해 머지않아 단백질 공급에 어려움을 겪게 될 거란 공식발표가 있었기에 더욱 솔깃한 제안이었다.

아내의 이혼 선언과 어머니의 치매, 갑작스런 사수의 죽음을 겪으며 꽉 틀어 막힌 자신의 삶을 송두리째 뽑아 날려버리고 싶었던 창수는 미래 식량에 대한 가치와 확신보단 될 대로 되란 심정으로 가진 돈의 거의 전부를 투자했다. 돈에 대해 언제나 신중했던 오빠의 과감한 결정에 동생 윤정은 놀라움을 감추지 않았다.

이후 곤충으로 만든 쿠키며 빵 따위를 꾸준히 보내며 차분히 사업을 준비하던 여동생 부부가 '오빠 정말 미안해'란 말만 남기고 감쪽같이 사라진 건 창수가 이혼 최종 판결을 받고 법정을 나서던 순간이었다.

출국 기록만 남기고 증발해버린 여동생 부부를 대신해 투자자들은 하루가 멀다 하고 창수를 찾아와 월급은 물론 아내에게 줄 위자료마저 쏟아갔다.

어머니가 계신 요양원으로 향하며 창수는 당장 다음 달 요양원 입원비를 해결할 방도도 없는 상태에서 백만 원이 넘는 수인의 과외비를 어디서 끌어와야 할지 눈앞이 캄캄했다. 며칠 전 잠에서 깬 창수는 가입한 각종 보험증서를 뒤적이며 자신의 사망보험금을 합산해보기도 했다. 그가 꿈꿨던 변화는 결국 그를 지옥으로 떨어뜨려 놨다.

어머니는 한 팔로 케이크 상자를 끌어안고 허겁지겁 입으로 쑤셔 넣었다. 반쯤은 흘리고 반만 겨우 입속으로 들어갔다. 창수를 보던 어머니의 눈빛이 순식간에 돌변했다. 어머니의 뇌 속에서 창수는 케이크를 사준 친절한 아저씨에서 자신을 창밖으로 내던지려는 못된 남자로 역할이 바뀐 것이다. 요양사의 등 뒤로 숨어 고래고래 고함을 질러대는 어머니를 피해 창수는 병실을 나왔다.

창수는 요양원 이곳저곳을 다니며 누군가를 찾기 시작했다. 이곳은 주여경, 얼마 전 가석방으로 출소한 여자의 근무처이기도 했다. 자신의 담당 보호관찰대상 중 하나인 그녀에게 특별한 인상은 없었다. 면담 중 그녀의 근무처가 치매 노인을 전문으로 하는 요양원이라는 걸 확인한 창수는 시설에 대해 이것저것 물었고 여경은 귀찮다는 듯 '있을 만해요'라고 했다. 있을 만하다는 말이 근무지의 환경을 말하는 것인지 노인을 위한 요양 시설을 뜻한 것인지 알 수 없었지만 어머니를 모실 병원을 급하게 알아보던 창수는 이곳으로 결정했다. 어머니의 입원 이후 오늘이 두 번째 방문이었다. 첫 방문 때 창수는 담배를 피우기 위해 병원 건물 뒤로 갔다가 소각장에서 쪼그려 앉아 줄담배를 태우며 캑캑거리는 여경을 본 적이 있었다.

이번이 두 번째지만, 보호관찰대상자의 근무처를 방문해 업무 환경을 살펴보는 것 역시 창수의 업무였기에 그는 평일임에도 휴가계를 따로 제출하지 않았다.

5층 건물을 전부 살펴보는 동안 창수는 여경을 발견하지 못했고, 청소 중인 외국인 여성은 여경이 누군지 몰랐다.

결국 창수는 원장실을 찾아가 신분을 밝히고 여경에 대해 물었다. 여자는 여경의 이름을 들은 동시에 얼굴을 붉히며 어쩌자고 범죄자 따위를 함부로 병원으로 보냈냐며 요란하게도 성질을 부려댔다. 씩

씩대는 여자는 꽃샘추위에도 손부채를 사정없이 흔들어댔다. 방을 나서던 창수가 돌아서 여자에게 물었다.

"누구였어요?"

"뭐가요?"

"전화로 주여경 씨가 약물로 복역한 사실을 알린 사람이요."

"제가 그걸 어떻게 알아요? 퇴근 전에 갑자기 전화를 받은 거라. 근데 그게 뭐가 중요해요. 어쨌든 중요한 건 그 여자가 범죄자인 사실을 우리가 알아서 천만다행인 거 아닌가요?"

질리도록 익숙한 반응이었다. 항상 이런 방식으로 내쫓긴 그들은 결국 자신들이 알던 세상으로 돌아가곤 했다. 그럼 사람들은 말한다. '그럼 그렇지', '내 그럴 줄 알았어.'

창수는 여경에게 전화를 걸었다.

"주여경님, 지금 제가 근무지에 와 있는데 잠시 만날 수 있을까요?"

"거긴 관뒀어요. 뭐 정확하게는 쫓겨났지만."

"유감이네요. 그럴 경우 즉시 담당 보호관찰관인 저한테 보고 하셨어야죠. 가석방 중 보호관찰관의 지시사항을 어기면 곤란할 수도 있다고 말했을 텐데요. 내일 오전 10시까지 방문 가능하십니까?"

그때 여경의 전화 너머로 이런 소리가 들렸다.

'초인혜님! 진해나 어린이 보호자, 초인혜님!'

창수는 특이한 성이네, 생각하며 습관적으로 메모지를 꺼내 특이한 성을 가진 이름을 기록했다.

이어 여경 가까이서 어린 여자아이의 목소리가 들렸다.

'엄마! 우리 차례예요.'

그러자 여경이 대답했다.

'네, 여기 있어요!'

이어 여경이 급한 듯 창수에게 말했다.

"제가 지금 일하는 중이거든요. 내일 10시까지, 알았어요."

전화는 끊어졌다. 초인혜? 누군가 '초인혜'란 사람을 찾자 여경이 대답을 한 것도 같다. 게다가 여자아이가 여경을 엄마라고 부른 것 같기도 했다. 창수의 기억이 맞는다면 여경은 미혼이었다. 아무래도 내일 반드시 여경을 만나봐야 할 것 같았다.

***

"유진아, 혹시 요즘에도 해나 만나니?"

유진은 왜 자신에게 그런 질문을 할까, 하는 표정으로 담임인 연수를 올려봤다.

"그날 해나와 화해했어?"

"네."

'근데 왜요'라고 묻는 유진의 눈빛에 연수는 '넌 참 다정한 아이야' 라며 머리를 쓰다듬었다.

유진은 어쩐지 그게 전부가 아닌 것 같았다. 아나나 다를까 연수는 하교 준비를 하던 유진을 또 불렀다.

"저기 유진아. 혹시 그날 이후 해나 엄마도 본 적 있니?"

"아니요, 우린 항상 밖에서만 만나니까요. 해나가 절 집으로 초대한다면 만날 순 있겠죠. 근데 왜요?"

"그냥 해나가 어떻게 지내나 궁금해서."

"잘 지내는 것 같아요."

"해나는 엄마가 공부를 가르치니?"

"그런 이야긴 하지 않아서 몰라요."

어쩐지 질문의 초점이 해나가 아닌 해나 엄마인 것 같다고 유진은 생각했다.

학폭위에서 본 해나 엄마의 모습은 여태 연수가 상대한 엄마들과 전혀 다른 분위기였다. 더구나 가해학생의 부모라기엔 더욱이 낯선 태도였다.

보통 가해학생의 부모는 피해자 부모에게 아이의 잘못을 인정하고 용서를 구하거나, 잘잘못을 가려내기도 전에 무작정 자식 편에서 옹호하는 두 가지 경우로만 나뉘었다. 하지만 해나 엄마의 태도는 전혀 달랐다.

그녀는 해나의 편이었지만 무조건 감싸기만 한 것도 아니었다. 고작 아홉 살밖에 안 된 어린 딸에 대한 신뢰와 믿음을 갖고 사건을 객관적으로 살펴보는 것 같았다. 아이에 대한 신뢰. 그게 가능한 일일까?

당일 교장과 연수는 해나 엄마의 말에 제대로 반박해보지도, 동의도 하지 못하고 두 사람을 놓쳐버렸다. 평소 학부모 모임에 참석하지 않아 그녀에 대해 아는 바가 전혀 없었던 연수는 해나의 자퇴 직후 학생기록카드를 삭제하기 위해 파일을 열었다가 그녀에 대한 몇 가지 정보를 알게 되었다.

초인혜, 특이한 성이었다. 연수는 초씨가 존재하는지도 처음 알았다. 인혜의 기록을 살펴보던 연수는 인혜가 자신이 졸업한 교육대학교의 5년 선배란 사실을 알았다.

며칠 뒤 대학 동창 모임에 참석한 연수는 동창들과 발령받은 학교에 대한 이런저런 이야기들을 나눴는데 단연 화제는 연수의 학교와 해나, 유진의 학폭위 사건이었다. 연수는 혹시 '초인혜'란 이름을 들어본 적 있냐고 물었고, 그중 한 선배가 인혜를 기억하고 있었다.

"초인혜? 알지."

선배가 인혜를 기억하는 건 그녀의 특이한 성씨와는 전혀 무관했다. 입학 후 첫 신구 대면식 때 일이라고 했다. 신입생들을 대상으로 선배들이 교대를 지원한 이유를 묻자 뻔한 대답들이 반복되던 중, 인혜의 차례가 되었다. 꾸밈없는 깨끗한 얼굴에 한 갈래로 머리를 올려 묶은 인혜는 말갛게 웃으며 대답했다.

'정말 좋은 엄마가 되고 싶어서요. 그래서 지원했어요!'

고작 스물밖에 되지 않은 여자애가 좋은 엄마가 되기 위해 교육대학을 왔다니. 대부분은 오글거린다며 핀잔을 줬지만 인혜는 학교생활 내내 임용 고시를 준비하는 다른 친구들과 달리 일기 형식으로 매일 언젠가 태어날 자신의 아이에게 편지를 쓰거나 쿠키, 뜨개질 같은 걸 배우며 놀이 자격증을 땄다.

"있지 왜… 꼭 미래에서 자신이 낳은 아이를 만나고 온 사람처럼. 그 아이를 다시 만날 날만 손꼽아 기다리는 사람 같았달까. 졸업하고 곧바로 결혼했었지 아마?"

선배 말대로라면 인혜는 그 누구보다 학부모로서 학교 활동에 적극적이었을 텐데 왜 학교 행사엔 코빼기도 비추지 않았을까. 그때부터 연수의 의문이 이어졌다.

"근데 너희 반 아이 엄마가 인혜라고?"

"네."

"여전하지? 결혼은 제일 먼저 했는데 아이는 한참 늦어진 걸로 기억해. 딸이라 들었는데."

"네, 맞아요. 진해나라고."

"그러고 보니까 이상하네. 아이 돌잔치고 뭐고 동창회, 결혼식까지 그때 이후로 전혀 얼굴을 본 적이 없네."

"그때가 언젠데요?"

"고정수 교수님 은퇴식이었지 아마. 잠깐만, 그때 찍은 단체 사진이 클라우드에 저장돼 있을 거야."

연수가 확인한 바로 인혜는 SNS을 비롯한 온라인 활동을 전혀 하지 않는 것 같았다. 선배가 휴대전화로 클라우드를 뒤적이는 동안 화제는 최근 있었던 은퇴한 은사님의 장례로 넘어갔다. 연수를 제외하곤 인혜에 대한 관심이 크게 없었다. 잠시 뒤 선배가 외쳤다.

"여기 있네! 아, 이때 우리 너무 어리다. 완전 애기잖아."

사진 속엔 앳되어 보이는 이십 대 초중반의 재학생, 졸업생들이 교수를 둘러싸고 환하게 웃고 있었다. 사진을 뚫어져라 살펴보던 연수는 끝내 그들 중 인혜를 찾지 못했다.

"누구예요, 초인혜 선배가?"

"여기 있잖아! 아, 진짜 예뻤지. 인혜가."

선배 손가락이 인혜를 가리키자 연수는 휴대전화를 받아 들고 사진을 확대했다.

"이 사람이라고요?!"

"응, 거기 노란 원피스가 초인혜야."

매력적인 보조개를 한껏 드러내며 티 없이 맑게 웃는 여자는 학폭위에서 본 그녀와 근본적으로 다른 사람이었다. 지난 세월을 감안한다고 해도 사진 속 인혜는 결코 학폭위에서 본 해나 엄마가 아니었다.

연수는 해나가 입학 전 사전면담에서 만났던 해나 아버지, 진상원을 떠올렸다. 그는 꽤 유명인이라서 인터넷을 통해 그의 정보는 어렵지 않게 찾을 수 있었다. 연수가 만난 해나의 아버지가 분명했다. 그렇다면 도대체 해나 엄마였던 그 여자는 누구였을까.

만약 해나가 부모님이 아닌 엉뚱한 여자의 동의로 자퇴를 결정했고 이를 학교에서 전혀 모르고 진행시킨 거라면 학교 입장에선 상당히 곤란한 문제였다. 그리고 무엇보다 어린 해나에게 무슨 일이 벌어지고 있는지 알아야 했다. 고민하던 연수는 이 사실을 교장에게 알리기로 결정했다.

다음 날 연수는 아직 출근 전인 교장을 기다리며 마음을 진정시키기 위해 찻물을 끓였다. 연수와 매우 각별한 사이인 학부모에게 선물 받은 모양이 특이한 머그잔에 찻잎을 담고 뜨거운 물을 부으며 다시금 그 여자의 '해나 엄마' 연기가 탁월했다는 생각을 했다. 여자의 눈빛에서 어린 해나를 향한 연민과 염려를 봤기 때문이었다.

그런 것도 연기가 가능한 것일까. 전화벨이 울렸다. 교장이었다. 차가 밀려 오 분 정도 늦어질 거라 했다.

전화를 끊고 모양이 특이한 머그잔에서 손바닥 전체로 퍼지는 온기를 느끼며 여유를 찾는데 메시지 도착 알림이 울렸다. '발신표시제한'으로 도착한 메시지였다.

스팸문자겠지 하고 삭제 버튼을 누르려다 메시지 상단에 노출된 이름 때문에 연수의 맥박이 빨라지기 시작했다. 메시지를 열자 익숙한 남자의 이름 아래로 한 장의 사진이 첨부되어 있었다. 연수의 손에 들려 있던 모양이 특별한 머그잔이 바닥으로 떨어져 산산조각이 났다. 익숙한 남자 이름은 모양이 특별한 머그잔을 선물한 매우 각별한 학부모 중 한 사람이었다. 사진 속엔 어느 휴양호텔 자쿠지에서 아이의 아빠와 그녀가 함께 몸을 담그고 서로에게 매달려 입을 맞추고 있는 모습이었다.

이어 '발신표시제한'으로 또 한 번의 메시지가 도착했다.

〔거.기.까.지.〕

일 상

똑딱 똑딱 똑딱

시계 초침이 오전 6시 58분 14초를 지나고 있다.

한 시간 전 일찌감치 눈을 떴지만 나는 침대에 꼼짝 않고 반듯하게 누워 오직 7시 알람이 울리기만을 기다린다.

7시 알람이 울리면 어머니는 방문을 열고 들어와 커튼을 활짝 열고는 아침 햇살이 얼굴 위로 그대로 쏟아지게 했다.

더 자겠다 투정부리는 해나의 배와 손을 장난스럽게 깨물면 해나는 간지러워 자지러지게 웃었고, 어머니는 귓속에 대고 이렇게 속삭였다.

"해나야, 오늘도 우린 아주 멋진 하루를 보낼 거야."

알람이 울린다. 정각 7시다. 일어나 알람을 끄고 커튼을 치고 창을 연다. 이틀째 장마처럼 쏟아지는 요란한 비가 냉실 유리 천장을 시끄럽게 때린다. 나는 일어나 스스로에게 속삭인다.

'오늘 하루도 무사히. 부디 아무에게도 들키지 않길.'

한겨울에도 욕실은 따스했다. 어머니는 해나를 깨우기 전 미리 욕실의 라디에이터 스위치를 켜놓고 욕조에 더운물을 채운 뒤 해나의 작은 칫솔 위에 치약을 짜두었다.

따뜻한 김이 모락모락 피어나는 욕조에 몸을 담그면 어머니가 기분 좋은 향이 나는 샴푸로 해나의 머리를 감긴다. 짧은 샤워 시간이 끝나면 이번엔 아버지의 드라이 타임이다.

그는 유독 딸의 머리카락이 자신의 손에서 가지런히 말라가는 이 시간을 좋아했다. 해나의 머리가 다 말라갈 때쯤 열린 욕실 문 사이로 아침밥 냄새가 흘러들어온다. 두 사람은 냄새로 메뉴를 짐작하며 서둘러 주방으로 나간다.

며칠 전부터 욕실의 전원이 들어오지 않아 양부모님의 침실에 있던 독서용 스탠드를 가져와 사용하는 중이다. 치약을 짜고 이를 닦은 뒤 욕조에 물을 채운다. 분명 온수와 냉수 버튼을 함께 눌렀는데도 어느 날은 너무 뜨겁고 어느 날은 차다. 욕조에 몸을 담그고 한참을 웅크려 앉아 있다 일어나 머리를 감는다. 광고를 보고 주문한 샴푸는 화학적 꽃향기가 종일 사방으로 떠다니는 바람에 머리가 멍해질 지경이라 차라리 비누로 머리를 감기로 한다.

샤워를 끝내고 젖은 머리를 말려야 하지만 헤어드라이기를 한 손으로 잡고 머리를 말리기엔 내 손은 아직 너무 작다. 대충 수건으로 머리칼을 꾹꾹 눌러 닦으며 조만간 머리를 잘라야겠다고 생각한다.

문 열린 욕실 안으로 그 어떤 아침의 냄새도 들어오지 않는다. 늦겨울 장마에 꿉꿉한 냄새가 집 안을 채울 뿐이다.

아침 식사는 항상 밥과 국 그리고 반드시 생선이 올라온다. 어머니는 말끔하게 뼈를 제거한 생선을 해나 앞접시 위에 올린다.

생선 바르는 게 서툰 아버지의 젓가락이 슬금슬금 해나의 앞 접시로 향하지만 어머니의 젓가락 방어 공세에 물러나고 만다. 그럴 때면 해나는 어머니의 시선을 피해 재빨리 아버지의 밥숟가락 위에 발린 생선을 올려준다. 국은 식사가 끝날 때까지 식지 않았다.

인터넷으로 주문한 음식이 대문 앞에 놓여 있다. 혈당 조절을 위한 도시락이다. 소아당뇨 아들을 둔 영양사 출신의 여자는 아들만을 위한 식단을 개발했고, 병에 차도가 생기자 식단과 레시피를 공유했다. 이후 많은 사람의 요청으로 이를 사업화 했다. 유기농 재료들과 철저하게 계산된 조리법과 양념을 사용한다고 광고했지만 양어머니는 그녀의 사이트를 보며 과연 그녀가 출시한 도시락을 그녀의 아들에게도 먹일까, 의구심을 드러냈다.

나는 얼마 전부터 여자의 도시락을 주문해 먹기 시작했는데, 몸무게가 더 빠지는 걸 보면 양어머니의 의심이 합당할지도 모르겠다. 일주일에 두 번 배달되는 박스 속 음식은 언제나 차다. 전자레인지에 음식을 데우고 접시에 담을 땐 분명 펄펄 뜨거운 김이 올라왔는데 어쩐지 몇 젓가락 가지 않아 금세 식어버려 나는 매번 한 접시를 다 비우질 못한다.

아침 식사가 끝나면 어머니와 해나가 가장 즐거워하는 시간이다. 해나는 서둘러 이를 닦고 옷을 갈아입은 뒤 다이닝룸으로 달려가 그녀의 다리 사이에 자리를 잡는다.

아침 내내 두르고 있던 앞치마를 풀고 어머니는 세 종류의 빗을 준비해 해나의 머리를 만지기 시작한다. 전체적으로 여러 차례 부드럽게 빗질을 한 뒤 가는 빗으로 구역을 나누고 머리를 땋기 시작한다. 두 가닥이던 머리칼이 네 가닥으로 늘어나더니 한가운데서 금세 한 가닥으로 모여 마무리된다.

이를 지켜보는 아버지는 매번 감탄한다. 부인할 수 없는 행복한 나날들이 있었다. 어쩌면 세상의 모든 아이들은 부모들의 왕국이고 부모들은 아이들의 행복한 시녀들일지도.

보육원 여자아이들의 머리는 대부분 단발머리였다. 내 머리칼은 턱 밑으로 자라본 적이 없었다. 원장 선생님은 바닥에 머리칼이 엉켜 굴러다니는 걸 견디지 못했다. 우린 머리를 묶거나 땋은 아이들이 부러워 수건 끝을 묶어 머리에 뒤집어쓰곤 마치 라푼젤 머리칼인 양 흉내 내곤 했다.

하루는 나보다 두 살 많던 언니가 실을 세 가닥 가져와 땋는 법을 알려줬다. 언니는 보름만 있으면 엄마가 데리러 온다고 했지만 내가 세 번째 입양이 될 때까지 그곳에 있었다. 떠나는 나에게 언니는 이제 내가 머리를 기를 수 있을 거라고 했다. 언니 말대로 이 집에 입양된 후 나는 머리를 잘라본 적이 없다.

나는 옷장에서 외출복을 꺼내 입는다. 차분한 와인 컬러에 어깨를

감싼 레이스 프릴이 달린 코튼 원피스와 레몬색 코트를 입다 팔 길
이가 짧아진 걸 눈치챘다. 내가 자란 것일까, 옷이 줄어든 것일까. 그
러고 보니 원피스 치맛단이 무릎 위로 올라와 있다. 여경을 만나고
난 뒤부터 나는 조금씩 자라고 있다.

　〔오늘은 미용실도 백화점도 들러야 할 것 같아요.〕

　〔넌 정말 혼자선 아무것도 할 수 없는 아이구나.〕

　여경은 알겠다는 말을 꼭 저렇게 한다. 내가 혼자서 얼마나 많은
것을 하고 있는지 알게 된다면 아마도 까무러칠 것이다. 물론 그런
일은 일어나지 않겠지만.

　문자 메시지가 도착한다. 기사님인 줄 알았는데 유진이다.

　〔담임이 학교를 그만뒀어.〕

　〔그래? 무슨 일이래?〕

　〔나도 몰라. 그리고 준하도 전학간대.〕

　그녀도 참. 뭘 그렇게까지.

의 심

"베이비시터라고요?"

비어 있는 여경의 직업란 위로 마우스 커서가 깜빡인다. 창수는 여경과 그 옆에 앉은 여섯 살쯤 되어 보이는 여자아이를 번갈아 본다. '과연 어떤 부모가 전과기록이 있는, 더구나 가석방 중인 젊은 여성에게 자신의 아이를 덥석 맡긴 걸까요?'라는 질문을 아슬아슬하게 누르고 창수는 여경의 개인기록 직업란에 '아이돌보미'라고 써넣는다.

여경은 정확하게 오전 10시, 약속한 시간에 면담실로 들어왔다. 웬 여자아이를 데리고.
혹시 이 꼬마가 통화 속 여경을 엄마라고 불렀던 아이일까?
창수가 요구르트에 빨대를 꽂아 아이에게 건네자 여경이 요구르트를 도로 창수 쪽으로 내밀었다.

"혈당 조절 중이라."

"아, 그럼 우유라도 줄까?"

"괜찮아요. 금방 가봐야 해서요."

여경이 대신 대답했다.

여느 아이들이 그렇듯 아이는 일어나 산만하게 면담실을 두리번 거리기 시작했다. 여경이 몇 번 주의를 줬지만 아이는 아랑곳하지 않고 물건들을 들었다 놓았다하며 부산스러웠다.

"괜찮아요. 애들이 다 그렇죠."

"일이다 보니 혼자 두고 올 수가 없어서요."

"근무는 언제부터 시작했죠?"

"요양원에서 쫓겨난 직후요."

"흠, 그 일은 들었어요. 혹시 요양원으로 전화를 걸어 전과 사실을 알렸다는 사람이요, 짐작 가는 사람이 있습니까?"

"없어요."

"간혹 그런 사람들이 있긴 한데 대부분 피해자들이거나…."

"그분들은 절대 아니에요."

여경은 피해자들을 모욕하지 말라는 듯 창수를 쏘아봤다. 피해자를 지키려는 가해자의 희한한 눈빛이었다.

"쉼터에서도 나갔다던데. 어떤 문제가 있었습니까?"

결국 책상 위에 있던 필기구 꽂이가 바닥에 쏟아졌고 아이는 겁먹은 눈으로 두 사람을 번갈아 봤다. 창수가 널브러진 물건을 주우려 일어나자 여경의 단호한 목소리가 들렸다.

"네가 엎질렀으니까 네가 치워."

아이가 말없이 바닥에 떨어진 물건들을 주워 담기 시작하자 여경은 대화를 이어갔다.

"문제? 저는 일자리에서도 쉼터에서도 문제를 일으킨 적이 없는데요?"

"아, 그렇군요. 그럼 왜⋯."

"친구가 집을 제공해줘서요."

"거주지 이전 역시 신고사항인 걸 알았을 텐데 왜 연락하지 않았습니까?"

아이가 테이블 위 요구르트를 집으려 하자 여경이 먼저 요구르트에 꽂힌 빨대를 물고 양 볼이 쏙 들어가도록 단숨에 들이켰다. 잔뜩 찡그린 아이가 여경을 째려봤다.

"보다시피 애 뒤치다꺼리하는 게 보통 일이 아니라서 정신없었어요. 더구나 얘는 원체 까다로운 아이라."

"일은 직업소개소나 관련 업체에서 소개받은 겁니까? 아니면?"

"아는 분 소개요. 면접이 꽤 까다롭긴 했지만요."

"그렇군요. 애야, 이름이 뭔지 알려줄래?"

"진해나. 아홉 살이고요."

"아이 이름은 왜요?"

여경이 경계하듯 묻자 창수는 명함을 꺼내 해나에게 건넸다.

"해나야, 이거 중요한 건데 엄마한테 전해줄 수 있겠니?"

"왜요? 전과자한테 애를 맡긴 게 맞는지 확인하게요?"

"오해하지 마시고요. 사실 보호관찰기간 동안 보호대상자가 아동을 케어 하는 일은 없거든요. 더 상세하게 알아봐야겠지만 아마도 문제가 될 겁니다. 그럴 경우를 대비해 미리 아이 부모에게 알리는 게

제 의무이기도 하고요. 어쨌든 해나야, 이건 꼭 엄마한테 주고 시간 나실 때 아저씨한테 전화달라고 전해줄래."

"아저씨랑 통화하고 나면 이모는 절 떠나나요?"

"글쎄, 잘 모르겠구나. 그건 엄마가 결정할 일이라서."

"여전히 난 범죄자인 거죠?"

"가석방 상태니 전혀 아니라곤 볼 수 없죠."

"그럼 전 언제부터 보통 사람이에요?"

"더 이상 나와 주여경 씨가 상관없는 사람이 되면요."

"일어나도 되죠? 약속이 있어서."

"네, 그 전에 지금 계시는 거주지 주소 남겨주시고요."

빈 종이에 주소를 대강 휘갈겨 쓴 뒤 둘은 면담실을 나갔다. 창수는 포털 창을 열어 여경이 적은 아파트를 검색했다. 역시 들어본 적이 있는 곳이었다. 창수가 월급을 한 푼도 쓰지 않고 평생을 모은다 한들 엄두조차 낼 수 없는 고급 아파트였다. 어떤 대단한 친구가 이런 곳을 제공해준 걸까? 창수는 이상하게 여경보다 아이의 부모가 어떤 사람인지 궁금해지기 시작했다.

***

수요일 1시. 일방적으로 여경이 던진 약속 시간이었다.

여경과 해나가 미술관 입구에 들어서자 해설을 맡았던 여자가 나와 있었다. 여자는 둘을 향해 깍듯이 고개 숙여 인사를 한 뒤 안내를 시작했다.

세 사람이 미술관 승강기에 몸을 싣자 여자는 제일 위에 있는 버튼을 눌렀다. 승강기에서 내리자 이어진 복도 양옆 유리벽 너머로 적송들이 하늘을 향해 뻗은 모습이 보였다.

7층 건물 꼭대기에 위치한 소나무 숲이라니. 땅의 기운을 잃어버린 우울한 소나무를 보며, 해나는 꼭 이 나무들의 뿌리가 콘크리트 벽을 뚫고 내려가 전시를 감상 중인 관람객들의 머리카락과 한데 뒤엉켜 있는 상상을 하다 괜히 섬뜩한 기분이 들었다.

복도 끝엔 더 이상 길이 없는 듯 검은 벽이 버티고 서 있었는데 여자가 힘줘 벽을 밀자 검은 벽은 양쪽으로 쪼개지듯 부드럽게 열리더니 거짓말처럼 새빨간 붉은 대리석 바닥이 깔린 방으로 연결되었다.

둘러봐도 창은 보이지 않았다. 간접 조명들 때문에 이곳이 꼭대기 층이 아니라, 흡사 어느 음침한 지하 동굴의 비밀공간으로 들어서는 느낌마저 들었다. 방에서 이어진 또 다른 방에 들어서자 붉은 대리석 테이블에 앉아 막 입장한 두 사람을 매섭게 주시하는 시선이 기다리고 있었다.

은발 머리를 우아하게 틀어 올리고 풍성한 흰 블라우스에 꼭 맞는 블랙 롱스커트를 입은 그녀의 목엔 진주초커가 감싸고 있었는데 가운데 달린 커다란 푸른 에메랄드 때문에 엄숙하면서도 기묘한 분위기를 자아내고 있었다.

"모시고 왔습니다, 관장님."

은발의 부인이 고개를 끄덕이자 여자는 여경과 해나만 남겨 두고 돌아나갔다.

이모라는 사람을 만나러 온 여경은 여자가 자신을 왜 은발의 부인에게 데려왔는지 영문을 알 수 없었다.

"너구나."

처음 본 부인의 목소리에 여경을 향한 비난이 노골적으로 배어 있었다.

"누구신데요?"

"걘 누구니?"

"절 아세요?"

두 사람은 서로의 질문에 답하지 않았다. 은발의 부인이 상아로 만든 케이스에서 얇고 긴 필터 시가를 꺼내 시가렛 홀더에 고정시킨 뒤 불을 붙였다.

창문 하나 없는 붉은 공간에 부인 입에서 흘러나온 흰 연기가 느리게 번지기 시작했다. 이 연기로 두 사람의 존재를 지우려는 듯이.

부인은 여경의 이모가 아니다. 도대체 누구기에 처음 마주한 사람에게 대놓고 경멸을 뿜어대는 것일까. 여경이 알 수 없는 모멸감을 느끼는 동안 해나는 침조차 제대로 삼키지 못하고 있었다.

부인이 내뿜은 하얀 담배 연기가 공중을 떠다니는 흰 뱀처럼 해나를 향해 느리게 다가오자 해나는 꼼짝 할 수 없었다. 흰 뱀은 긴 혀를 날름거리며 해나의 코앞까지 다가왔다. 어떻게든 움직여보려 손끝부터 힘을 주었지만 움직이는 건 오로지 해나의 의지뿐이었다. 흰 뱀의 혀가 해나의 코에 닿는 순간 해나는 자기도 모르게 갇혀 있던 기침을 쿡쿡하고 내뱉었다.

그러자 여경은 성큼성큼 부인을 향해 걸어가 붉은 테이블 위로 펄쩍 뛰어올랐다. 한 다리만 접어 몸을 숙인 여경은 시크릿 홀더에서 타들어가는 담뱃불을 양 손가락으로 꾹 눌러 꺼트려버렸다. 타다만 깜부기불은 힘없이 날려 테이블 바닥으로 닿기도 전에 사라졌다.

"거참, 애도 있는데, 어른이."

여경의 도발적인 행동에도 은발의 부인은 눈 하나 깜짝하지 않았다. 대신 두 사람을 천천히 그리고 꼼꼼히 번갈아 보고 입에 물고 있던 마지막 연기를 내뱉었다.

"결국 넌, 네 엄마 꼴이 된 모양이구나."

'엄마'라는 단어 하나만 들었을 뿐인데 부인이 일방적으로 던지는 경멸의 이유를 단숨에 이해한 여경이 피식 웃었다.

"무슨 그런 무서운 말씀을 그리 아무렇지 않게 하세요. 처음 만나는 손녀한테. 안 그래요, 할머니?"

할머니라는 말에 부인의 입술이 혐오스러운 걸 씹은 듯 찌그러졌다. 이윽고 벌컥 문이 열리더니 발걸음 하나가 대리석 바닥을 또각또각 울리며 곧장 여경이 올라 있는 붉은 테이블까지 이어졌다.

발걸음 소리의 주인을 돌아 본 여경의 얼굴이 오만가지의 표정으로 뒤엉켜 멈췄다.

도대체 여경은 무엇을 본 것일까?

"엄… 마?"

마치 그 말을 쳐내려는 듯 여자는 한 팔을 높이 들어 여경의 뺨을 거세게 내리치며 말했다.

"어디서 감히!"

그렇게 여경은 엄마의 '재수 없는 계집애'를 만났다.

경멸

"왜 우릴 찾은 게냐."

이모라는 사람의 손가락에 끼워진 다이아몬드 반지가 내 뺨을 스치며 입술 끝을 찢고 만다. 쇳물 맛이 나는 핏물이 입안으로 흘러 들어온다. 그들이 날 반기지 않을 거란 걸 본능적으로 알고 있었지만 이 정도일 줄이야. 나는 팔로 대충 입을 문질러 닦고 붉은 테이블에서 내려와 이모라는 사람을 마주본다.

"안녕하세요. 주여경 작가님, 주여경입니다."

상대 이름과 내 이름이 한 번씩 반복된다.

붉은 방 전체에 원죄 없는 경멸이 악취처럼 떠돌고 있다.

"물었잖니. 우릴 왜 찾은 건지."

그녀와 엄마는 너무도 생김새가 똑같아 엄마의 죽음이 위장된 것처럼 느껴질 정도다. 그 때문에 솔직하게, 그래 아주 솔직하게 아주 잠시 나는 그녀가 반갑고 만다. 욕지기가 올라올 것 같다. 그녀가 내 입술에 상처를 내기 전까지. 사실 그들이 나를 미워할 이유는 없다. 엄마와 그녀들 사이에서 일어난 일(더구나 내가 짐작조차 하지 못하는)은 나와 아무 상관없다. 그녀들과 내 사이엔 그 어떤 역사도 존재하지 않는다. 그럼에도 불구하고 두 사람이 나에게 이토록 강한 경멸을 쏟아내는 이유는 짐작건대 이것 말곤 없다.

내가 엄마의 딸이라는 사실.

엄마의 딸인 주제에 내가 그들의 공간에 와 있다는 사실.

"엄마는 왜 찾아가셨어요?"

"무슨 소리냐."

은발의 여인이 고압적인 목소리로 물었다. 날 노려보던 이모란 사람은 당황과 억울함이 뒤섞인 눈으로 은발의 여인을 쳐다봤다.

"물었잖니, 내가."

"그쪽이 엄마 유골함. 찾아갔잖아. 작년에. 거기가 어딘지 알려줘."

"무슨 말이야? 떠올리기만 해도 끔찍한 네 엄마 뼛가루를 내가 왜 찾아!"

엄마가 그녀를 '재수 없는 계집애'라고 지칭할 때면, 얼핏 얄미움에 뒤섞인 희멀건 애정이 느껴지곤 했다. 정확히 기억한다. 그것이 내가 한 유일한 질투였으니까. 그에 반해 이모라는 사람은 엄마를 그저 '떠올리기만 해도 끔찍한' 존재라고 한다.

"유골함? 이게 다 무슨 소리냐고 묻잖니!"

설마 은발의 여인이 엄마의 죽음을 모르는 건가?

가능한가? 두 팔에 수갑을 두른 나한테도 알려진 사실을? 이모라는 사람이 침을 삼키고 떨리는 목소리로 말한다.

"미경이··· 죽었어요. 9년 전에. 사인은 약물과다복용에 의한 심정지로 판명 났고요. 경찰한테 연락이 와서 현장에 갔었고, 알아서 잘 처리했어요. 어머니가 모르시는 편이 나을 거라 판단했어요. 죄송해요."

엄마가 죽은 곳에, 그 호텔에 그녀가 갔었다고? 알아서 잘 처리했다고? 할머니란 사람은 딸이 죽은 사실을 9년 동안 모르고 있었다는 건가? 그게 가능한가? 그보다 그녀의 말이 전부 사실이라면 대체 누가 엄마의 유골함을 이모란 사람의 이름으로 옮긴 거지?

아, 그게 아니다. 애초에 그 이름은 내 이름이었을 수도 있다.

누군가 내 이름을 서명하고 엄마의 유골함을 옮긴 것이다.

"실망스럽지만 퍽 놀라운 일도 아니군."

엄마의 죽음에 대해 은발의 부인이 내린 짧은 결론이다.

딸이었고 언니였던 엄마의 죽음을 아무 감정 없이 주고받는 두 사람을 보며 나는 처음으로 엄마에게 연민을 느낀다.

나는 휴대전화를 꺼내 뿔테 안경을 쓴 남자에게 받은 번호로 전화를 건다. 하지만 그 누구의 휴대전화도 울리지 않는다. 엄마의 유골함을 가져간 사람은 여기 없다.

"네 엄마 유골함이 어쩌고, 우린 관심 없다. 네가 여기 온 진짜 용건만 말해. 네 엄마 때문에 우린 지겹게 겪은 일이라 놀랍지도 않구나."

"사람 말 참 못 믿으시네. 진짜 그 납골당이 어딘지 궁금해서 왔다고요."

"그럼 결론이 났구나. 걔에 대해선 우린 아는 바가 없다."

"하긴 엄마가 죽은 것도 몰랐다니 뼛가루 담긴 통 따위 어디 있든 무슨 상관이었겠어요."

"과연 말하는 본새가 꼭 닮은 게 미경이 딸이 맞구나."

"그러니까요. 정말 닮기 싫었는데 어쩔 수 없더라고요. 엄마고 딸이잖아요?"

"네가 서운할 수 있겠다만 솔직히 우린 미경의 죽음이 그리 놀랍진 않아. 9년이라…. 흠, 그동안 돈 달란 연락이 없었으니, 어쩜 나도 그 아이의 죽음을 얼추 짐작하고 있었을지도 모르겠다. 여하튼 한때는 딸아이였는데 안타까운 소식이라 기분이 썩 좋진 않구나. 네가 알고 싶은 용건이 끝났으면 이만 가주겠니."

"사실 나한테도 당신 딸은 그리 좋은 기억이 아니거든요. 더 정확하게 말하면 몹쓸 엄마에 더 가깝다고나 할까. 근데 있잖아요, 그동안 난 엄마가 내가 끔찍해서 도망간 줄 알았는데 당신들을 보니 가족이 생기는 게 두려워 떠났을지도 모르겠단 생각이 드네요. 언젠가 내가 자라 당신들 같은 눈으로 엄마를 쳐다볼까 봐."

"이제 그만 지껄이고 나가지 그래."

"꼴도 보기 싫은 재수 없는 계집애."

"…뭐? 방금 너 뭐라고 했니!"

이모란 사람은 이 말을 알아들었을 것이다.

나는 명치끝에서부터 비릿한 분노가 입 밖으로 솟아나올 것 같아 억지스레 입꼬리를 올려봤지만 금방이라도 들켜버릴 것 같다. 지금 당장 아무나가 필요하다. 그래, 해나. 해나가 있다.

해나는 긴장한 듯 가방끈을 꼭 붙잡고 조금씩 닮은 어른 여자 셋을 멀뚱히 바라본다.

"저기…."

해나가 아주 작은 목소리로 말한다.

"쟨 또 뭐야!"

그녀가 신경질적으로 고함을 내지르자 놀란 해나가 어깨를 잔뜩 움츠린다.

"딸이에요."

"역시. 어쩔 수 없나 봐."

"어쩔 수 없는 이 피, 당신한테도 흐르고 있을 텐데요? 아, 그리고 보내주신 생활비는 꼭 갚을게요."

"됐어, 다신 볼 일이 없기만 하면 돼."

"설마 그런 끔찍한 일이 또 있을라고요."

나는 방을 나가려 돌아섰으나 해나는 두 다리가 바닥에 들러붙은 듯 꼼짝도 하지 않는다.

"뭐해, 우리 나갈 거야."

"왜죠?"

"왜 그래, 아파?"

"궁금해서요."

"뭐가 말이니?"

은발의 부인이 묻는다.

"왜… 아무도 슬퍼하지 않죠?"

붉은 방에 던진 순진한 해나의 질문에 답은 돌아오지 않을 것이다. 나에게 쏟아지던 경멸이 이제 아무 상관도 없는 아홉 살 계집아이에게까지 향한다.

"당장 나가!"

해나의 팔을 잡아끌고 붉은 방을 나오자 여자가 기다리고 있었다.

승강기에 오른 나는 여태 붙잡고 있던(실은 지탱하고 있던) 해나의 팔을 놔주었다.

"엄마가 죽었어요?"

"전부 다 들었잖아."

"저도요."

"…"

"근데 제가 생각엔… 살해당하신 것 같아요."

***

은발의 부인이 다시 담뱃불을 붙였다.

긴 연기가 흘러나와 딸의 얼굴을 감쌌다. 그러자 쇠사슬에 묶인 듯 숨조차 내쉬지 못한 그녀의 이마에 땀이 맺히기 시작했다.

"설마 내가 아무것도 몰랐을 거라 믿은 게냐?"

"제가 알아서 잘…"

"딸아, 내가 묻는 내용은 그게 아니잖니?"

그녀는 차라리 은발의 부인이 내뿜은 연기가 걷히지 않기를, 눈이 마주치지 않기를 간절히 바라고 있었다.

"그날 넌 미경이를 만나러 갔었어. 그렇지 않니?"

"계속해서 약 살 돈을 요구하기에 따끔하게 거절하러 찾아간 거였어요."

그녀가 두려움을 감추려 할수록 은발의 부인은 그녀를 꿰뚫어 보고 있었다. 그나마 희미한 담배 연기가 그녀의 유일한 방어벽이었다.

"그랬구나. 약 살 돈도 없는 아이가 어떻게 호텔 스위트룸에 머물

렸을까."

은발의 부인은 미경이 호텔에 머문 사실도 알고 있었다.

"그건 저도 모르죠. 또 어디서 남자라도 물었을지. 미국에서 돌아온 직후였던 것 같아요."

"미국에 갔던 이유는 아직 모르고?"

"네."

"난 네가 나한테 숨기는 게 없었으면 좋겠구나. 그래야 내가 널 도울 수 있잖니."

"없어요. 아시잖아요. 불가능하단 거."

"저 아이 말이다."

"네."

"다행히 미경일 전혀 닮지 않은 것 같구나. 네가 보기엔 어떠니?"

"전… 잘 모르겠어요."

담배 연기가 완전히 걷히자 은발의 부인 앞에 알몸처럼 노출된 그녀의 입술이 사정없이 떨리고 있었다.

재 회

"차, 찾았어! 언니 주… 죽은 엄마 사… 사는 곳."

'발신표시제한자'가 보내준 납골당 사진을 제니에게 내밀었을 땐 이 항아리의 용도부터 설명해야 했다.

이후 그녀는 자신의 SNS에 올려두면 24시간 안에 납골당의 위치를 찾을 수 있다고 호언장담했지만 이틀이 지나도록 아무 진전이 없었다. 그동안 제니는 70여 명의 사람이 '이곳이다' 언급한 곳에 일일이 연락해 사진을 보내며 확인했지만 헛수고였다. 포기할 때쯤 한 남자로부터 납골당 위치가 아닌 사진 속 유골함에 대해 안다는 연락이 왔다.

국가무형문화재로 지정된 어느 사기장의 제자인 그는 작년 그의 스승이 주문을 받아 제작한 유골함이라고 했다. 주문한 곳의 이름은 내화당(耐火堂)이라 불리는 곳이었다.

내화당에 대한 정보는 그 어디에도 없었기에 제니는 남자를 겨우 설득해 그가 직접 배달을 다녀온 곳의 주소와 연락처를 얻어낼 수 있었다.

며칠 뒤 여경과 해나, 제니, 세 사람이 차를 빌려 서울을 빠져나간 지 두 시간 만에 고급 컨트리클럽 입구 같은 곳에 도착했다. 내화당이었다.

입구 인터폰에 얼굴을 들이밀고 신분을 밝히자 거대한 철문이 열렸다. 끝없이 펼쳐진 잔디 언덕이 끝나자 사각의 인공호수가 카펫처럼 깔려 있었다.

전체적으로 고즈넉한 한옥의 외형을 한 내화당의 모습은 왕과 왕비의 신위를 봉안한 종묘의 분위기마저 닮아 있었다. 현관에 도착하자 단아한 옥색 투피스를 입은 통통하고 키가 작은 중년의 여성이 인자한 미소로 세 사람을 맞이했다.

"뵙게 되어 반갑습니다. 주여경님 맞으시죠?"

흰 카라가 달린 검은색 원피스와 검은 리본을 한 해나와 검은 블라우스와 블랙 진을 입은 제니 그리고 제니가 극구 말렸음에도 고집스럽게 요란한 꽃무늬가 프린트된 외투에 찢어진 블루진을 입은 여경이었지만, 중년의 여성은 단번에 여경을 가리키며 따뜻하게 웃었다. 기다리고 있었다는 듯.

"네, 제가 주여경입니다."

인공호수가 세 갈래로 갈라져 만들어진 작은 개울 길 중 하나를 따라가자 계절감도 시간도 멈춘 것 같은 공간이 드러났다. 거기에다 안내자의 미소까지 어우러져 성스러운 분위기마저 감돌았다.

"여… 기… 뭐, 뭔가 게임 속 파라다이스 같아."

'엄마가 이런 곳에 있다고?'

안내자를 따라 세 사람은 중앙의 둥근 기둥을 지나 대나무 숲길에 놓인 돌담을 하나씩 밟으며 들어섰다. 그 끝에 작고 아담한 현대식 암자가 있었다.

안내자가 문을 열자 유리함 속에 영롱한 옥빛을 띤 유골함 서너 개가 안치된 게 보였다. 그중 여경의 눈높이에 금색으로 새겨진 그녀의 이름이 있었다. '주미경'.

안내자는 차분하게 유리관을 열고 미경의 유골함을 꺼내 여경에게 건넸다.

"받아보시겠어요?"

잠시 망설이다 유골함을 건네받은 여경은 문득 궁금했다.

나는 왜 엄마의 죽음을 추적하고 있는가?

열두 살 이후로 지워진 엄마의 존재가 누군지 짐작조차 할 수 없는 이가 전송한 사진 한 장으로 여경의 인생에 스멀거리며 기어 들어오고 있었다.

구청을 방문하고 어린 시절 살았던 동네를 찾고 이모와 할머니란 사람을 만나는 과정에서 여경이 경험한 건 오로지 경멸과 되새김질되는 과거의 상처뿐이었다.

어째서 이 과정을 계속해 이어가는지 이해할 수 없었다.

엄마가 약물에 의한 심정지가 아니라 살해당했을지 모른다는 사실이 여기까지 움직이게 했을까? 진실이 밝혀진다 한들 지금 자신과 상관없는 일일뿐더러 그녀를 위한 복수 따위를 하느니 차라리 침묵을 선택할 것이다.

자신을 버린 엄마를 이해하고 화해하려는 신파적 목적 역시 없었다.

여경은 유골함을 내려보며 강렬한 원한도 의문도 목적도 없이 이어지는 이 쓸데없는 추적을 이제 그만둘 때라는 생각이 들었다.

"계속 이대로 들고 있어요? 보통은 어떻게 하는데요?"

안내자의 인자한 미소가 여경을 포근하게 감쌌다.

"한번 열어서 보시겠어요?"

여경이 한 팔로 유골함을 안고 옥으로 빚은 연꽃 장식이 달린 뚜껑을 열었다.

"그냥 가루네요."

"별… 게 없… 네. 난 여기 분위… 기 상, 뚜껑을 열면 지니… 라도 나올 줄 알… 았지."

제니가 입을 샐쭉 내밀고는 실망한 듯 말했다.

"지니요? 아하하하, 그냥 가루일 뿐이에요."

"도로 넣어주세요."

해나가 두 발을 쫑긋 세우고 여경의 옷을 살짝 잡아당겼다.

"나도, 나도 보고 싶어요."

"그래, 봐."

여경은 해나가 볼 수 있게 몸을 숙였다.

잠시 유골함 안을 보던 해나가 갑자기 왼팔을 쑥 집어넣고는 뼛가루를 한 움큼 움켜쥐었다.

누구도 예상치 못한 행동이라 모두 당황했지만 안내자는 해나가 하고 싶은 대로 가만히 내버려 두었다. 제니만 연신 '오 마이 갓!'을 남발할 뿐이었다.

"오 마이 갓, 너 진짜 웬즈데이 아담스[2]야 뭐야. 언니 쟤 너… 무너… 무 이상해."

"촉감이 어때?"

여경이 피식 웃으며 묻자 해나가 안내자를 올려다봤다.

"이렇게 세게 쥐면 죽은 사람이 느낄까요?"

"글쎄, 잘 모르겠다만 왠지 그렇다 믿고 싶구나."

해나가 쥐었던 주먹을 펴자 덩어리가 된 뼛가루가 유골함 바닥으로 가라앉았다. 안내자는 유골함을 도로 유리관에 넣으며 물었다.

"혹시 이 속에 함께 보관하고 싶은 거라도 있을까요?"

"아뇨, 전혀요. 그보다 계약서를 좀 보고 싶은데요."

"물론입니다. 그럼 전 먼저 가서 준비할 테니 천천히 둘러보다 나오세요."

안내자가 내실을 나가자 세 사람만 남겨졌다.

"언니 어, 엄마 부, 부자야? 여… 기 진짜 주, 죽여!"

여경은 엄마의 유골함이 담긴 유리관에 입김이 닿을 정도로 가까이 다가가 동그랗게 오므린 양손을 유리관에 바짝 대고는 아무도 들리지 않게 속삭였다.

"엄마, 부탁이야. 부디 다음 생애엔 누군가의 엄마로 태어나지 말아줘. 제발."

해나는 여경이 뭐라고 하는지 궁금했지만 묻지 않았다. 여경이 먼저 내실을 나간 후 해나는 유리관에서 사라지는 입김과 함께 선명하게 남아 있는 여경의 입술 자국만을 확인했을 뿐이다.

---

2) 영화 〈아담스 패밀리〉에 출연하는 딸의 이름. 항상 검은 원피스에 표정 없는 얼굴로 섬뜩한 행동을 아무렇지 않게 하는 귀여운 꼬마악동으로 역할은 배우 크리스티나 리치가 맡았다.

계약 서명란엔 여경의 이름이 새겨진 도장이 찍혀 있었다.

"여기 이 계약서에 서명한 사람 얼굴 기억하세요?"

"젊은 여성분이셨어요. 심적으로 몹시 힘들어했던 걸로 기억이 납니다. 이곳에 오시는 분들이 대다수 그러하기 때문에 특별하게 느끼진 않았습니다만…."

"유지비를 지불하는 계좌가 있나요?"

"이 경우 계약서를 보시면 아시겠지만 한 번에 현금으로 전부 납입하셔서 따로 계좌가 남아 있진 않아요."

"당시 CCTV같은 거라도…."

"내화당은 CCTV를 설치하지 않습니다. 방명록이나 어떤 기록도 남기지 않는 건 물론이고요. 다만…."

"네."

"고인을 방문 한 분이 한 분 더 계셨어요. 내화당에 고인을 모시고 곧바로 엿으니까. 제가 안내를 맡았고요."

"얼굴을 기억하세요?"

"글쎄요. 그건 저도 잘…. 챙이 아주 넓은 모자를 쓰고 선글라스를 하고 계신데다 아무 말씀이 없으셔서…."

"어? 이… 안에 뭐, 뭔가 있는… 데?"

계약서 봉투 안을 보던 제니가 작은 종이쪽지를 하나 발견했다. 내화당의 이름이 프린트된 메모장이 반으로 접혀 봉투 이음새에 끼어 있었다. 메모장엔 오직 한 문장이 떨리는 손으로 쓴 듯 비틀거리는 필체로 남아 있었다.

〔한없이 죄송합니다.〕

여경은 불쑥 '발신표시제한자'는 폭로자가 아니라 원죄자일지도 모른다는 생각이 들었다. 만약 이 쪽지를 남긴 사람이 '발신표시제한자'라면 죄의 주인인 그녀가 여경을 이곳으로 초대한 것이다. 저 한 문장으로 인해 오랜 복역 생활을 한 여경은 심지어 그녀에게 묘한 동질감마저 생겼지만, 여기까지였다. 여경은 계속해서 자신의 과거를 마주해야 하는 상황에 지쳤다. 엄마의 죽음도 '발신표시제한자'의 수수께끼 같은 말들도 여경은 더는 궁금하지 않았다.

***

인천의 한 대형마트 주차장에서 체포된 녀석과 녀석의 무리는 지구대 안 난로 앞에서 낄낄대고 있었다. 이번에도 같은 방식이었다. 훔친 차를 타고 뺑소니로 배달 중이던 오토바이를 치고는 도망쳐버렸다. 쓰러진 라이더는 뒤늦게 병원으로 실려 갔지만 아직 의식이 돌아오지 않은 상태였다.

창수의 사수인 재석 역시 같은 방식이었다. 녀석이 재석을 친 뒤 병원에 신고만 했었더라면. 혹시 모를 일이었다.

녀석이 웃고 있다. 만으로 열네 살이 되지 않은 녀석은 그 사건으로 고작 소년보호처분1호를 선고 받고 감호위탁 6개월 떨어진 게 전부였다. 그때도 녀석은 웃고 있었고 창수를 처음 만났을 때도 딱 저 따위로 웃고 있었다.

녀석의 웃음소리는 꽤 특이했다. 힘을 뺀 상체를 흐느적거리며 입을 벌린 채 꺽꺽 소리를 내며 웃었다. 마치 세상에 존재하는 모든 것이 가소롭고 별것 없다는 듯.

창수는 녀석이 아직 공포를 알지 못한다고 생각했다.

지구대 문을 열고 창수가 들어서자 헐렁한 여름 바지 주머니에 양손을 폭 찔러 넣고 의자에 반쯤 걸쳐 누워 있던 녀석이 반갑다는 듯, 한 손을 꺼내 들고 흔들었다. 창수가 순경에게 신분증을 보여주자 그는 안타깝다는 눈으로 그를 쳐다봤다.

"전적이 화려하더라고요. 힘드시겠어요. 에휴, 진짜 저런 애들 한방에 처넣는 법 좀 어떻게 안 됩니까?"

"아직 병원에선 소식이 없습니까?"

"네, 아직. 여전히 수술 중일 겁니다. 그보다 저 녀석 보호자한테 몇 번이고 전화를 걸어보는 중인데 도통 안 받네요."

"아버님 말씀이십니까?"

"참, 아시겠네요. 혹시 직장번호 아세요?"

"소용없을 겁니다."

"네?"

질질 슬리퍼 끄는 소리와 함께 땟물이 들러붙은 녀석의 발이 창수의 구두 옆에 나란히 섰다. 녀석은 이 상황이 대수롭지 않은 듯 순경 쪽으로 몸을 쭉 빼낸 다음 다리를 달달 떨며 씩 웃었다.

"이 아저씨 말이 맞아요, 소용없어요. 그 새끼 지금쯤 어디서 술 마시고 쳐 자빠져 있을걸? 내가 죽어도 눈 하나 깜짝 안 해. 안 그래, 아저씨?"

"학생, 저리 가 앉아 있어."

"학생? 어? 나 학생 아닌데? 야, 나더러 학생이래."

녀석이 무리와 낄낄거렸다.

"이 아저씨 왔으니까 이제 가도 되나? 씨발, 존나 배고파. 전에 저기 지구대는 설렁탕 같은 것도 시켜주고 그러더만. 여긴 뭐 좆도 아무것도 없어. 야, 그때 거기 어디였냐?"

"거기? 아! 생각났다. 왕십리."

왕십리. 그들에겐 화려한 전적의 기록 중 하나일 뿐이고 창수에겐 아버지 같았던 재석을 잃은 곳이다. 창수는 낄낄거리는 녀석을 죽이지 않기 위해 어금니를 힘주어 물고 있었다.

"계장님 오셨으니까 저희가 보내드리긴 하는데요. 저도 애 키우지만 하, 정말 얘네 엄청나네요."

보호자 서명을 하고 간단한 훈방조치 처리가 끝나자 창수는 무리에서 녀석만 끌고 지구대 밖으로 나왔다. 녀석은 추운지 걸치고 있던 가을 점퍼 지퍼를 목 끝까지 끌어 올린 뒤 슬리퍼 신은 맨발을 동동거리며 따라나섰다.

창수는 곧장 차로 향했다. 등 위에서 기쁜 나쁜 녀석의 웃음소리가 내내 따라와 창수의 심장을 거칠게 만들었다. 아랑곳하지 않으려 애쓰며 시동을 거는데 녀석이 다급하게 뛰어와 창을 두드렸다.

"아, 씨발! 왜 그래. 나 안 보여?"

"…"

"헐, 존나 어이없네. 집에 데려다줘야지. 얼어 죽는다고! 오늘 영하 몇 도인 줄 알아? 좋아, 맘대로 하시던가. 뭐 나야 아무 차라도 훔쳐타고 집에 가면 되니까. 조만간 또 보겠네."

녀석이 상체를 흐느적거리며 웃기 시작했다. 더는 녀석의 멍청한 법적 도우미 역할을 할 수 없다 여긴 창수가 운전석에서 내려 한 손으로 녀석의 목을 움켜쥐고 벽으로 밀어붙였다.

예상 못한 갑작스러운 공격에 그대로 뒤로 밀리다 녀석의 낡은 슬리퍼가 벗겨졌다. 코 주변으로 거뭇거뭇한 수염 몇 가닥이 볼품없이 비틀어져 있었다.

이 와중에도 녀석은 자라고 있는 것이다.

"구역질나는 새끼."

녀석은 목을 조여도 낄낄거리는 웃음을 멈추지 않았다.

"오늘 사고로 네가 뒈졌어야 해. 만약 그랬다면 그나마 엿 같은 올해 들은 소식 중에서 가장 기뻤을 텐데 말이야. 시궁창 같은 새끼야, 똑똑히 기억해. 누군가는 간절히 아주 간절히 네 죽음을 원하고 있다는 걸. 이제 꺼져."

창수가 손을 놓고 돌아서자 녀석은 슬리퍼를 주워 신으며 여전히 웃었다.

"어이, 거참. 애가 추워서 어른 차 좀 얻어 타자는데 왜 꼴 같지 않게 개흥분하고 그러실까. 어? 나 진짜 빈털터리야. 집에 갈 버스비도 없다니까. 이것 봐."

녀석은 양쪽 주머니를 끄집어 탈탈 털어 보였다.

창수는 지갑에서 만 원짜리 한 장을 꺼내 구겨 바닥으로 집어 던졌고, 녀석은 개처럼 달려가 주워들고 낄낄거리며 편의점으로 달려갔다.

촉법소년도, 범죄소년도 모두 그들의 갱생에 대한 믿음에서 출발한다. 하지만 그 점이 그들에게 가장 큰 무기가 되어버렸다. 녀석은 조만간 또 누군가를 해칠 것이다. 안면조차 없는 이들의 삶이 녀석으로 인해 망가지고, 많은 사람이 울부짖을 것이다. 그들의 고통과 비명을 먹고 자라난 녀석은 괴물이 되어가고 있다.

저런 괴물을 탄생시킨 그의 아버지는 지금도 그때도 취해 있을 것이다. 결국 괴물이 괴물을 낳은 것일까. 지금 당장 창수가 할 수 있는 것은 아무것도 없다. 녀석이 죽기를 바라는 것 외엔. 편의점에서 게걸스럽게 라면을 들이켜는 녀석의 모습을 뒤로 한 채 창수는 내비게이션에 백화점 주소를 검색한 뒤 출발했다.

그곳은 얼마 전 상해치사로 2년을 살고 가석방으로 출소한 78번째 보호관찰 대상자의 근무처이자, 여경이 살고 있는 해리티지 타워가 있는 동네였다.

공 포

"오오… 늘이… 내 생… 일."

한창 유학원 면접을 준비하던 해나와 여경 앞에 제니가 직접 만든
케이크를 내밀었다.
"그래? 맛있게 잘 먹을게."
제니가 초를 꽂기도 전에 여경이 케이크 위에 장식된 초콜릿을 먹
어버리자 삐친 제니가 또다시 이불을 뒤집어썼다.
"제니, 화 난 것 같은데요?"
"제니 쟤가 워낙 저 이불을 좋아해. 근데 넌 생일이 언제니?"

해나가 자신이 태어난 날을 알게 된 건 불과 얼마 전이었다. 그
전까지 해나의 생일은 보육원의 모든 아이와 같은 3월 3일이었다.
그날은 보육원 아이들이 단체로 중국요릿집에 가는 날이었다. 신

난 아이들은 두 그릇을 먹어도 되냐, 세 그릇도 괜찮냐, 네 그릇도 먹을 수 있다며 들떴다.

잦은 보일러 고장으로 한겨울에도 얼음같이 찬물로 씻어야 했던 아이들은 마을에서 가장 큰 목욕탕에 들러 온몸이 시뻘게지도록 깨끗이 때를 밀었고, 발가벗고 물놀이를 하며 신나게 뛰어다녔다. 목욕이 끝나자 바나나 맛 우유를 하나씩 입에 물고 중국요릿집으로 향했다. 골목을 돌자 기분 좋은 비누향기 위로 자장 냄새가 짙게 더해졌다.

현관 입구에 길게 내려져 찰랑거리는 대나무 발을 손으로 휘저으며 안으로 들어서자 식탁 위엔 자장면과 여섯 명 당 탕수육 하나가 세팅되어 있었다. 윤기 나는 검은 소스 위로 완두콩과 채 썰린 오이 그리고 삶은 달걀이 반으로 갈라져 올려 있었다.

맑은 연기가 폴폴 흘러 올라오는 자장면 앞에 각자 자리를 잡은 아이들은 언제나처럼 모두 손을 뒤로하고 보육원 선생님들이 고개를 끄덕일 때까지 기다렸다. 드디어 선생님의 턱이 끄덕이자 아이들은 너 나 할 거 없이 나무젓가락을 뽑아 들고 자장면을 비비기 시작했다. 노란 면발 위로 부드럽게 뒤섞이는 자장소스 사이로 큼지막한 비계가 들러붙은 고깃덩어리가 보였다. 면발이 끊어질 때까지 나무젓가락에 돌돌 말아 입속으로 넣었다. 환상적인 맛이었다. 여전히 그날의 자장면 맛을 그대로 떠올릴 수 있을 만큼 맛있었다. 다섯 그릇도 여섯 그릇도 먹을 수 있을 것 같았다.

그날 그 순간만큼은 보통의 아이들이 된 것 같았다.

목욕탕에 가서 빨갛게 때가 밀리고 물장난을 치고 바나나 맛 우유를 마시고 자장면을 먹는… 보통의 아이들.

그때 해나를 발견한 사장 아저씨가 다가와 애처로운 눈으로 머리를 쓰다듬으며 말했다.

"이 아이가 그 아이지요?"

그런 다음 해나가 있는 테이블에만 군만두를 놔줬기에 해나는 잠시 그가 아버지가 아닐까, 오해했다.

"많이 자랐네요. 진짜 요만 할 때 요 앞에 버려져 있었는데, 널 발견하고 어찌나 놀랐는지. 애야, 천천히 많이 먹어. 얼마든지 더 줄 테니까."

덕분에 해나는 자신이 어쩔 수 없는 사정으로 보육원에 맡겨진 것이 아니라 중국 요리들과 함께 배달되었던 사실을 알게 되었다.

해나는 평범하게 버려지지도 못했던 것이다.

"전 12월이에요. 언니는요?"

"난 8월. 근데 12월이면 넌 어차피 한국에 없겠구나."

"네. 아마도요."

"그나저나 제니, 쟤 어떡하지?"

"달래야 해요?"

"야, 제니. 나와, 그 이불 이제 냄새나. 빨아야 해."

여경이 제니의 이불을 잡고 씨름하는 사이 해나는 케이크에 초를 꽂고 불을 붙였다. 제니가 못이기는 척 이불 밖으로 나오자 둘은 어설프게 노래를 시작했는데 여경은 '생일 축하합니다'로 해나는 '당신은 사랑받기 위해 태어난'으로 시작했다.

결국 노래가 멈추자 못마땅한 제니는 한숨 쉬듯 후- 하고 초를 불었다.

"내, 내가 백… 살이야? 초를… 전부 다… 꽂으면 어떡해."

"제니, 네 생일이니까 말해. 뭐가 하고 싶은 거야?"

***

입구부터 요란했다. 셋이 도착한 곳은 놀이공원이었다. 벌써 피곤해하는 해나와 여경과 달리 제니는 하이 텐션이었다.

제니는 들어서자마자 각기 다른 캐릭터 머리띠를 골라 여경과 해나의 머리에 씌웠다. 이후로도 제니가 고른 아이스크림을 먹고 제니가 고른 놀이기구를 탔다. 그러는 동안 서서히 해나는 제니처럼 웃고 뛰어다니기 시작했다.

나이와 키 때문에 기준 미달로 해나가 탑승하지 못하는 스릴 만점의 놀이기구는 여경이 제니와 동승했다. 고소공포증이 있다던 제니는 양팔을 들어 올리고 환호를 질러댔지만 원래도 고소공포증이 없던 여경은 사색이 되어 욕을 질러댔다.

오후 내내 바쁘게 끌려다니는 바람에 웬만한 놀이기구를 전부 섭렵한 세 사람은 완전히 지쳐 스낵바 테라스에 자리를 잡고 음식을 주문했다. 여경은 앞에서 느리게 돌아가는 회전목마조차 어지러울 지경이었다.

"탈 건 다 탔으니까 이거 먹고 가."

"안 돼요!"

안 된다고 말한 건 제니가 아닌 해나였다.

"왜 안 된다는 건데! 토할 만큼 타고 놀았잖아!"

이번엔 제니와 해나가 동시에 대답했다.

"퍼레이드!"

일 년에 한 번, 놀이공원에선 보육원 아이들을 초대했다. 주로 사람들이 붐비지 않는 평일 오전 시간대, 세 시간 정도였다.

아이들은 단체 탑승이 가능한 놀이기구 위주로 타야 했다. 그래야 함께 힘차게 웃는 사진을 찍을 수 있었기 때문이다. 다음 날 사진들은 놀이공원의 홍보 페이지 한 칸에 실렸다. 점심이 되기 전 놀이공원을 나서야 했기에 아이들은 매년 놀이공원을 들르고도 오후의 퍼레이드를 본 적이 없었다.

"해… 해나 말이 맞아! 놀이… 공… 원의 하이라이트는 퍼레이드… 지!"

"오늘의 업무는 퍼레이드 보기예요."

"갑자기?"

해나가 고용주 생색을 내면 여경은 어쩔 수 없다.

"알았어. 대신 정신없는 건 그만 탈 거야. 뇌가 자꾸 흔들려서 바보가 될 판이야. 난 딱 저 회전목마 수준이 맞아."

"아… 안 돼요!"

이번엔 제니였다.

"왜 또? 뭐가 안 돼!"

"엄… 마가… 날… 저기 두고… 도, 도망… 갔어."

제니는 절대 회전목마는 타지 않겠다면서 회전목마가 정면으로 보이는 스낵바 테라스에 자리를 잡고 앉아 맥주를 마셨다.

여경이 화장실을 간 사이, 추가 주문을 하고 돌아오던 제니가 그대로 얼어붙은 듯 서 있었다. 회전목마 앞에서 어린 사내아이가 뿌리치는 여자의 손을 놓지 않으려 칭얼거리는 걸 목격한 것이다.

"오, 오… 아… 그러지… 마….”

어느새 그들에게 달려간 제니가 여자의 팔목을 거세게 붙잡았다.

"누구세요?”

제니가 달달 떨리는 목소리로 울먹이며 말했다.

"아… 이가… 우, 울잖… 아요….”

"네?”

사내아이가 여자의 허벅지에 매달려 코를 묻고 엉엉 울고 있었다.

주변 사람들까지 이 소란을 지켜보며 눈으로 여자를 나무라고 있었다. 오직 여자만 이해하지 못하고 있는데, 직원까지 달려왔다.

그제야 여자는 피식 웃으며 사내아이를 번쩍 들어 안고는 한 손으로 아이의 코를 따옴표 쥔 손 모양으로 콕 꼬집었다.

"네가 그렇게 서럽게 우니까 엄마만 나쁜 사람 돼버렸잖아.”

여자가 손으로 맞은편 아이스크림 가게를 가리켰다.

"요 녀석이 아이스크림 먹고 싶다고 하도 졸라대서요.”

제니가 홀쩍이면서 물었다.

"지… 진짜요?”

"하하하하, 저 그런 사람 아니에요.”

여자가 손수건을 꺼내 제니에게 건넸다.

"이거… 쓰세요.”

"아, 아닙니… 다. 전 맥… 주 마시… 러 가야… 해서요.”

"네? 아, 네에.”

제니가 스낵바 테라스로 돌아왔을 땐 테이블엔 추가 주문한 맥주와 감자칩만 놓여있고 해나는 보이지 않았다.

"해나는?”

막 돌아온 여경이 물었지만 제니는 해나가 어디에 있는지 알지 못했다.

"전화해봐."

테이블 위 해나가 두고 간 작은 핸드백에서 주인 잃은 휴대전화가 혼자 울어댔다.

해나가 스낵바 테라스에서 사라진 지 40분이 경과했다. 해나는 어디서 길을 잃고 찔찔 울며 어른을 기다리는 보통의 아홉 살이 아니란 사실을 알면서도 여경은 보통의 아홉 살 아이를 잃은 사람처럼 이름을 외치며 찾고 있다. 절대 아무 말 없이 사라질 아이가 아니기 때문이다.

여경이 놀이공원을 샅샅이 뒤적이는 동안 놀이공원 관람객들의 웃음소리가 들려왔다. 한 공간 안, 즐거움과 공포, 극과 극의 공기가 공존하고 있었다.

방송실에 미아신고를 하러 간 제니에게서 연락이 왔다.

"왜 아직 방송이 안 나와!"

"어, 언니…. 여기 좀… 와 봐야… 할 것 같아."

여경이 허겁지겁 방송실에 들어서자 그들이 말했다.

"고객님, 아이 사진을 보여주시겠습니까? 가장 최근 사진으로요."

하지만 여경에겐 해나의 사진이 없다.

"없는데요."

해나와 함께 병원을 다니고 식사를 하고 비밀을 공유하고 죽은 엄마의 납골당을 찾았지만 여경은 휴대전화 번호 외엔 해나에 대해 아는 것이 없었다.

대신 여경은 해나의 인상착의와 이날 착용한 의상에 대해 상세히 설명하고 미아방송을 요청했지만 관계자들은 방송을 위해 놀이공원 내 기구와 매장의 음악 소리를 전부 끌 순 없다고 했다. 간략히 말해 미아방송 따위로 놀이공원을 찾은 사람들의 분위기를 방해할 수 없단 말이었다. 안타깝게도 그것은 놀이공원의 실제 매뉴얼이었다. 그 와중에 한 여자가 녹음실에 들어가 마이크를 켰고 방송을 시작했다.

"놀이공원을 찾아주신 여러분께 진심으로 감사의 말씀을 드립니다. 잠시 후 8시 30분부터 놀이공원에서 야심 차게 준비한 마법사 루틴과 친구들의 퍼레이드를 시작할 예정이니 많은 관심 바랍니다. 다시 한번…."

퍼레이드 예고 방송은 가능하지만 실종된 아홉 살짜리 여자아이를 위해 잠깐 동안 모든 소리를 끄고 방송하는 것은 불가능했다. 여경은 우선 그들의 요구대로 전광판에 해나의 인상착의를 올리는 것에 동의했다.

〔이름 : 진해나. 검은색 원피스에 파란 허리 리본이 달린 원피스를 입은 아홉 살 여자 어린이로 회전목마 앞 스낵바에서 길을 잃었습니다. 어린이를 목격하거나 발견한 분은 즉시 미아보호소나 가까운 직원에게 데려주시길 바랍니다.〕

제니와 여경은 방송실 옆 상황실로 자리를 옮겼다.

한쪽 벽면을 차지한 장기판 같은 CCTV에 비치는 사람 중 누구 하나 전광판의 미아 공지를 관심 있게 보는 사람은 없었다.

"저… 저기! 해… 해나야!"

해나가 사라진 근방의 CCTV를 돌려보다 제니가 외쳤다.

화면 속엔 한 여성이 어린 여자아이의 손을 잡고 해나에게 접근하고 있었다. 아이의 손에 들린 풍선 때문에 여자의 얼굴은 노출되지 않았다.

이어 해나가 돌아보자 두 사람 사이에 어떤 알 수 없는 긴장이 화면 밖으로 느껴졌다. 여경은 해나가 상당히 경직되어 있다는 걸 알 수 있었다.

갑자기 해나가 여자를 피하려는 듯 돌아서 무작정 달리기 시작했고 여자가 뒤쫓았으나 아이의 손에서 풍선이 날아가자 멈추었다. 그리고 해나는 단체로 교복을 입은 아이들 무리 안으로 사라진 뒤 더는 모습을 보이지 않았다.

여경의 눈에 해나는 도망치고 있었다.

"아시는 분입니까?"

"아니요…. 전혀요."

버티고 서 있던 여경의 다리에 힘이 풀렸다.

"저기…."

그때 상황실 문이 열리고 한 중년의 여성이 여자아이의 손을 잡고 들어왔다. CCTV 속 바로 그 여자였다. 아이의 손에는 새로운 풍선이 들려 있었다.

여경이 여자에게 달려가 얼굴을 바짝 들이밀고 소리쳤다.

"당신 뭐야! 해나 어디 있어!"

입양

"여자아이를 키우는 맛이란."

선주는 여대에서 가정학을 전공한 마지막 학번이다. 그녀가 졸업한 이듬해 가정대의 해체와 함께 관련 학과들은 구시대적인 전공으로 낙인찍혀 다른 단과대학에 편입된 뒤 사라졌다.

대학 졸업 후 중학교에서 2년 정도 교직 생활을 하다 선자리에서 만난 육사 출신 남편과 결혼해 연년생인 아들 셋을 키우며 가정주부로 지냈다. 서로 엄마의 팔을 차지하겠다며 달려들던 녀석들은 눈 깜짝할 사이 자랐고 작년 첫째아들을 군에 보냈다. 둘째는 유학 중이고 막내도 고등학교 기숙사에서 생활하느라 집은 텅 비어버렸다. 남편은 식사 때를 제외한 대부분의 시간을 서재에서 보냈다. 선주 나이 고작 마흔여섯이었지만 아흔아홉 노인의 가죽을 입고 사는 듯 느껴졌다.

선주와 비슷한 시기에 결혼한 진경은 딸만 둘이었는데, 아이들이랑 어릴 때부터 자주 어울려 다니곤 했다. 작년 진경이 담낭암 판정을 받고 수술을 받자 딸들은 한시도 진경의 곁을 떠나지 않고 보살폈다. 퇴원하던 날 딸들은 엄마를 위해 집을 꾸미고 요리를 했다. 현관문을 연 진경은 신발을 벗기도 전에 케이크의 초를 불어 끄며 눈물을 훔쳤다.

진경은 딸들이 방학을 맞으면 함께 여행을 다녀왔고, 얼마 전엔 셋이서 모녀 반지를 맞췄다고 했다. 진경과 딸들에게 일어난 일련의 일들은 낱낱이 그녀의 SNS를 통해 친구들과 지인들에게 전달되었다.

결혼이 늦었던 다른 친구들은 자녀들이 아직 어렸는데, 그들은 학부형에서 독립한 선주와 진경을 부러워했다. 하지만 선주는 자녀들의 독립이 어쩐지 '엄마 역할놀이 종료선언'처럼 느껴져 허무했다.

아이들이 자라며 했던 옹알이, 기기, 뒤뚱거리며 걷기, 귀여운 된발음들, 품속에 파고들기 같은 일들은 선주의 역사였지 아들들의 기억 속엔 존재조차 하지 않았다. 그에 반해 진경의 딸들은 자신들의 젊음을 할애해 매일 같이 진경의 생에 빛을 뿌려주고 있었다. 덕분에 진경은 딸들처럼 젊어지고 있었다. 선주는 자신만 홀로 늙어가고 있는 것 같아 어느 순간부터 거울을 보지 않게 되었다.

아직 마흔여섯. 생리도 여전했고 갱년기는 아직 멀었다. 하지만 선주의 삶은 오직 마지막을 기다리는 사람처럼 무료하고 권태로웠다.

그때 누군가 말했다.

"아직 젊잖아. 전에 보니까 자기 나이에 늦둥이 낳는 사람도 있더라. 아님 아이를 하나 입양해 보던가. 이왕이면 여자아이로."

입양이라니, 당치도 않은 이야기라 손사래 치며 웃어넘겼는데 설

거지를 하다 빨래를 삶다 청소기를 돌리다 귓속에서 자꾸 맴돌았다. 의외인 것은 남편의 반응이었다. 큰 고민 없이 선주의 결정에 따르겠노라 했다. 아이는 저절로 시간 되면 자라는 줄 아는 사람이라 쉽게 뱉은 말일 것이나, 선주는 다음 날 그냥 슬쩍 구경이나 해볼 심산으로 소개 받은 보육원에 들렀다가 한 여자아이와 눈이 마주쳤다.

눈동자가 유난히 새까맣고 작은 입술을 동그랗게 오므린 채 긴 속눈썹을 아래로 내리깔고 있던 아이. 선주는 아이들 무리와 함께 뛰어노는 대신 혼자 시무룩하게 앉아 꽃잎을 뜯고 있던 아이에게 다가갔다.

"얘, 무슨 일이 있니?"

"오늘 처음 도서관에 갔었는데요. 책을 빌리지 못했어요."

"왜일까?"

"원래 나 같은 아이에겐 빌려줄 수가 없대요."

"아줌마 집엔 책이 아주 많은데 다음에 놀러 올래?"

"정말요? 전부 다 읽어도 돼요?"

"응. 다 읽어도 돼."

선주는 여섯 살 아이에게서 얼핏 자신의 모습을 발견했다. 아파트 놀이터 벤치에 멍하니 앉아 뛰어노는 아이들과 젊은 엄마들을 쳐다보던 자신의 서글픈 모습을 아이에게서 본 것이다.

"아줌마 이름은 최선주야, 넌 이름이 뭐니?"

"자영, 김자영이요."

"자영이… 아줌마 딸 할래?"

입양의사를 밝히자 두 아들 역시 남편과 마찬가지로 큰 고민없이

(새로 가구 하나 들이는 것쯤으로) 그러라고 했다. 막내아들의 반대가 잠시 있었지만 대학 입학 후 1년간 휴학을 허락하는 조건으로 자영은 선주의 막내딸이 되었다.

유학 중인 둘째아들의 방을 정리해 자영을 위한 물건들을 장만하면서 선주는 오랜만에 다시 '엄마'로 돌아간 것 같았다. 어쩜 여자아이들 옷과 구두와 소품들은 이렇게 아기자기하고 어여쁜지. 비로소 선주는 여자아이를 키우는 맛이란 게 뭔지를 체험하고 있었다. 아들을 키울 때와 확실히 달랐다.

자영이 오기로 한 날 예쁜 엄마이고 싶었던 선주는 미용실에 들러 화장을 하고 싱그러운 연두색 원피스를 입었다. 준비를 마치고 거울을 본 선주는 순간 울컥하고 말았다. 거울 속 선주는 아흔아홉에서 곧장 젊은 엄마가 되어 있었다. 이것저것 아이가 필요한 것들을 마련해주고 보살피고 아껴줘야지. 세상에 예쁘고 좋은 건 아이에게 다 줘야지. 아이가 자라면 진경의 딸들처럼 함께 여행도 가고 사우나도 가고 쇼핑도 다녀야지. 선주는 자영에 대한 꿈이 정말, 정말 많았다. 딸이 될 아이의 이름도 새로 지었다.

그렇게 '김자영'은 '고은율'이 되었다.

디즈니 유명 공주들 드레스들을 시리즈별로 사서 걸어놓았지만 아이는 손도 대지 않았다. 대신 청바지에 스웨터나 문양이 없는 티셔츠 입는 걸 좋아했다. 아마 낯설어서 그렇겠지. 아침 일찍 일어나 아이를 깨우고 씻기고 먹이고 입힌 뒤 유치원에 등원시키려 했지만, 아이는 스스로 일어나 이부자리를 정리했고 씻고 난 뒤 욕실에 물기를 닦았으며 차려놓은 음식은 남김없이 먹고 싱크대에 그릇을 담그고 유치원 버스 시간에 맞춰 신발을 신고 선주를 기다렸다.

집에 돌아오면 곧장 욕실에서 손을 씻고 환복을 한 뒤 자기 방에서 책을 읽었다. 유치원 담임은 은율이는 뭐든 시키지 않아도 스스로 잘하는 아이다 입이 마르도록 칭찬했지만, 선주는 어쩐지 이전의 삶과 별반 다르지 않은 것 같아 서운했다.

"어때? 딸이 생긴 기분이?"

"그게… 잘 모르겠어. 가끔 손님처럼 굴기도 하고 그래."

"가족이, 특히 엄마가 있다는 게 어떤지 몰라서 아닐까. 뭐든 스스로 하는 습관도 들었을 테고. 좀 더 기다려봐."

기다릴수록 은율이 점점 둘째아들 방을 대신 사용하는 손님처럼 느껴졌다. 집에 오래 방문한 아주 어리고 작은 손님.

"저기… 요."

아이는 여전히 선주를 엄마라고 부르지 않았다.

"응? 말해봐."

"도서관에 가고 싶어요. 같이 가주실 수 있어요?"

도서관에 들르기 전 가족관계증명서를 발급 받으러 가서 선주는 처음으로 은율이의 손을 잡았다. 이 아이의 보호자로서 부모로서 도서관의 어린이 회원증을 발급받고 돌아오는 길에 들뜬 선주는 은율에게 자신을 엄마라고 불러주길 고백했고, 은율은 웃으며 흔쾌히 선주를 엄마라고 불렀다.

군대 간 아들의 휴가에 맞춰 방학 중인 둘째가 한국을 찾았다. 근일 년 만에 다 모인 가족들은 한 중식 레스토랑을 찾았다. 아들들은 은율에게 큰 관심이 없었다. 남편은 아직 은율을 어색해했다.

회전판 위로 돌아가는 음식들을 덜어 은율의 접시 위에 놓고 먹기 좋게 잘라주는 선주의 모습을 가만히 지켜보던 둘째아들이 한마디 했다.

"엄마, 그냥 두고 엄마 식사하세요. 쟤 좀 봐. 혼자서도 잘하잖아."

아들의 말이 맞다. 은율은 또래의 아이들이 그렇듯 입 주변으로 지저분하게 소스를 묻히거나 테이블 위로 음식을 흘리거나 하는 법이 없었다. 오히려 바짝 붙은 선주 때문에 아이는 애써 불편함을 감추고 있었다. 그제야 선주는 깨달았다. 자신의 시선과 관심을 필요로 하는 아이를 갖고 싶었지만 오히려 시선과 관심을 요구하는 쪽은 언제나 자신이라는 것을.

암만 곁을 내줘도 눈치채지 못하는 아이. 챙겨주지 않아도 혼자 잘하는 아이. 함께 있으면 불편해지는 아이. 함께 지낸 6개월 동안 선주를 단 한 번 엄마라고 부른 아이. 가만히 놔둬도 스스로 자라 어른이 될 것 같은 아이. 선주가 필요하지 않은 아이. 선주는 그날 이후 이 손님 같은 아이가 얄미워졌다.

입양 후 6개월 동안 은율의 키는 평균적으로 작은 편에 속했지만 그래도 꽤 자라 처음 준비했던 옷들은 금세 작아졌고 신발은 발에 꽉 끼었다. 그러나 선주는 훤하게 드러난 발목과 손목을 보면서도 새로 구입하지 않았다.

은율 역시 소매를 바짝 당겨 입거나 선주의 눈을 피해 신발을 구겨 신었다. 이후 선주는 종종 은율의 식사를 챙기지 않거나 아이가 먹기엔 지나치게 매운 음식을 준비하고 아이의 국에만 소금을 한 수저 더 넣기도 했다. 집에서 멀리 떨어진 마트에 은율을 혼자 남겨두고 집으로 돌아와 버렸고 도서관에서 빌린 책을 훼손하거나 씻는 동안 온수 버튼을 꺼버리기도 했다. 사실 선주 스스로도 이해할 수 없는 몹쓸 행동이었다.

욕설을 내뱉거나 때리진 않았지만 점점 아이를 괴롭히는 횟수가 늘면서 강도도 심해지고 있었다. 자신에게 사랑을 구걸하지 않는 아이에게 주는 일종의 괘씸죄였다.

얄미움이 증오가 되자 거울 속 선주는 다시 늙기 시작했다. 방학을 맞아 집에 돌아온 막내아들은 이런 엄마를 지켜보다 학교로 돌아가기 전날 이런 말을 남겼다.

"엄마가 엄마 스스로에게 필요한 사람이 되면 좋겠어. 재는 이제 그만 괴롭히고⋯."

은율의 짧은 소매를 제일 처음 눈치챈 건 유치원 선생님이었다. 얼마 동안 은율을 지켜보던 그녀는 은율의 담당 사회복지사에게 이 사실을 전달했고, 그는 은율을 불러 이것저것 학대가 의심되는 상황들을 질문했다. 그러나 은율의 대답은 한결 같았다.

"엄마처럼 해주세요."

"엄마처럼? 은율아, 엄마처럼은 어떤 걸까?"

아이는 잠시 머뭇거리다 대답했다.

"나는요, 그냥 엄마가 있다는 것이 중요해요."

사회복지사는 은율의 양부모와 면담을 신청했다.

은율의 방을 살펴본 사회복지사는 한 가지 묘한 상태를 발견했다. 이제 막 7살이 된 아이의 방에 이삼 세 아동을 대상으로 한 인형과 놀이기구들이 구비되어 있었고, 책상 위엔 중고등학생 추천 도서와 같은 책들이 있었는데 대부분 도서관에서 대여한 책들이었다. 마치 서너 살 아이와 열일곱 살 청소년이 한 방에서 생활하는 것 같았다.

선주가 차와 과일을 내왔다. 싱거운 상태로 사회복지사를 맞은 선주는 말없이 사과만 돌려 깎았다.

"아드님만 셋이라 딸이 생겨 반가웠겠어요."

"글쎄요."

"유치원 선생님 말씀으론 다른 아이들에 비해 은율이 지능이 현저하게 높은 편인 것 같다던데. 읽는 책들도 그렇고⋯. 확실히 여섯 살 아이가 괴테의 소설을 읽는다는 건 놀랍네요."

"그런가요?"

"유독 눈에 띄게 작은 아이였는데 여기 와서 잘 먹어서 그런지 키도 많이 자랐고요. 이제야 또래랑 엇비슷해 보일 것 같아요. 어머님 수고가 많았겠어요."

"사과 좀 드세요."

그는 사과를 한 입 베어 물고 조심스레 말을 이었다.

"근데 은율이 옷이 좀 작아 보이던데⋯. 저 때가 옷 사기 가장 애매한 나이긴 하죠. 원체 금방금방 자라니까."

"아뇨, 제 눈에도 작아 보여요."

선주는 그저 들리는 대로 듣고 내키는 대로 성의 없이 대답을 이어가고 있었다. 뭔가 잘못되었다 느낀 사회복지사는 문틈으로 대화를 훔쳐 듣던 은율의 시선과 마주쳤다.

아이의 눈빛은 결코 S.O.S가 아니었다.

되레 이대로 이 집에 머물게 해달라고 애원하는 것 같았다.

"혹시 제가 도울 일이 있을까요?"

선주가 사과를 깎기를 멈추고 사회복지사를 쳐다봤다.

"정말 도와줄 수 있어요?"

그녀의 눈빛은 분명한 S.O.S였다.

"그럼요, 어머님. 그러라고 제가 여기 있는 건데요."

선주는 단호한 눈빛으로 말했다.

"저 아이를 다시 데려가 주세요."

"저기… 어머님!"

"저는 진심으로 파양을 원해요."

사회복지사가 돌아가고 며칠 뒤 은율은 대여한 책들을 서둘러 읽었지만 결국 마무리하지 못한 채 도서관에 반납해야 했고, 유치원 아이들과도 작별인사를 나눴다.

"은율인 이제 엄마 없어?"

"응."

"아빠도 없어?"

"응."

"너는 아직 아이인데 누가 키워줘?"

"…."

그날 저녁 선주는 잠든 은율의 침대 곁으로 가서 앉았다.

떨리는 손으로 은율의 머리칼을 쓰다듬다가 머리칼 사이에 입을 파묻고 조용히 속삭였다.

"넌 누군가의 아이가 될 준비가 안 되어 있어."

그렇게 고은율은 다시 김자영이 되었다.

증발

"은율이 맞지?"

내가 탔던 범퍼카 색상은 노랑. 여경은 초록, 제니는 핑크. 우리가
신나게 부딪힐 때마다 차에서 튕겨 나온 색들이 서로 뒤섞여 춤을
추며 즐거워한다. 뱅글뱅글 돌아가는 회전 커피 잔에서 흘러넘친 갈
색들은 도넛 모양으로 둥둥 떠다니고 아이들의 웃음소리에 공중에
떠 있던 풍선비행에서 떨어진 무지개색이 도넛 위로 흘러내린다. 아
라비안 상인의 신발을 타고 물살을 가르며 떠났던 모험이 끝나자 여
인들의 얼굴을 가렸던 비단들이 정원의 풀밭 위에 흩어져 색색의 꽃
을 피운다. 세상에 모든 것들이 살아서 색을 지니고 웃는다.

누가 그 이름으로 날 부르기 전까진.

스낵바 테라스에서 제니와 여경을 기다리며 기사님께 저녁 퍼레

이드를 보고 갈 예정이라 메시지를 전달하던 중이다.

"맞구나, 은율이."

풍선 쥔 여자아이의 손을 잡고 날 보고 있는 중년 여성.

그녀가 다시 한번 그 이름으로 나를 부른다.

"은율이… 맞니?"

그녀는 나의 첫 번째 엄마고 그 이름은 나의 두 번째 이름이다. 나는 이제 은율이 아니라서 뭐라 답해야 할지 모른다. 내가 그녀를 알아보는 순간부터 눈 앞에 펼쳐진 색들이 벽을 타고 흘러내려 그녀의 등 뒤에서 공처럼 뭉쳐진다.

"여기서 보게 될 줄 몰랐어. 잘… 지내지?"

여자에게 그동안 내가 어떻게 지내왔는지 속속들이 알려주고 싶지만 지퍼가 잠긴 듯 입이 열리지 않는다.

여자가 테이블 위에 남은 치킨과 빈 맥주잔, 샐러드를 훑어본다.

"누구랑 함께 왔어?"

여자가 주변을 둘러본다. 어서 빨리 여경이 돌아오길 간절히 바라지만 보이지 않았고 제니는 아까부터 회전목마 앞에서 훌쩍이고 있다.

보호자로 보이는 사람을 찾지 못한 여자가 나에게 더 말을 걸려 하자 그녀의 손을 잡고 있던 아이가 팔을 잡아당기며 매대의 아이스크림을 가리킨다. 여자가 사랑스러운 눈으로 아이를 바라본다.

"응, 아이스크림 먹고 싶어? 은율아, 너도 먹을래?"

여자의 등 뒤에서 둥글게, 둥글게 뭉쳐진 색들이 검게 변하더니 빠르게 부풀어 오른다.

"엄마, 이 언니 누구야?"

"아, 은율 언니야. 인사해야지."

"안녕, 은율이 언니."

그 아이는… 누군가의 아이가 될 준비가 되어 있었나요?

거대하게 부푼 공이 쿨렁쿨렁 소리를 내며 여자 곁을 지나 날 향해 굴러온다. 나는 여자를 노려보며 외친다.

"난 은율이 아냐! 그렇게 부르지 마!"

여자가 서글픈 표정으로 내게 팔을 뻗으려 한다. 마치 내게 남은 색들을 다 흡수하려는 듯. 나는 여자의 손끝이 내 몸에 닿을세라 뒷걸음쳐 달리기 시작한다. 그 순간 검은 공은 속도를 내 날 향해 굴러오기 시작한다.

아이의 손에서 풍선이 날아간다.

달리고 달려도 사라진 색들이 돌아오지 않는다.

***

도대체 나는 그 아이에게 무슨 짓을 한 것일까.

내가 그 아이에게 한 짓을 생각하면 그냥 모른 척 지나갔어야 했다. 그럼에도 불구하고 나는 아이를 불렀고 날 괴물 보듯 한 아이는 어딘가로 도망쳐버렸다. 차마 따라갈 수가 없었다. 딸아이와 함께 집으로 돌아가려는데 전광판에서 미아아동 공지를 봤다. 사진도 없었고 아이의 이름도 달랐지만 묘사된 옷차림은 내가 본 은율과 같은 모습이었다.

"당신 뭐야! 해나 어디 있어!"

흥분한 젊은 여자의 고함에 딸아이가 울음을 터트렸다.

"아이의 이름이 해나군요. 저는 최선주라고 합니다."

나는 흥분한 여자에게 휴대전화 속 은율의 사진을 보여준다.

"전광판에 아이 사진이 올라오지 않아서요. 지금보다 조금 앳된 모습이지만 혹시 도움이 될까 해서요…."

아이의 사진을 본 젊은 여자가 날 노려보며 묻는다.

"아줌마… 누구야!"

***

여섯 살 해나의 사진을 내민 여자는 자신이 한때 해나의 엄마였다고 했다. 어찌 된 영문인지 물을 시간 따위 없었다. 우선 해나를 찾아야 했다. 여자에게 받은 사진을 전광판에 띄웠지만 곧 시작될 퍼레이드를 보기 위해 사람들이 자리를 떠나기 시작해 이목을 끌긴 어려웠다.

직원들은 아동 실종 시간이 한 시간 경과하면 경찰에 신고해야 한다며 여경에게 동의를 구했다. 그들은 여경을 해나 엄마라 믿었다.

여경은 제니에게 15분 뒤에도 해나가 발견되지 않으면 경찰에 신고할 것을 당부하고 CCTV 속에 마지막으로 목격된 곳으로 향했다.

여러 공연이 펼쳐지는 동화무대 근처였다. 전광판에 미아 공지와 해나의 사진이 떠올랐지만 퍼레이드가 끝나면 곧 폐장으로 이어지기에 장비를 정리하는 스태프들 몇몇을 제외하곤 아무도 없었다.

여경의 휴대전화에서 혈당 경고램프가 울리기 시작했다. 동시에 퍼레이드의 현란한 음악 속에 묻힌 가느다란 소음 하나가 여경의 귓속을 파고들었다. 여경은 필사적으로 소리를 놓치지 않으려 집중했지만 미약한 소리는 행진곡에 묻혀버렸다.

제때 인슐린을 교체하지 못한데다 흥분한 상태인 해나의 몸은 급속도로 저혈당 상태로 바뀌고 있었다. 이대로면 쇼크가 올 게 뻔했다. 그럼 되돌릴 수 없다. 이 상태로 해나를 찾는 것은 불가능했다. 여경은 방송실을 향해 달리기 시작했다.

방송실 앞에서 기다리던 제니에게 여경은 귓속말을 한 뒤 다짜고짜 녹음실 안으로 들어가 문을 잠갔다.

퍼레이드 캐릭터를 소개하던 아나운서는 갑작스런 여경의 등장에 놀라 순간 멘트를 놓쳤고, 곧이어 제니가 방송실 문을 잠갔다. 달려온 직원들이 문을 두드렸지만 여경에겐 들리지 않았다.

마이크를 잡은 여경이 조정실 스태프를 향해 소리쳤다.

"당장 꺼! 지금 저 밖에 들리는 소리는 다 끄라고!"

여경은 우물쭈물하는 조정실 스태프에게 휴대전화 속 혈당 경고 램프를 들어 보였다.

"이거 보여! 5분 안에 찾지 않으면 이 아인 죽어! 그럼 네가 죽인 게 돼! 당장 꺼!"

조정실 스태프가 빨강 버튼 앞에서 망설이자 제니가 주먹으로 내리쳤다.

순간 드넓은 동화 나라에서 울려 퍼지던 알록달록한 소리가 발가벗겨지듯 증발해버렸다. 갑작스럽게 퍼레이드 음악과 아나운서 멘트가 중지되자 퍼레이드 연기자들도, 구경하던 사람들도 영문을 모른 채 멀뚱히 공중만 보며 웅성거리기 시작했다.

여경이 아나운서를 밀쳐내고 마이크를 붙잡았다.

"아이를 잃어버렸습니다. 잃어버린 아이의 몸에 부착된 기계에서 나는 소리를 들어야 합니다. 제발 부탁이니 5분만 딱 5분만 모두 침묵해주시길 부탁드립니다."

사람들이 하나 둘 입을 다물기 시작했다. 한 남자는 딸아이가 칭얼거리자 손으로 입을 막기까지 했다.

침묵 중에 모두 알지도 못하는 단 하나의 소리를 기다렸다.

그때였다.

삐—

퍼레이드 행렬 맨 뒤에 있던 한 사내아이가 팔을 들었다.

"저기요! 저기서 소리가 났어요!"

사람들이 아이가 가리키는 방향을 향해 일제히 고개를 돌렸다. 소리의 진원지는 삼층에 위치한 종루였다.

방송실을 뛰쳐나온 여경이 달리기 시작했다. 달리는 동안 여경은 오직 한 가지만 생각했다.

죽지 마. 절대 죽지만 마.

종루 구석에 공처럼 몸을 말고 의식을 잃어가는 해나를 발견한 여경은 해나를 들쳐 업고 제니가 부른 구급차가 대기 중인 곳까지 쉬지 않고 내달렸다. 아이를 찾았지만 사람들 중 누구 하나 섣불리 이 침묵을 깨지 않았다.

놀이공원에서 이 소리가 사라질 때까지.

삐—

***

"혹시 주여경이라고 여기 48층 A에 거주 중인데 확인할 수 있을까요?"

"실례지만 입주민과 관련된 사항엔 저희가 아무런 답변을 드릴 수가 없습니다. 죄송합니다."

프런트 여자의 태도는 지나치게 깍듯했지만 어딘지 모르게 무시당하는 기분이 들었다. 창수는 잠시 자신이 여경의 보호관찰관 임을 밝힐까도 고민했지만 그랬다간 이 고급 아파트에서 여경이 상당히 곤란해질 것 같아 금세 포기했다. 대신 창수는 프런트 여자에게 별 설명 없이 자신의 연락처를 남기며 말했다.

"혹시 무슨 일 생기면 여기로 연락주시겠습니까?"

"무슨… 일이라니요?"

"그냥 뭐, 이상한 일?"

"이상한 일?"

"그럼."

창수는 로비를 걸어 나오며 메모장을 꺼내 이렇게 적었다.

해리티지 매니저 한소윤.

인근 부동산에 들른 창수는 해리티지 타워의 호수가 표시된 도면을 빌려 손가락으로 일일이 층수를 세며 여경의 집을 찾았다. 불은 꺼져 있었다. 일단 기다리기로 하고 근방에 차를 세웠다. 밤 열한 시가 넘어가도록 그 집엔 불이 켜지지 않았다. 전화도 받지 않았다. 다분히 경고성이 짙은 문자도 여러 차례 보내봤지만 확인조차

214

하지 않았다.

역시 이런 고급 아파트에 산다는 건 거짓말이었을까.

그런 쓸데없는 거짓말을 할 캐릭터로 보이진 않았는데.

여경을 기다리며 창수는 그녀에게 선뜻 고급 아파트를 내준 친절한 친구를 찾아보기로 했다. 해당 주소지 등기부등본에 표시된 명의자 이름은 진상원. 여경이 데리고 왔던 아이의 성도 진씨였다.

진상원, 해리티지. 이 두 단어를 연관 검색하자 그에 대한 짧은 정보를 찾을 수 있었다. 바이올리니스트 출신으로 직접 바이올린을 제작하는 마스터 칭호를 받은 남자로 그는 해당 분야에서 상당히 알려진 유명인이었다. 그러니 이상한 일이었다. 여유가 있는 젊은 부부는 아홉 살 자녀를 돌보는 가석방 중인 베이비시터에게 어쩌자고 이런 으리으리한 집을 덥석 내줬을까?

휴대전화가 울렸다. 박형사였다. 창수는 차경감에게 부탁해 9년 전 여경 사건을 담당했던 그의 연락처를 얻어냈다. 몇 번 전화를 걸었으나 연결이 쉽지 않았는데 그가 전화를 한 것이다. 전화를 받으며 창수는 메모장을 꺼냈다.

다행히 박형사는 사건도, 여경도 상세히 기억하고 있었다.

"좀 특이한 사건이었어요."

"어떻게요?"

"내가 형사 생활 하면서 피해자들이 자발적으로 가해자 탄원서 쓰는 희한한 꼬라지는 첨 봤거든요. 그게 또 엄청 두꺼워요. 아예 탄원서로 책을 한 권 만들었다니까. 오죽하면 담당 검사가 탄원서 낸 사람들 전부 이 여자한테 약 받아먹은 거 아니냐, 조사해야한다 그랬겠

냐고요. 그 당시 그 여자 때문에 남자가 하나 죽었거든요. 그것만 아니었으면 뭐 대충 살다 나오면 되는 건데, 제 기억에 형을 꽤 받았을 걸요. 그건 그렇고 지금 가석방 중이라더만, 뭐가 궁금하신 겁니까?”

“그냥 뭐 이것저것. 저흰 또 기록을 해야 하니까. 다른 거 뭐 특별히 기억나는 건 없으십니까?”

“아, 형 떨어지고 수감되기 직전이었나, 직후였나? 그 여자 엄마가 변사로 발견된 일이 있었어요.”

“살해… 당한 겁니까?”

“저흰 여자 데리고 공시소만 들른 거라 자세히는 모르고요. 듣기론 약물과다라던데 웃기죠? 딸내미는 약물오남용으로 사람 하나 보내고, 또 엄마는 어디선가 약물과다로 죽고. 지 엄마 주검을 보고도 눈 하나 깜짝 안 하더라니까.”

“혹시 주여경 씨 모친 사건 담당했던 서가 어딘지 알 수 있을까요?”

“엥? 잘 아시잖아요.”

“뭘요?”

“차경감님이요. 차경감님이 그 사건 담당하셨을걸요. 그때 거기 서에 계셨으니까. 근데 요즘은 보호관찰관이 이렇게까지 알아보고 그래요?”

“아무래도 가석방 중이다 보니 신경이 더 쓰이긴 해서요. 게다가 잘… 아시잖아요. 전과가 약물이라.”

“알죠. 내가 약쟁이들이 똥을 끊지 약 끊었다는 건 듣도 보도 못해서. 아! 근데 그 여잔 약 안 했어요. 주기만 했지. 것도 나중에 들어보니 달라고 달라고 그렇게들 졸라댔다더라고요.”

박형사와 통화를 끝낼 때쯤 해리티지 입구 앞으로 차 한 대가 급하게 들어와 멈췄다. 시동도 끄지 않고 차를 두고 내린 여자는 다급하게 해리티지 안으로 들어갔다.

잠시 후, 여경의 집에 불이 켜졌다. 자정이 다 된 시간이었다. 이어 불이 꺼지더니 차를 세워 둔 젊은 여자가 짐 가방을 들고 뛰어나와 차를 타고 떠났다. 여자가 들른 곳은 여경의 집이 분명했다. 창수는 여자의 차를 뒤따랐다.

짐가방을 든 여자가 도착한 곳은 한 종합병원의 소아병동이었다. 여자는 병원 복도에서 여경을 만나 가방을 전달하고 몇 마디 나눈 뒤 훌쩍이며 돌아갔다.

여자는 내내 놀이공원 캐릭터 머리띠를 쓰고 있었다.

여경이 들어간 병실 문엔 '진해나'라 쓰인 이름표가 달려 있었다. 여경이 데려왔던 아이의 이름이다. 창수는 병실 문에 난 작은 사각 창으로 내부를 살폈다.

병상 침대에 잠든 것처럼 누워 있는 아이와 근심 가득한 표정으로 그 옆을 지키는 여경. 여경이 앉은 의자 옆에 역시나 놀이공원 캐릭터 머리띠 두 개가 놓여 있었다.

"혹시 해나 양 아버님이세요?"

간호사가 담요를 안고 서 있었다.

"아닙니다. 병실을 잘못 찾은 것 같네요."

창수는 복도를 벗어나기 전 담요를 든 간호사가 병실 문을 열며 여경을 부르는 소리를 똑똑하게 들었다.

"해나 어머님."

간호사는 여경을 아이의 엄마로 알고 있다.

지난번 여경과 통화 중에 누군가 다른 이름으로 여경을 불렀고 아이는 엄마라고 했다. 창수는 메모장을 꺼내 당시 적어둔 이름을 확인했다. 초인혜, 누군가 그 이름으로 여경을 불렀다. 어째서 이 새벽, 아픈 아이의 곁을 부모가 아닌 여경이 지키고 있는 것일까. 아이의 부모는 어디 있는 걸까. 여경은 왜 아이의 엄마 행세를 하고 있는 것일까.

그리고 초인혜는 누구일까?

***

"에휴, 이게 뭐야, 더럽게. 애기 엄마, 좀 일어나봄서."

간이침상에 가로누워 쪽잠을 자던 중 웬 아주머니의 호통에 놀라 눈을 번쩍 뜬다.

병상 다리 너머로 물청소 바구니와 대걸레가 보인다. 고개를 드니 낯선 아주머니가 여전히 의식이 돌아오지 않은 해나의 오른손을 들고 있다.

"움마, 무슨 애기 손톱이 이래 뒤죽박죽인 겨. 꼭 지 손톱 지가 자른 모양새로. 동그랗고 단정한 게 하나도 없다니께. 참말로, 애기 엄마! 손톱 밑에 병균이 얼매나 득실득실거리는 중 알긴 아는 겨?"

보니 삐뚤빼뚤 멋대로 자른 해나의 손톱이 꽤 자라 있다.

"아니 뭣한데? 애기 엄마, 언능 내려가서 손톱깎이 하나 후딱 사와, 어여!"

아주머니의 성화에 잠에서 덜 깬 나는 병원 지하에 위치한 매점에서 손톱깎이와 커피 하나를 사서 올라간다.

병실로 돌아왔을 때 아주머니는 보이지 않는다.

나는 한참 동안 한 손엔 손톱깎이를 한 손엔 해나의 손을 들고 어찌할 바를 모르고 있다.

해나의 손톱은 생각보다 너무 작고 내가 산 손톱깎이는 너무 크고 날카로워 보인다.

해나 나이에 나는 어떻게 손톱을 깎았는지 떠올려본다. 거짓말처럼 엄마가 손톱을 깎아준 기억이 난다. 신문지를 깔고 내 손톱을 깎던 그녀도 서툴렀다. 종종 손톱깎이에 살집이 집혀 피가 나곤 했던 기억도 난다.

이 기억이 너무나 새삼스럽고 이질적인데다 그녀와 너무 어울리지 않아 지어낸 기억처럼 느껴지지만, 우습게도 사실이다.

아홉 살의 내 손톱은 분명 엄마가 깎아줬다.

누군가 내 손에서 손톱깎이를 빼앗아 든다.

그 아주머니다. 병실 문 앞에 세워둔 청소 카트가 보인다.

"허이고, 답답혀라. 이리 줘. 지켜보느니 그냥 내가 함서."

아주머니는 휴지통을 끌어다 놓고 능숙하게 손톱을 깎기 시작한다. 딱, 딱, 딱, 경쾌한 소리와 함께 떨어진 손톱이 휴지통으로 들어간다.

"애기 엄마, 잘 봐. 여기, 이거 지가 지 손톱 깎다 베인 상처잖여. 우리 애도 지가 하겠다고 설치다 꼭 여기가 베이곤 했걸랑. 근디 이 애기는 왼손잡이인가 보네."

"어떻게 아세요?"

"이것 봐. 오른손을 멋대로 못 쓰니께 왼손 손톱이 삐쭉삐쭉 더 난

리도 아니잖여. 자, 이제 다 됐다. 어때? 시원하제? 그란데 뭣 헌데?
후딱 수건 적셔서 애기 안 닦고?"

"아, 예…."

화장실에서 적신 수건을 들고나왔을 땐 아주머니도 청소 카트도
보이지 않는다.

제니가 휴대전화로 보낸 링크를 터치하자 화면은 뉴스의 한 꼭지
로 넘어간다.

취재 내용은 이틀 전 놀이공원에서 있었던 해나 사건과 관련된
것이다.

잃어버린 아동을 찾으러 놀이공원 측과 시민들의 협력이 얼마나
적극적이었는지 다뤘다. 당시 나와 제니가 방송실 문을 걸어 잠갔을
때 문을 부술 듯 두드리며 우릴 고소하겠던 남자가 흥분된 얼굴로
인터뷰에 응하고 있다.

"이번 일을 겪으며 소아당뇨를 앓고 있는 아동을 위한 별도의 공
간을 마련하는 것은 물론, 저희 놀이공원의 경우 다중이용시설에선
처음으로 코드 아담3)을 실행할 예정입니다."

이윽고 뉴스는 코드 아담에 대한 설명으로 이어진다.

그날 그 빨강 버튼을 십 분만 일찍 눌렀다면 지금 해나는 이곳에
누워 있지 않을 수도 있었다.

저혈당 쇼크로 쓰러졌다가 이틀 만에 깨어난 해나는 날짜부터 문

---

3) 시설봉쇄 등을 통해 미아 발생을 방지하고 10분 내 아동을 찾는 선진국형 시스템

는다. 그런 뒤 자리에서 일어나 아무 일 없었다는 듯 세수를 하고 옷을 갈아입고 머리를 빗질한다. 뭔가에 화가 잔뜩 난 듯 보였으나 영문을 알 수 없다.

"휴대전화 주세요. 기사님에게 연락해야 해요."

"저기 서랍 안에."

담당 의사의 간단한 진료를 받고 퇴원 수속을 하는 동안에도 해나는 미간에 잔뜩 힘을 주고 쓸데없는 짜증을 부린다.

"말해, 왜 그래? 뭐가 문제야?"

"유학원 면접이요. 어제였어요."

"어쩔 수 없지. 다시 예약…."

"그렇게 간단한 문제가 아니라고요! 또 한 달, 아니 더 길게 기다려야 할지도 모른단 말이에요! 잘 알지도 못하면서!"

"짜증 내지 마. 그러게 누가 멋대로 사라져서 아프래?"

잠시 뒤 기사님의 문자가 도착하자 해나는 인사도 없이 가버린다.

나는 지금 해나의 짜증이 비단 유학원 면접을 놓친 것 때문만은 아니란 걸 안다. 내가 무슨 질문을 꺼낼까 지레 겁을 먹고 먼저 방어하기 위해 짜증을 내는 것이다.

그날 일에 대해 아무것도 묻지 말라는 의미다.

나는 해나의 부모도, 해나가 사는 곳도, 해나의 손톱이 얼마나 자랐는지도 모를뿐더러 제대로 된 사진 한 장도 가지고 있지 않지만 해나가 겁이 나면 일부러 짜증을 부린다는 것과 긴장하면 자기도 모르게 주먹을 쥔다는 정도는 이제 안다.

"초인혜님."

여전히 나는 낯선 그녀의 이름으로 불린다. 진료비 정산을 하러 수

납대로 가자 직원은 이미 납부되었다 한다.

"누가 진료비를 정산했는지 알 수 있죠?"

그 여자다.

놀이공원에서 해나를 도망치게 만들었던 선주라는 여자.

***

그날 기사님은 놀이공원 입구에서 내내 기다렸다고 한다. 약속 시간을 훌쩍 넘기고 놀이공원에서 사람들이 다 빠져나오는 동안에도 내가 나타나질 않자 여러 차례 연락을 했지만 답이 없었다고 한다. 결국 기사님은 날 찾기 위해 놀이공원에 들어가려 했으나 폐장 중이라 입장이 불가했다고 한다.

한참을 더 기다리던 기사님은 내가 집에 무사히 돌아갔는지 확인하기 위해 집으로 갔다고 한다.

비밀투성이인 그곳으로 간 것이다.

"그래서요?"

"…."

기사님은 아무 대답도 하지 않는다. 놀이공원에서 날 픽업하지 못한 사실을 부모님께 알리기 위해 문을 두드렸을까. 혹 그녀가 집 안으로 들어갔다면? 냉실 문도 열어봤을까? 밤새도록 불 꺼진 집을 보며 그녀는 무슨 생각을 했을까?

병원을 나와 집에 도착하는 동안 기사님은 말이 없었고, 나는 불편하고 초조한 마음으로 앉아 있다 피곤을 이기지 못하고 잠이 든다.

놀이공원에서 증발해버린 나의 색들. 깜깜한 의식 속에 갇힌 채 사라진 색들이 돌아오길 기다리다 깨어난 오늘. 천천히 눈꺼풀을 두어 번 정도 감았다 떴다를 반복한다. 하얗다. 여경의 발걸음 소리. 의식이 돌아온 날 본 여경이 의료진을 부른다. 여경의 머리칼도 요란스러운 옷 색깔도 전부 하얗게 변해버렸다. 모든 색이 날 떠나버렸다.

잠에서 깨어났을 때 차는 집 앞에 도착했고 날은 어둑어둑해졌다. 기사님은 내가 깰 때까지 기다리신 것 같다.

나는 일어나 기사님의 어깨를 손가락으로 톡 누른다. 날 돌아본 기사님의 얼굴엔 아무 표정이 없다. 이상하다.

차에서 내리자 따라 내린 기사님이 내 어깨를 잡아 돌린다. 그녀는 트렁크를 열어 두 개의 긴 상자를 겨드랑이에 끼고 공구함과 쇼핑백을 한 손씩 나눠 들고 날 따라온다.

"왜요?"

그녀가 공구함과 쇼핑백을 잠시 내려놓고 수화로 말한다.

"일단 들어가자."

나는 어떻게 해야 할지 고민한다. 이 집에 낯선 사람이 방문한 적은 없었고 그래서도 안 된다. 어쩔 수 없이 대문을 열며 나는 이 큰 집에 어른들이 없는 걸 어떻게 설명해야 할지 머리를 굴려보지만 결국 거짓말 같은 거짓말만 자꾸 떠오른다.

대문을 열고 마당을 지나 현관에 열쇠를 끼워 돌린 뒤 현관의 비밀번호를 누른다. 문이 열리자 기사님은 곧장 거실로 향한다.

빈집에 대해, 어른이 보이지 않는 것에 대해서 아무것도 묻지 않는다. 대신 들고 온 긴 상자에서 새 형광등을 꺼내 거실 천장에 달린 중앙 조명등을 가리키며 말한다.

"이거 교체해야 해."

"……"

양부모님이 떠나고 며칠 뒤부터 거실 조명등에 불이 들어오지 않았다. 어쩔 수 없이 집에 있는 조명 기구 중 내가 들 수 있는 건 모조리 모아 거실과 복도 등에 불을 밝혔다. 나름대로 운치도 있었고 크게 불편하진 않았다.

기사님은 거실 조명등에 불이 나간 걸 어떻게 알고 있을까. 그녀는 거실 협탁을 사다리 삼아 오른 뒤 조명등 교체작업을 시작한다. 단순한 램프 교체가 아니었던 모양이다. 생각보다 복잡한 작업이 진행된다. 이윽고 거실에 불이 환하게 들어오는 걸 확인한 기사님은 폐형광등을 빈 상자 속에 넣고 쇼핑백을 들고 주방으로 향한다.

주방에 난 창으로 뒤뜰의 냉실이 보일지도 모른다. 특히 오늘 같은 보름달이 뜬 날이면 얼어붙은 풀잎들 사이 그들의 모습이 보일지도 모른다. 아직은 절대 들켜선 안 된다는 생각에 바짝 긴장한 나는 거실 벽난로 옆에 세워둔 부지깽이 위치를 눈으로 찾아 확인한다.

주방으로 간 기사님은 냉장고 문을 열어 안을 살피더니(냉장고 속엔 주문한 혈당조절 도시락과 음료 외엔 아무것도 없다) 쇼핑백에서 1회분씩 소포장된 밑반찬과 음식들을 꺼내 냉장고를 채우기 시작한다.

이 집에 들어온 뒤 그녀의 시선은 오직 거실의 조명등과 냉장고 외엔 의식적으로 다른 곳을 둘러보지 않는다. 정리를 끝낸 기사님은 빈 쇼핑백과 폐형광등이 든 상자와 공구함을 들고 현관으로 향한다.

마당을 지나 대문을 열고 그녀가 트렁크에 짐을 싣는다. 이 상황이 이해되지 않아 멀뚱히 서 있는 나에게 그녀가 말한다.

"너무 깜깜해 보여서… 바꿔주고 싶었어. 그뿐이야. 같게."

오랫동안 그토록 벗어나고 싶던 연민의 눈빛에서 나는 처음으로 그 목적대로 위로받고 있음을 느낀다. 이런 거구나.

나는 거실 한가운데 서서 한참 천장의 조명등을 올려다본다. 눈부심이 지나가자 파랗고 초록의 둥근 공들이 동공 속에서 둥둥 떠다닌다. 그러자 잃어버린 색들이 제자리를 찾아 돌아오기 시작한다. 벽도, 계단도, 가구들도 제 색깔을 되찾는다.

노란 달빛 아래 하나둘 색을 되찾기 시작한 푸른 이파리 사이로, 와인색 와이셔츠를 입고 식탁에 엎드린 양아버지의 등이 보인다.

'그녀도 혹시 이 광경을 봤을까?'

단 서

"인혜니? 엄마다."

병원에서 돌아온 나는 지친 몸으로 겨우 샤워를 끝내고 머리 말릴 기운도 없이 소파에 기댄다. 밀린 잠을 자려 누웠지만 기껏 한 시간 정도 지나자 저절로 눈이 떠진다.

출소 후 상황들이 정리되지 않고 머릿속을 어지럽힌다. 엄마의 유골함을 내화당으로 옮긴 사람은 왜 나에게 사과했을까. 그냥저냥 무연고자로 매장될 뼛가루를 감히 상상조차 힘든 금액을 지불하며 고급 납골당에 옮겨놓고도 그녀는 무엇이 그토록 한없이 죄송했던 것일까.

'발신표시제한자'의 말대로 엄마가 살해당했다면 내화당에 쪽지를 남긴 그녀의 짓일까.

아니면 '발신표시제한자'가 '그녀'인 것일까.

사실 정체도 목적도 드러내지 않고 휴대전화 문자나 툭툭 던지는 '발신표시제한자'에게 휘둘리는 것도 지겨웠다. '발신표시제한자'가 나에게 알려주는 진실들은 사실 더 이상 내가 궁금하지 않은 내용들이었다. 왜냐하면 그것들은 엄마에 관한 것이었으니까. 오히려 나는 '발신표시제한자'의 정체가 궁금하다. 그(또는 그녀)가 나에게 말하고자 하는 것은 뭘까.

　엄마 문제와 더불어 내 머리를 어지럽히는 것은 해나다. 해나의 보호자 역할을 대행하는 동안 충분히 내가 할 수 있는 의심들.

　해나의 부모는 누구인가. 왜 그들은 아홉 살짜리 계집아이를 이토록 잔인하게 내버려 두는가.

　놀이공원에서 만난 선주라는 여자는 한때 자신이 해나의 엄마였다고 한다. 그녀는 내가 해나를 찾으러 달려 나가기 전, 내 팔을 붙잡고 해나에게 미안하다 전해 달라 부탁했다.

　나는 둘 사이에 무슨 일이 있었는지 모른다. 그렇지만 CCTV 속 그녀를 피해 달아난 해나의 몸짓만으로도 나는 적의를 가지고 선주라는 여자를 노려봤다. 그들 사이에 일어난 일은 중요하지 않다. 해나의 과거가 해나를 죽게 만들 수도 있다는 것. 그것이 나에게도 어떤 식으로든 영향을 끼칠지 모른다는 막연한 불안감이 생겼다.

　집에 낯선 전화벨이 울린다. 휴대전화에서 나는 소리가 아니다. 소리는 침실에서 들린다. 주로 거실을 중심으로 생활했기 때문에 침실은 낯선 공간이다.

　문을 열자 침대 옆 협탁에 놓인 전화가 울린다.

　받아야 하나? 받지 말까?

　받지 않기로 결정하자 전화는 즉시 끊어진다. 다행이다.

침실을 나가려는데 다시 전화벨이 울린다. 이번엔 받기로 한다. 수화기를 집어 들고 '여보세요'라고 말하기도 전에 나이 든 여자의 앙칼진 목소리가 수화기 밖으로 새어 나왔다.

"인혜니? 엄마다."

***

순대국밥에 소주를 곁들여 식사를 하는데, 차경감이 들어왔다. 왼쪽 손목에서 엄지손가락까지 붕대가 감겨 있다.

"그 몸으로 왜 달려요, 달리긴. 경감씩이나 돼서."

"그러게 말이다. 경감씩이나 되면 안 달려도 되는 줄 알았지. 실은 내 발에 내가 걸렸어. 이제 내가 그러고 산다."

창수가 팔을 들어 국밥을 주문하자 차경감이 붕대 감긴 손을 들어 모듬순대랑 소주도 추가로 주문했다.

"우린 내일 다 같이 갈 건데, 진짜 안 가볼 거야?"

"가서 뭐하게요."

내일은 재석의 기일이다. 재석을 죽게 만든 녀석을 보호관찰 중인 창수는 그곳에 갈 수 없다.

차경감은 재석의 경찰 동기다. 이 집은 셋이 종종 찾던 곳이다. 니들 셋이 나란히 앉아 있으면 죄지은 것들이 순대 먹으러 못 온다고 나가라며 우스갯소리를 하던 이모가 작년 여름에 떠나고, 재석도 떠났다. 지금은 이모의 며느리가 운영하는데 너무 과묵해서 종종 이모의 불같은 호통이 그리워졌다.

"그 새끼는 잘 있고?"

'그 새끼'는 '그 녀석'이다. 재석의 목숨을 날려 먹고도 아무렇지 않게 편의점에서 라면 국물을 후루룩 들이켜던 놈. 오늘 같은 날 녀석의 이미지를 떠올리는 것만으로도 뇌를 철 수세미로 닦아내고 싶은 심정이다.

"형, 나 궁금한 게 하나 있는데…. 9년 전쯤 쉘턴호텔 스위트룸에서 약물로 죽은 여자 사건 형님이 맡았다던데?"

"누구?"

오소리 한 점을 씹으며 누군지 떠올리던 차경감이 아! 하며 소주잔을 들이켜자 창수가 빈 잔에 술을 따랐다.

"쉘턴 스위트룸? 응, 맞아. 그 여자 팔에 온통 시퍼런 구멍이 숭숭했지. 덕분에 스위트룸 구경도 하고."

"부검했어요?"

"아니, 뭣 하러. 사인이 뻔한데. 유족들도 싫다 그러고."

"유족? 누구? 딸내미?"

"말고 여동생이 있었는데, 그러고 보니 기억나네. 여동생이란 여자가 죽은 여자랑 똑같이 생겨서 놀랐거든. 알고 보니 쌍둥이더라고. 아참, 그보다 그 여동생이란 여자가 엄청 유명한 화가래. 그 여자 그림 한 점이 억이랜다, 억."

"왜 부검하기 싫대?"

"뭐 두 번 죽이니 어쩌니, 다들 싫어하잖아. 근데 재석이가 부검이 필요할 것 같다 그러긴 했어."

"재석 선배가? 왜요?"

"암만 그래도 약쟁이들이 죽을 때까지 지 팔에 주삿바늘 찔러 넣진 않는다고, 게다가 그 여자 팔 양쪽에 전부 주사 자국이 있었거든.

누가 찔러 준 건지, 더 이상 찌를 곳이 없으니까 다른 팔로 막 찔러 댄 건지도 모르지만. 여하튼 가족이 부검은 싫다니 방법이 있어? 간단하게 처리됐지."

"타살 의혹은?"

"없어. 아마도?"

"아마도?"

"스위트룸이 있는 층엔 CCTV가 없어. 전용 승강기도 마찬가지라 누가 드나들었는지 알 수가 없었어. 딱히 의심 갈 정황도 없고. 약물 인데 뭐. 아기 울음소리 때문에 누가 프런트에 항의전화를 걸었나 보더라고. 그래서 메이드도 방문을 열었던 거고."

"그 아기는?"

"당연히 조칸데, 여동생이란 여자가 데려 갔지. 근데 이 여자가 죽은 자기 언니 처리는 뒷전인 거야. 상관 안 하고 싶대. 난감하던 차에 다행히 죽은 여자한테 다 큰 딸이 하나 있더라고. 그쪽으로 넘긴 게 기억나네."

"딸? 주여경이요?"

"어? 너도 그 여자 알아?"

"형이 주여경을 알아요?"

"주여경, 그 죽은 여자 여동생이잖아. 엄청 유명한 화가."

"주여경이… 여동생이라고?"

차경감이 화장실에 간 동안 창수는 '주여경'을 검색했다. 미술에 문외한인 창수에겐 낯선 이름이지만 여잔 상당히 알려진 미술작가였다. 죽은 여자의 여동생 이름과 딸의 이름이 같다니, 장난스럽기도 하고 또 그 장난에 어떤 비밀이 숨겨져 있을 것 같았다.

돌아온 차경감이 자리에 앉자마자 젓가락을 들고 식어서 뻑뻑해진 간에 된장에 듬뿍 발라 씹었다. 손에 물기가 없는 걸로 봐서 볼일을 보고 그냥 나온 듯했다.

"근데 그 사건은 왜?"

"그 죽은 여자 딸이 제 담당이거든요."

차경감은 눈을 크게 뜨고 미간을 양껏 들어 올리더니 물었다.

"죄명은?"

"약물이죠, 뭐."

"그 엄마에 그 딸이네."

하루에 수백씩 하는 유명 호텔 스위트룸을 함부로 이용하는 엄마와 유명한 화가 이모를 둔 여경은 어쩌다 시골 내과 병원에서 간호조무사로 일하다 전과자가 되었고, 불과 얼마 전까지 쉼터와 요양원을 전전해야 했을까.

쏴, 하는 소리가 나더니 예보도 없던 소낙비가 쏟아지기 시작했다. 순대를 썰던 여자가 하던 일을 멈추고 가게 입구 바닥에 종이 박스를 펼쳐놓았다.

이혼한 아내에게서 문자 메시지가 도착했다.

'수인이 시험이라 다음 주 시간 안 된대. 다른 날로 정해.'

'그래. 편한 대로 해. 난 상관없어.'

시험은 핑계일 것이다. 창수는 수인의 거짓말이 섭섭하지 않았다. 어차피 만나도 수인은 휴대전화만 쳐다보다 돌아갈 게 뻔했다.

가게 모서리 벽에 걸린 텔레비전에선 짤막한 뉴스가 흘러나왔다. 놀이동산에서 일어난 유아 실종 소동과 관련된 내용이었다.

소동이 일어난 날은 여경과 해나를 병원에서 목격한 날이었다. 문

득 창수는 그날 본 여자와 여경의 곁에 있던 놀이공원 캐릭터 머리
띠가 떠올랐다. 자세히 보니 모자이크 처리된 영상 속에서 내달리는
여자의 옷차림 역시 그날 병원에서 본 여경과 같았다.

놀이공원 소동의 주인공은 다름 아닌 해나와 여경이었다.

＊

전화를 건 사람은 대화 내용으로 짐작건대 초인혜의 엄마다. 함
부로 수화기를 들어버린 나는, 그녀가 외출 중이며 본인은 청소 도
우미라 소개하려 했으나 그럴 필요가 없었다. 그녀는 전화가 연결
된 그 순간부터 한 시간이 흐른 지금까지 쉬지 않고 혼자 떠들어대
는 중이다.

수화기를 들고 침대에 누워 때마침 내리는 빗소리에 그녀의 수다
를 씻어가며 듣고 있다. 말은 영어와 한국말이 뒤섞인 데다 내용 역
시 오락가락해 전부 이해하고 알아들을 수는 없다. 그녀의 말속에 인
혜는 일곱 살이었다가 작년에 시집간 딸이었다가 자신의 웨딩드레
스를 질투했던 대학 친구였다가 심술궂은 시댁 올케였다가 해나의
엄마로 돌아오곤 한다. 암만해도 오락가락하는 것 같다.

그녀의 방에선 코미디 쇼가 방영되고 있는지 방청석의 웃음소리
가 끊임없이 들려온다. 알아들을 수만 있다면 차라리 코미디 쇼에
집중하고 싶은 심정이다.

"인혜! 엄마가 린넨 소재의 치마를 입었을 때 그렇게 앉으면 주름
이 진다고 조심하라 당부했잖니! 암만 앞이 빳빳하면 뭐 해, 뒤돌아
서면 온통 구겨져 있을 텐데 무슨 소용이냐고! 네 아빠가 보시면…

그래, 네 아빠 그럼 이왕 드레스가 구겨진 김에 같이 캐치볼이나 하러 나가자 할 양반이지만. 호호호. 해나는 잘 크고 있지? 지난번 보니까 애가 또래들보다 좀 작은 것 같은데 넌 어떻게 생각하니? 인혜, 여기 리조트는 인테리어가 엉망이야, 온통 아이보리색에 직원들도 전부 흰색 옷만 입어서 붉은 립스틱 하나라도 떨어뜨리면 불이라도 날 지경이야. 꼭 정신병원에 갇힌 기분이랄까. 그뿐이니. 보이는 사람들마다 죄다 냄새나는 백인 노인네들밖에 없어. 네 아빠를 며칠째 못 만나고 있어. 아니지 며칠이 아니야. 한 달? 아니, 아니, 꼭 십년은 넘은 것 같이 느껴져. 도대체 이 양반이 어디로 간 거지? 인혜, 올해 크리스마스 땐 가족이 전부 플로리다로 갈 예정이야. 네 오빠도 그게 좋겠다고 했어. 인성인 여전히 네 걱정뿐이야. 너희들 남매는 정말 우애가 좋아서 엄마인 나도 질투했잖니. 그랬던 둘 사이가 왜 갑자기 사이가 멀어진 거니. 네 오빠 한국을 다녀온 뒤부터 네 이야기만 나오면 버럭 화를 내. 엄마는 여간 실망이 큰 게 아니야. 그건 그렇고, 쉿, 누가 들으면 안 되니까 아주 작은 목소리로 물을게."

그리고 수화기를 입에 바짝 갖다 댄 그녀가 속삭이듯 말한다.

"인혜, 드디어 그 아인 찾은 거니?"

순간, 누군가 그녀의 수화기를 빼앗은 뒤 영어로 나에게 뭐라 말하는 동안 그녀의 고함이 들려왔고 전화는 끊어진다. 불안한 상황인 것 같진 않다. 아마도 횡설수설하는 그녀가 있는 곳에서 일하는 사람일 것이다.

그녀의 흩어진 말을 정리해보면 인혜의 가족은 그녀가 어릴 때 이민을 떠났으며, 인혜는 한국에서 대학을 졸업하고 결혼을 했다. 성공한 사업가인 아버지는 병으로 십 년 전에 돌아가셨고, 오빠. 인성과는 사이가 좋았는데 무슨 일인지 갑작스럽게 멀어진 두 사람은 9년째 만나지 않고 있다. 그리고 끊어지기 전 그녀가 목소리를 낮추면서까지 비밀스레 찾았냐고 물었던 그 아이.

그 아이? 그 아이가 누구지?

이런저런 생각을 하다 잠이 들었다 깼을 때 외출했던 제니가 돌아와 있었다. 나는 제니에게 전화가 걸려온 곳으로 다시 전화를 걸어달라 부탁했다. 초인혜란 이름으로.

"언니가 통… 화한 여… 자는 초인… 혜의 엄마란 사람이 맞아. 그녀는 3년째… 치… 매를 앓고 있… 어. 몇 달간 말을 하지 않다가 갑… 자기 이렇게 몇… 시간씩 떠… 든대. 간호사 말로… 는 전화번… 호를 기억해 낸 것만으… 로도 놀랍대. 근데 초인혜가 누구야?"

"해나 엄마라는 사람. 정확히는 양엄마."

시 선

"역시 엄마는 위대하더라고요."

여경이 아이를 찾는 데 얼마나 필사적이었는지 앞다퉈 칭찬하던
놀이공원 직원들은 창수가 보호관찰관이며 가석방 중인 여경의 담
당자임을 밝히자 뜨악한 표정을 지었다. 그리고 여경에 대한 평가를
반전시켰다. 이를테면 '저라면 그렇게까지 하지 못했을 거예요'에서
'어쩐지… 과격하긴 했어'와 같은. 창수의 신분으로 여경은 같은 상
황에서 한 번은 위대한 모성을 발휘한 엄마로, 또 한 번은 어쩔 수 없
는 범죄자로 평가되었다.

해나의 실종 소동은 '선주'란 여자의 등장으로 시작되었다. 다행
히 직원에게 해나를 찾으면 연락 달라고 남긴 연락처가 있었다. 창
수는 선주에게 전화를 걸어 여경의 보호관찰관이란 말로 자신의 신
분을 밝히고 어렵지 않게 주말에 약속을 받아냈다.

선주를 만난 곳은 키즈카페였다. 온통 파스텔 톤의 벽지와 놀이기구, 장난감 등 모든 물건은 아이들의 키 높이로 만들어져 창수는 자신이 꼭 거인이 된 것만 같았다. 중년의 여성이 창수를 향해 손을 흔들었다.

"어떻게 한눈에 알아보셨네요."

"네, 여기 양복을 입은 사람은 없거든요."

키즈카페 한 모퉁이에 어른들을 위한 카페가 있었다. 아이들의 뛰어노는 모습을 관찰하며 어른들은 차를 마시거나 샌드위치 등으로 간단하게 식사를 해결하는 곳이었다.

"정말 그분이 범죄자인가요? 그렇게 보이진 않았는데."

여자가 걱정스러운 눈으로 물었다.

"암만해도 가석방 중인 사람이 아이를 돌보는 중이라 저도 상황을 좀 알아야 할 것 같아서요. 놀이공원 사건도 있고…."

"은율이요?"

"은율? 아이 이름이 해나… 아닌가요."

"아, 해나…. 네, 맞아요, 해나. 그 아이에게 조금이나마 속죄할 수 있는 거라면 뭐든 돕고 싶어요."

여자의 말은 군더더기 없이 간결하고 솔직했다. 여자는 해나와 지낸 시간에 대해 군이 자신의 사정을 합리화하며 설명하지 않았다. 다만 그녀의 이야기 속에 등장하는 해나는 창수가 면접실에서 본 산만하고 조심성 없던 아홉 살 아이의 모습과는 사뭇 달랐다. 여자가 말한 은율은 이미 오래전 어른이 되어버린 아이 같았고, 창수가 본 해나는 누가 봐도 평범한 아홉 살이었다. 창수는 여자가 혹시 해나를 다른 아이로 착각한 건 아닌가 하는 생각마저 들었다.

그게 아니라면 아홉 살 아이가 들키지 않기 위해 아홉 살을 연기한 것이란 말밖에 설명되지 않았다.

"당시 내 행동은 학대가 맞아요. 제대로 어른이 되지도 못한 주제에 아이에겐 아이다움을 강요했거든요. 다른 변명의 여지가 없어요."

여자의 눈동자 속에 자책감이 돌처럼 굳어 있었다. 여자의 딸아이가 달려와 엄마의 무릎에 올라앉아 슬퍼 보이는 여자의 목을 끌어안고 눈을 빤히 바라봤다. 마치 자신의 아이다움으로 여자의 자책감을 씻어주려는 듯이.

여자가 비로소 입가에 미소를 짓기 시작하자 아이가 자신의 볼을 여자의 볼에 갖다 대고 문질렀다. 여자가 웃었다.

키즈카페를 나서던 창수는 신발장을 가득 채운 남자 신발들을 봤다. 아마도 주말을 맞아 아이와 함께 온 아빠들의 신발일 것이다. 문득 어린 수인의 얼굴이 떠올랐다. 놀이터에서 그네 탄 어린 수인의 등을 몇 번 밀어준 기억 말곤 추억할 게 없었다. 수인은 걸음마를 시작한 다음 날 중학생이 되어버린 것 같았다. 추억할 게 없는 그에겐 순식간에 일어난 일이었다.

선주와 헤어진 창수는 해나를 입양했다는 '참소망보육원'을 검색했지만 주소가 없었다. 전화번호 역시 더는 사용하지 않는 번호였다. 알아보니 '참소망보육원'은 재정 문제로 작년 가을에 문을 닫은 상태였다.

***

목요일이다.

아뗴는 그사이 한국말이 부쩍 늘었다. 아뗴 혼자만의 노력이 아니었다. 유진의 부모는 한국말에 서툰 아뗴 때문에 소통이 어렵다는 이유로(사실 한국말에 유창한 아뗴가 있었다 한들 그들 사이에 소통할 일이 그리 많을까 싶지만) 그녀를 해고할 생각이었다. 이를 엿들은 유진이 아뗴를 가르쳤다.

유진은 똑똑한 선생님이었다. '사과', '포도' 대신 아빠가 좋아하는 '곶감', '자두'를 먼저 가르쳤고 '기쁩니다', '슬픕니다' 같은 감정표현보다 '알겠습니다', '좋은 생각입니다', '그렇게 하겠습니다'와 같은 행동표현부터 가르쳤다. 덕분에 눈에 띄게 달라진 아뗴의 태도에 유진의 부모는 만족했고 그녀의 해고 계획은 무산되었다.

"이대로라면 유학도 함께 보내줄지 몰라. 이제 한국 요리도 엄청 잘하거든. 김치볶음은 엄마보다 아뗴가 더 잘해."

"정말 그럼 좋겠다."

"유학원 면접은 잘 봤어?"

나는 놀이공원에서 퍼레이드를 보고 늦게 돌아가는 바람에 피곤해서 다음 날 면접을 놓쳤다고 거짓말을 한다.

유진이 자리에서 벌떡 일어나 날 원망하듯 노려본다.

"진해나! 너 제정신이야!"

"쉿, 조용히 해. 여기 도서관이야."

내 유학 계획을 알고 있던 유진 역시 부모를 설득해 유학을 허락받았다. 그의 부모는 유진의 유학 결심을 기특해했다.

유진이 결심하자 유학원의 면접 날짜는 예약순서가 아니라 유진의 부모 스케줄에 의해 결정되었다.

"배신자."

유진이 날 노려본다.

"다시 약속을 잡을 거야. 시간이 좀 걸리겠지만. 이곳에 오래 있으면 나한테도 위험해. 떠나지 않으면 모든 걸 다 망쳐버릴지도 모르거든."

언제부터인가 유진 역시 여경처럼 이것저것 묻지 않는다. 만약 그가 물었다면 나는 전부 다 알려줬을지도 모르지만.

유진은 읽지도 않는 책장을 넘기다 툭 묻는다.

"어땠어?"

"뭐가?"

"…놀이공원 말이야. 퍼레이드."

퍼레이드가 시작되던 그 시간 나는 놀이공원 종루 안에서 죽어가고 있었다는 말은 하지 않는다. 유진이 애써 부러움을 감춘 채 애꿎은 책장을 두 장씩 넘기며 또 묻는다.

"완전 멋지겠지? 퍼레이드?"

"퍼레이드가 퍼레이드지, 뭐."

유진이 아예 책을 덮어버린다.

"나는 아직 본 적 없어. 예전에 LA에 있는 삼촌 댁에 갔다가 다 함께 디즈니랜드를 갔었는데 사촌 동생이 장염에 걸리는 바람에 시시한 놀이기구 몇 개만 타고 돌아왔어. 한 달 내내 기다린 거였는데."

유진도 퍼레이드를 본 적이 없다.

난 유진에게 거짓말을 하지 않기로 한다.

"퍼레이드 봤다는 거 뻥이야. 놀이공원에 간 건 사실인데. 그래도 못 봤어. 그날 난 응급실에 실려 갔거든."

"…?"

"거짓말해서 화났어?"

"지금은 괜찮아?"

"내가 아픈 아이로 보여?"

"아니. 나보다 건강해 보여."

아빠와 기사님이 마중 나올 시간에 맞춰 우린 도서관을 나온다. 나는 유진을 위해 준비한 물건을 건넨다.

"뭔데?"

"선물. 내일 생일이잖아. 네 마음에 들면 좋겠어."

케이스에 적힌 양아버지의 심벌마크를 확인한 유진의 눈이 휘둥그레진다. 그것은 양아버지가 마지막으로 제작한 바이올린이다.

"원래 쥬니어 바이올린은 안 만드시잖아!"

"이건 예외야."

흥분해 바이올린을 이리저리 돌려보던 유진은 'H.N.'이라 찍힌 이니셜을 발견하곤 아리송한 눈으로 날 쳐다본다.

"네 거잖아."

"내 이름은 맞지만 내 건 아니야. 난 바이올린을 켤 줄 모르거든."

"정말 내가 가져도 돼?"

"네가 가져줬으면 좋겠어. 부탁이야."

"고마워. 네가 내 생일 기억할 줄 몰랐어."

"한번 켜봐 줄 수 있어?"

"여기서?"

도서관 야외 계단에서 유진이 연주를 시작한다. 나는 유진이 연주한 곡명을 알 수 없지만 양아버지가 '그 아이'에게 얼마나 멋진 바이올린을 선물하고 싶었는지는 느낄 수 있다.

'그 아이'는 사랑받으며 자랐다. 덕분에 내가 출구 없는 불행 속에서도 이유 없이 온기를 느낀 탓이기도 하다.

우린 그렇게 연결되어 있었다.

***

유학원에 면접 예약을 다시 잡는 일은 뜻대로 되지 않았다. 우선은 대기 중인 아이들이 수두룩했고, 유학원 설립 이래 유일하게 면접에 나타나지 않은 해나는 경고까지 받았다. 여경은 당일의 사정이 담긴 뉴스 장면과 병원 진료기록 등을 제출했지만 그들의 관심조차 끌지 못했다.

그들은 아이가 실종되고 아파 누운 사실보다 면접 시간을 놓친 것이 더 안타까운 듯 말했다. 하지만 사정이 사정이니만큼 또다시 누군가 면접 약속을 어기게 되면('결코 그런 일은 일어나지 않겠지만'이라 덧붙이고) 그 기회를 해나에게 주겠다고 선심 쓰듯 말하자 여경은 배려에 감사하고 부탁한다며 깊이 고개를 숙였다.

낯선 여경의 행동에 해나는 쿡, 웃음이 터지는 걸 참느라 입안에 공기가 가득 차올랐다. 유학원 건물을 나오고 나서야 해나가 팡, 하고 한참을 깔깔거렸다.

"너 뭐야! 내가 누구 때문에!"

"아하하, 알아요, 알아, 하하 아는데, 그렇게까지 할 줄은."

"당연히 그렇게까지 해야지. 저 안에 앉아 있던 사람은 주여경이 아닌 초인혜니까. 그게 내 업무고."

방금까지 참아내도 터지던 웃음이 초인혜 이름 세 글자에 사라졌다. 차가 막혀 기사님이 늦어지자 둘은 건물 계단에 쪼그려 앉아 기다리기로 했다.

"나 유학 가고 나면 언니는 뭐 할 거예요?"

"그게 뭐든 적어도 아이를 돌보는 일은 아닐 거야."

"내가 돌보기 힘든 아이예요?"

"정말 몰라서 묻는 거야?"

기사님의 메시지가 도착하자 해나가 옷을 털고 일어났다.

"집으로 전화가 걸려 왔어. 미국에서. 네 외할머니라고 했어."

"…."

"그 집에 전화선이 아직 연결되어 있었나 봐."

"뭐라고 하세요?"

"그냥… 오락가락하신 것 같아."

"아프신 분이에요. 해지 신청할게요. 다신 전화 올 일 없을 거예요."

해나와 헤어지고 여경은 선주의 연락처를 찾기 위해 놀이공원을 찾았다. 여경을 알아본 직원이 방송실로 안내했다.

그날 직원들이 그대로 업무 중이었다. 그들은 여경을 한눈에 알아봤으나 시선에서 알 수 없는 불편함이 느껴졌다. 너무 난리를 치고 떠나서 그런 걸까.

"그날 해나 사진 가져왔던 부인 기억나세요? 그분이 연락처 남기는 걸 본 것 같은데."

"아이 엄마 아니라면서요?"

"네."

"구창수라는 분이 다녀가셨어요. 누군지 아시죠?"

"네."

그제야 자신을 보는 익숙하고도 불편한 시선이 이해되었다.

"그 부인 연락처 알고 싶은데요."

"그건 힘들지 않을까요?"

아마도 그 문장 앞엔 '범죄자에게'가 생략되어 있을 것이다.

대신 여경은 자신의 연락처를 선주에게 전해달라는 부탁을 하고 방송실을 나왔다.

보호관찰관 창수는 왜 이곳을 찾은 것일까.

방송실을 내려오니, 해나가 사라졌던 자리에서 가족이 둘러앉아 피자를 나눠 먹고 있었다.

저토록 평범한 자리를 피해 제 몸이 죽어가도록 달아나던 해나는 어떤 심정이었을까. 그날 이후 아무것도 묻지 않았지만 여경은 해나에 대해 알고 싶은 것들이 생기기 시작했다.

휴대전화가 울렸다. 낯선 번호였지만 누군지 짐작할 수 있었다. 직원이 여경의 번호를 전달은 해준 모양이다.

선주란 여자는 해나를 입양했던 이야기를 시작으로 며칠 전 창수의 방문까지 알려줬다.

창수는 왜 해나에게 관심을 가지는 걸까.

선주는 창수와 헤어진 뒤 보육원이 폐쇄된 사실을 알았다며 보육원에서 오래 근무했던 사람을 알고 있으니 원하면 연결해주겠다고 했다. 물론 창수에겐 그 사실을 알리지 않았다는 말과 함께.

선주는 창수를 만나 그의 신분을 듣고도 여전히 여경에게 호의적이었다. 여경으로선 이유를 알 수 없었다. 전화를 끊으려는데 선주가 망설이던 말을 꺼냈다.

"아무래도 그때 그 아이가 해나일지도 모르겠어요. 이 년 전쯤인
가…."

아파트 놀이터에서 아이 엄마들과 담소를 나누며 어린이집 차를
기다리는데, 누군가 지켜보는 느낌이 들어 주변을 둘러봤지만 특별
한 시선은 없었다. 어린이집 차가 도착하고 딸아이가 내렸다. 아이
는 두 팔을 벌린 채 뒤뚱거리며 와서 안겼다. 잠시지만 떨어져 있던
딸아이를 끌어안는 일은 언제나 벅찼다.

아이의 밤톨 같은 손을 잡고 아파트 입구로 향하는데 이번에도 역
시 같은 시선이 느껴졌다. 갑자기 불안했다. 이 시선이 딸아이를 향
한 것일까 봐. 혹시 아이를 버린 친모일까?

아이의 손을 꼭 잡고 찬찬히 고개를 둘러 주변을 살폈지만 의심스
러운 건 없었다. 다만 계절감 없는 허름한 옷차림에 엉망으로 뒤엉킨
머리카락을 한 여자아이가 절뚝거리며 걸어가는 뒷모습이 보였다.

설마 그럴 리가 없다고 생각했다. 은율이라면 스스로를 저런 모습
으로 내버려 두지 않을 테니 말이다. 무엇보다 선주는 은율이 자신
을 찾을 리 없다고 생각했다. 하지만 한동안 밤마다 선주의 꿈속에
서 쩔뚝거리며 걷던 여자아이가 돌아볼 때마다 그 얼굴이 해나였다.

"아닐 거예요. 부디 아니길 바라고요."

선주는 통화를 마무리하며 여경에게 이렇게 말했다.

"이런 말 할 자격… 없지만요, 그날 여경 씨 보면서 저 혼자 그랬
어요."

"…?"

"해나 곁에 좋은 어른이 있는 것 같아서 안심이라고."

좋은 어른, 좋은 어른, 좋은 어른.

전화를 끊은 뒤 여경은 혼잣말로 이 말을 세 번 반복했다. 선주란 여자는 무슨 기준으로 자신을 좋은 어른이라 말한 걸까. 그동안 여경이 사람들로부터 들어왔던 말들은 대체로 이랬다.

혼자 자란 여자애, 독한 년, 살인자, 전과자, 가해자, 빌어먹을 년. 그리고 좋은 어른.

놀이공원 출구를 나서려는데 메세지 도착 알림이 울렸다.

선주가 말한 보육원에서 오래 일했던 사람의 연락처일까. 열어본 메시지의 발신자는 다름 아닌 '발신표시제한자'였다.

***

'0826'이란 숫자와 함께 찍힌 놀이공원 안의 사물함 번호는 12번이었다.

사물함엔 유명 캐릭터 그림의 일부인 듯 눈 부분이 그려져 있었다. 그날 놀이공원에서 여경이 썼던 캐릭터 머리띠와 같은 캐릭터였다.

사진 속 이미지는 바로 지금 여경이 서 있는 곳이었고, 열 발자국 앞에 사물함이 위치했다.

여경은 걸음을 옮겨 대형 짐 보관 전용인 12번 사물함 앞에 섰다. 0826을 눌렀다.

8월 26일. 그날은 여경의 생일이었다.

사물함 문이 열리자 검고 둔탁한 모양새의 캐리어 하나가 보였다.

캐리어를 꺼내 지퍼를 열고 내용물을 확인하자마자 여경의 미간이 구겨졌다. 검은 캐리어를 가득 채운 건 다름 아닌 오만원권 지폐였다. 여경이 캐리어를 도로 사물함에 집어넣고 돌아서려 할 때 두 번째 메시지가 도착했다.

〔당신의 몫입니다.〕

'발신표시제한자'는 지금 이곳 어딘가에서 여경을 지켜보고 있다. 주변을 둘러보던 여경이 휴대전화에 저장된 한 번호로 통화 버튼을 눌렀다. 뿔테 안경을 쓴 남자가 준 번호였다.

엄마의 유골을 여경의 이름으로 회수한 이가 남긴 번호.

통화 신호가 연결되자 역시 어디선가 휴대전화 벨이 울렸다. 하지만 놀이공원을 입장하고 퇴장하는 무리 대부분의 손에 휴대전화가 들려 있었고 누군가와 통화 중이거나 전화를 걸고 받는 중이었다.

이 상태에서 번호의 주인을 찾는 것은 불가능했다.

상대가 전화를 끊어버리기 전에 여경이 먼저 통화종료 버튼을 누르자 그 많은 소리 중 하나의 벨 소리가 갑작스럽게 끊어졌다.

틀림없이 이곳에 그 번호의 주인이자 '발신표시제한자'가 여경을 지켜보고 있다. 이로써 '발신표시제한자'와 내화당에 메시지를 남긴 사람이 같은 인물이라는 게 밝혀졌다.

여경은 또 통화 버튼을 눌렀다. 이번엔 벨 소리가 들리지 않았다. 어지러울 정도로 주변을 둘러보았지만 그 어떤 시선도 느껴지지 않았다. 여경이 지금 알 수 있는 유일한 사실은 여전히 끝나지 않았다는 것뿐이었다.

보 상

"가방이 사라졌다고요?"

나는 민원실에 들러 사물함에 보관해둔 가방을 분실했다며 CCTV 영상을 확인 요청한다. 이런 일이 더러 있었던지 담당 직원은 흔쾌히 CCTV 영상 확인을 돕는다.

내가 놀이공원에 입장한 사십 분 전부터 사물함 주변을 집중적으로 살펴본다. 대다수의 사람은 일반적 크기의 사물함에 가방, 외투 등의 간단한 짐을 보관한다. 외국인으로 보이는 몇몇 여성들이 캐리어를 끌고 대형 짐을 보관할 수 있는 사물함을 이용하기도 했지만 12번은 아니다.

잠시 뒤 벙거지를 푹 눌러 쓰고 선글라스를 착용한 사람이 검은 캐리어를 끌고 사물함 쪽으로 다가온다. 내게 전달된 가방과 같은 가방이다. 면바지에 체크무늬 남방을 입고 짙은 황색 외투를 걸친 화면 속 인물은 성별조차 구별되지 않는다.

"여기 이 사람 남자 같아요, 여자 같아요?"

"덩치가 좀 있지만 딱 봐도 여잔데요. 남자들은 저렇게 쪼그려 앉진 않으니까. 근데 이 사람이요. 걸음걸이가 되게 특이하네요."

여자는 제일 아래 칸인 12번 사물함 앞에 쪼그려 앉아 캐리어를 밀어 넣고 있다. 끼고 있던 회색 장갑을 한 짝만 벗어 터치스크린에 비밀번호를 설정하고 화면을 빠져나가 놀이공원 출입구 쪽에서 사라졌다.

"조금 더 뒤로요. 여기 이 사람들이요, 다들 어딜 쳐다보는 거죠?"

여자가 가방을 넣는 동안 화면 속 모든 사람의 고개가 뭔가에 깜짝 놀란 듯 일제히 화면 밖 한 방향으로 향하고 있었다.

"이거요? 이벤트예요. 30주년 기념으로 당일 천 번째 입장하는 손님에게 서프라이즈 폭죽이 터졌을 거예요. 소리가 커서 순간적으로 사람들이 돌아본 거죠."

직원은 내가 끌고 들어온 가방과 화면 속 가방을 번갈아 보더니 의심스러운 눈으로 날 본다.

"가방 잃어버린 거 아니죠? 여기 이 가방이잖아요."

"누굴 찾는 중이라."

"누군데요?"

"가방 주인이요."

"네?"

대다수의 사람들이 폭죽 소리에 반사적으로 고개를 돌릴 때 캐리어를 끌고 온 여자는 돌아보기는커녕 미동조차 없다.

마치 그녀에게만 폭죽 소리가 들리지 않는 것처럼.

휴대전화 대리점을 찾아 '발신표시제한'으로 걸려오는 번호의 주인을 알고 싶다고 하자 직원은 곤란한 표정을 짓는다.

"연락 받으신 내용을 보여주시겠습니까?"

"그건 왜요?"

"무작정 가르쳐줄 순 없고 계속된 스팸이나 협박성 내용이 증명되어야 저희도 번호를 알려드릴 수 있거든요."

지금껏 '발신표시제한자'는 나에게 그따위 연락을 한 적이 없다. 그렇다고 '어림잡아도 수십억이 넘는 현금을 일방적으로 보내와서요'라고 할 수도 없는 노릇이다.

"꼭 아셔야 하겠다면 경찰서로 가보세요. 거긴 알려줄지 몰라요."

가석방 기간 동안 내가 절대 들르지 말아야 하는 유일한 장소가 바로 그곳이란 말을 할 뻔했다. 나는 뿔테 안경을 쓴 남자에게 받은 전화번호를 건네며 해당 번호와 '발신표시제한자'의 번호가 일치하는지만 확인해 달라 요청했으나 그 역시 거절당한다.

집으로 돌아와 캐리어 속의 돈을 센다. 금액은 정확하게 떨어지는 이십억이다. 만져볼 일 없던 거액이라 전혀 실감이 나질 않는다. 그저 어느 갱스터 영화 속 소품 같은 느낌밖엔. 돈은 다시 캐리어에 담은 뒤 테라스로 옮긴다.

돈의 정체도 모르고 흥분할 일은 없다. 나는 찬찬히 생각을 정리해본다. 캐리어를 끌고 온 여자가 '발신표시제한자'라고 확신할 순 없다. 심부름이나 부탁을 받았을 수도 있으니. '발신표시제한자'가 지금까지 나에게 남긴 메시지를 정리해보면 이렇다.

'안타깝지만 당신 어머니는 살해당하셨습니다.'

'한없이 죄송합니다.'

'당신의 몫입니다.'

'안타깝지만 당신의 어머니는 살해당하셨습니다.'

발신표시제한자는 목격자일까 가해자일까? '안타깝다'는 표현과 '당했다'는 표현은 가해자보단 목격자에 가깝다. 하지만 내화당의 메모에 남긴 '한없이 죄송합니다'는 죄책감을 가진 가해자의 감정이 느껴진다. 이어 배달된 수십억의 금액, 이를 두고는 '당신의 몫'이라 했다.

나의 몫이라니… 어떤 의미일까. 이는 엄마의 죽음과 연관된 것만은 확실하다.

'발신표시제한자'는 자신의 계획대로 나를 끌어당기고 있다. 자신의 정체를 진즉 밝히지 않은 데는 나름의 이유가 있을 것이다. 아마도 이 추적의 과정에서 내가 알게 될 또는 알아야 할 무엇이 있는 건 아닐까?

내화당을 다녀온 뒤 덮어두기로 했던 의문과 감정이 다시 시작되는 기분이다. '발신표시제한자'는 누구인가에서 '발신표시제한자'는 나에게 무엇을 말하고 싶은 것인가로.

***

"택배 배달지가 초등학교인 걸 나더러 어쩌라고! 굶어 죽을까! 어! 당신이 나 책임질 거야?"

창수가 새로 담당하게 된 마씨는 학교 앞에 택배차를 세워 놓고 고래고래 고함만 질러대고 있다. 대략 한 시간 전쯤 막 점심 식사를 시작하려는데, 마씨의 전자발찌 신호가 초등학교에 인접했다는 관제센터의 연락이 떨어졌다. 창수는 마씨에게 연락해 당장 근방을 벗어날 것을 명령했지만 그는 항의하듯 꼼짝하지 않았다.

결국 한술 뜨지도 못하고 출동했다. 사실 어제저녁부터 아무것도 먹지 못한 상태였다. 계속된 각종 연체, 납입 독촉통지서와 사채업자의 잦은 협박, 차압된 월급과 이혼한 아내와 수인의 요구까지. 뭘 삼키려 할 때마다 위에서 자격 없다는 듯 거부하고 있었다.

운전대를 잡은 창수의 이마에 식은땀이 맺히기 시작했다.

마씨의 폭력 전과 때문에 함께 출동한 무도 실무자는 마씨를 저지하며 진정시키려 했지만 그럴수록 그의 흥분은 배가되었다. 택배 배송이 늦어지자 마씨의 휴대전화가 쉴 새 없이 울렸고 창수의 위는 계속된 스트레스와 허기로 통증이 심해졌다.

속이 울렁거리기 시작하더니 눈을 똑바로 뜨고 서 있기조차 힘들었다. 열린 택배차 문으로 운전석에 놓인 삼각김밥과 탄산음료가 눈에 들어왔다. 마씨의 점심인 듯했다.

"학교 근방이 외출 제한 구역 위반인 걸 모르셨습니까?"

"아니, 배달 장소가 학곤데 나더러 어쩌라고!"

"센터에 미리 연락은 하셨습니까?"

"형씨, 내가 하루에 배달하는 물건이 몇 개인 줄 알아? 밥, 국 따로 먹을 시간은커녕 오줌 싸고 지퍼 올릴 시간도 없는데 니들한테 전화할 시간이 어딨냐고!"

"보호관찰 기간 중 준수사항 위반 시….”

겨우 정신을 부여잡고 로봇처럼 매뉴얼을 읊는데, 마씨가 숨겨왔던 날 선 말투와 눈빛으로 제압하려는 듯 노려봤다. 아마 그는 창수의 창백한 꼬라지가 겁먹어서라고 믿는 모양이었다.

"당신 지금 까자는 거야. 오늘 날 잡자 이거지? 어?"

안타깝게도 창수는 이런 태도에 이골이 난 지 오래였다.

"계장님, 이제 그만 가시죠. 사람들 불안해하는데."

주변엔 하교하던 아이들과 마중 온 부모들이 겁먹은 얼굴로 삼삼오오 모여 마씨와 창수를 번갈아 보고 있었다.

마씨는 손가락으로 창수의 코를 한 대 칠 듯 흔들어대더니 조심하라는 무용한 귀엣말을 남기고 택배차에 올라 출발했다.

조심하라니. 이 역시 매번 똑같았다.

지랄 맞은 허기와 울렁거림이 동시에 목젖까지 차오른 창수에겐 따뜻한 밥과 국이 간절했지만 주변엔 온통 햄버거, 편의점, 분식점이 전부였다. 이 와중에 휴대전화에 낯선 번호가 울리자 창수는 자기도 모르게 신경질적으로 전화를 받았다.

"안녕하세요. 여기 해리티지인데요…. 저 혹시 일전에 연락처를 남기고 가셨는데 기억나세요?"

해리티지? 여경이 살고 있는 아파트다!

"왜요? 드디어 이상한 일이 생겼습니까?"

"저, 그게 일단 만나 뵙고 싶은데요."

약속 시간과 장소를 정하고 통화가 끝나자 목 끝까지 올라온 위액은 결국 입 밖으로 터져 나왔다.

전봇대를 붙잡고 토악질을 하는 창수의 등을 무도 실무자가 두드리는 동안에도 사채업자들의 협박 문자는 계속되었다.

예정대로라면 오늘은 입주민 중 성인 남성을 대상으로 한 '맨's 클럽'이 있는 날이다.

평소엔 모두에게 개방된 클럽하우스지만 한 달에 단 하루 이날만 큼은 입주민 중 남성들만의 출입이 허용되었다. 유일하게 입장이 가능한 여성은 프런트 매니저인 소윤뿐이었기에 그녀는 가끔 젠틀맨 클럽에 무작정 들어가 다리를 꼬고 앉았던 영화 아웃오브아프리카의 여주인공 카렌이 된 것 같은 기분을 느꼈다. 하지만 이도 잠시 소윤의 역할은 그들이 클럽을 즐길 수 있도록 만반의 준비를 돕는 매니저일 뿐이었다.

이 모임은 원래 일종의 영국식 젠틀맨 클럽과 같은 사교클럽이었다. 이들은 모여 서로의 비즈니스 정보를 거래하거나 관계망을 확장하곤 했다. 이를 두고 남성 우월적이며 시대착오적인 낡은 모임이라 욕할 수도 있겠지만 적어도 이 해리티지 안에선 누구도 반기를 들지 않았다. 고집스러울 정도로 클래식했던 이 클럽에 오 년 전 만장일치로 '그'가 새 회장직을 맡으면서 비즈니스 성격이 강했던 맨's 클럽은 차츰 변화되기 시작했다.

시가바(cigar bar)가 생겼고 맞춤 양복 패션쇼, 수제 맥주 제조 클래스나 살롱 오페라, 그림을 거래하는 옥션이 개최되곤 했다. 이런 변화를 계획한 그의 의도는 단순했다. '모든 걸 다 가진 것 같지만 정작 아무것도 누리지 못한 존경받는 남자들을 위한 하루'였다. 처음엔 새로운 변화를 달가워하지 않던 기존 멤버들도 점차 한 달에 한 번 이 시간을 특별한 휴가처럼 생각하기 시작했다.

'그'는 비즈니스와는 거리가 먼 사람이었지만 맨's 클럽 회원 중 외부적으로 '그'만큼 이름이 알려진 이도 드물었다. 그는 한때 대한민국에서 가장 유명했던 바이올리니스트였고, 이른 은퇴 이후 바이올린을 제작하는 마스터가 되었다. 그런 그가 임기 삼 년을 다 채우지 못하고 갑작스럽게 가족과 해리티지를 떠나자 모두가 아쉬움이 컸지만 그중에서도 소윤의 아쉬움은 남들보다 짙었다. 그가 없는 맨's 클럽은 원래의 시시하고 뻔한 비즈니스 클럽이 되어버렸다.

그와 관련된 소식은 도통 찾을 수가 없었다. 마치 은둔자가 되어버린 것 같아 마음을 끓이던 차에 삼 년 만에 그의 딸이 해리티지에 나타났다. 처제와 낯선 여자를 데리고. 소윤은 조만간 그를 볼 수 있단 생각에 설레었지만 그녀를 이모처럼 따랐던 해나는 전혀 소윤을 알아보지 못했고, 처음 본 처제라는 여자는 남자의 아름답던 아내와 전혀 닮지 않았고, 해나의 부모는 여전히 해리티지를 방문하지 않았다.

지난 어느 오후, 한 중년 남자가 프런트를 방문해 여경이 이 아파트에 입주해 있는지 확인해달라고 했다. 입주민의 정보를 알려줄 수 없다고 하자 남자는 자신의 연락처를 적은 메모지와 함께 이상한 말을 남기고 떠났다.

'혹시 무슨 일 생기면 여기로 연락주시겠습니까?'

'무슨… 일이라니요?'

'그냥 뭐, 이상한 일?'

'이상한 일?'

남자가 한 말 때문일까?

소윤은 정말 이곳 해리티지에서 이상한 일이 벌어지고 있는 것 같았다.

***

　소윤은 제니를 통해 해나가 놀이동산에서 쓰러졌고 입원 중인 사실을 알게 되었다. 과거 해리티지에 살 때도 어린 해나는 자주 병원을 찾곤 했다. 그때마다 소윤은 빠지지 않고 병문안을 갔었다. 지금 해나가 입원한 병원으로 향하는 소윤의 명목은 입주민 병문안이지만 또 하나의 이유는 바로 '그'였다. 그곳에 가면 '그'를 볼 수 있을지 모른다.

　병실엔 아직 의식이 돌아오지 않은 해나 말곤 아무도 없었다. 병상 옆 간이침대에 물건들이 있는 걸로 봐서 잠시 나간 모양이었다. 청소를 하던 아주머니가 병실에 들러 물었다.

　"어? 여기 애기 엄마 어디 갔대?"

　"글쎄요, 아무도 없네요."

　소윤이 '그'를 찾으러 병실 복도로 나가자 맞은편에서 걸어오는 여경이 보였다. 아는 척하려 손을 들려는데 방금 본 아주머니가 여경의 등을 쳤다.

　"애기 엄마, 이래 맥아리가 없어서 어쩐댜? 병원 밥 맛대가리도 없는데 우리랑 밥 먹을 텨? 어뗘?"

　아주머니는 여경을 애기엄마라 불렀다.

　이어 지나던 간호사도 여경을 이렇게 불렀다.

　"해나 어머님, 지금 잠시 보실까요?"

　왜 모두 여경을 해나 엄마라 생각하는 걸까.

　이곳은 병원이지 옷가게나 식당이 아니었다. 여경이 스스로 기록하지 않았다면 그리 불릴 일 역시 없는 곳이다.

해리티지로 돌아온 소윤은 컴퓨터에서 삼년 전 스케줄러를 찾아 열었다. 입주민들의 소소한 기념일이나 행사 등을 기록해놓은 스케줄러엔 해나의 생일과 부부의 결혼기념일 같은 기록이 남아 있었다.

소윤이 사모님이라 불렀고 입주민에게 '해나 엄마'로 불린 여자의 이름은 초인혜였다. 해나가 이모라 소개한 여경은 인혜의 친여동생이 아니었다.

그녀는 누구기에 감히 해나 엄마 행세를 하는 것일까.

잠시 후 소윤은 서랍 속 전화번호가 적힌 메모지를 찾아 버튼을 눌렀다. 신호가 가고 그가 받았다.

"안녕하세요. 여기 해리티지인데요. 저, 혹시 일전에 연락처를 남기고 가셨는데 기억나세요?"

가 족

"아이가 너무 예뻐서요."

계속된 한파에도 불구하고 오후 햇살이 유난히 따뜻했던 오후였다. 로비에서 아이를 보던 그녀가 갑자기 눈물을 훔치고 있었다.

소윤이 조심스레 다가가 티슈를 건넸다.

"사모님, 혹 무슨 일이라도…."

그녀가 소윤을 돌아보며 말했다.

"아이가… 아이가 너무 예뻐서요."

지난주 크리스마스이브에 세 번째 생일을 맞이한 아이는 대리석 바닥에 투영된 오렌지빛 햇살을 쫓느라 정신없이 폴짝이고 있었다.

그런 딸아이를 바라보는 그녀의 눈물에 생명에 대한 경이로움과 벅찬 감격이 맺혀 있었다.

현관에 '그'가 들어서자 아빠를 발견한 아이가 곧장 달려가 안겼다. 아이를 머리끝까지 들어 올려 빙글빙글 도는 그의 곁엔 '그녀'가 환하게 웃고 있었다.

이들이 로비를 떠나자 해리티지는 곧 밤이 되었다.

***

6년 전 소윤은 특급 호텔의 부지배인 승진을 앞두고 이곳 해리티지 타워에 매니저로 스카우트 되었다. 제시 받은 연봉도 무시 못 했지만 무엇보다 이곳 해리티지 타워엔 단순한 '집' 개념을 넘어선 어떤 것이 존재했다.

개인의 사생활을 엄수하면서도 입주민들은 공동체를 위한 프로그램이나 행사 등에 적극적으로 참여했다. 소윤이 처음 이곳을 방문했을 땐 로비에선 크리스마스를 앞두고 작은 음악회가 열리고 있었다. 입주민들로 구성된 연주자들에 지휘자는 '그'였다. 진상원.

해리티지 클럽하우스엔 아이들을 위한 프로그램이 많았는데 이를 기획한 사람은 '그'의 아내인 초인혜였다. 이들 젊은 부부가 이곳에 해리티지에 온 뒤 다소 뻔했던 고급 아파트 사람들의 삶이 변화하기 시작했다.

그들은 으스대며 상대의 계급을 탐색하는 대신 미소를 나눴고, 흘러 다니는 소문으로 무리 짓지 않으며 서로를 알아가는 진짜 이웃이 되었다.

하지만 이 모든 것을 가능하게 했던 젊은 부부가 어느 날 딸아이와 갑작스럽게 이곳을 떠나버리자 해리티지 사람들은 더 이상 이웃의 이름을 기억하지 못했다.

***

"그 젊은 부부는 왜 갑자기 여길 떠났을까요?"

창수는 간헐적으로 찾아오는 위의 통증을 간신히 참아내며 물었다.

소윤은 주문한 커피를 한 모금 마신 뒤 도로 뱉고 싶은 걸 꾹 참고 삼켰다. 원두 관리가 제대로 되지 않은데다 로스팅 시간 조율을 잘 못해 끔찍한 탄내가 입안 가득 남아 있었다.

얼른 입을 헹구듯 생수를 들이킨 소윤은 잔뜩 미간을 찌푸리고 연신 이마의 식은땀을 닦아대는 창수를 보며 무엇을 어디까지 말해야 할지 판단이 서질 않았다. 입주민과 관련된 정보를 노출하는 것은 계약위반일뿐더러 알려질 경우 일은 물론 법적으로도 문제가 발생한다.

하지만 변해버린 해나도, 그 곁을 지키는 정체를 알 수 없는 여자들도 이상했다. 혹시 지금의 침묵이 해나에게도 문제가 될지 모른단 생각에 무작정 창수에게 전화를 했지만, 막상 입을 떼려니 망설여지는 것은 어쩔 수 없었다.

"우선 어떤 분이신지 제가 알아야 하지 않을까요?"

"저에 대해서요?"

"네."

창수는 보통 보호관찰대상자의 직장이나 거주지에서만큼은 자신의 신분을 밝히지 않으려 노력했다. 창수의 신분 하나로 그들은 하루아침에 '보통 사람'에서 '위험한 사람'이 되어버리기 때문이다.

"제가 확실히 말할 수 있는 건 절대 불법적으로 두 사람에 대해 알

아무도 돌보지 않은 259

아보는 게 아니란 겁니다. 만약 차후 문제가 생길 경우 모든 책임은 제가 진다는 것 역시도요. 그럼에도 불편하시다면 저도 더 이상 묻지 않겠습니다."

잠시 고민하던 소윤이 결정한 듯 말했다.

"해나를 위한 거라 믿어요."

이어 소윤은 해리티지에서 상원과 인혜가 어떤 존재였는지, 해나가 여경과 함께 나타난 일, 여경을 이모로 소개 받은 일, 병원에서 의료진이 여경을 해나의 엄마로 착각했던 일 등을 나열했다. 이는 창수도 이미 목격한 바였다.

"그러니까 그 아이의 부모는 본 적이 없단 말씀이시죠?"

"네, 단 한 번도요. 해나가 여기 거주하는 건 아니라 그럴지도 모르지만. 해나가 해리티지를 방문할 땐 항상 택시 기사님과 함께였어요."

"택시 기사요?"

"네 처음엔 평범한 택시인 줄 알았는데 입주민 전용 주차장에 차량번호를 등록한다고 해서 물어봤더니 자신을 해나 기사라 소개했어요. 모든 이동은 그분이 해주셨고요. 해리티지엔 주여경님과 동거인인 제니라는 젊은 여자 둘뿐이에요. 해나는 자주 그 두 사람과 어울리거나 외출을 하곤 했어요."

"관계는 어때 보이던가요. 아이와 어른 사이에 뭔가 강압적인 분위기가 감지되었다든지…."

"전혀요. 처음엔 서로 어설픈 역할극을 하듯 그런 분위기가 있었는데 지금은 뭐랄까…."

"뭔데요?"

"가족 같아요."

"가족… 이요?"

"네, 가족이요. 물론 주여경님이 초인혜님과 자매일 리는 없지만."

"네, 아닙니다. 주여경에겐 자매가 없거든요. 아까 그 해나 기사라는 사람이요, 방금 그 사람 차량번호가 해리티지에 등록돼 있다 했죠?"

"네, 제가 돌아가서 확인하고 보내드릴게요."

"부탁드립니다. 그리고… 궁금한 게."

"네, 말씀하세요."

"꽤 오래 그곳에서 일하셨는데 해나 어머니 성함을 왜 이제야 떠올리셨을까요?"

"저도 그게 신기해요."

"무슨 말씀이신지…."

"보통은 입주민들의 성함을 대부분 외우는 편이거든요. 쉘턴호텔에서 일할 때 객실 손님들을 호실이 아닌 이름으로 외우도록 훈련받아서…. 그런데 초인혜님의 경우 곧장 떠오르지 않았던 이유가 저도 궁금했어요."

"왜… 일까요? 심지어 그 부부가 해리티지의 주도적 인물이었다면 단번에 기억했을 텐데요."

"저도 그 이유를 곰곰이 생각해봤는데 의외로 간단히 이해가 되더라고요."

"그게 뭐죠?"

"초인혜님, 그러니까 해나 엄마는 항상 해나 엄마로만 불리길 원했어요. 저뿐만 아니라 다른 분들도 그분을 그렇게 기억하더라고요.

해나 엄마라고. 그러니 더욱 이해할 수가 없었죠. 그날 병원에서 사람들이 주여경님에게 해나 엄마라고 불렀을 때 이 기억이 떠올랐어요. 왜냐하면 초인혜님은 다른 건 몰라도 '해나 엄마'란 호칭만큼은 누구에게도 양보하지 않을 사람이었거든요. 절대."

소윤은 창수와 헤어지기 전 '실은 별것 아닌데… 혹시 몰라서'라며 말을 끌었다.

"해나가요, 그러니까 이상하게 들릴 수 있는데… 해나가 제 기억 속의 해나와 좀… 달라요."

"외모가요?"

"아니요, 모습은 한눈에 알아볼 수 있었어요."

소윤은 지금 해리티지에 드나드는 해나가 재작년에 입양된 사실을 모르는 듯했다. 오래 지켜봤다면서 젊은 부부의 아이와 최근에 입양된 해나를 헷갈릴 수 있을까.

"제 말은 그러니까 분명 해나가 맞는데 어딘지 해나가 아닌 것 같은. 뭔가 달라요."

창수는 해나의 입양 사실을 숨기고 물었다.

"어떻게 다른데요?"

"그 아인 정말 너무 예뻤거든요. 가만히 보고 있으면 눈물이 날 만큼."

***

여경은 엄마의 사망사건 기록을 열람하기 위해 경찰서에 들렀지만 헛걸음이었다. 타살 의혹 없이 내사 종결된 변사사건의 사건기록 보관기한은 최대 3년. 이미 오래전 폐기된 상태였다.

이어 엄마의 사망 관련 서류를 보기 위해 주민센터를 찾은 여경에게 필요한 것은 가족관계증명서였다. 엄마가 살아있을 때보다 죽은 뒤에 두 사람이 가족이었단 사실이 거듭 확인되는 현실이 씁쓸했다.

사망신고서를 작성한 사람은 이모란 사람이었다. 세부사항에 적힌 엄마의 기록은 너무 단순하고 간단해 살펴볼 것조차 없었다.

사망 종류는 교통사고, 자살, 추락사고, 익사사고, 타살을 지나 기타에 표시되었다. 사망의 직접 사인은 약물과다복용에 의한 심정지.

한 장으로 요약된 엄마의 사망진단서를 다 훑어보는 데는 채 1분이 걸리지 않았다. 그녀가 정말 죽었다는 사실을 재확인하는 것 이상의 아무런 의미가 없었다.

'발신표시제한자'가 엄마의 죽음에 느끼는 무게가 이십억 원인 것에 비해 불행하게도 엄마의 죽음엔 1분짜리 사망진단서와 오래전 폐기된 사건기록밖엔 '의심의 여지'도 '흔적'도 남아 있지 않았다.

여경은 집으로 돌아와 당시 사건과 관련된 글들을 검색했다.

대체로 내용은 변사사건보다 고급 호텔 스위트룸에서 사건이 발생한 것에 초점이 맞춰 있었다. 그나마 새로 알게 된 사실은 정확한 사망 날짜 12월 24일과 최초 발견자가 객실 메이드라는 정도였다.

나머진 복사한 듯 같은 내용만 반복되어 있어 그만 모니터 화면을 닫으려는데, 기사들 맨 아래 한 블로그의 제목 글이 눈에 들어왔다.

[남편과 오랜만에 데이트~ 주여경 작가 전시 관람]

엄마의 사망사건을 검색했는데 이모란 여자의 이름이 불쑥 나타났다.

상관관계는 쉘턴호텔이었다. 해당 블로거는 전시 관람을 위해 호텔을 찾았다가 사람이 죽는 바람에 입구에 경찰차와 구급차를 목격한 내용을 기록했다.

함께 업로드된 관람 티켓 사진에 표시된 날짜가 사망날짜와 같았다. 이 날 같은 호텔에서 이모란 사람의 전시가 열리고 있었다고?

두 사람은 서로 한 건물에 있단 사실을 알고 있었을까. 아님 둘 중 한 사람만 알고 있었을까. 그것도 아니라면 우연이었을까?

여경은 문득 열두 살 첫눈이 내리던 날 밤이 떠올랐다. 몇 달 만에 나타난 엄마의 목적은 어린 딸의 생활비였다. 고작해야 오십만 원 남짓한 돈을 빼앗기 위해 어린 여경을 찾았던 엄마가 어떻게 최고급 호텔의 스위트룸에 머물 수 있었을까. 그녀 스스로는 불가능했다. 이를 도와준 사람이 분명 있다. 여경의 머리에 당장 떠오른 사람은 둘이었다.

할머니란 사람은 엄마의 죽음조차 몰랐으니 제외하고, 유명 미술작가로 상당한 자산을 보유한 이모란 사람과 이십억쯤 툭 사물함에 두고 갈 수 있는 '발신표시제한자'. 그 둘이었다. 혹시 호텔 숙박 명부에 그 둘 중 하나의 이름이 남아 있지 않을까.

쉘턴호텔 측은 5년이 지난 숙박 기록은 자동 삭제된다고 했다. 여경은 사건 현장에서 엄마를 처음 발견했던 객실 메이드를 만나게 해달라 요청했지만 이미 오래전 퇴사했다는 말뿐이었다.

순간 여경은 당장 검은 캐리어를 끌고 와 이들 손목이 부러지도록 돈다발을 쥐어주면 5년이 지나 삭제된 숙박 기록이 복원되고 퇴사해 알려줄 수 없다는 객실 메이드가 저기서 달려오지 않을까 생각했다.

어쩔 수 없이 빈손으로 호텔을 나와 버스를 기다리던 여경 앞으로 익숙한 번호를 단 버스 한 대가 지나고 있었다.

다음 날 여경은 일찌감치 새벽녘에 집을 나섰다.

택시를 타고 여경이 도착한 곳은 불과 얼마 전까지 요양원 출근을 위해 버스를 기다리던 정류장이었다. 아직은 밤에 더 가까운 시간이었다.

십 분쯤 흐르자 사람을 가득 채운 익숙한 번호의 버스가 도착했다. 오랜만에 버스에 오른 여경을 먼저 알아본 건 그녀들이었다.

"으잉? 전과자 아가씨네!"

탄력 없이 움푹 팬 볼에 진달래색 립스틱으로 볼터치를 하던 여자가 외치자 모든 시선이 여경에게 집중되었다.

"아이고, 반가워라, 갑자기 안 보이기에 우린 자기 그새 잘린 줄 알았지 뭐야."

진달래 립스틱을 바른 여자는 여전히 여경을 '자기'라고 불렀고 여전히 호들갑스럽고 무례했다.

"아가씨, 정말 오랜만이유. 한동안 못 봐서 우리끼린 다른 일 찾았나 보다 잘됐다 그랬다우."

여경은 여자들에게 어색하고 짧은 인사를 건네고 곧장 용건을 밝혔다.

"쉘턴호텔에서 일하시는 분들 중에 혹시 아는 분 계세요?"

"쉘턴호텔? 왜? 자기 거기서 일하게? 언감생심. 거긴 전과기록 있으면 못 들어가지."

진달래 립스틱을 바른 여자였다.

"그건 아니고요. 그 호텔에서 오래 일하셨던 분들 중 아시는 분 있나 해서요?"

"아마 건너, 건너 물어보면 있긴 있을 거예요. 이 바닥이 이 건물 저 건물 돌고 돌아서 은근 좁거든. 일부러 우릴 만나러 이 시간에 버스를 탄 것 같은데…. 중요한 일인가 보네."

"자기, 뭔데? 말해봐. 왠지 자기 재밌는 이야길 할 것 같애."

여자는 눈썹을 그리다 말고 호기심 가득한 눈으로 여경을 봤다.

"좀 오래전에 엄마가 그 호텔에서 죽은 채 발견됐거든요. 처음 시신을 본 사람이 객실 메이드라 그때 상황을 좀 물어보고 싶은데 방법이 없네요."

예전 여경이 전과 사실을 발표했을 때처럼 이번에도 세상 시시한 이야길 들은 것처럼 넘길 줄 알았는데 의외로 별일이었는지 조용했다. 그녀들이 입을 닫으니 만원버스가 휑하게 느껴졌다.

"아니, 심각한 건 아니고 그냥 단순 변사사건이긴 한데 아무래도 제가 그동안 빵에 있었으니까 정확하게 뭐가 어떻게 돌아간 건지 좀 알고도 싶고…. 사실 별것 아니겠지만…."

어? 이게 아닌데.

"어차피 어릴 때 집을 나가셔서 같이 산 시간도 짧고 또… 크게 슬프거나… 뭐 그런 건 아닌데…. 그러니까 제 말은…."

놀란 것 같은 그녀들을 달래려 할수록 그녀들의 얼굴엔 슬픔만 더욱 짙어지고 있었다. 누군가 팔을 뻗어 여경의 등을 문질렀다. 진달래 립스틱을 바른 여자였다. 여자는 고개를 돌려 맨 뒤에 앉은 푸근한 중년의 여자를 올려다봤다.

"언니, 언니네 회사가 쉘턴호텔 전담했었지?"

"옛날 얘기지, 거기 이제 용역 안 쓰고 자체적으로 해결한 지 오래 됐어."

"자기, 언제라고 했지?"

"9년 전… 쯤이요."

여자가 다시 고개를 돌렸다.

"언니! 9년 전이라잖아! 그땐 용역 쓸 때 아냐?"

푸근한 여자가 고개를 갸우뚱하더니 손가락을 이리저리 세며 시간을 계산했다.

"맞네, 그치. 9년 전이면 우리 회사가 거기 객실 맡았지."

"그치! 됐네, 됐어. 자기, 걱정 마. 저 언니가 그때 일한 사람 알아봐 줄 거야. 에효, 약물… 그게 한 해 두 해 일이 아니었을 텐데. 자기, 엄마 때문에 마음고생 컸겠다."

진달래 립스틱을 한 여자는 가방을 열어 이번에도 구운 가래떡을, 옆줄에 앉아 있던 여자는 따뜻하게 데워진 두유를 건넸다.

흔들리는 만원버스 안에서 여경이 가래떡 한 줄을 다 먹고 두유한 병을 다 비우는 동안 진달래 립스틱을 바른 여자는 여경의 등을 어루만지는 손을 멈추지 않았다.

학 대

"거, 우리 애들 퇴근 좀 시킵시다."

골목으로 들어섰을 때 자신의 원룸에 불이 켜진 게 보였다.

처음엔 '수인이 왔나?' 생각했지만 그럴 리 없을뿐더러 곧 창가 앞으로 덩치들의 그림자가 보였다. 그들이다.

그동안 체납된 고리이자로 갖은 압박, 협박성 연락을 일삼던 그들이 지금 창수의 집 안에 있었다. 아무래도 그나마 점잖던 상황이 달라진 것 같았다. 창수가 차를 돌려 다시 골목을 빠져나오자 곧바로 휴대전화가 울렸다.

"계장님, 어떤 분들이 계장님을 찾아오셨는데요."

"어이, 구선생. 우리 애들 지금 퇴근도 못 하고 애타게 구 선생만 기다리고 있어요. 보셨으면 거, 인간적으로다가 컵라면에 삼각김밥이라도 좀 챙겨주고 그럽시다. 꽁지 잘린 버러지 새끼마냥 도망가지 마시고!"

"지금 하시는 행동들 엄연한 불법입니다."

"암요. 당연히 불법이지! 암요, 암요. 구선생이 우리 돈 멋대로 떼먹는 것도 불법이고."

"토요일까지 우선 이자부터 입금하겠습니다. 약속드리죠."

"무슨 수로? 그건 아니지, 월급까지 다 털려 나가는 마당에 뻥 좀 적당히 치시고요. 구선생, 우리도 말이죠, 이자 받겠다고 매달 이 짓거리 하는 것도 후져, 후져도 너무 후져. 자, 토요일은 너무 빡빡하니까 이럽시다, 구선생. 딱 보름 줄게. 대신 이자랑 원금까지 전부 다 상환하는 걸로 해서 보름! 이번에도 약속 어기면 우린 또 우리만의 상당히 신선하고 팔딱팔딱 뛰는 방식으로 회수 할라니까, 그렇게 아시고 오케이? 여기 후배분이 증인 하면 되겠네."

"계, 계장님…."

"알겠습니다. 최대한 노력하겠습니다."

"그럼 이번만큼 내 구선생 믿고 수인이 학원 앞에 마중 가 있는 애들부터 퇴근시킵니다."

위통과 동시에 심장을 옥죄는 것 같은 통증이 지속되었다. 핸들에 엎드려 가쁜 숨을 몰아쉬던 창수가 겨우 진정을 찾았을 때 요양원에서 입원비 납부 독촉 메시지가 도착했다. 누구라도 필요했던 창수는 이혼한 아내에게 전화를 걸었다.

"왜."

"나 사망보험금 전부 합하면 얼마야?"

"끊는다."

끔찍한 밤이다. 전화가 울렸다. 모르는 번호다.

"구창수 보호관찰관님 맞나요? 여기… 놀이공원인데요. 주여경 씨 일로 말씀드릴 게 있어서요."

놀이공원에서 창수를 호출한 이유는 이랬다.

이야기는 전체 직원 회식이 있던 날 제1민원실의 한 직원에서 시작됐다. 그는 얼마 전 한 여자가 가방을 분실했다며 사물함 CCTV 확인을 요청했고, 요청 화면을 살피던 중 온몸을 꽁꽁 가린 덩치 큰 여자가 사물함에 검은 캐리어를 두고 간 모습만 확인하곤 돌아갔다고 했다.

분실했다던 가방이 여자의 손에 들려 있었기에 수상하게 생각한 직원은 다시 CCTV 영상을 돌렸다. 그리고 12번 사물함에서 캐리어를 발견한 여자가 내용물을 확인하는 모습을 찾았다. 화면을 확대해 보니 캐리어 속 물건은 현금이었다고 했다.

회식 자리에서 다른 직원들과 이야기를 나누다 수상한 여자의 정체가 얼마 전 놀이공원에서 소동을 일으켰던 여경임을 알게 되었다. 그래서 창수가 남긴 명함으로 연락을 한 것이라고 했다.

이 사람 전과자 맞죠? 뭘 하려던 걸까요? 영화에서 보던 검은 돈 세탁 뭐 그런 건가? 이거 신고했으니 저한테도 보상 같은 거 떨어지고 그러나?

"현금… 대충 얼마 정도로 보였습니까?"

"그건 모르겠지만 캐리어가 대충 24인치 정도 크기였으니 상당하지 않을까요? 들고 왔던 사람도 낑낑거리며 겨우 사물함 속에 밀어 넣었으니까."

창수는 여경이 봤던 CCTV 영상을 확인했다.

모자를 움푹 뒤집어쓴 채 돈가방을 12번 사물함 속으로 밀어 넣는 여자는 누구고 이 돈의 정체는 무엇일까.

처음 창수의 질문은 이랬다.

여경에게 현금을 배달한 사람은 누굴까?

저 돈의 정체는 무엇일까? 범죄와 관련된 일일까?

이 일로 여경의 가석방이 취소될 수 있을까?

질문 끝에 창수의 결론은 이랬다.

여경에게 돈이 있다. 그것도 상당한.

***

며칠째 해나에게 연락이 오지 않았다. 다행히 혈당관리 앱을 통해 확인한 해나의 혈당은 정상 수치를 맴돌고 있었고, 제니와 문자를 주고받는 걸로 봐 별일은 없는 것 같았다.

여경은 놀이공원 사건 이후 해나에 대해 알 수 없는 불안감을 느꼈다. 엄마 죽음과 관련된 사건들에선 느껴지지 않던 불안감이 유독 해나에게서만 감지되었다. 여경 역시 이유를 알 수 없었다.

"우린 그 아이를 자영이라고 불렀어요."

선주의 도움으로 여경은 보육원에서 근무했던 여자를 만나기 위해 한 가정집을 방문했다. 위탁 가정을 꾸려 두 아이를 돌보는 그녀에게서 아기 젖비린내가 났다.

"호호, 머리 희끗희끗한 아줌마한테 젖비린내라니 이상하죠?"

아기를 재우고 방에서 나온 여자는 자영을 아니 해나를 잘 아는

것 같았다. 여경이 몇 번 이름을 헷갈려 하자 여자는 해나라 부르겠
다 했다.

"입소부터 봐왔는걸요. 해나의 경우 이렇게 말하기 좀 그렇지만
달리 설명할 방법이 없으니, 참….'

"뭔데요?"

"배달되었어요."

"배달이요?"

9년 전 겨울, 해나는 보육원 아이들 인원수보다 많은 양의 중국음
식과 함께 배달되었다. 중국요릿집 사장은 누군가 전화로 음식을 주
문했고, 잠시 뒤 가게 문 앞에 놓인 포대기 속에 아기와 함께 음식값
과 근처 보육원에 맡겨달란 쪽지만 있었다고 했다.

곧장 지구대에 신고했지만 끝내 아기를 두고 간 사람을 찾을 수 없
었다. 그렇게 해나는 중국 요리와 함께 배달되었다.

"그 뒤엔 알다시피 선주 씨에게 입양되었다 파양되었죠. 보통 파
양을 당한 아이들은 불안증세 등 이상 징후를 보이기 마련인데 해나
는 그런 게 없었어요. 잠시 외출했다 돌아온 것처럼 다시 잘 지냈거
든요. 우린 다행이라 생각했고요. 그래서 두 번째 입양 제의가 들어
왔을 때도 아이를 보낼 수 있었죠. 무엇보다 양부모 될 사람들이 해
나를 마음에 들어 했어요.'

"두번째요?"

"네, 그땐 정말 보내지 말았어야 했는데….'

금세 축축하게 물기를 머금은 눈으로 여자는 휴대전화를 열어 검
색한 화면을 여경에게 내밀었다.

기사의 제목은 이랬다.

'아무도 찾지 않는 아이들이 아무도 모르게 팔리고 있다'

해나를 두 번째 입양한 부부는 불임이었다. 그들은 이미 세 명의 아이를 입양한 상태에서 해나를 입양했다. 입양 보내기 전 보육원 입양담당자와 사회복지사가 부부의 집을 방문했을 때 먼저 입양한 아이들은 등교해서 만나지 못했다고 했다. 대신 가족사진 속 건강해 보이는 아이들과 부부의 환한 모습에 안심하고 입양을 결정했다.

그렇게 해나는 '김자영'에서 '고은율'이었다가 '양예은'이 되었다. 이후 얼마 지나지 않아 부부는 다른 보육원에서 또다시 두 아이를 입양했다. 그들의 입양 조건에 공통점이 있었는데 '나이'였다. 반드시 4살 한 명, 6살 한 명 등….

그들은 마치 슈퍼에서 물건을 고르며 유통기한을 확인하듯 아이들을 골라 데리고 갔다. 이후 사회복지사가 부부의 집을 방문했을 땐 이미 그들이 다른 지역으로 옮긴 뒤였다.

5년 동안 아홉 번의 이사. 이를 수상하게 여긴 사회복지사는 이들 부부에 대해 탐문을 시작했고 이웃 사람들은 집이 항상 조용해서 아이들이 그렇게 많은지 몰랐다고 했다. 또다시 사라진 그들을 찾아 경찰의 협력으로 검거된 부부의 집엔 얼마 전 입양한 4살 아이를 제외하곤 나머지 아이들은 보이지 않았다. 이후 밝혀진 사실은 충격적이었다. 부부는 아이들을 중국과 일본으로 입양 보내고 있었다. 그 과정에 아동 장기매매를 의심할 수 있는 정황이 발견되었으나 부부는 끝까지 부인했고 증거 역시 없었다.

"해나는요? 그 집에선 4살짜리 아이만 발견되었다면서요!"

여경은 여전히 해나가 실종 상태인 것처럼 버럭 소리 질렀다.

"해나는… 경찰이 오기 직전에 탈출했어요."

"탈출… 이요?"

며칠을 굶주린 채 갇혀 있던 해나는 화장실에 난 작은 창을 통해 탈출했다. 한겨울에 젖은 옷차림으로 도망간 해나는 보름이 지났을 즈음 엉망이 된 몰골로 홀로 보육원에 도착했다.

여자는 당시 해나의 상태를 설명하려다… 몇 번 숨을 크게 들이쉬고는 떠올리는 것만으로도 힘들다며 그만두었다.

두 번째 파양을 겪은 뒤 해나는 변했다고 했다.

"어떤 식으로요?"

"의사 말로는… 해나의 생존 욕구가 전쟁터에서 살아남은 사람과 비슷하다 했어요. 일곱 살 아이에게 생존 욕구라니…. 죽음도 이해하기 힘든 나이에."

병원에선 전문적인 상담과 치료가 계속되어야 한다고 했지만 보육원은 그럴 만한 여유가 없었다.

"근데 그 젊은 부부가 보육원을 찾은 뒤 해나가 조금씩 변하기 시작했어요. 꼭 영혼 없는 인형에 숨을 불어넣은 것처럼."

"누구요?"

"세 번째 입양한 젊은 부부요. 자영에게 해나란 이름을 준 분들이죠."

"도대체 당신들, 두 번씩이나 파양을 당한 애한테 어떻게 또 입양 보낼 생각을…."

"아니, 아니에요. 이번만큼은 절대 보내지 않으려 했어요. 하지만 해나가 가겠다고 막무가내였어요."

전국의 보육원을 차례로 방문하며 아이를 찾던 젊은 부부는 해나를 발견한 후 다른 곳은 가지 않았다. 그들은 오랫동안 알고 지낸 듯 서로를 한눈에 알아본 것처럼 보였다고 했다.

부부가 다녀간 뒤 해나는 조금씩 예전의 모습을 되찾았고 재작년 크리스마스이브에 보육원을 찾은 양아버지는 모든 아이에게 선물을 나눠준 뒤 해나를 데리고 떠났다.

"그 해나 양부모란 사람들… 어떤 사람들인지 아세요?"

"네, 두 번의 파양 경험이 있었기 때문에 신중하게 부부를 지켜봤어요. 그 양어머니가 좀 특별하게 기억에 남는데… 보통 입양을 원하는 분들은 원하는 아이를 고르기 마련인데… 그분은 처음부터 오직 해나였어요. 아이를 바라보는 눈빛이 뭐랄까요, 꼭 죽다 살아난 아이를 본 듯한? 처음부터 자영의 엄마였던 것 같은? 오죽하면 우리끼리 정말 그 여자가 자영의 친모가 아닐까 하고… 의심했었으니까요."

여경은 이해되지 않았다. 꼭 죽다 살아난 아이를 찾은 듯 데려간 아이에게 부부는 왜 이토록 잔인할 만큼 내버려 두는 걸까. 마치 아무도 돌보지 않는 아이처럼….

버스 안, 두껍게 쌓인 공기가 답답해 창문을 열자 송곳 같은 찬바람이 여경의 얼굴을 찔렀다. 그 순간 불현듯 미술관을 나오며 해나가 했던 말이 떠올랐다.

'엄마가 죽었어요?'

'전부 다 들었잖아.'

'저도요.'

'….'

'근데 제 생각엔… 살해당하신 것 같아요.'

***

푹, 푸두둑, 푹.

잠결에 들린 소리에 놀라 잠에서 깨고 만다.

창밖 나뭇가지에 쌓인 눈덩이가 무게를 견디지 못하고 바닥으로 추락하며 내는 소리다. 오지 않는 잠을 억지로 청하다 실패한 나는 일어나 아래층으로 향한다.

맨발이라 나무 바닥의 찬 기운이 발바닥 전체로 퍼져 나간다. 딸깍. 거실 불을 밝히자 그림자를 빼앗긴 가구들만 우두커니 자리를 지키고 있다. 서랍장에서 DVD 몇 장을 꺼내 플레이어에 넣고 재생한다. 검은 브라운관 밖으로 따뜻한 음색의 자장가가 흘러나온다.

잠든 아기 해나의 요람을 흔들며 자장가를 불러주는 인혜의 모습을 촬영 중인 카메라.

"우리 해나는 효녀야. 음치 엄마 자장가에도 잠이 들다니."

"뭐래? 저기, 아저씨. 저 음치 아니거든요."

"원래 음치는 자기가 음치인 걸 모르거든요, 아줌마."

"뭐? 아줌마?"

"내가 아저씨면 여보도 자동적으로 아줌마지!"

카메라를 든 상원의 옆구리를 꼬집는 인혜, 해나가 잠결에 재채기를 하자 두 사람 동시에 동작 그만이다. 이내 새근새근 잠든 해나. 이 모습을 가만히 보던 여경이 카메라에 대고 말한다.

"상원 씨, 있잖아? 나 요즘 행복하다. 엄청. 괜찮은 거지?"

"응, 앞으로도 쭉 괜찮아."

해리티지 타워 로비 중앙에 4미터 높이의 구상나무가 서 있다. 나무 아래 올망졸망하게 모인 아이들의 시선이 사다리에 올라 트리를 장식하는 인혜에게 집중되어 있다.

아이들이 직접 만든 트리 장식이 하나씩 내걸릴 때마다 즐거워하며 자기 이름을 외치는 아이들. 서너 살쯤 된 해나가 노란별을 카메라 든 상원에게 건넨다.

"우리 해나 아빠랑 같이 별 달까?"

컷트. 상원이 한 손엔 해나를 안고 노란별을 입에 문 채 사다리에 올라 트리 꼭대기에 고정시킨다.

인혜가 프런트의 소윤을 보고 윙크를 하자 로비의 전원이 일제히 꺼지고 동시에 트리를 휘감은 전구에 불이 들어온다. 신난 아이들이 트리 주변을 뛰어다니고 해나를 목마 태운 상원은 소윤에게 카메라를 넘긴다.

"사모님, 해나 옆에 서세요. 제가 한 장 찍어드릴게요."

"그럴까요? 고마워요, 소윤 씨."

"하나, 둘, 셋, 메리크리스마스!"

식사 준비 중인 인혜 곁에서 칭얼대며 다리에 달라붙은 해나. 다섯 살 정도 되어 보인다.

"해나야, 엄마 그렇게 부르면 닳아. 이제 아빠 불러."

"엄마~ 엄마. 엄마아~."

"오늘따라 왜 그러지, 우리 해나가? 상원 씨, 해나 체온 좀 재봐. 감기인가 봐."

"응, 알았어."

상원이 체온계를 가지러 간 사이 된장을 풀고 썰어놓은 야채를 붓는 인혜. 해나가 칭얼대지 않아 내려다보면… 코에서 피를 쏟은 채 바닥에 쓰러져 있는 해나.

"상원 씨! 상원 씨! 여보!"

해나와 상원의 머리에 씌워진 고깔모자.

휠체어에 탄 해나의 무릎 위에 귀여운 케이크가 올라 있다.

"엄마 생일이니까 어서 가서 깜짝 놀래켜주자."

카메라를 들고 병원 복도를 휘젓는 부녀에게 밝게 인사하는 의료진들.

"해나야, 도대체 네 엄마 어디 있냐. 숨어서 혼자 맛있는 거 먹고 있나? 엄마가 은근히 식탐이 있거든."

두 사람, 병원 마당 벤치에서 훌쩍이는 인혜를 발견한다. 상원이 재빨리 휠체어를 돌리지만 이미 본 듯 시무룩한 해나.

"아빠."

"어?"

"나 다시 태어날까? 안 아픈 아이로."

파리한 얼굴에 코에는 산소줄을 연결한 해나가 카메라를 켜고 침대에 올라앉아 마주 본다.

숨이 찬 듯 호흡을 진정시킨 뒤 아무도 없는지 주변을 쓱 둘러보더니 렌즈를 쳐다보고 활짝 웃는다.

"엄마, 아빠. 707호 유정 언니 알지? 꿈에 유정 언니가 나타났는데….

하나도 안 아프고 안 무섭대. 또 엄청 재밌는 것도 많고 다 공짜래. 또… 진짜 하나도 안 아프고…. 거기서도 아줌마랑 동생들도 다 보인대. 진짜야. 아줌마 머리 자른 거랑 세영이 이빨 빠진 것도 다 알아. 그래서 내가 하고 싶은 말이 뭐냐면, 음… 헤헤헤헤, 미안. 진짜 미안. 엄마"

늘 그렇듯 환하게 웃는 얼굴에서 화면은 멈춘다.
나는 TV 앞으로 가서 가만히 '해나'의 얼굴을 마주 본다.
눈, 코, 입… 우린 정말 거짓말처럼 닮았다.
나는 크게 숨을 들이마신 뒤 '해나'와 눈을 맞추고 처음으로 말을 건다.

안녕, 해나. 난 해나라고 해. 너한테 해줄 이야기가 있어. 좀 길지도 몰라. 첫 번째 파양을 당하고 보육원으로 돌아가는 차 안에서 말이지… 내가 갑자기 웃었거든. 사회복지사 선생님은 걱정하셨지만 나는 진짜 웃었어. 이해하긴 힘들지만 난로처럼 엄청 따뜻한 기분이 들었거든. 이상하지? 방금 쫓겨난 주제에.
두 번째 입양된 그 무서운 집에서 도망 나왔을 때 나는 배도 고프고 잠도 너무 많이 와서 아무 생각도 할 수 없었어. 사실을 말하자면 보육원에 돌아와서도 잠들 때마다 다음 날 깨지 않게 해달라고 기도했어. 맞아. 죽는 거. 놀라게 했다면 미안. 자꾸 나쁜 일들만 생기니까 무서운 마음이 들었어. 그런데 그 이상한 일이 또 일어난 거야!
바보처럼 웃는 거. 또 난로가 날 따라다니는 것처럼 따뜻했거든. 자꾸 그러니까 나는 내가 이상한 아이가 되어버린 건 아닐까 겁도 났어. 그런데 있잖아. 네가 행복했던 모습들을 보면서 왜 가끔 내가 이유도 모르고 웃었는지 알 것 같아. 책에서 읽었는데 우리 같은 애들은 텔레파시 같은 걸 할 수 있대. 그게 뭐냐면 네가 웃으면 나도 웃고, 내가 울면 너도 슬픈 거야. 아마도 내가 갑자기 웃었던 건 그때마다 네가 행복해서였을 거야. 심지어 우린 서로가 있는 줄도 몰랐는데… 신기하지?

그래서 말인데… 해나야, 미안해.

너로 인해 내가 갑자기 따뜻했던 것처럼, 넌 나로 인해 갑자기 어둡고 축축하고 외롭고 무서운 기분이 들진 않았을까? 알았다면 조금 더 행복하려고 노력했을 텐데. 넌 나에게 좋은 것만 줬는데 나는 지금 너한테 어떤 기분을 주고 있는지 궁금해. 부디 나쁜 것들이 아니면 좋겠어.

냉실의 온도조절 장치에 문제가 생겼는지 미세한 소음이 꾸준히 들린다. 아마 날이 빠르게 풀리면서 외부와 내부 온도와 차이가 커져 생겨난 소리일 것이다. 겨울 동안 지붕에 쌓인 눈들이 어느새 녹고 있었다. 노란 달빛이 양부모님의 머리와 등 위로 쏟아져 따뜻해 보인다.

나는 그날처럼 식탁에 엎드려서 양어머니의 눈을 마주 본다. 큰 용기가 필요할 줄 알았는데 이상하리만큼 편안하다.

마지막 순간 날 보던 그녀의 눈빛이 이렇게 따뜻했구나.

그날 이 식탁에서 홀로 깨어난 나는 많이 당황했고 극도로 치닫는 두려움에 그녀를 원망했다. 하지만 지금 식탁에 엎드려 생명력을 잃은 그녀와 눈을 마주하는 동안 나는 거짓말처럼 그녀가 그립다. 그녀의 마지막 순간, 이 따뜻한 눈빛은 과연 날 향한 것이었을까. 아니면 곧 만나게 될 그 아이를 향한 것이었을까.

한순간이라도 그녀가 나의 엄마였던 적이 있었을까.

푸드덕.

얼음이 녹고 있다. 올해 겨울은 유독 길지만 그럼에도 곧 봄은 올 것이고 언젠가 이들은 발견될 것이다. 서둘러도 모자랄 판에 유학원 면접까지 무산되다니. 애초부터 계획엔 플랜B가 없었다. 여경이 면접을 보러 오지 않았다면, 여경이 내 제안을 거절했다면 곧바로 무산될 계획이었다.

여경 덕분에 그나마 여기까지 온 것이다.

나는 대답이 돌아오지 않을 줄 알면서 또 그녀에게 묻는다.

어머니, 이제 나는 어떻게 해야 하나요.

대답 대신 눈덩이가 바닥에 떨어져 퍼지는 소리가 들린다.

봄이 오고 있다.

***

"오늘? 월요일인데?"

유진이 만남을 제의한다. 오늘은 도서관 휴관일이다. 유진이 모를 리가 없다. 더구나 주말의 휴식을 만회하기 위해 월요일의 유진은 상당히 바쁜 시간표를 감당해야 한다.

영문을 몰라 궁금해하는 나에게 유진은 일단 만나자고 한다.

거실 형광등을 교체한 날 이후로 기사님은 호출하지 않은 날에도 종종 늦은 시간까지 대문 앞 큰 나무 아래 머물다 내 방에 불이 꺼지는 걸 확인하고서야 자동차의 시동을 걸었다.

감사의 표시로 급여를 올렸지만 다음날 올린 액수만큼 고스란히 되돌아왔다. 월요일에 도서관을 방문하겠다 하자 기사님 역시 궁금한 얼굴로 날 쳐다본다.

"저도 몰라요. 아무 일이 아니면 좋겠어요."

염려를 신고 우리가 도서관 광장에 도착하자 유진이 밝은 표정으로 손을 흔든다. 그가 좋아하는 수제 햄버거집에 들른 유진은 매번 주문하던 스탠다드 메뉴가 아닌 가장 비싼 스페셜 메뉴를 주문한다.

유진은 구운 양파를 제외한 스테이크 버거와 감자튀김, 콜라를, 나는 간단한 샐러드와 비스킷을 곁들인 버섯수프와 탄산수를 주문한다. 집에선 감미료가 첨가된 음료나 음식을 전혀 맛볼 수 없는 유진에게 이곳은 천국이다.

"너 이런 거 먹고 싶어서 나 부른 거지?"

유진은 입안 가득 음식을 넣고 우물거리며 대답 대신 웃는다.

나는 떨어진 곳에 자리를 잡은 기사님과 아떼를 본다. 목소리를 낼 수 없는 기사님과 한국말에 서툰 아떼지만 두 사람의 대화엔 항상 웃음이 있다.

빨대가 빈 컵 바닥에서 요란한 소리를 내자 유진이 씩 웃더니 크게 트림을 하고는 한참을 깔깔거린다.

"우리 반에서 내 트림 소리가 제일 커."

"유치해!"

"유치한 게 당연하잖아! 난 겨우 아홉 살인데."

난 손목에 찬 스마트워치에서 혈당을 체크한 뒤 식어가는 수프를 뜬다.

"너 뜨거운 거 잘 못 먹지? 나도 그래. 그거 알아?"

"뭘?"

"해나, 너 때문에 나, 뭘 못 한다고 말하는 게 재밌어."

"바보 같아. 내가 언제 못 하는 걸 재밌어 하라 그랬어!"

"헤헤헤, 해나야. 너 수요일 오후 두 시에 뭐해?"

"수요일에 또 보자고?"

"너도 알다시피 내가 바빠. 오후 두 시에 시간 어때?"

"응, 괜찮아. 대신 무슨 일인지 말해줘. 지금처럼 햄버거가 먹고 싶어라든가, 부모님 몰래 보고 싶은 공연이 있다든가, 그냥 놀고 싶다든가…."

"수요일 오후 두 시 세림유학원 면접 예약해뒀어."

그날은 원래 유진의 유학원 면접이 있는 날이다.

"싫어, 네가 예약한 날에 내가 왜 면접을 봐."

"너 우리 엄빠 몰라? 예약 따위 금방 다시 잡을 수 있어."

"그치만 네 부모님이 아시면…."

"그건 내가 알아서 할게. 대신 반드시 통과해야 해. 난 너랑 미국에서 같이 햄버거 먹을 거거든. 그리고 오늘 계산은 해나 네가 할 거라서 제일 비싼 것만 시켰어."

뭐가 잔뜩 신나는지 유진이 자꾸 웃는다.

시간을 확인한 아뻬가 서둘러 음식을 삼키며 유진을 재촉하자 유진도 고개를 끄덕인다.

"나 가봐야 해. 수요일 오후 두 시야. 이번엔 아프지 말고 꼭 가. 아니다. 아파도 가. 그리고 있잖아."

"…뭔데?"

"고맙다고 말해줘. 요즘 나 그 말 듣는 것도 좋아해."

"유치해."

"…진해나, 너도 아홉 살이야. 유치하게 트림이나 하는."

다시 한번 유진이 트림을 내뱉었다.

원하는 때엔 언제든 할 수 있는 기술을 터득한 모양이다.

"고맙다 말할 수 있게 해줘서… 고마워."

"응!"

핏 줄

"다시 재판을 시작하게 됐다."

뜻밖의 전화였다. 교도소에서 수신자부담으로 전화를 건 주인집 할머니가 희한한 말을 한다.

"그래서 말인데… 보석금이 있으면 나갈 수 있다더구나."

'그게 나와 무슨 상관일까.'

"네 이모가 날 좀 도와줬으면 좋겠는데. 네가 물어봐 주겠니?"

"설마 그 여자랑 내가 이모, 조카 하며 서로 연락한다고 믿는 건 아니죠?"

당신과 나 역시 이런 연락을 주고받은 사이는 아니다.

수화기 너머로 짧은 침묵 끝에 그녀가 입을 연다.

"그렇지 않다. 니들 두 사람은 핏줄이잖아."

핏줄이란 말에서 비릿한 향이 콧속으로 들어온다. 목구멍으로 치고 올라오는 매슥거림을 느끼던 중 세 가지의 질문이 동시에 떠오른다.

주인집 할머니는 무슨 근거로 내가 그 여자와 연락이 가능하다 믿는 것이며, 마치 오랜 빚을 돌려받듯 이모란 사람의 도움을 요구하고 있으며, 그녀는 왜 나에게 이따위 부탁을 하는 것일까.

"예전처럼 직접 연락해보지 그래요?"

"내 전화를 피해."

여기서 네 번째, 다섯 번째 질문.

주인집 할머니는 이모의 연락처를 알면서 이전 만남에선 왜 모른다고 했을까. 마지막으로 이모란 사람은 왜 주인집 할머니의 연락을 피할까?

"아시다시피 제가 도울 수 있는 건 없어요. 그럼 건강 조심하세요. 여긴 눈이 녹기 시작했지만 거긴 유독 겨울이 더 길잖아요."

휴대전화 종료 버튼을 누르는 동시에 다섯 가지 질문은 답 없이도 머릿속에서 말끔히 지워진다.

제니가 가르치던 클럽하우스, 스페인 민요 수업에서 작은 콘서트가 열렸다. 4중주의 연주와 함께 스페인 가곡 6곡이 불리고서야 끝이 났다. 초대받은 나는 방정맞게 굴러가는 발음 때문에 머리가 어지러울 지경이었다.

"꼭 예전 해리티지 같네. 해나 엄마 있을 때, 안 그래?"

"그때 우리 재밌었지."

"해나는 종종 보이던데, 부부는 통 코빼기도 안 비추네."

"도교수 살던 별장에 들어갔단 소문까진 들었는데."

"아니, 애 키우는 사람들이 그 깊은 데까지 들어갔대?"

"알려지 때문 아니야? 난 그런 줄 알았는데. 가끔 애가 시뻘겋잖아."

"에휴, 그럼 병원을 가야지 무작정 산으로 들어가면 어째."

"뭐 젊고 똑똑한 부부가 어련히 고민해서 결정했을까."

이들이 기억하는 '해나'는 내가 아는 해나와 다르다. 그럼에도 불구하고 이들도 소윤도 해나를 '해나'로 알고 있다.

어떻게? 두 아이가 서로 꼭 닮지 않고서야.

***

"면접 날짜가 잡혔어요."

며칠 연락이 없던 해나는 이 말을 시작으로 다시 해리티지를 드나들었다. 제니가 도와줘 둘이 준비할 때보다 수월했다. 영어가 서툰 여경은 무작정 외웠고, 해나는 신선하고 색다른 답변을 만드느라 정신이 없었다.

며칠 수험생이 된 마음으로 면접을 준비했던 여경은 복잡한 머리를 식히러 목욕탕을 찾았다. 동네엔 호텔 사우나밖에 없어 버스를 타고 세 정거장을 가야 했다.

온탕에 몸을 담그고 잠시나마 머리를 비운 여경이 해리티지로 돌아왔을 때 건물 뒤편에서 소윤과 창수가 대화를 하는 모습을 발견했다.

자신의 거주지 확인을 위해 방문했나 싶었지만 여경의 휴대전화 목록에 창수의 부재중 전화는 없었다. 여경은 창수의 번호로 전화를 걸었다.

"안녕하세요, 주여경인데요. 다음 면담은 언제예요?"

"아, 주여경 씨. 지금 제가 급한 회의 중이라서. 끊습니다."

창수는 소윤과 무슨 회의를 하고 있는 걸까.

잠시 뒤 창수의 차가 해리티지 주차장으로 들어갔다.

입주민 전용공간이라 등록된 번호 외엔 외부인 출입이 철저하게 통제되는 곳인데도 창수의 차가 들어서자 입구를 가로막던 바가 자연스럽게 올라갔다. 소윤이 허락했을 것이다.

창수는 대체 뭘 하는 걸까. 집으로 돌아온 여경은 TV를 켜고 입주민 전용 주차장의 CCTV 모니터 채널을 찾았다. 이리저리 운전대를 돌리던 창수가 주차한 곳은 48층 A주차구역의 맞은편이었다.

시동을 끈 그는 운전석에서 꼼짝 않고 앉아 누군가를 기다렸다. 이십 분쯤 지나자 해나가 탄 택시가 들어와 48층 A칸에 주차를 했다. 여경은 한 번도 해나 기사와 인사를 하거나 얼굴을 마주한 적은 없었다. 운전대에 앉아 있는 모습을 본 게 전부였다.

학폭위 때 아떼를 때리는 유진을 향해 달려들던 기사의 모습이 떠올랐지만 특별히 기억에 남아 있지 않았다. 차에서 내린 해나가 승강기를 타는 것까지 확인한 후에 택시로 돌아가는 기사의 발걸음을 보며 여경은 민원실에서 직원이 한 말이 떠올랐다.

'근데 이 사람이요. 걸음걸이가 되게 특이하네요.'

특이한 발걸음. 모니터 화면을 통해 본 그녀의 발걸음이 낯설진 않았지만 단정할 순 없다. 여경은 확인이 필요했다.

차로 돌아온 기사는 곧장 주차장을 빠져나갔고, 창수가 그 뒤를 따랐다.

***

해리티지 주차장을 빠져나온 택시는 은행 건물 앞에서 멈췄다. 해나의 기사가 차 트렁크에서 검은 캐리어를 꺼냈다. 놀이공원 CCTV에서 본 것과 같은 디자인과 크기였다.

여자는 캐리어를 끌고 은행으로 들어갔고, 창수도 그 뒤를 따랐다.

여자와 몇 마디를 나눈 창구 직원은 즉시 싱거운 표정을 걷어내고 깍듯이 고개 숙여 여자를 안내해 VIP실로 들어섰다. 이어 샌드위치와 음료수가 담긴 쟁반을 든 직원이 VIP실로 들어갔다.

기다리는 동안 창수는 생각을 정리하기로 했다.

지금 여경은 제니란 여자와 함께 해나 양부모 명의로 된 집에 살고 있다. 해나는 종종 모습을 보이지만 양부모의 모습을 본 사람은 없으며, 해나가 병원에 있는 동안에도 나타나지 않은 것으로 보아 현재 아이의 곁에 없을 가능성이 매우 크다. 건강에 문제가 있는데다 고작 아홉 살밖에 안된 해나를 돌봐줄 어른이 필요하고 이에 여경은 누구에게 고용되었는지 알 수 없지만 지금 해나의 엄마 역할 대행을 하고 있다. 해나가 입양 되기 전 양부모에겐 해나를 꼭 닮은 아이가 있었고 그 아이 역시 해리티지를 떠난 이후 모습을 드러내지 않았다. 양부모도 소윤이 기억하는 '그 아이'도 없다면 해나가 살고 있는 집엔 과연 누가 있을까? 여경을 고용한 사람은… 누구일까?

그리고… 해나의 기사는 왜 여경에게 그 큰돈을 전달한 것일까.

띵똥, 대기 번호가 바뀌자 창구 직원이 해당 번호 고객을 불렀다. 띵똥, 앳된 학생이 창구로 가서 앉았다. 띵똥, 띵똥, 띵똥, 띵똥, 연속으로 울리는 소리는 은행 대기 번호의 알림이 아니었다. 창수의 문자 알림음이었다. 발신자는 뜻밖에도 수인이었다.

첨부된 사진 파일 속엔 떡볶이, 튀김, 순대, 어묵이 넘치도록 차려진 분식집이었다. 교복을 입은 수인이 울상인 얼굴로 두 볼이 터지도록 음식을 썹어 삼키고 있었고, 맞은편에 검은 양복을 입은 남자가 양손으로 하트를 그리며 웃고 있었다. 창수가 덜덜 떨리는 손으로 간신히 통화버튼을 누르자 이내 남자가 받았다.

"구선생, 딸내미 전교 1등 했대. 알고 있나? 장래 희망이 국경없는 의사회에 들어가는 거란다. 와, 구선생 자식 농사 성공했네! 그런데 말이지 우리 애들 말이 수인이가 의사하기엔 길쭉길쭉하니 좀 아깝다네. 사모님이 꽤, 응? 그런가 봐? 구선생 생각보다 복 많네."

돈을 갚기로 한 날까지 십 일가량 더 남아 있었다.

"우리도 알지, 그냥 구선생이 좀 더 부지런해야 한다고 알려주고 싶어서 그러지. 이런 딸 있음 나 같음 밥 안 먹어도 배부르겠네. 우리도 일하러 갈 테니까 그럼 수고해, 구선생."

전화를 끊고 곧바로 수인에게 전화를 걸었지만, 화가 잔뜩 난 수인은 계속 끊어버렸다.

그사이 여자가 VIP실을 나왔다.

직원들의 배웅을 받으며 은행을 나온 여자는 묵직해진 캐리어를 트렁크에 넣고 해리티지로 돌아갔다. 저 속에 뭐가 들었는지는 가르쳐주지 않아도 알 수 있었다.

또다시 전화벨이 울렸다.

"계장님, 어디세요? 아침부터 자리 비우고 어디 계시냐고….."

"안 들어가. 나 그만둔다. 지금부터."

"네? 계장님, 무슨 말씀이세요? 왜 그러세요, 진짜!"
"살려고, 살려고 그런다. 끊자."

***

유학원 면접 준비를 끝낸 해나가 돌아갈 준비를 한다.
나는 현관에서 구두를 신는 해나의 뒷모습을 바라본다.
아홉 살. 아직은 너무 작다. 내 시선을 느낀 해나가 돌아본다.
"왜요?"
"마중하고 있잖아."
"원래 안 하잖아요."
"그랬나?"
"네, 한 번도요. 면접 날 봐요."
현관문이 닫히자 나는 서둘러 TV를 켜고 승강기 CCTV 채널을
검색한다. 승강기에 홀로 탄 해나의 모습이 부감으로 내려 보인다.
나는 해나의 정수리에 시선을 고정하고 발신자표시제한 설정을
한 뒤 '그 번호'로 통화 버튼을 누른다.
뿔테 안경을 쓴 남자가 건네준 번호이자 놀이공원에서 울리다 끊
겼던 그 번호.
통화 연결음이 울리자 화면 속 해나가 천천히 가방에서 낯선 휴
대전화 하나를 꺼내 들고 발신자표시제한이라 뜬 문구를 확인한다.
쉽사리 전화를 받지 않고 가만히 들고만 있다. 통화 연결음이 끊어
지며 곧장 음성사서함으로 넘어간다.
들고 있는 휴대전화 액정을 보던 해나가 천천히 고개를 들어 승강

기에 달린 CCTV 렌즈를 빤히 쳐다본다.

나와 눈을 마주하려는 듯.

나 역시 화면을 통해 해나와 시선을 맞춘다.

해나가 낯선 휴대전화를 도로 가방에 넣는다. 잠시 양 주먹을 꽉 쥐고 있던 해나가 자신의 휴대전화를 꺼내 들더니 번호를 누르기 시작한다.

이어 내 휴대전화의 벨소리가 울린다.

"왜? 뭘 두고 갔니?"

"아니요, 할 말이 있어서요."

"…뭔데?"

"면접 준비 잘 부탁한다고요."

"그럴 거야."

"진짜 최선을 다하셔야 해요. 전 정말 떠나야 하거든요."

사실 해나는 나에게 이렇게 말하고 있다.

'당신이 무엇을 알게 되었든 내가 이곳을 떠날 때까지 나에게 들 켰다고 말하지 말아주세요.'

"그래 줄… 수 있어요?"

"…당연하지. 염려 마."

통화가 끊어질 때까지 우린 CCTV 렌즈를 통해 서로를 바라본다. 승강기에서 내린 해나가 대기 중인 기사의 택시를 타고 해리티지를 빠져나간다. 뒤따르던 창수의 차는 더 이상 보이지 않는다.

예상대로 '그 번호'의 주인은 '발신표시제한자'였고 예상 밖으로 '그 번호'의 주인이자 '발신표시제한자'는 해나였다.

해나는 누구며 엄마와는 또 어떻게 연결된 것일까.

엄마와 해나. 두 사람의 유일한 접점은 나였다.

상이한 문제에 둘을 잇는 '왜'라는 질문이 생겨날 때 답은 과거뿐만 아니라 현재에도 존재한다. 해나의 '지금'을 파고들면 그 속에 엄마 미경의 죽음이 있을까?

***

제니가 세탁기를 돌리려다 내 점퍼 주머니에서 사진을 발견하고 쪼르르 다가온다.

"어, 언니, 이, 아기… 언니야?"

"이리 내!"

나는 사진을 거칠게 빼앗아 들고 욕실로 들어가 문을 잠근다. 사실 이딴 사진 빨래 물에 젖어도 아무 상관 없는데 괜히 제니를 서운하게 만들었다.

엄마와 내가 함께 찍힌 유일한 사진. 이젠 이 사진을 버릴 때가 된 것 같다.

마지막으로 사진을 꼼꼼히 들여다보다 한 가지 이상한 점을 발견한다. 왜 여태 몰랐을까? 출산 직후 등을 돌리고 누운 엄마 앞엔 거울이 달린 오래된 옷장이 있었다. 어린 내 눈은 대부분 돌아누운 엄마의 등에 고정되어 있었기 때문에 옷장에 붙은 흐릿한 거울 너머가 보이지 않았다. 자세히 보니 거울 속에 새빨간 립스틱과 매니큐어를 바른 여자가 입을 크게 벌리고 웃고 있었다.

여자의 손에 카메라가 들린 것으로 보아 이 순간을 사진에 남긴

장본인일 것이다.

낡고 흐린 거울 속 그녀는 엄마와 꼭 닮아 있다.

내가 기억하는 엄마의 괴이한 미소와 그녀의 손.

카메라를 들고 이 고약한 순간을 찍은 여자는 엄마다.

그렇다면 여태 내가 엄마라고 믿었던 등을 돌리고 누운 여자는…

누구였을까.

자매

"면회? 누군데요? 모르는 사람이에요."

내가 수감되고 첫해 동안은 꽤 많은 면회 신청이 있었다. 기자들, 피해자들, 마을 사람들….

첫해가 지나자 마을 사람들은 안타까움에서 잊음으로 날 지워갔다. 이후 가석방 선고가 떨어지기까지 면회를 온 이는 단 한 명이었다.

처음 들어본 낯선 이름이었다.

나와의 관계나 방문 목적을 밝히지 않은 낯선 여자는 내가 면회를 거절하자 그 길로 돌아갔다.

주인집 할머니를 면회하러 교도소를 찾은 나는 접견 신청서를 쓰다 오래전 어느 가을날 날 면회 왔던 여자의 이름이 섬광처럼 떠올랐다.

그녀의 이름은 '초인혜', 해나의 양어머니였다.

***

"너무 궁금해서요. 할머닌 왜 이모란 사람이 보석금을 내줄 거라 생각한 거죠?"

지금 주인집 할머니는 망설이고 있다. 가진 패를 내놓을지 좀 더 지니며 기회를 기다릴지 고민하는 도박꾼 같은 모습으로.

나는 내가 가진 유일한 패를 꺼내 투명 아크릴 벽에 탁 하고 갖다 댄다. 사진 속 내용을 확인한 주인집 할머니는 들고 있던 패를 나에게 읽힌 듯 시선을 피한다.

"오랫동안요, 여기 등 돌리고 누운 이 여자가 엄마인 줄 알았거든요? 아기랑 눈도 마주치기 싫어서 등 돌린 이 여자. 그 여자죠?"

"…"

"주여경. 내가 이모라 알고 있는 사람. 할머니 보석금을 내줄 거라 믿는 여자. 맞죠?"

"한심하긴. 알면 뭐가 달라질 것 같으냐?"

"하하하, 전부 다요. 날 버린 엄마가 죽어버리는 바람에 겨우 원망이 끝났나 싶었거든요? 근데 날 버린 여자가 또 있네! 게다가 살아있다니! 어쩌겠어요? 또 최선을 다해 미워하는 수밖에. 안 그래요?"

"여경인 널 키울 만큼 강하지가 못했다."

"풉! 그럼 엄만요? 그 여잔 날 키울 만큼 강했고요?"

"미경인… 교활하고 야비한 아이였어. 네 이름을 버젓이 주여경이라 지은 것만 봐도 모르겠니. 미경이에게 넌 원하는 걸 얻어내기 위해 내미는 협박용 담보 같은 존재였을 거다."

"사람 앞에 두고 말 참 더럽게 잔인하게 하시네."

"사실이니까. 여경인 절대 널 들켜선 안 됐고, 이 사실을 알고 있
는 사람은 나와 미경이뿐이었으니까."

"외할머니란 사람도 몰랐다고요?"

"관장님은… 그분은… 글쎄 그건 짐작조차 안 되는구나. 만약 아
셨다면 그분 성정에 지금껏 여경일 옆에 두지 않으셨겠지. 결코 용
납하지 않으셨을 게다."

주인집 할머니는 젊은 시절부터 세 모녀가 사는 집에서 집사 생활
을 하며 쌍둥이 자매의 탄생과 성장과정을 지켜봤다.

한 아이는 유난히 온순하여 엄마 말에 순종적인 반면 다른 한 아
이는 기질 자체가 불을 끌어안고 사는 것 같았다. 눈에 보이는 건 죄
다 흩트리고 망가뜨리거나 어지럽혀야 불이 식는 듯했다. 이 아이에
게서 전남편이 겹쳐 보인 자매의 엄마는 집에 한 아이만 존재하는
듯 다른 아이를 투명인간 취급했다. 그럴수록 아이는 더욱 자신을
활활 태우며 불을 키웠다.

아이는 이내 자신의 처지(방관과 무시)와 상황(투명인간 취급)을 받
아들이고 급기야 즐기기 시작했다. 이에 반해 다른 아이는 상대적으
로 엄마의 표정, 음성의 높낮이 하나에도 일일이 예민하게 반응하며
복종하는 삶을 이어 갔다.

세월은 흘러 입시를 앞둔 두 아이를 위해 명문대 재학 중이던 남
학생이 입주 과외선생으로 고용되었고, 온순했던 아이는 혼자 멋대
로 사랑에 빠졌다. 반면 잦은 사고로 겨우 퇴학을 면한 불같던 아이

는 이미 남자를 알았기에 과외선생에게 흥미조차 느끼지 않았다.

하지만 자신의 자매가 짝사랑 중이라는 걸 알게 된 아이는 태도를 바꿔 과외선생의 가슴에 자신의 불씨를 떨어뜨렸다. 이 사실을 안 온순한 아이는 쌍둥이 언니에게 화가 났다. 그녀라고 불씨가 없었을까. 쌍둥이 언니가 활활 타는 동안 아이는 더욱더 자신의 불씨를 식혀가며 언니를 동경하는 동시에 증오했고 질투했다.

어느 날 불을 품은 아이가 자리를 비우자 온순했던 아이는 자신의 불씨가 본래의 모습대로 활활 타오르게 내버려 두었고, 이를 구분 못한 과외선생을 온전하게 차지하게 되었다. 같은 모습 다른 이름으로.

얼마 뒤 아이는 배가 불러오자 공포에 질렸다. 그녀의 공포는 출산이 아닌 이 끔찍한 사실을 엄마가 알게 되는 것이었다. 이를 눈치챈 언니는 게임을 하듯 내기를 걸었다.

서로의 역할을 바꿔 엄마를 속여보기로.

"만약 엄마가 끝까지 속는다면 그 아이는 내 아이로 자라게 될 거야. 어때? 재밌겠지?"

"그 대가는?"

"대가? 맞아. 이건 내기지? 대가는 천천히 생각날 때마다 하나씩 알려줄게."

언니의 대가가 혹독할거라는 걸 알았지만 다른 방법이 없었다. 이후 자매는 서로의 말투와 행동을 흉내 내며 역할극을 시작했고, 임신 사실을 알게 된 자매의 엄마는 경멸을 쏟아부으며 나이 든 집사와 함께 아이가 출산할 때까지 머물 집을 구해 내보낸다.

물론 자매의 엄마는 임신한 아이가 온순했던 자신의 아름다운 딸임을 꿈에도 모른 채. 곧 활활 타서 재가 돼 버릴 딸의 아이라 믿은 채. 하지만… 정말 몰랐을까?

"과외선생이라는 남자는요?"

"관장님 후원으로 외국에서 공부를 마쳤다는 것만 안다."

"찾아온 적은….'"

"없다."

"날 낳은 여자는요."

"널 낳은 이후로 널 찾지 않았지. 네 엄마가 죽고 나서야 그 집을 찾아왔더구나."

"뭐래요? 와서."

"…혹시 널 찾아왔을 거라 믿는 거냐?"

"설마요."

"방을 뒤적이고 있었다. 제 언니가 혹시 어떤 흔적이라도 남겼을까 봐 찾는 눈치였어. 미경인 이미 죽었는데도 그 아이는 여전히 미경에게 끌려다니는 꼴이었지."

"…."

"너한테… 사과해야 하니?"

"왜 그러세요. 당신은 방관자였을 뿐인데요. 하지 마요. 사과 따위. 할머니가 멋대로 편해지는 거 싫어요. 갈게요."

면회를 마치고 나온 나는 아무도 없는 교도소 앞마당에서 더는 한 발짝도 나아가지 못하고 멈춘다. 내가 알지 못한 내 역사 안에서 나는 패스되는 공처럼 내던져지고 버려지고 있었다.

보랏빛 노을이 지던 날 잠시나마 엄마의 사랑을 구걸하며 서둘러 봉숭아 꽃잎을 돌로 빻고 있던 어린 내가 눈앞에 나타난다. 그 여름 날 평상에 누워 허밍을 흥얼대던 엄마를 자꾸 흘깃거리던 나의 초조함과 이마에서 흘러내리던 땀방울을 식혀주던 산들바람까지.

겨울밤 내 작은 맨발을 얼어붙게 했던 첫눈의 섬뜩함과 검은 골목길을 번쩍이던 자동차의 노란 헤드라이트까지.

누를수록 튕겨 나오는 기억 때문에 나는 팔을 꼬집고 손가락을 비틀고 머리카락을 뽑는다.

정리하자면 나라는 사람은 이렇게 정의 내려진다. 질투와 속임수로 빚어진 아기. 장난처럼 책임진 생명, 버려지기 직전까지 사랑을 희망하고 구걸했던 아이. 그조차 거절당한 채 혼자 자란 아이. 이 모두의 합이 내가 된 것이다.

잊어야 한다. 계속 살아가려면. 오늘 전부.

온몸이 떨리고 구역질이 치솟아 올라 벽을 짚고 기댄다.

언제부터인가 이런 순간에 해나의 목소리가 들린다.

'그런데요… 언니는 어떻게 어른이 되었어요?'

'어?'

'아무도 돌보지 않은 아이가 어떻게 어른이 되었냐고요.'

순식간에 양쪽 무릎의 힘이 쓱 빠져나가 버려 나는 접히듯 털썩 바닥에 주저앉아 엎드린다.

갑작스럽게 떠오른 해나의 말 덕분에 나는 온통 고달팠던 유년의 나에서 어른이 된 지금의 나로 돌아온다. 과연 나는(해나가 믿고 있는 대로) 무사히 어른이 되었을까?

***

　여경과 면회를 끝내고 수감실로 돌아온 노인은 출소 준비를 시작했다.

　"할매, 노망났어? 짐은 왜 싸."

　"어디 보석금 나올 구멍 뚫었나 본데?"

　"다행이라고 해야 하나, 여기서 송장 치울 일은 없으니."

　빈정거리는 어린 것들을 무시하고 정리한 짐은 작은 목욕 바구니 하나를 채우지 못했다. 면회 오지 않은 아들이 원망스럽지만 이해하려 노력했다.

　외부와 전화 통화를 예약한 시간이 되자, 교도관과 함께 복도에 설치 된 전화기 앞에 섰다.

　수화기를 들고 침침한 눈을 비비적거리며 종이에 쓰인 번호를 누르자 곧장 상대가 전화를 받았다.

　"삼십 분 전쯤 돌아갔습니다."

　"전부 이야기했어요?"

　"예, 그랬어요."

　"어때 보였어요?"

　"글쎄, 어려서부터 워낙 속을 내비치지 않던 아이라."

　"아니요, 틀렸어요. 아무도 속을 보려 하지 않아서 못 본 거예요."

　"…."

　"약속대로 보석금은 바로 넣을게요."

　"감사합니다. 그런데 누구인지는 제가 알아도….

　"알 자격 없으시잖아요."

이 말을 끝으로 전화는 일방적으로 끊어졌다.

노인의 손에 들린 종이에 '그 번호'가 적혀있었다.

***

그날 해리티지에서 해나의 집까지 택시를 미행할 작정이던 창수에게 예상치 못한 상황이 벌어졌다.

지상에 차를 대기하고 택시가 나오기만 기다리던 창수에게 같은 번호로 열일곱 통의 부재중 전화가 내리 걸려왔다.

그 녀석이었다. 잠시 틈을 두고 울린 열여덟 번째 전화를 신경질적으로 받자 전화는 곧바로 끊어졌다.

창수가 늦게 받은 건지, 녀석이 끊어버린 건지 애매했다.

열일곱 번의 부재중 전화는 자동사서함으로 넘어갈 때까지 울렸는데 어째서 열여덟째 전화는 울리다 끊어졌을까. 불과 이십 분 전 전화로 직장을 때려치운 후련함이 그 녀석의 열여덟 번째 전화로 찝찝해졌다.

창수는 무료함을 핑계로 녀석의 번호로 통화버튼을 눌렀다. 시답잖은 컬러링을 듣던 창수가 전화를 끊으려 하자 통화가 연결되었다.

녀석은 기어 들어가는 목소리로 더듬거리며 필사적으로 말했다.

"나… 좀 살려… 주라…."

녀석의 주변으로 와장창! 하고 깨지는 소리에 이어 잔뜩 취한 성인 남자의 고함이 들려왔다.

"잘 안 들려. 뭘 어떻게 살려달란 건지 똑바로 말해."

"아저씨…. 그냥… 나 좀 도와주면… 안 될까…."

"그러니까 뭘 어떻게…."

하는데 퍽 내려치는 둔탁한 소리와 함께 녀석은 더 이상 대답하지 않았다. 뭔가를 부수고 박살 내는 소리가 끊기지 않은 전화 밖으로 새어 나오고 있었다. 그러다 뺨을 툭툭 내려치는 소리와 함께 취한 남자의 쉰 목소리가 들렸다.

"아들! 자? 엉? 자냐고 아버지가 묻잖아. 허, 이 새끼가 또 대답을 안 하네. 너는 새끼야, 틀려먹었어. 알아?"

취한 남자는 뭔가를 벌컥벌컥 들이켰고 이어 퍽, 퍽 하는 소리가 들려왔다. 아마도 들이켠 것은 술병일 것이고, 남자가 빈 술병으로 퍽퍽 소리나게 내려친 건 녀석일 것이다.

창수는 목구멍으로 마른침을 따갑게 집어삼켰다.

즉시 전화를 끊은 창수는 휴대전화에 저장된 파일에서 녀석의 집 주소를 검색해 경찰과 구급차를 호출했다.

시동을 걸고 녀석의 집으로 달리며 창수는 진심으로 바랐다.

제발 살아 있어라….

***

녀석의 수술이 진행되는 동안 아무도 녀석을 찾지 않았다. 녀석의 아버지는 만취 상태에서 존속폭행 혐의로 긴급체포 되었고, 녀석의 어머니란 여자는 통화 중에 지포라이터를 켜는 소리와 함께 담배 연기를 길게 내뿜으며 말했다.

"언젠가 벌어져도 벌어질 일이었어요. 만약 내가 그 집에 있었다면 난 이미 저세상 사람이었겠죠."

"와서 보셔야 하지 않을까요?"

"지금 제가 너무 멀리 있어요. 갈 여력도 없고. 개도 맞는데 이력이 나서 곧 괜찮을 거예요."

"놀랍네요."

"빈정대시는 거죠? 할 수 없어요. 우린 너무 오래 이렇게 살아서. 그쪽 분은 아이가 있으세요?"

"끊겠습니다."

의사는 썩은 사과처럼 푹 꺼져 갈색으로 부풀어 오른 녀석의 두 눈과 얼굴, 찢어진 귀는 꿰매고 바르고 기다리면 회복할 거라 했지만, 심각한 수준의 지주막하출혈 및 두개골 골절에 대해선 아무런 확답 없이 수술동의서를 내밀었다.

보호자 동의서에 사인을 하고 관계란에 창수는 '임의 보호자'라고 썼다. 그러나 법적 보호자가 아닌 창수의 서명은 힘이 없었다.

의료진이 녀석의 엄마란 여자와 통화를 하고 보호관찰소로 연락해 사정을 전해 들은 뒤에야 녀석은 수술실로 들어설 수 있었다.

***

여경은 오직 한 가지에만 몰두했다.

엄마의 죽음을 파헤치는 것도, 해나의 정체를 캐내는 것도 아닌 오직 유학원 면접 준비에만 온 정신을 집중했다.

제니가 만들어준 예문은 물론 예상 질문들을 비롯해 예상 밖 질문의 답변까지 모조리 외우고 또 외웠다. 며칠 뒤 제니와 모의 면접에서 여경은 한층 여유 있는 억양과 태도로 모든 질문에 최적의 답을 했다.

딱 꼬집어 말할 순 없지만 제니는 여경의 분위기가 변했다고 생
각했다.

"어… 언니 왜… 이… 렇게 열… 심이… 야?"

"여길 벗어나야 할 때가 온 것 같아서."

"누구? 언니? 아니면 해나?"

"우리 전부."

***

유학원 면접은 두 단계로 진행됐다. 첫 단계는 유학원 자체 모의
면접이었는데, 이를 통과한 지원 학생만이 유학원과 함께 개인 포트
폴리오 작업에 들어갈 수 있었다.

뒤늦게 기회를 잡아 모의 면접을 통과한 해나는 포트폴리오를 준
비할 시간이 없었다. 다른 아이들에 비해 각종 대회 입상 경력이나
특별 활동이 모자란 만큼 에세이나 자기소개 영상에 집중했다.

두 번째 단계는 유학을 희망하는 해당 학교 면접관들과의 화상 인
터뷰였다. 인터뷰 전 해나가 준비한 포트폴리오를 겸한 영상물이 상
영되었는데 여경 역시 처음 보는 것이었다.

함박눈이 내리는 날, 흔들의자에 앉아 배냇저고리 밑단에 아기의
이니셜을 수로 새기는 젊은 여자의 미소. 점프. 침대에 누워 모빌을
바라보며 팔다리만 버둥대던 아기의 모습부터 해리티지에 사는 동
안 어린 해나의 성장과정이 빠르게 몽타주로 지나갔다.

걸음마를 시작하고, 아빠와 크리스마스트리를 만들고, 작은 바이올린 활을 들고 괴상한 소리를 내거나, 엄마와 요리를 하고, 함께 동화책을 읽는 모습, 통통한 두 다리로 발레를 하고, 민들레 홀씨를 따라 푸른 잔디를 누비는 어린 해나는 정말 눈부시게 예쁜 아이였다.

영상에 등장한 아이는 해나가 아니다.

영상 속 아이가 아장아장 첫걸음마로 젊고 아름다운 부부의 품속으로 걸어가고 있을 때, 해나는 간식 하나를 더 집기 위해 재빨리 팔을 뻗어야 했다.

영상 속 아이가 크리스마스트리 꼭대기에 별을 달고 사람들의 박수를 받을 때 해나는 보육원 송년의 밤 행사를 찾은 후원자들을 위해 몇 날 며칠을 밤새워 노래와 율동을 연습해야 했다.

영상 속 아이가 첫 바이올린을 켰을 때 해나는 도서관에서 어린이 회원증 만드는 걸 거절당했고, 영상 속 아이가 엄마와 케이크를 굽고 초를 불며 소원을 빌 때 해나는 영문도 모른 채 첫 번째 파양을 당했다.

영상물이 끝나자 유학원 원장은 혼잣말처럼 속삭였다.

"아, 너무 평범한데?"

하지만 면접관의 반응은 뜻밖이었다. 그들은 감탄을 쏟아냈다.

"그동안 우리가 봐온 멋진 트로피들보다 당신 가족이 만든 트리가 훨씬 아름답군요. 해나는 정말 우리가 찾는 아이란 사실을 알려주고 싶어요. 어떤 교육도 가정에서 주는 사랑을 넘어서진 못하니까요. 미세스 초, 우린 당신 가족이 아주 아름답다는 인상을 받았어요."

사실 영상 속에선 인혜의 정면이 교묘하게 편집되었고, 가족 전체 샷은 살짝 초점이 틀어져 있어 동양인의 외모를 명확히 구분 못 하는 그들은 인혜와 여경이 동일 인물이라 믿는 듯 했다.

이제 면접관의 반응에 여경이 대답할 차례였다.

"해나 같은 아이를 돌볼 수 있어 상당히 운이 좋았어요."

"해나를 돌보며 특별히 어떤 점이 좋았을까요?"

이런 반응과 질문은 예상 범위 밖이었기에 잔뜩 긴장한 해나는 습관처럼 두 주먹을 움켜 쥐고 있었다.

"글쎄요… 이 아이를 통해 전 어른이 되고 있거든요."

"아이를 통해서 어른이 되어 간다고요? 참 재밌는 대답이네요. 어떤 의미인지 물어봐도 될까요, 미세스 초?"

"…해나는 제 어린 시절을 많이 닮았어요. 그래서… 전 해나의 미래이기도 해요. 해나가 어른이 될 수 있다는 증거고요. 그러니까 전 정말 어른이 되어야 해요. 해나가 두려워하며 자라지 않도록…."

여경의 띄엄띄엄 서툰 영어 답변이 끝나자 조용해졌다.

해나가 쥐고 있던 주먹에 힘을 풀고 여경을 올려봤다.

"미세스 초, 난 당신을 잘 모르지만 이 말만큼은 반드시 해주고 싶군요. 당신은 누가 뭐래도 해나의 가장 좋은 본보기라는 것과 해나가 아주 운이 좋은 아이라는 것. 당신의 답변에 생각이 많은 하루가 될 것 같아요. 고마워요, 미세스 초."

인터뷰가 끝나자 유학원 원장은 합격을 확신하며 흥분했지만 해나와 여경은 드디어 끝났다는 사실에 안도했다.

"오늘 수고했어요. 예상 못 한 질문이라서 많이…."

"누구였어?"

"뭐가요?"

"아까 그 아이. 너랑 많이 닮은 아이. 너는 아니잖아."

"…쌍둥이요."

"저 아인 지금 어디 있어?"

해나가 손톱자국이 남을 만큼 두 주먹을 꽉 쥐고 말했다.

"죽었어요. 아파서."

H.N

감춰진 모든 비밀 속에 해나가 있다.

사실 여경은 해나에게 제대로 된 질문을 한 적이 없다.

'엄마는 어디 계시니?'라고 질문을 던지는 시선에 둘러댈 답이 없는 아이의 마음을 그 누구보다 잘 알기 때문이었다. 아홉 살 해나는 무심코 '툭' 던진 질문에 종일 '픽' 쓰러져 있던 어린 여경과 닮았기에 되도록 묻지 않았다.

하지만 여경은 이제 답을 듣고 싶은 질문이 생겼다.

너는 어쩌다 '발신표시제한자'가 되었고, '그 번호'의 주인이 되었으며, 너는 나를 끌고 어디까지 갈 생각인지.

유학원 면접을 마치고 함께 승강기에 오르며 여경은 해나의 작은 등을 쳐다봤다.

손바닥을 쫙 펼치면 고작해야 한 뼘 정도였다. 여경은 이 작은 등에 감춰진 이야기를 묻고 싶은 마음을 간신히 추스르고 해나와 헤어졌다.

그리고 여경은 생각했다.

언젠가 모든 진실이 밝혀지면 해나가 자신 같은 어른이 되는 것을 막을 수 있을까.

***

"성주빌딩 언니야가 연락해보라 카던데예. 무슨 일이라예?"

전화는 새벽녘 첫차가 달리는 시간 즈음 걸려왔다.

성주빌딩 언니?

새벽 버스에 탄 그녀들이 일터인 해당 건물 이름으로 서로를 불렀던 기억이 난다. 성주빌딩 언니는 아마 진달래색 립스틱을 바른 여자를 지칭하는 것 같다.

"쉘턴호텔 사건 때문이라 카던데… 맞아예?"

"예. 언제 시간이…."

"와 예? 말라꼬 그 숭한 일을 알라 캅니꺼?"

내 말을 단숨에 끊어버리는 여자의 목소리가 예민해진다.

"거기 누워 있던 사람이 제 엄마였거든요."

"우야꼬, 우짜믄 좋노."

여자의 입에서 짧은 연민이 흘러나온다.

"부탁 좀 할게요."

"그라믄… 손녀겠네예?"

"네?"

손녀? 여자에게서 전혀 예상하지 못한 단어가 튀어나온다.

여자는 할머니란 사람을 알고 심지어 그녀와 나를 연결시킨다. 일순간 여자의 목소리에서 묘한 긴장이 감지된다.

"예, 혹시 계시는 곳이…."

"맞심더. 지, 거서 일합니더. 관장님 계시는. 아시지예?"

여자가 미술관에서 일하는 것은 결코 우연일 리가 없다.

"절 만나는 게 불편하세요?"

"와 안그렇겠십니꺼. 편할 건 없지예. 언니야들이 하도 닦달해서 보긴 보는데예… 고민이 좀 되네예."

"잠깐이면 될 것 같은데."

"실은 지가 허리가 아파가꼬 모레 여 그만두거든예. 지도 찜찜한 게 싫어서 보긴 보는데…. 솔직히 영 내키진 않심더."

내가 알고 싶은 것이 여자의 찜찜함 속에 있을 것이다.

나는 여자를 재촉하지 않고 잠시 기다리기로 한다.

"에라, 모르겠다. 오후 두 시쯤에 끝나니까 그때 근방으로 오실랍니까?"

"네."

"아, 그칸데… 관장님은 몰라야는 거지 맞지예?"

"몰라야 할 이유가 있다면요."

***

여자를 만난 곳은 대형마트의 푸드 코트다.

여자는 한가하게 카페에 앉아 차를 마실 여유가 없다며 정수기에서 보온병 가득 더운물을 받아 온다.

내가 근처 카페에서 차를 사겠다 했지만 여자는 나를 가리켜 '같은 처지 끼리'라며 손을 내젓는다. 덕분에 커피값 팔천 원을 아낀 나는 문득 테라스 구석에 빳빳한 오만원권으로 이십억이 든 캐리어가 떠올라 괜히 여자에게 미안해진다.

"함 보이시더, 그러니까 고인이 엄마라꼬 캤지예?"

고개를 끄덕이자 여자는 준비한 여분의 종이컵에 따뜻한 물을 붓고 가방에서 꺼낸 티백 하나를 담가둔다.

옅은 갈색 물이 물감처럼 풀린다.

"저와 관장님 관계는 어떻게 아신 거예요?"

"그때 지가 최초 발견자가 되가꼬 경찰한테 딱 잡히가 했던 말 또 하고 또 하고 그카고 있는데, 내 옆에 그쩍 이모가 와서 앉대예. 워낙 유명하다 아입니꺼. 이모분이. 경찰이 죽은 여자랑 둘이 자매라 케서 알았지예."

"미술관에서 일은 어떻게?"

"그때 내사 고마 너무 놀래삐가꼬 그 뭐라카드노. 아! 트라우마. 그거 땜시롱 다시는 객실 문을 몬 열겠데예. 그라고 며칠이 지났나, 미술관서 사람이 와가꼬 거서 일하라 카데예. 첨엔 억수로 세심하다 생각했지예."

"그런데요?"

"조용히 해달라캤어예."

"…뭘요?"

"죽은 여자가 작가님 가족이라는 것도… 또….'

여자는 굳은살이 딱딱하게 박인 양손으로 보온병을 감쌌다.

312

"또예… 그라니까… 지가 봤거든예."

나는 보온병의 온기가 여자의 긴장을 풀어줄 때까지 기다리기로 한다. 마트에서 행사 상품 방송이 흘러나오자 식사를 마친 사람들이 서둘러 푸드 코트를 떠난다. 여자도 방송을 들은 듯 혼자 중얼거린다.

"별로 싸지도 않고만."

여자의 긴장은 보온병의 온기가 아니라 행사 방송이 풀어준 것 같다.

"뭘… 보셨는데요?"

"참말로 와 이리 목이 타노."

여자는 갑자기 더운물을 얼음물처럼 들이켰다.

"그라니까예… 아는 하난데예… 두 개였어예."

"…뭐가?"

"탯줄… 얼라 탯줄이예."

스위트룸의 문고리에 걸린 팻말엔 '외출' 표시가 되어 있었다. 객실 용품을 교체하기 위해 문을 열고 들어간 여자는 아기 울음소리가 들리자 객실에 손님이 있는 줄 알고 서둘러 룸을 나서려 했다. 하지만 우는 아기를 아무도 달래지 않는 것 같아 이상했던 여자는 발걸음을 돌려 울음소리가 들리는 응접실로 향했다.

그곳엔 테이블 주변으로 주삿바늘과 빈 약병들이 널브러져 있었고 엄마가 사망한 채로 바닥에 누워 있었다. 그리고 그 옆으로 탯줄이 잘린 맨몸의 갓난쟁이가 수건만 덮어쓰고 목청이 찢어져라 울고 있었다.

"똑똑히 봤어예. 진짜 두 줄이었어예. 지배인님한테 먼저 알리고 좀 있으니까 경찰이랑 검시할 의사도 다 왔다 케서 내는 그 사람들이 당연히 다 알고 있는 줄 알았지예."

"기사엔 아기는 한 명만 발견됐다고 하던데요?"

"예, 지도 나중에 찾아보니까네 그래 났데예. 희한하지예. 분명 탯줄은 둘이었는데….'

"발견된 아기는….'

"경찰 말로는 작가님이 데려갔다 카데예. 암만케도 조카니까 안 거뒀겠십니꺼."

"그 조카란 아이 혹시 미술관에서 본 적 있어요?"

"어데예, 지가 미술관서 일한 지가 올해로 근 9년인데예. 한 번도 없어예. 일 년에 몇 번씩 아이들 행사가 열리고 그라는데도 안 나타나더라꼬예. 고마 있는 집 자식이니까 어디 유학 보냈는갑다 했지예."

"탯줄이… 두 줄이었단 사실을 그분들도 아실까요?"

"그야… 지는 모르지예. 지를 미술관으로 데리갈 때 다른 이야긴 없었거든예. 그란데… 그냥 그런 거 안 있십니꺼. 이건 하지마라 저건 해라 안 케도 알 것 같은 거. 입 다물어야 할 것 같은 거. 한동안 억수로 찜찜했으예. 얼라 하나가 감쪽같이 사라졌는데…. 기사를 찾아봐도 그런 이야긴 없고…."

"그 방엔 엄마 혼자 머물렀나요?"

"예, 그 방이 쪼매 별나서 기억이 나예. 한 달 정도 장기 투숙하는 손님이었는데 와 그랬는지 모르지만 객실 청소를 하지 말라 케서 객실 용품만 교체 중이었거든예."

"청소를 못 하게 했다고요?"

"지배인님 말로는 청소 전문업체를 불렀다 카데예. 지도 청소라면 이골이 난 사람인데예, 그 방은 고마 결벽증 환자 맹키로 먼지 한 톨이 없었으예…. 카펫도 먼지 날린다고 다 치우라 캤다더만. 그 돈으로 차라리 집을 얻지. 우리끼리는 돈지랄이라 캤어예."

"근데 사건 당일은 왜 들어가신 거예요?"

"프런트로 요청이 왔다 케서 객실 용품도 교체하고 확인도 할 겸 그래 가꼬 간기라예."

"요청이요?"

"옆 호실에 투숙 중인 손님이 자꾸 아기 울음소리 같은 게 들린다 케가꼬…. 아이고, 말하는데 와 이래 갑자기 무섭노…."

갑작스런 오한을 느낀 듯 여자가 몸을 부르르 떤다.

"스위트룸 옆방에서 아기 울음소리를 들었다고요? 쉘턴호텔 스위트룸이면 아기 울음소리 정도는 방음이 될 텐데요."

"귀가 유별나게 예민한 사람인 갑지예."

"하나만 더 물을게요."

"그라이소."

"나중에라도 경찰에서 탯줄이 두 개인 걸 물어보거나 하지 않았어요?"

"어데예, 아까도 말했지만서도 금방 마무리했다 카던데…. 약물 중독 뭐 그런 거라 카드만. 맞지예? 경찰이든 기사든 탯줄이 두 줄인 거는 아무 말이 없으니까네 나중엔 진짜 내가 잘못 본건가 했어예…. 거기다예."

"네."

"거 와 사람 죽으면 의사도 현장에 온다 아입니꺼."

"검안의요?"

"그래, 맞다. 검안의. 아까 그 옆방 손님이 자청했어예."

"뭘요? 무슨… 말이에요? 자청이라니?"

"아니, 그라니까네. 아 울음소리가 자꾸 들린다꼬 신고한 옆방 부부 말입니더. 그 남편분이 의사였대예. 그 사람이 지원해가꼬 사건 현장에서 검안서 써주는 거까지는 제가 봤어예. 그란데 내도 본 탯줄을 의사는 와 못 봤을까예?"

"그러게요. 이상하긴 하네요. 일부러 숨긴 게 아니라면."

그를 만나 물어보면 좀 더 자세한 걸 알 수 있지 않을까.

"혹시 그 의사분에 대해 기억나는 거 있어요?"

"팁을 억수로 후하게 줬어서 기억나예. 그라고… 또… 또 뭐가 있지? 아! 성함이 좀 특이했는데…. 뭐였더라. 아… 와 기억이 안 나노, 우리끼리 그런 성도 있나? 카고 그랬거든예."

여자는 있는 대로 미간을 찌푸리며 수고스럽게 기억을 떠올리려 애쓰고 있다. 또다시 방송에서 행사상품 할인 내용이 흘러나왔지만 이번만큼은 여자를 방해하진 못한다.

"기억났어예! 초! 성이 초씨였어예!"

"…초씨라고요?"

"네, 확실히 기억납니더. 초씨가 맞아예."

초씨 성을 가진 남자는 누구였을까?

해나의 양어머니와 성이 같은 건 우연일까.

"근데예…."

여자는 망설이다 들고 온 가방을 테이블 위에 올린다.

"혹시 몰라가꼬 들고 왔어예. 내가 손이 버들버들 떨리가꼬…."

가방에서 검은 봉지 하나를 꺼내 내민다.

"현장이 정리되고 나서도 아무도 그 방엔 안 들어갈라캤거든예. 어쩔 수 없이 지 혼자 청소하러 드갔는데예. 소파 밑에서 이거를 찾았어예."

검은 봉지 속엔 낡은 배냇저고리 두 벌이 담겨 있다.

H.L 그리고 H.N, 밑단에 각각의 아기 이니셜이 새겨진 채.

포트폴리오 영상 속 인혜가 수를 놓던 베넷저고리였다.

H.N은 아마도 해나가 대신하고 있는 이름일 것이고 H.L은 본래 해나의 이름일 것이다.

"두 벌인 거 보믄 쌍둥이가 맞나 보데예. 혹시… 그때 사라진 얼라가 어됬는지 알아예? 그쪽은 왠지 알 것 같아서…."

"죽었어요."

"옴마야! 우야꼬!"

여자가 두 손을 입 가까이 모으고 바르르 떤다.

"그때 당장 말고요. 한참 뒤에요. 사랑받고 예쁘게 잘 자라다 아파서 죽었어요."

내가 엄마라 믿고 있던 여자의 배 속에서 태어난 나의 자매.

이 믿을 수 없고 기묘한 이야기의 전말에서 나를 아주 멀리 떼어 놓고 싶다.

엄마라 믿었던 여자도, 이모와 할머니란 그들에게서도.

그리고 어느 날 내 인생에 끼어든 나의 어린 자매에게서도. 나는 간절하게 이 전부와 상관없는 무엇이 되고 싶다.

해나의 호출 문자가 도착한다.

약속장소는 우리가 처음 대면했던 카페 '프루스트'였다.

해 고

"엄마는 어디 계시니?"

여전하군. 계산대의 직원은 날 알아보지 못한다.

"곧 오실 거예요. 먼저 가서 기다리라고 하셨어요."

"그래? 주문하겠니?"

딸기셰이크를 주문하고 빈자리를 찾아 주변을 둘러보는데 창 너머로 길 건너편, 새로 오픈한 카페가 눈에 들어온다. 모두 그곳으로 옮겼는지 예전보다 카페는 한산하다.

그때의 초록 벨벳 의자가 아직 구석 자리에 위치하고 있다. 알 수 없는 검은 얼룩도 그대로다.

사장으로 보이는 여자가 시름 가득한 얼굴로 구석에 있는 크리스마스트리를 발견하곤 한가한 직원들을 노려본다.

"지금이 몇 월인데 이게 아직도 있어!"

얼굴에 여드름이 잔뜩 난 직원이 서둘러 트리를 정리하자 쌓인 먼지가 날아오른다. 유모차를 끌고 나온 여자가 신경질적으로 직원을 흘겨보고 카페를 나가버린다.

"엄마는 아직 이시니?"

딸기셰이크를 테이블에 올려놓으며 직원이 다시 묻는다.

문득 궁금해진다.

그녀는 엄마가 없는 아이에겐 뭐라고 물을까?

"엄마는 없어요."

"어?"

"엄마가 없다고요. 불행하게도 아빠도 없어요."

"….."

"그럼 나가야 하나요?"

"아, 아니. 나는 그냥… 그러니까… 네가 어린데 혼자라…. 보호자가, 아, 미안해. 어쩌지…. 정말 미안해."

적어도 이 직원만큼은 혼자 카페로 들어오는 아이에게 다짜고짜 '엄마는 어디 계시니'라고 묻진 않을 것이다.

그녀는 쟁반을 끌어안고 종종걸음으로 동료에게 걸어간다. 동료가 무슨 일이냐 눈짓을 하자 귓속에 대고 뭐라 속닥이는 직원. 이어 흘깃거리는 그들의 시선 속에서 나는 으레 '불쌍한 아이'가 된다.

내 어딘가에 '아무도 돌보지 않는 아이'라 써 붙어 있는 걸까. 이 눈빛에서 비켜나고자, 들키지 않고자 무던히 애써온 시간이었지만 그럴수록 나는 내내 더욱이 그런 아이로 보인다.

오직 단 한 사람.

나를 멋대로 시선에 가두지 않고 바라봐준 사람.

여경. 그녀가 엄마라 믿고 있는 여자가 나를 낳았다.

결과적으로 우린 '자매와 같은' 관계다.

그녀의 존재를 알았을 때 나와 같은 피가 흐르는 어떤 누군가가 있다는 사실만으로 벅찼다. 교도소에 수감 중인 그녀를 찾아냈을 때, 메시지를 주고받고 이 카페에서 저 문을 열고 들어오는 여경을 처음 봤을 때도 나는 벅찼다.

그리고 지금.

저 문을 열고 들어와 내 앞에 앉는 동안 애써 나와 시선을 마주치지 않으려는 여경을 보는 나는 슬프다.

여경 역시 알고 있을 것이다.

우리가 왜 오늘 이곳에서 다시 만났는지.

"늦었네요. 그때처럼."

내가 먼저 침묵을 깬다.

대답 대신 여경은 목이 마르다며 주문대로 향한다.

직원이 나와 여경을 번갈아 보고 여경에게 슬쩍 묻는다.

"실례지만 저기 저 아이와 어떤 관계인지 물어봐도 될까요? 아까부터 아이 혼자 와 앉아 있길래⋯. 좀 염려가 돼서요. 이해하시죠?"

여경이 내 쪽을 쳐다본다. 우린 오늘 처음 눈이 마주친다.

"언니요."

"아, 하하하. 동생분이랑 나이 차가 꽤 나네요. 저흰 또⋯. 뭘로 주문하시겠어요?"

목이 마르다던 여경은 아이스 아메리카노의 얼음이 다 녹아가는
동안 한 모금도 마시지 않았고 나 또한 우유와 딸기 시럽이 층층으
로 분리되는 동안 입에 대지 않는다.

카페에 여경보다 늦게 입장한 옆 테이블에 사람들이 바뀌는 동안
에도 우린 말이 없었다.

"아담스 패밀리 2편도 봤어요?"

"아니."

"웬즈데이에게 새로운 동생이 태어나요."

"그래?"

"처음에 웬즈데이는 동생을 너무 싫어서 없애버리려고 해요. 하지
만 나중에는 위험에서 아기를 지켜줘요."

"…네가 잘못 알고 있어."

"…?"

"아기가 웬즈데이를 구해."

"치…. 봤으면서."

"…."

"아기는 자길 미워하는 웬즈데이를 왜 구했을까요."

"가족이니까."

우리 둘 중 누구 하나도 이 침묵을 깰 용기가 없다.

우린 침묵이 깨어진 다음 상황을 감당할 자신이 없다.

여경은 나에게 물을 것이 많고,

나는 여경에게 대답할 것이 많지만

우린 서로에게 그 어떤 질문도 하지 않는다.

"유학원에서 연락이 왔었어요. 합격이라고."

"예상했었잖아."

"네, 그래도 직접 알려줘야 할 것 같아서요."

여경은 언제 떠날 예정이냐 물었고, 나는 가을 학기지만 부족한 영어를 보충하기 위해 일주일 뒤 떠날 예정이라고 한다.

일주일이란 말에 잠시 놀란 듯 여경의 동공이 떨리다 멈춘다. 드디어 여경이 다 녹아버린 얼음 알갱이가 둥둥 떠 있는 아이스 아메리카노를 집어 들고 한 번에 들이켠다.

"그래서요…."

"응, 말해."

"나는 오늘 언니를 해고하려고 해요."

우리는 알고 있었다.

우리의 침묵이 서로를 지키는 유일한 무기란 것을.

실 행

"보호자분?"

병원에서 창수는 녀석의 '보호자분'으로 불렸다. 수술은 끝났지만 녀석의 의식은 쉽사리 돌아오지 않았다. 의사는 어떤 결과도 예측할 수 없는 상황이라며 지켜보잔 말만 되풀이했다.

창수가 '보호자분'이 되어 녀석의 곁에 머무는 동안 요양원에서 입원비 미납을 이유로 어머니의 퇴소를 일방적으로 결정했다. 고맙게도 전 아내가 며칠간 보살펴 주겠다고 했다. 창수에 대한 염려보다 맑은 정신일 때 어머니가 아내를 아꼈던 덕이었다.

수인은 정신이 온전치 못한 할머니와 방을 함께 써야 하는 상황이 발생하자 장문의 문자 메시지로 창수를 힐난했다. 아직 어린 딸인 줄 알았는데 수인의 문자는 창수를 아주 맵고 아프게 했다.

직장에서도 한바탕 난리가 벌어졌다. 창수의 뜬금없는 퇴직 선언에 다들 무거운 농쯤으로 웃어넘겼다가 그가 정말 나타나질 않자 창수가 담당했던 보호대상자들을 쪼개고 나눠 맡느라 정신이 없었다.

"야, 이 미친 새끼야, 너 이렇게 무책임한 놈이었어! 너 하나 펑크 나간 것 때문에 네 동료들까지 엿 먹일 거야? 때려치우더라도 제대로 정리는 하고 나가야 할 거 아니야!"

이 와중에 사채업자들은 끼니마다 안부 인사 겸 압박 문자를 보내고 있었고 당최 어느 나라로 튀었는지 알 수 없던 여동생에게선 몇 개월 만에 문자가 도착했다.

'오빠… 미안한데 돈 좀 있어?'

병원 구내식당에서 말라비틀어진 콩나물을 씹던 창수가 여동생의 문자를 보더니 피식거리다 박장대소하며 큰 소리로 웃기 시작하자 근처에서 식사하던 사람들이 두려워하며 자리를 피했다.

의료기에 둘러싸여 잠만 자는 녀석을 보며 창수는 녀석이 부러워졌다. 1년만 녀석처럼 잠들고 싶었다. 그리고 깨어났을 땐 뭐든 달라져 있겠지. 지금 보다 더 최악일 순 없겠지.

해리티지의 소윤에게서 주소가 적힌 문자가 도착했다.

〔하나 가족이 해리티지를 떠나고 잔여 우편물을 전달하려고 적어둔 주소가 있었어요. 아직 여기 살고 있는지 확실하진 않지만 일단 보내요.〕

창수에겐 녀석과 같은 1년이 주어지지 않을 것이다.

지금으로서는 창수가 영원히 잠들지 않는 한 사방으로 막힌 이곳에서 벗어날 출구는 해나가 유일했다.

***

한국에서 가장 규모가 큰 아트페어에 주여경 작가의 작품 두 점이 선정되었다. 작품에 숨겨진 스토리가 궁금했던 이들은 고귀한 주제로 작품을 포장했고 이에 상응하듯 경매 시작가는 최고금액으로 책정되었다.

파랗게 물들인 머리에 보랏빛 보잉 선글라스를 얹고 연둣빛 형광 타이즈에 오렌지색 오버사이즈 점퍼를 입은 여경은 의자 위로 두 다리를 접어 올리고 이 낯선 광경을 구경했다.

그녀를 향한 사람들의 날 선 시선이 느껴질수록 여경의 풍선껌 크기도 더욱 커지고 있었다. 잠시 뒤 다가온 가드는 여경의 초대권만 확인하고 돌아갔고, 앞자리에 점잖게 앉아 있던 보우타이를 한 노인은 여경을 돌아보곤 껌 씹는 걸 멈추라는 듯 손가락으로 입술을 막는 시늉을 했으며, 겨우 빈자리를 찾아 앉은 깃털 달린 모자를 쓴 뚱뚱한 아주머니는 여경이 병이라도 옮기는 듯 발딱 일어나 자리를 옮겼다.

장내 방송과 함께 작품 베니싱 트윈 시리즈의 '속죄'가 무대에 오르고 수석 큐레이터란 여자의 짧은 작품 설명이 이어졌다.

웅크린 소녀의 겨드랑이 사이로 들어간 내시경 카메라가 그녀의 표정을 촬영해 스크린에 공개하자 여기저기서 감탄(여경은 사람들이 왜 이렇게 누군가의 속죄에 환호하는지 이해할 수가 없었다)이 터져 나왔다.

무표정한 두 눈을 가늘게 뜨고 바닥을 응시하는 소녀는 입가에 묘한 미소를 짓고 있었다. 소녀의 속죄는 위선인 것일까.

속죄 중인 이 소녀는 그녀 자신일까?

그렇다면 무엇에 대한 속죄일까? 어머니를 속인 죄? 언니를 동경하면서 동시에 저주한 죄? 낳자마자 딸을 버린 죄? 진실을 감춘 채 살아가려고 한 죄? 스스로 버린 딸의 뺨을 후려갈긴 죄?

그게 뭐든 간에 그녀의 위선적인 속죄는 끝내 웅크린 두 팔 안에 가둬져 비싸게 팔리고 있었다. 도대체 누가 누군가의 속죄를 사고파는 것일까.

경매사가 입을 떼기도 전에 너 나 할 것 없이 사람들은 번호판을 들어 올렸고, 바이어들과 딜러들의 통화 소리로 장내가 소란스러운 가운데 여경의 풍선껌 씹는 소리도 요란해지고 있었다.

경매사의 속사포 같은 입조차 따라잡기 힘들 정도로 한계점 없이 오르던 작품의 가격대는 시간이 지나면서 세 사람 정도로 좁혀졌다. 가격이 재측정되자 한 사람이 포기했다. 통화로 경매 중이던 딜러가 번호판을 들었고, 나머지 한 사람도 잠시 망설이는 듯 했지만 곧 번호판을 들었다. 이미 경매가는 옥션 최고가를 넘어서고 있었다.

경매사가 새로운 낙찰가를 큰소리로 외치자 망설이던 사람의 번호판이 더 이상 들리지 않았다. '속죄'는 곧 딜러 차지가 되기 직전이었다. 그때였다. 여경이 엉덩이 아래 깔고 앉았던 번호판을 빼들고 한 팔을 번쩍 들어 올렸다.

여경은 그녀의 속죄에 답을 해야 했다.

적어도 나만큼은 당신을 용서하지 않는다고.

장내가 술렁이기 시작했다. 경매사가 손수건을 꺼내 이마의 땀을 닦은 뒤 금액이 더 늘어난 낙찰가를 외치자 통화 중인 딜러가 팔을 올리다 멈췄다. 경매사가 3초를 거꾸로 센 뒤 나무망치를 몇 번 두드리는 것으로 '속죄'는 여경의 차지가 되었다.

"138번 고객님께 작품번호 111735210 주여경 작가님의 '속죄'가 옥션 최고 낙찰가로 낙찰되었음을 선포합니다!"

망치 소리가 끝나기 무섭게 의자에서 벌떡 일어난 여경이 무대로 성큼성큼 걸어 나가자 모두의 시선이 집중되었다.

허리에 두른 핑크색의 투명한 샤가 여경의 걸음에 맞춰 하늘거렸다. 양손을 주머니에 푹 찔러 넣은 여경이 그림 앞에 멈췄다.

술렁이는 사람들을 대신해 경매사는 작은 목소리로 작품은 철저하게 포장되어 원하는 목적지로 배달될 것이라 말했지만 여경은 꼼짝 않고 서서 웅크린 소녀를 마주하고 있었다.

"저기, 고객님?"

일순간 조용해진 장내에 풍선껌 소리가 짝짝 울렸다.

"다음 작품을 진행해야 해서요. 필요하신 게 있으시면…."

여경은 주머니에서 손을 빼내 입안을 가득 채우고 있던 색색이 뒤섞인 풍선껌을 양분하더니 웅크린 소녀의 양쪽 귓구멍에 하나씩 찔러 넣었다.

놀란 사람들, 아니 경악한 사람들의 목소리로 장내가 시장터로 변하자 가드들이 입장했다. 누군가는 당장 여경을 끌어내라 소리 질렀고 또 누군가는 차라리 퍼포먼스가 아닌지 의심하고 있었다.

"도대체 뭐 하시는 겁니까!"

여경은 경매사의 왼쪽 가슴에 꽂힌 장밋빛 행커치프를 뽑아 들고 손에 덕지덕지 들러붙은 껌 딱지를 닦아내며 말했다.

"너무 시끄러워 보이길래."

"그게 무슨…."

"이거 이제 제 꺼 맞죠? 갖다 버려주세요."

아트페어가 열리는 전시장 잔디밭에 앉아 여경은 핫도그를 먹으며 누군가의 날선 방문을 기다리고 있었다. 잠시 뒤 기다리던 성난 발걸음이 여경을 발견하고 빠르게 다가왔다.

역시나 다짜고짜 여경의 뺨을 향해 팔을 들어 올렸지만 이번엔 여경이 먼저 그녀의 팔을 거세게 낚아챘다. 얼굴을 바짝 들이댄 여경이 그녀를 향한 분노와 증오심을 동시에 폭발시키며 소리쳤다.

"왜 그랬어!"

"당장 이 손 안 놔? 어디서!"

"왜! 왜! 왜 그랬냐고!"

"감히 네까짓 게 날 모욕해!"

그녀가 말하는 모욕은 여경이 씹다 뱉은 풍선껌에 있었다.

"어쩌자고 당신들! 왜… 왜 다 그따위인 거야!"

여자는 비명 같은 여경의 얼굴에서 뭘 읽은 것일까.

여경이 쥐고 있던 여자의 팔을 던지듯 놨다.

"말해! 해나… 당신이 그랬지?"

"해나가 누군데 나한테 이래? 아, 그때 네가 데려온 개가 해나라고 했던가?"

"…."

"대체 어디서 뭘 주워듣고 헛소리를 지껄이는…."

"해나! 당신이 멋대로 갖다버린 아이!"

***

"상상도 해본 적 없는데?"

"어떨 것 같아?"

"며칠은 좋을 것 같지만, 음….."

"왜?"

"정말 그런 일이 일어난다고 상상하니까 슬퍼."

"상상만 했는데도 슬퍼?"

"응."

"그런 거구나. 가족이란 건."

유진은 그의 부모를 버거워하면서도 그들이 사라지는 상상만으로도 슬퍼한다.

여경과 헤어진 뒤 내가 느낀 감정들을 설명할 수 없어 나는 목요일이 아닌데도 불구하고 유진을 호출한다.

"해나, 넌 어떨 것 같은데?"

나는 어떻지? 겨우 찾아낸 나의 가족과 헤어진 지금.

"어떤 기분이어야 하는지 잘 모르겠어."

내 말을 이해할 리 없는 유진은 고개를 갸우뚱거리며 밀크셰이크를 들이켠다.

"왜? 너네 엄마 완전 멋지잖아!"

"멋져? 왜 그렇게 생각해?"

"그야, 음… 그러니까 아! 네 엄마는 완전 네 편이잖아."

"니네 엄마도 네 편이었잖아."

"아니야, 네가 잘못 봤어. 우리 엄만 자기편이 지는 게 싫은 거야. 내가 어른이 되고 나서 자기편이 아니란 사실을 알면 아마 기절할걸?"

내 편이라….

"있잖아, 내 편을 안 들어줘도 엄마가 없는 건 싫어. 우린 아직 아홉 살이잖아. 엄마가 꼭 필요해."

손가락 열 개도 채우지 못한 나이에 엄마 없이 산 시간이 대부분인 나는 갑자기 유진이 얄미워진다.

"나 갈래."

기사님 차에 오르는 나에게 유진이 피식 웃으며 말한다.

"먼저 가 있어, 진해나. 여름쯤에 보자."

"응?"

차가 출발하고 나서야 난 기사님에게 유진의 유학이 결정되었던 소식을 듣는다.

누군가 날 떠나는 건 익숙하지만 누군갈 떠난 적이 처음인 나는 자꾸 내가 여경을 내버린 것 같아 마음이 불편하다.

이런 거구나. 헤어진다는 건. 몹시 슬픈 거구나.

***

소윤이 알려진 주소대로 해나의 집을 찾은 창수는 주변을 둘러보았다. 산언덕으로 향하는 샛길 끝에 위치한 이층 목조저택 한 채뿐, 주변에 다른 가구도, 이어진 길도 보이지 않았다. 하여 가족의 초대를 받지 않고서는 샛길을 통해 목조저택으로 접근할 일은 없을 것이다.

주차장 셔터는 내려진 지 오래된 듯 바닥에 딱딱하게 굳은 눈이 쌓여 있었고 해나의 택시도 보이지 않았다. 낮은 담 안으로 집을 둘러봤지만 인기척은 없었다.

창은 전부 커튼이 쳐져 있었고 마당엔 눈밭을 뚫고 자란 겨울 잡초가 무성했다. 벨을 눌렀지만 역시 응답은 없었다.

목조저택이 한눈에 내려다보이는 곳까지 언덕을 오른 창수는 꼼꼼하게 집을 살폈다. 뒷마당에 유리로 지은 건축물이 보였다. 얼핏 내부에 식물들이 보이는 걸로 봐서 온실인 것 같았다. 그 뒤로 한참을 있었지만 여전히 목조저택엔 사람 그림자도 보이지 않았다.

산언덕에서 내려온 창수는 아랫마을에 차를 세웠다.

누군가 차창을 두드리는 바람에 깜짝 놀란 창수가 창을 내렸다.

웬 노인이 뒷짐을 지고 창수를 내려다보고 있었다.

"어때? 별일 없대?"

"…뭐가요?"

"저 언덕 집 사람들 말이야. 지금 거서 내려오는 거 아냐?"

"아, 전 길을 잘못 들어서요. 근데 저 집에 누가 살긴 살아요? 보니까 아무도 없는 것 같던데요."

"살아, 밤마다 불이 훤하게 켜져 있는 거 보믄. 젊은 부부랑 어린 딸이 있는데 꽤나 조용한 사람들인 것 같아. 예전에 애기 엄마가 장날에 아이랑 묘목을 사간 적은 있는데, 노인네들이 애가 예뻐서 반가워 말 거는 게 귀찮았던가…. 그 후로는 도통 내려오는 법이 없어."

"아이 아버지는요?"

"그 사람 작업장인가 뭔가 하는 것도 올해는 운영을 안 하는가 봐. 영 문이 안 열리대."

"거기 위치를 알 수 있을까요?"

"어디? 애기 아빠 작업장? 건 왜? 길을 잘못 들었다면서."

"아… 그게 저도 지금 이 근방에서 작업실을 찾고 있는 중이라서요. 보고 괜찮으면 이쪽으로 옮기려고요."

"그래? 이 동네 괜찮지. 조용하고."

창수는 노인이 알려준 상원의 작업실로 향했다.

이층 목조저택에서 대략 십 분 정도 떨어진 강가 앞에 위치한 작업실은 한동안 사람이 다녀가지 않은 흔적이 여기저기 남아 있었다.

창을 통해 본 내부엔 완성되지 않은 바이올린들이 벽에 걸려 있었고 작업대 위에는 보통 바이올린보다 크기가 작은 바이올린 한 대가 살갗을 벗은 맨몸처럼 허옇게 놓여 있었다.

가족사진이 담긴 액자가 보이자 창수는 휴대전화 카메라의 줌을 당겨 사진을 찍었다.

사진 속엔 해리티지 로비에 설치된 거대한 트리 앞에서 행복하게 웃는 젊은 부부와 서너 살 정도 된 어린 여자아이가 담겨 있었다.

아이의 웃음은 천진난만함을 넘어 사람을 뭉클하게 만드는 맑음이 있었다. 소윤의 말대로 정말 보기만 해도 눈물이 날 것 같은 아이였다. 이제야 소윤이 해나를 이 아이로 착각한 이유를 이해할 수 있었다.

아이는 아홉 살 해나와 거의 흡사할 정도로 닮아 있었다.

해리티지의 젊은 부부는 자신의 딸과 똑같이 생긴 아이를 입양한 것이다. 어떻게 가능했을까?

두 아이가 쌍둥이가 아니고서야 말이다.

***

창수는 몰랐다.

상원의 작업장을 나와 Y자로 갈라지는 길 건너편에 한 대의 택시가 멈춰 있었다는 것을. 그 안에 해나가 타고 있었다는 것을. 그리고 차창을 내려 내내 창수를 지켜보다 지나갔다는 것을.

샛길을 오르던 택시가 멈췄다.

차에서 내린 기사는 샛길에 난 낯선 타이어 자국을 살펴보았다.

무거운 표정으로 차에 오른 기사는 우선 해나를 집 앞까지 데려다 주었다. 해나가 집으로 들어가자 기사는 샛길을 내려오다 중간 지점에서 차를 멈춰 세웠다. 시동을 끈 기사는 휴대전화를 꺼내 큰아이에게 보낼 메시지를 작성했다.

〔엄마가 오늘 조금 늦을지도 몰라. 이모가 오면 동생들이랑 저녁 챙겨 먹어. 아빠 전화는 절대 받지 말고. 사랑해!〕

전송 버튼을 누르려는데 해나가 차창을 두드렸다. 목조주택에서 보이지 않는 곳까지 내려온 줄 알았는데 해나가 보고 있었던 모양이었다.

"기사님, 오늘은 집에 가세요. 아무 일도 없을 거예요."

기사는 낯선 사람이 여길 방문했다며 자신의 불안감을 두 팔로 크게 전달했다.

"그냥 길을 잘못 든 사람일 거예요. 걱정 마세요."

어쩔 수 없다는 듯 고개를 끄덕인 기사는 시동을 걸었다. 해나는 자신의 시야에서 택시가 보이지 않을 때까지 서 있다 샛길을 올랐다.

대문 앞 바닥엔 선명하게 성인 남자의 발자국이 남아 있었다. 발자국을 따라 집이 내려 보이는 곳까지 오른 해나는 냉실을 내려다봤다.

봤을까? 못… 봤을까?

이제 출국까지 남은 날짜는 사일이었다.

실 체

"왜 버린 거야?"

'작가와의 만남'을 핑계로 여자와 나는 VIP실로 향한다.

경매 최고가를 달성한 작품의 작가와 비교적 젊은 고객의 만남은 금세 이슈가 되어 방 밖으로 기자들이 몰린다.

곧 룸으로 샴페인과 과일이 배달되고 직원이 나가자 그녀가 샴페인을 흔든다. '펑!' 하고 그녀와 나 사이에 어울리지 않는 소리가 터진다. 그녀는 잔에 샴페인을 콸콸 붓고는 벌컥벌컥 들이켠다.

"왜 버린 거냐고?"

"누구? 너? 아니면 그 아이."

"해나야."

"대체 어디까지 알고 있는 거야?"

"내가 당신 배를 찢고 나왔다는 정도."

"그 아이를 네가 어떻게 데리고 있었던 거지?"

"해나야. 이름으로 불러."

"그래, 좋아. 해나. 해나는 어떻게 네가…."

"당신한테 해나를 알게 된 경위를 알려줄 이유 따윈 없어. 지금부터 내가 묻는 말에 솔직하게 대답해. 그러지 않으면 저기 복도에 우글거리는 좀비들이 당신을 샅샅이 뜯어먹게 할 수도 있어."

"…말해."

"한 명이 더 있었어. 그렇지?"

"무슨 말인지 알아듣게 말해."

"탯줄은 둘이야. 나머지 한 명은 어떻게 했던 거야?"

그녀는 절대 그럴 리가 없다는 듯 고개를 젓는다.

"두… 명이었다고? 쌍둥이란 거야?"

"일란성이었어. 경고하는데 몰랐다고는 하지…."

"몰라! 정말 몰랐어! 상상도 해본 적 없어! 분명… 내가 그 방에 들어갔을 때… 미경이는… 그런 말은 없었어."

"그런 말이 없었다니? 당신, 호텔에서 엄마가 살아있을 때 만난 거야?"

일 년 만에 받은 연락이었다.

그녀는 '나 쉘턴호텔 스위트룸에 있어'란 미경의 문자 한 줄에 352일 동안 술을 끊어 받은 금주 배지를 쓰레기통에 버려야 했다. 호텔에서 자신의 전시가 열리는 동안 미경이 스위트룸에 머물고 있단 사실만으로도 괴로웠다. 미경의 방을 찾은 그녀는 처음엔 방을 잘못 찾은 줄 알았다.

달콤한 햇살이 쏟아지는 창가 앞에서 마호가니 흔들의자에 앉아 새하얀 원피스를 입고 산처럼 부른 배를 어루만지며 웃는 그녀가 절대 미경일 리가 없었기에 돌아서 방을 나오려 했다. 그때 익숙한 멜로디 하나가 흰 원피스를 입은 여자의 입에서 허밍으로 새어 나왔다.

최면 같았던 그 멜로디. 멜로디가 흘러나올 때면 그녀는 여지없이 미경의 하녀가 되곤 했다.

흰 원피스를 입은 여자는 그녀의 자매가 틀림없었다.

뱃속에서부터 악연으로 자신의 인생에 들러붙어 그녀의 삶을 망가트린 쌍둥이 자매, 미경이었다.

저주를 퍼붓고 싶을 만큼 원망하면서도 미경을 동경했고 때론 믿을 수 없을 만큼 그리워했다.

하지만 눈앞에 서 있는 사람은 그녀의 기억 속에 존재했던 미경의 모습이 아니었다.

그래선… 안 되는데. 미경은 여전히 엉망진창이어야 하고, 그녀를 겁박해 뜯어낸 돈으로 싸구려 남자들이랑 어울리며 약물이나 흡입하는 밑바닥 인생이어야 했다.

하지만 지금 미경은 그녀의 전시가 열리는 고급 호텔 스위트룸을 얻어 원하는 대로 인테리어를 바꾸고 최고의 음식을 대접 받으며 공주처럼 지내고 있었다.

도대체 미경은 누굴 흉내내고 있는 걸까.

미경은 곧 아이를 출산할 예정이라며 이전과 다른 새 삶을 계획 중이라 했다. 아기에게 가족이 있으면 좋을 것 같으니 인연을 끊은 엄마와 화해할 수 있게 도와달라고 했다.

"엄… 마를?"

"아빠도 할아버지도 없는데, 할머니라도 있어야지 않겠어?"

"글쎄, 전달은 할게. 너무 기대는 마. 너도 잘 알잖아. 네가 어땠는지."

"알지. 하지만 나도 엄마가 돼 보니까 좀 알 것 같아. 분명 다 잊고 용서해주실 거야."

"…알았어. 난 이제 그만 가봐야 해. 인터뷰가 있거든."

감히 이제 와서 엄마를 나눠 가지자고?

돌아온 탕녀를 기다리는 엄마는 성서에도 나오지 않는다.

그녀가 오랜만에 재회한 자매를 두고 방을 나서려는 그때, 역시나 변하지 않은 미경의 목소리가 그녀의 등을 파고들었다.

"여경인 잘 지내?"

그녀가 돌아보자 아까와는 전혀 다른 얼굴의, 아니 오히려 익숙한 얼굴의 미경이 빈정거리며 말했다.

"왜, 몰라? 네 딸이잖아."

"무, 무슨 소리야. 갑자기."

"열 달. 내 살과 피를 기꺼이 내주면서 깨달았어. 아이는 절대 나와 분리될 수 없는 존재라는 걸. 아이는 그냥 나야. 그러면서 네가 궁금해졌어. 너는 어떻게 가능했을까. 네 배로 낳은 아이를 어떻게 나한테 버릴 수 있었을까."

멜로디보다 강한 최면이었다. 미경은 그녀에게 네 비밀은 영원히 내 손바닥 지문 틈새마다 끼어 흐른다는 사실을 알린 것이다. 일종의 협박이었다.

예전처럼 나의 시녀가 될 준비를 하라는.

방을 나온 그녀는 이제 그만 자신의 자매가 사라지길 바라고 있었다. 그리고 결심했다.

이번만큼은 그 어떤 것도 네 뜻대로 되게 하지 않겠다고.

그날의 기억을 떠올린 그녀는 손가락을 떨며 샴페인을 잔에 들이 붓고 급하게 들이켠다. 목구멍으로 술이 다 넘어가기도 전에 들이 켜고 또 들이켠다. 사막에서 오아시스를 발견한 사람마냥. 중독자 의 모습이다.

"미경인 그 호텔에서 내 전시가 열린다는 사실을 알고 일부러 접 근한 거야. 한동안 미국서 조용하게 지내나 싶었는데⋯. 갑자기 배가 불러 나타나선⋯. 나쁜 년. 내 인생을 망치려 태어난 년! 그딴 역겨운 모습으로 나타나서 웃으면 내가 속을 줄 알았나? 물색없는 년 같으 니라고. 역시나 본색을 숨기지도 않았어. 겁박해서 돈이나 뜯어낼 작 정이었거든. 그 돈으로 뭘 하겠어. 주제에 엄마가 되겠다고? 미친년."

"⋯정말 엄마가, 엄마가 되겠다 그랬다고?"

내가 엄마라 불렀던 여자가 한 아이의, 아니 두 아이의 엄마가 될 작정을 했다니. 쉽사리 믿기진 않는다.

그녀는 엄마가 될 수도 되어서도 안 되는 사람이다.

그녀는 뜬금없이 왜 엄마가 되고 싶어졌을까?

무엇이 그녀를 그렇게 만든 것일까.

또 무엇이 그 결심을 하고도 팔에 주사를 놓게 했을까.

"웃기지 않니? 어울리지 않게 배를 감싸 안고 있는 게 어찌나 흉한 지. 네 꼬락서니를 봐. 그년이 엄마가 돼 봤자 결국 너 같은 것만 또 세상에 싸질러 놓기밖에 더 하겠어?"

병째 마신 샴페인이 바닥을 드러내자 그녀는 비틀거리며 주최 측에서 보내준 축하 와인을 오픈했다.

"내 이럴 줄 알았어. 지들이 나 때문에 남겨 먹는 돈이 얼만데 고작 이따위 싸구려 와인을 보내! 내 앞에선 벌벌 기는 주제에!"

그녀의 입을 타고 흘러내린 붉은 와인이 흰 블라우스를 붉게 적셨다. 그녀는 아랑곳하지 않고 더욱더 악에 받쳐 알아들을 수 없는 말을 혼자 지껄였다.

그녀를 지켜보며 혹시 내 안에 그녀의 모습이 모래 알갱이만큼이라도 심겨 있을까 봐 나는 소름이 끼쳤다.

"자 이제! 말해. 네까짓 게 그 큰돈이 어디서 생긴 거지?"

그녀는 자신이 중국요릿집 앞에 갖다버린 해나에겐 전혀 관심이 없었다. 오직 내가 무슨 돈으로 최고 경매가로 낙찰을 받았는지 궁금할 뿐이었다.

난 자리에서 일어나 그녀의 손에 들린 와인을 빼앗았다.

"믿은 거야? 애초부터 나한테 그런 큰돈이 있을 리 없잖아. 당신을 단시간에 호출할 방법이 이것뿐이라. 알아서 잘 해결하리라 믿어. 나, 당신한테 그 정도 요구는 할 자격이 있지 않나? 더구나 이 문 앞에서 우글거리는 기자들을 그냥 지나쳐가는 값치곤 저렴한 편인 것 같은데. 안 그래? 아줌마."

양어깨를 바짝 치켜들고 악에 받친 듯 부들부들 떨어대는 그녀를 두고 나는 VIP실 문을 열었다.

기자들이 질문을 쏟아내며 문 앞에서 펄떡거리고 있었다.

나는 그녀와 다정하게 팔짱을 끼고 미소를 지으며 진주 귀걸이가 달랑거리는 그녀의 귓속에 대고 부드럽게 속삭였다.

"날 버려줘서 고마웠어. 이건 진심이야."

결 정

"사망했습니다."

어느 누구 하나 녀석의 곁에서 '힘내, 버틸 수 있어'라고 말해주지 않은 탓이었을까. 13년 3개월의 짧은 생이 방금 끝났다.

차디찬 침상에 누워 눈을 감고 입을 다문 녀석은 결코 평온해 보이지 않았다. 얼굴과 팔다리에 난 시퍼렇던 멍 자국은 이제 보랏빛을 띠고 있었고, 입원했을 때보다 손톱과 발톱이 약간 자랐고, 코밑으로 거뭇거뭇 한 검은 솜털 가닥은 힘없이 흐트러져 있었다.

녀석은 죽어가는 동안에도 계속 자라고 있었다.

육신만 남은 녀석의 얼굴은 평범한 보통의 열세 살 사내아이였다. 이 앳된 소년의 얼굴로 캑캑거리며 담배를 물고 낄낄거리며 어른을 농락하고 또래 친구에게 폭력을 행사하며 차를 훔치고 안면도 없는 사람을 죽게 만들었다고?

창수는 일 분은 이 앳된 소년의 죽음이 먹먹했고, 일 분은 죽은 재석이 떠올라 무덤덤했다.

장례는 따로 하지 않기로 했다.

녀석의 죽음은 짧은 절차 끝에 창수의 서명으로 정리되었다. 녀석을 낳은 여자가 계좌번호로 화장 비용을 보내왔다.

병원을 나오자 한낮이었다. 병원에선 유골함을 따로 처리하지 않는다고 해서 방법이 없었다. 창수는 한 팔로 유골함을 끌어안고 한 팔로 담배를 물고 긴 연기를 내뿜었다.

'차라리… 이편이 나았을지도.'

잔인한 문장이 툭 하고 머릿속에서 튀어나왔다. 잔인한 판단이다. 언젠가 녀석도 누군가의 연인이 될 수 있고 누군가의 아버지가 되었을지도 모른다. 13년 3개월의 삶을 살다간 녀석에게 창수의 판단은 잔인하면서 너무 사실적이다.

'아무도 돌보지 않는 아이들'은 언젠가 몸만 자라 어른이 되고 만다. 더는 소년이란 이름으로 보호받지 못하고 합당한 죗값을 치르다 이들은 결국 '버려진 어른'이 된다.

정말로 차라리 이편이 나았을까?

담배 연기 속으로 녀석의 얼굴이 떠올랐다.

혹시… 그게 전부가 아니었다면.

녀석도 자신의 행동이 두렵고 황망했다면.

애써 아닌 척해도 실은 피가 식도록 무서워 떨고 있었다면.

조금만 더 감시자에서 보호자의 시점으로 빨리 돌아봤다면.

그날 녀석의 싸구려 식사를 끝까지 기다려주고 집까지 태워다 줬다면, 녀석의 아버지란 사람을 볼 수 있지 않았을까.

그랬다면 녀석을 그 집에 남겨두지 않고 데리고 나오지 않았을까. 수많은 '그랬다면'이 창수의 머릿속을 어지럽게 만든 뒤 그가 도착한 곳은 녀석의 아버지가 갇혀 있는 곳이었다.

그는 이제 존속 살인자가 되었다.

접견실로 들어온 그가 창수 맞은편에 앉았다. 한동안 술을 마시지 못한 그의 얼굴은 초췌했지만 젊고 온순했다.

녀석은 그를 닮았다. 남자는 차마 고개를 들어 유골함을 보지 못했다.

"어디다 뿌려야 할지 몰라서요."

"예에…."

이어지는 말을 기다렸으나 딱히 할 말이 없는 눈치다.

"애 엄마한테… 보내면 어떨까요."

"연락했는데 잊고 싶다더군요."

"예에…."

"허락해주시면 제가 알아서 처리하겠습니다."

"그래 주시면… 저야 감사하죠…."

대화가 끝났다. 그와 창수 사이에 주고받을 말이란 게 딱히 없었기에 일어나려는데 남자가 고개를 들어 붉게 충혈된 눈으로 유골함을 보며 중얼거렸다.

"이 아이한테… 차라리… 이편이 나았을지도…."

창수는 저도 모르게 주먹을 쥐고 남자의 얼굴을 향해 빠르게 뻗었다. 의자와 같이 뒤로 나자빠진 남자에게 달려든 창수는 그의 멱살을 잡고 얼굴을 흠씬 내려치기 시작했다.

"네가 어떻게 알아! 녀석은 너처럼 되지 않았을 수도 있었어! 너 때문에 뭐가 될 기회도 사라진 거야. 똑똑히 기억해. 매일! 매시간! 매분! 매초! 한순간도 절대 잊지 마. 네가 죽인 건 어떤 사람이 아니라 네가 만든 네 아들이었어!"

달려온 교도관이 남자에게서 창수를 떼어냈다.

유골함을 안고 접견실을 나와 복도를 나가던 창수는 벽을 잡고 구토를 시작했다.

겨우 정신을 가다듬는데 문자 하나가 도착했다.

〔할머니 어쩔 건데!〕

이어 온통 분뇨 칠이 된 딸의 교복과 책상, 벽에 걸린 상장들과 노트 사진들이 연이어 전송되었다. 마지막 사진엔 아내가 일하는 마트 앞에 세워진 검은 승용차가 찍혀 있었다. 그놈들이었다. 수인이 자신들을 몰래 찍는 걸 알았는지 손가락으로 하트를 그리며 웃고 있었다.

〔차라리 죽어버렸으면 좋겠어!〕

차라리… 차라리… 차라리…. 그 편이 나을지도.

***

새로 바뀐 담당 보호관찰관이 전화를 걸어와 면담 날짜를 상의한다.

"당분간 제가 주여경님을 담당하게 되었…."

"담당자가 왜 바뀐 거죠?"

"그분 개인 사정이라 말씀드릴 순 없고요. 지금 보면 여기 직업란에 아이돌보미라고 되어 있는데요."

"아뇨. 이제 안 해요. 잘렸거든요."

"왜 무슨 이유로요?"

"업무가 끝나서요."

"안타깝네요. 일자리 관련된 프로그램 신청하시겠습니까? 아무래도 가석방 중이시라 그러는 편이 좋을 것 같은데."

"아뇨, 당분간 좀 쉬려고요."

"생활은 어떻게 하시고요?"

"다행히도 제가 갑자기 돈이 많아져서요."

"네?"

며칠 전까지 나와 해나 뒤를 캐고 다니던 창수는 왜 갑자기 직장을 그만둔 것일까. 그에게 전화를 걸어봤지만 받지 않는다. 그의 부재가 날 불안하게 만든다.

***

그는 이곳으로 반드시 돌아올 것이다.

낯선 발걸음 자국을 남긴 그가 다녀가고 삼일이 지났지만 집 주변으로 아무런 기척이 없다. 집을 방문한 건 도시락 배달 트럭과 기사님의 방문이 전부다.

내일 공항으로 떠날 준비를 마친 나는 흥신소에서 보내준 그에 대한 보고서를 읽어 내려간다.

언제부터인지 모르겠지만 그의 관심은 점차 여경에게서 나로 옮겨졌기에 나도 그가 궁금해졌다. 처음엔 그가 내 보호자 역할을 대행 중인 여경을 문제 삼지 않을까 염려했으나, 그는 별다른 조치 없이 우리 주변을 맴돌았다.

기사님은 해리티지 지하 주차장과 은행에서 자신을 미행하는 그를 목격했다. 이후 그의 발걸음은 산언덕 아래 마을과 양아버지 작업실을 거쳐 이층 목조저택 대문 앞에까지 다다랐다.

보고서를 읽는 동안 내가 구창수라는 사람에 대해 정리한 건 이랬다.

첫째, 그가 현재 아주 절박한 상황에 놓였다는 것.

둘째, 그가 은행에서 환전한 달러가 가득 들어찬 가방을 봤다는 것.

셋째, 절박한 그가 돈가방을 가지러 이곳으로 돌아올 거란 것.

***

객실 메이드가 말한 초씨 성을 가진 의사의 이름은 초인성. 그는 초인혜의 오빠다. 미국 이름 앤드류 초. 초씨 성에 의사면허를 가진 사람은 그리 흔치 않을뿐더러, 일전에 미국 요양원에서 걸려왔던 전화에서 인혜 모의 수다 중 등장했던 이름이기도 하다.

'인성인 여전히 네 걱정뿐이야. 니들 남매는 정말 우애가 좋아서 엄마인 나도 질투했잖니. 그랬던 니들 사이가 왜 갑자기 멀어진 거니. 네 오빠 한국을 다녀온 뒤부터 네 이야기만 나오면 버럭 화를 내. 엄마는 여간 실망이 큰 게 아니야.'

제니가 미국의 검색엔진에서 앤드류 초에 대해 찾은 내용은 화려

346

했다. 하버드 의대 졸업 후 모교 병원인 매사추세츠 병원에서 일하던 그가 불현듯 '국경 없는 의사회'로 옮긴 해는 내가 수감되고 바로 엄마가 사망한 다음 해였다.

가장 최근 기사를 확인한 제니가 짧은 한숨을 내쉰다.

"왜?"

"국경 없… 는 의사회에서 봉… 사를 이어오던 촉망… 받던… 닥터 초가… 지역 병에 감… 염되어 끝내 사망했… 음을 알리게 되… 어 유… 감입니다…."

"뭐야?"

"죽었대. 몇 년 전에."

세미나 차 잠시 한국에 머물렀던 인성은 호텔의 엄마 왼쪽 방에 머물렀다. 사건이 벌어지자 지구대가 도착했고, 형사계가 호텔에 당도하기 전 그는 프런트에 연락해 검안을 자청했다. 의사 면허만 있다면 누구나 가능한 일이었다. 하지만 왜? 굳이 낯선 사람의 죽음에 투숙객 신분이던 그가 검안을 자청했을까.

어쩌면 그에게 엄마는 낯선 사람이 아니었을지도.

어떤 이유에서인지 검안을 맡은 그는 탯줄이 두 개임을 감췄고, 이모란 사람은 형사에게 한 명의 아이만 받아 안았다.

현장에서 감쪽같이 사라진 아이가 인혜의 품에서 자랄 수 있는 방법은 하나밖에 없다.

훔치는 것.

객실 메이드가 말한 옆방에 머문 부부는 아마도 인혜와 인성 남매였을 것이다. 객실 메이드가 이들을 부부로 착각한 것이다.

어떤 이유에서인지 인혜는 엄마가 출산한 한 명의 아이만 데리고 사라졌고, 아이는 인혜 부부의 손에서 자랐다. 이후 미국으로 돌아간 인성은 그 후 두 번 다시 한국도 여동생도 찾지 않았다.

남매 사이에 무슨 일이 벌어졌던 걸까?

인혜와 인성이 아이를 훔칠 때 엄마는 살아 있었을까?

지난번 만난 위탁모에 의하면 인혜, 상원 부부는 해나 이전엔 입양 기록이 전혀 없었다고 했다.

그들은 왜 아기를 훔치는 비상식적인 일을 저지르게 되었을까.

나는 어쩐지 그 이유 속에 내화당에 남겨 둔 '사과 쪽지'와 수감 시절 나를 면회 왔던 '낯선 접견 신청자'와 배달된 '이십억의 무게' '엄마의 죽음' 그리고 '해나의 등장'까지 출소 후 나에게 일어난 일련의 사건들의 해답이 있을 것 같았다.

아홉 살 해나는 어디부터 어디까지 혼자 알고 있었던 걸까.

아홉 살 해나 혼자 비밀을 짊어지게 하는 게 맞는 걸까.

아홉 살 해나는 나에게서 뭘 바랐던 걸까.

***

"사과해, 임마."

창수가 도착한 곳은 재석이 잠들어 있는 수목장이었다. 며칠 전 내린 눈 때문에 발이 푹푹 들어가는 숲을 잠시 헤맨 끝에 창수는 한 나무 앞에 멈췄다.

나무엔 '서재석 님'이라 쓰인 명패가 걸려 있었다.

재석의 장례 이후 첫 방문이었다. 창수는 나무뿌리 주변의 눈을 정리하고 재석이 평소 좋아했던 순대와 소주 한 병을 놓은 뒤 눈을 조금 더 파내고 그 위에 녀석의 유골함을 놓았다.

"너도 이 아저씨 알지? 벌주려고 온 건 아니야. 내가 무슨 자격으로 네 놈에게 벌을 주겠어. 그냥 너도 꼭 사과하고 싶었을 거라 믿는다. 사과해도 안 받아 주면 받아줄 때까지 사과해. 그래도 안 받아주면 할 만큼 했으니까 에라 모르겠다 하지 말고 쭉 미안한 마음으로 살아. 그것도 사과야."

창수는 담배 하나를 꺼내 물어 연기를 태운 다음 나무 아래 꽂았다.

"형, 여직 못 끊었지? 천국서 담배 피우는 사람 드물겠지만 이건 내가 주는 거니까 꼭 펴라. 내가 지금 이 녀석 데리고 와서 서운하고 뭐 그래? 이왕 이렇게 만난 거 되도록 많이 혼내. 앤 좀 그래도 돼. 그리고 나는… 나는 다시 와서 혼날게. 지금 나한테 다른 방법이 없어. 아무래도 나는 형이 말한 누구 보호자가 될 팔자는 아닌가 보다. 실망 시켜 미안해, 형. 또 올게. 올 수 있다면."

숲을 빠져나온 창수가 차에 오르자 아내에게 문자가 도착했다.

〔미안해. 어머님 더는 힘들 것 같아. 수인이가 너무 안 좋게 변해. 그리고… 며칠 전부터 자꾸 누가 우릴 따라다니는데. 고모 일 때문인 거지?〕

창수가 답을 보냈다.

〔금방 해결할게. 약속해.〕

이어 창수는 그동안 수인에게 받은 문자들을 하나씩 읽어내려 갔다. 수인은 아버지를 증오하고 있었다.

더는 그게 뭐든 돌이킬 수 없을 것 같은 기분이 창수를 에워쌌다.

결정한 듯 차에 시동을 건 창수는 내비게이션에 주소를 입력한 뒤
안내시작 버튼을 눌렀다.

목적지는 이층 목조저택이었다.

***

프런트에서 소윤이 건넨 택배물의 수신자는 확실한 여경이었고
발신자는 다름 아닌 '초인혜'. 해나의 양어머니였다.

전혀 예상치 못한 듯 여경은 재차 발신자의 이름을 확인 했고

소윤은 이런 여경의 반응을 살피고 있었다.

"언니분께서 보내신 거죠? 저도 오랜만이라 처음엔 누군가 했어
요."

"아뇨, 이 사람이 제 언니일 리가 없잖아요? 난 주씨고 이분은 초
씨인데."

"아, 저는 해나가 여경 씨를 항상 이모라고 불러서…."

여경은 미처 몰랐다는 듯 순진한 표정을 짓는 소윤에게 말했다.

"네, 맞아요. 해나는 날 이모라고 불러요. 언니라고도 부르고 때론
엄마라 불러야 할 때도 있고."

"…?"

"쓸데없이 빙빙 돌리지 말고 궁금한 걸 물어요. 대답해줄 테니까."

"…."

여경이 단호한 눈으로 자신을 쳐다보자 비로소 소윤은 해리티지
의 입주민이 아닌, 정체를 알 수 없는 의뭉스러운 여자의 정체를 알
아야겠다는 듯 여경을 똑바로 쳐다봤다.

그 차이는 하늘을 올려다볼 때와 땅을 내려다볼 때만큼 컸다. 이런 태도가 익숙한 여경은 차라리 편하게 느껴질 지경이었다.

"당신이요. 당신이 누군지 궁금해요. 그리고 그 아이. 결코 해나로 보이지 않는 그 아이도요. 도대체 당신들 누구죠?"

"내가 누군지는 구창수 씨에게 물어보시고, 그 아이는 해나의 쌍둥이. 언니인지 동생인지는 모르겠지만. 그 외에 궁금한 것들은 아마 이 택배 속에 답이 있을 것 같은데. 물론 당신과는 상관없지만."

"그럼 그쪽은 상관있나? 가짜 보호자 행세나 하면서?"

"아, 그게 내 밥벌이라."

혐오스럽다는 듯 여경을 보는 소윤의 시선이 자꾸 택배 상자에 적힌 인혜의 이름을 흘깃거리자, 여경은 그녀의 시선을 튕겨내듯 손가락으로 상자를 툭 쳤다.

"하나만 더 물을게요. 해나 부모님은 어디 있죠?"

"그건 나도 당신만큼 궁금해서 이제 만나보려고."

"그래요? 그럼 좀 서두르셔야겠네요. 전 이만, 퇴근이라."

이 말을 끝으로 소윤은 로비를 빠져나갔다.

해리티지를 막 나선 소윤은 바로 창수에게 전화를 걸었지만 받지 않았다. 그는 종일 소윤의 전화를 피하는 것 같았다.

택배 상자를 뜯어내자 꽃무늬 패브릭이 덧입혀진 오래된 다이어리 다섯 권과 두 통의 편지가 들어 있었다.

첫 번째 다이어리엔 산모기록카드와 쌍둥이들의 초음파 사진이 시기별로 붙어 있고, 임신기한 동안 생긴 몸의 변화와 우울감, 불안 등이 짧게 기록되어 있었다.

이 기록자의 이름은 '주미경'이었다.

그리고 첫 번째 다이어리와 같은 날 기록을 시작한 두 번째 다이어리. 산모기록카드와 초음파 사진은 없었지만 배 속 아이의 성장과정, 의사의 조언과 잡지나 책에서 찾아낸 산모에게 좋은 음식, 환경, 운동에 대한 스크랩, 산모가 하루 동안 먹은 것, 낮잠을 잔 시간, 운동 시간까지 임신 기간의 일상과 태어날 아기에 대한 설렘이 고스란히 기록되어 있었다.

두 번째 다이어리를 쓴 사람은 '초인혜'이었다.

세 번째 다이어리부터는 인혜와 상원이 함께 기록한 육아 일기였다. 아이의 첫 목욕부터 시작한 내용은 다섯 번째 다이어리에서 점차 아이의 병상 일기로 바뀌더니 삼 년 전 크리스마스를 마지막으로 일기는 아이의 죽음과 함께 끝났다.

편지는 이미 누군가 읽은 듯 두 통 다 봉투가 뜯겨 있었는데 그중 하나는 '유서'라 쓰여 있었다.

내용을 확인한 여경은 '주여경님에게 드립니다'라 쓰여 있는 나머지 한 통도 마저 읽기 시작했다. 이는 인혜가 여경에게 보낸 편지였다. 한 번 본 적도 없는 대상에게 받은 편지는 이렇게 시작했다.

'여경님께 죄송하다는 말밖엔 뭐라 드릴 말씀이 없습니다. 저는 당신의 어머니를 죽게 만든 살인자며, 당신의 어린 동생을 훔친 유괴범입니다.'

인혜가 자신에게 남긴 세 장의 긴 편지를 다 읽은 여경의 머릿속은 온통 한 가지 생각으로 가득했다.

내일이면 해나는 떠나고 없다.

지금 당장 해나를 만나야 한다.

아무도 없는 집에 혼자 있을 해나를.

〔해나 주소 알려주세요.〕

해나의 기사에게 문자를 보내자 곧바로 답장이 도착했다.

〔제 번호는 어떻게 아셨습니까?〕

해나가 병원에서 퇴원하던 날 여경은 해나가 기사를 호출할 때 슬쩍 휴대전화에 찍힌 번호를 보고 외웠었다.

〔안 그래도 지금 여경 씨에게 연락을 할까 고민 중이었습니다.〕

〔저한테요?〕

여경은 영문을 알 수 없어 반문했다.

〔실은… 해나가 좀 위험할지도 몰라서〕

해나의 기사는 창수의 미행과 방문에 대해 알려줬다.

여경은 그동안 의심스러웠던 창수의 행동이 이해되는 동시에 프런트에서 소윤이 아무렇게나 툭 던진 말이 떠올랐다.

'그래요? 그럼 좀 서두르셔야겠네요.'

해나도 창수도 전화를 받지 않았다.

제니가 테라스에 놓아둔 검은 캐리어를 끌고 나왔다.

"이… 이거 진짜야?"

긴 설명을 할 여유가 없었다. 여경은 곧바로 외투를 걸쳤다.

"응. 필요한 만큼 가져가."

"시, 싫어. 나… 언니… 신고하… 기 시, 싫어."

"신고 안 해도 돼. 나도 방금 알았는데, 그거 내 돈 맞아. 그리고 지금 해나가…."

제니에게 지금 해나가 위험하다는 말을 하려던 여경은 순간적으로 뜨거운 뭔가가 목에서 차올랐다.

"렌터카 아직 주차장에 있지?"

"응… 있어. 근… 데 해나가 왜? 무… 슨 안 좋은… 일이야?"

"나 가서 해나 데리고 올게."

이 짧은 문장을 말하는 동안 여경의 목소리는 몹시 떨리고 있었다. 제니는 주머니에서 차키를 꺼내 여경에게 건넸다.

"응, 꼭 데… 리고 와…. 기다릴게."

침 입

그는 분명 망설이고 있다.

창수가 산언덕 아랫마을에 도착했을 땐 어슴푸레 땅거미가 지고 있었다.

서양 어디에선가 이 시간을 '개와 늑대의 시간'이라 부른다 들었다. 마을 어귀 공터에 멈춘 창수의 차는 아직 시동이 꺼지지 않았다. 이대로 핸들만 돌려 다시 돌아갈 수도 있다.

사직서는 보류 중일 것이다.

몇 번 머리를 조아리면 원래의 자리로 돌아갈 수도 있다. 그런데 그러면? 돌아간다는 건 어떤 의미일까?

더 이상 요양원에도 이혼한 아내에게도 보낼 수 없는 치매 중증의 어머니와 자신의 미래를 아버지가 짓밟고 있다 믿는 수인과 해외 도피 중인 여동생 부부에게 넘겨받은 빚들, 가족 주변을 맴돌며 협박

의 강도를 높이는 사채업자들, 매일 부딪쳐야 하는 인간 실격의 전
과자들과 세상에 증오만 쏟아내는 아이들.

창수가 돌아가 마주해야 할 세상이었다.

마을 개들이 늑대처럼 짖어 대기 시작하자 망설임을 끝낸 창수는
시동을 끄고 차 밖으로 나왔다.

***

정다운 가족이 살고 있는 집처럼 보였다.

지난번엔 대낮이었음에도 어딘지 모르게 을씨년스러웠던 분위기
는 온데간데 사라지고 없었다. 집안 곳곳을 밝힌 조명들이 옅은 색
커튼을 뚫고 창밖으로 뻗어 나와 바싹 마른 마당을 따뜻하게 비추
고 있었다.

벨을 누르며 창수는 긴장한 듯 침을 삼켰다.

누군가 인터폰 수화기를 들고 물었다.

"누구세요?"

성인 여성의 목소리였다.

방금까지 깔깔거렸는지 여자의 목소리엔 웃음이 배어 있었고 인
터폰으로는 때 지난 빙 크로스비의 캐럴 'Let It Snow'가 흘러나왔다.

"예, 저는… 이런 사람입니다."

창수는 보호관찰관 신분증을 인터폰 렌즈에 들이밀었다.

"무슨 일이죠?"

"실례지만 주여경 씨와 관련해서 좀 물어볼 게 있어서요. 잠시만
시간을 내주시면….."

"해나야? 해나야!"

여자가 큰 소리로 아이의 이름을 부르자 이층 계단을 뛰어 내려오는 아이의 발걸음 소리가 인터폰 밖으로 새어 나왔다.

"엄마! 아빠가 머리 안 말려줘!"

"어휴, 상원씨! 이러다 해나 감기 걸려요."

"너 엄마한테 사실대로 말 안 할 거야? 내가 머리를 말리려고 하면 해나가 자꾸 춤을 춰."

남자의 목소리도 들렸다.

"두 사람! 경고하는데 십분 안에 젖은 머리가 다 마르지 않으면 엄청 건강한 케일 주스를 마시게 될 거야."

여자의 말에 아이가 계단을 뛰어오르는 소리가 쿵쿵 들렸다. 담 너머 목조저택 커튼 안으로 계단을 오르는 아이의 그림자가 보였다.

어떻게 된 걸까?

창수는 곧바로 자신의 실수라 생각했다.

벼랑 끝에 내몰린 상황들 때문에 자신이 극단적 오해를 했다고. 한편으로 다행이라고도 생각했다. 이제 다시 마을로 내려가 차에 시동을 켜고 돌아가면 된다. 시궁창 속으로.

"죄송해요. 제가 정신이 없어요. 뭐라고 하셨죠?"

"아닙니다. 늦은 시간에 실례했습니다."

"네, 안녕히 돌아가세요."

인터폰이 끊어졌다.

스스로 생각해도 어이없던 창수는 헛웃음이 났다.

이 큰 집에 아홉 살 여자아이가 돈가방을 숨긴 채 혼자 살고 있다 믿었다니. 어쩌다 이딴 '하찮은 상상'까지 하는 인생이 되었을까 개

탄스러웠다.

그렇게 발걸음을 돌리려던 창수는 고개를 돌리다 문득 이층 발
코니에서 자신을 내려다보는 아이의 검은 실루엣과 눈이 마주쳤다.

창수가 떠난 것을 확인하려는 듯 아이의 실루엣은 뻣뻣한 자세로
우두커니 서 있다 창수가 돌아보자 재빨리 몸을 숨겼다.

그제야 창수는 산언덕에 한 집뿐인 목조저택의 모든 창문이 왜 전
부 커튼에 가려져 있는지 궁금했다.

무엇을 감추기 위한 것일까.

창수가 다시 벨을 눌렀다.

조금 전과 같은 여자의 목소리가 들렸다.

"누구세요?"

인터폰을 끊은 지 불과 일 분 남짓 지났을 뿐이었다. 이 집으로
만 통하는 샛길을 오가는 사람도 없는 상황에서 여자는 당연히 '방
금 그 사람'일 거라 예상치 못하고 일 분 전과 똑같은 톤으로 누구
냐고 물었다.

이어 반복 재생되 듯 빙 크로스비의 'Let It Snow'가 흘러나왔다.

창수는 아무 말 없이 여자의 다음 대사를 기다렸다. 아마도 '무슨
일이죠?' 일것이다.

"무슨 일이죠?"

"초인혜씨 본인이십니까?"

"…"

"초인혜씨?"

"해나야? 해나야! 어휴, 상원씨! 이러다 해나 감기 걸려요

인터폰은 끊어졌다.

창수가 '하찮은 상상'을 확신하는 바로 그 순간 목조저택의 모든 조명이 전원을 내린 듯 일제히 꺼져버렸다.

일종의 선전포고처럼.

***

예상보다 늦어졌지만 나는 그가 반드시 돌아올 거라 생각했다. 현재 그의 유일한 탈출구는 검은 캐리어 하나뿐이고, 그가 상대해야 할 사람은 기껏해야 고작 아홉 살인 나 하나이기 때문이다.

그가 정중하게 벨을 누르자 나는 가족 영상에서 편집한 몇몇 소리들을 인터폰을 통해 들려준다. '해나'가 계단을 오르내리는 소리에 맞춰 나 역시 이층 계단을 오르내린다.

담 너머로 집 안을 훔쳐보던 그는 실루엣으로 확인되는 커튼 안 상황에 당황했고, 자신의 오해를 인정하는 듯 보인다.

하지만 그가 한 번 더 벨을 누를 거라 예상했음에도 불구하고 나는 실수로 같은 녹음 파일을 재생하는 실수를 저지르고 만다.

이제 그는 집 안으로 들어올 것이고 나는 스스로를 지키기 위해 짜놓은 계획들을 실행할 것이다.

앞으로 비행시간까지는 22시간이 남아 있다.

***

마치 창수를 목조저택으로 초대하듯 '철컥'하는 소리와 함께 대문의 잠금장치가 해제되었다.

조심스럽게 마당으로 발걸음을 옮긴 창수는 휴대전화 라이트를 켰다. 모든 조명이 꺼진 저택의 마당엔 달빛을 받은 겨울 잡초만 긴 그림자를 내밀어 바닥을 어지럽히고 있었다.

마당을 지나 현관에 다다른 창수는 커튼 틈 사이로 거실 내부를 살폈다. 어두운 가운데 움직이는 건 아무것도 없다. 현관문 역시 잠겨 있지 않다.

이 아홉 살 꼬마는 무슨 생각 중인 걸까?

"계십니까?"

거실로 들어서며 큰소리로 외쳤지만 아무런 대답이 없었다. 일층의 거실과 주방, 응접실과 손님용 화장실을 차례로 지나 부부 침실에 들어서자 잘 정돈된 침구와 가구가 보였다.

벽엔 상원과 인혜의 결혼사진, 작업실에서 본 같은 가족사진이 걸려 있었다. 손가락으로 화장대 위를 밀어 닦자 손끝으로 먼지 뭉치가 만들어졌다.

옷장과 침대 아래, 서랍장 등 어디에도 그가 찾는 물건은 보이지 않았다. 부부 침실을 나와 이층 계단을 오르는 동안 창수는 이 집에서 아홉 살짜리 여자아이가 혼자 지낸다는 사실이 도무지 믿어지지 않았다.

이층엔 복도를 중심으로 양쪽에 세 개의 문이 있었다. 하나는 아이의 키에 맞춰 제작한 세면대와 좌변기, 욕조가 있는 욕실이었고, 또 하나는 발코니가 있는 아이의 방이었다.

지나치게 잘 정돈된 아이의 방은 여느 또래 여자아이의 방에서 볼 수 있는 분위기와는 사뭇 달랐다. 처음 눈에 띈 건 바구니에 담긴 소아당뇨 관련 물품들과 주사기들이었다. 책장엔 어른이 읽기에도 벅찬 책들이 꽂혀 있었고, 벽엔 외우려는 듯 영어문장들이 빼곡하게 붙어 있었다.

옷장 문을 열자 대부분 검거나 짙은 계열의 원피스들 아래로 두 개의 캐리어가 나란히 자리하고 있었다. 창수는 재빨리 캐리어를 끄집어 내 열었지만 그 안엔 사계절 옷가지들과 휴대용 혈당조절 물품, '아담스 패밀리'란 제목의 DVD 두 장이 전부였다.

창수가 찾는 물건은 이곳에도 없었다.

복도로 나온 창수는 복도 끝에 위치한 세 계단 정도 올라 있는 문을 열려 했으나 잠겨 있었다. 다락방으로 연결되는 이곳은 이 집에서 유일하게 잠겨 있는 곳이었다.

'이곳에 아이가 숨어 있는 것일까.'

'캐리어를 찾은 다음 저 아이는 어떻게 해야 하는 거지?'

창수에게 필요한 것은 캐리어에 담긴 현금뿐이었다.

아이는 아무 상관 없었다.

이 큰 집에 혼자 머물며 여경을 보호자 대행으로 고용한 아이의 비밀스런 사정이 있을 것이다. 서로의 비밀을 침묵의 조건으로 걸 수도 있다. 이 단순하고 비열한 생각이 먹히길 바라며 창수는 열리지 않는 문을 향해 몸을 던졌다.

비스듬히 누운 지붕에 난 창으로 푸른 달빛이 다락방을 채우고 있었다. 수북이 먼지가 쌓인 흰 천들을 걷어내자 다양한 의료전문 기기들과 아동용 병상, 녹슨 휠체어가 모습을 드러냈고 쌓여 있는 상자들엔 온통 의학 전문 서적과 특정 질병에 관한 스크랩북, 의학 사전 따위로 꽉 채워 있었다. 오래전 폐업한 소아병동을 방불케 하는 광경이었다.

구석에서 이민용 캐리어를 발견한 창수는 기대감을 갖고 꽉 잠긴 지퍼를 애써 열었지만 캐리어를 가득 채운 건 산타인형들과 크리스마스 장식용품들이었다.

뭘 잘못 건드렸는지 다락방 안에 캐럴이 들리기 시작했다.

빙 크로스비의 'Let It Snow'였다.

노랫소리는 다락방에서 흘러나온 것이 아니었다.

소리를 따라 해나 방의 발코니로 나간 창수는 뒷마당을 환하게 밝힌 유리로 된 삼각 지붕을 발견했다.

그 아래로 창수가 애타게 찾던 검은 캐리어가 보였다.

해나의 기사가 은행에서 끌고 나오던 바로 그 캐리어였다. 서둘러 해나의 방을 나서던 창수의 팔꿈치가 뭔가를 툭 건드렸는지 '쨍그랑!' 하는 소리와 함께 박살난 토모코의 둥근 얼굴이 바닥을 구르다 멈췄다.

***

온실은 홀로 겨울을 비껴간 것처럼 짙은 푸른색들로 가득했다. 그러나 곧 피부에 와닿는 건조하고 차가운 냉기에 창수는 이내 이곳이 온실이 아닌 냉실임을 깨달았다.

뭘 태우고 있는지 냉실 내부엔 매캐한 냄새와 희뿌연 연기가 공기 중에 떠다니고 있었다. 길을 가로막는 커다란 잎사귀들을 손으로 밀치자 냉실 중앙에 위치한 긴 식탁이 보였다. 이윽고 창수가 캐리어보다 먼저 발견한 것은 식탁에 엎드린 채 죽은 남녀였다.

너무 놀라 곧장 뒷걸음쳐 나가려 했지만 이내 문 앞에서 발걸음을 멈췄다.

이곳에 캐리어가 있다. 이대로 돌아갈 순 없다.

식탁 주변으로 돌아온 창수는 죽은 채 훼손되지 않은 남녀의 사체를 보며 그들이 사진에서 본 해리티지의 젊은 부부이자 해나의 양부모란 사실을 알 수 있었다.

식탁에 고개를 파묻은 남자의 시선은 피할 수 있었지만 고개를 옆으로 돌린 여자와 눈이 마주치자 섬뜩함이 느껴졌다.

이들에게 무슨 일이 벌어졌던 걸까.

가빠진 호흡을 진정시키기 위해 창수가 천천히 숨을 들이마시고 내뱉자 아까부터 냉실을 매캐하게 채우던 연기가 그의 입과 콧속으로 빠르게 흘러 들어갔다.

이를 전혀 눈치채지 못한 창수는 연신 기침을 해대며 냉실 안을 뒤적인 끝에 드디어 캐리어를 찾아냈다.

달러로 환전된 돈은 얼핏 봐도 그가 짐작했던 액수를 훌쩍 넘어섰다. 창수는 자신에게 필요한 만큼만 챙기려는 듯 미리 준비한 봉투에 돈을 담기 시작했다. 하지만 이내 그는 젊은 부부가 죽어 있는 식탁 쪽을 한 번 돌아보더니 봉투에 담은 돈을 다시 캐리어로 쏟아붓고는 지퍼를 닫은 다음 봉투는 버리고 캐리어만 끌고 일어났다.

열 걸음 정도 걸었을까,

그는 계속된 기침과 어지러움이 동반된 구토 증상에 주저앉았고, 그제야 자신이 뭔가를 잘못 들이마셨다는 사실을 알았는지 뒤늦게 손으로 입과 코를 가렸지만 곧 그의 팔은 힘없이 바닥을 향해 떨어졌다.

얼어붙은 식물 이파리들이 부채질을 하고 빙 크로스비의 목소리가 다섯 살 여자아이의 목소리로 변하더니 어디선가 자신을 원망하는 수인의 목소리가 울려 퍼졌다.

냉실을 벗어나려 비틀거리며 식탁 위치까지 겨우 다다른 그의 손엔 여전히 캐리어가 들려있었다.

겨우 주머니에서 휴대전화를 꺼낸 그는 막 걸려온 여경의 전화에 온 힘을 다해 통화버튼을 눌렀다.

"당신 어디야! 해나한테 무슨 일이라도 생기면 당신 내가 죽여버릴 거야!"

"여… 여기로 와줘…."

"이봐! 구창수!"

누군가 걸어와 창수의 손에서 휴대전화를 빼내 통화종료 버튼을 눌렀다.

바닥에 쓰러져 의식을 잃어가던 그가 마지막 순간 본 건, 식탁에 엎드린 그녀를 가린 채 서 있는 방독면을 쓴 어린 여자아이였다.

아이가 창수를 내려다보며 천천히 말했다.

"걱정 마세요. 죽진 않을 거예요."

이 아이를 고작 아홉 살짜리라 생각한 스스로를 책망하며 창수는 두 눈을 감았다.

방 심

꽃말은 '방심은 금물'이다.

'이 꽃은 사람을 다치게 할 수 있어 함부로 만져선 안 돼.'
'하지만 이렇게 예쁜데요? 이런 꽃에도 꽃말이 있나요?'
'그럼. 당연히 있지.'
'뭔데요?'
'방심은 금물이란다. 어때, 무척 어울리지 않니?'

***

그는 예상대로 집 안을 먼저 둘러본다.

그가 도착하기 전 나는 냉실에서 밖으로 난 배기통 위치를 내부로
돌려놓는다. 원래 냉실이었던 이곳을 온실로 사용하기 위해 양어머

니가 가장 먼저 설치한 것이 바로 이 배기통이었다.

난 배기통이 연결된 화로에 양어머니가 채취해 말려놓은 독당근과 유도화 줄기와, 이파리, 꽃잎을 넣고 태운다. 배기통을 통해 흘러나온 연기가 천천히 냉실 안으로 퍼지기 시작한다.

이 때문에 냉실은 조금씩 냉기를 잃고 온실로 변해가다 머지않아 얼어붙은 모든 것들이 녹기 시작할 것이다.

식탁 위에 엎드린 나의 양부모님도.

나는 이층집에서 캐리어를 찾지 못한 그를 이곳으로 유인하기 위해 냉실 전체에 불을 밝히고 캐럴을 튼다.

곧바로 냉실로 들어선 그는 이내 죽은 양부모님을 발견하고 놀라 뛰쳐나가는 듯했으나 이내 돌아와 그토록 원하던 캐리어를 찾아낸다. 그 속엔 그가 필요로 하는 금액의 몇 갑절의 돈이 들어 있다. 처음엔 필요한 만큼의 금액을 챙기던 그가 욕심을 부려 캐리어를 끌고 냉실을 나서다 결국 쓰러지고 만다.

그는 스스로 돌이킬 수 없는 상황으로 걸어 들어온 것이다.

나는 배기통을 다시 냉실 밖으로 향하게 하고 문을 열어 냉실을 환기시키고 그의 입속으로 해독제를 몇 방울 떨어뜨린다. 그는 머지않아 깨어날 것이다. 모든 것이 내가 세운 계획 안에서 진행되었다.

단 한 가지만 빼고.

여경, 그녀가 지금 이곳으로 오고 있다.

***

휴대전화 너머 창수의 목소리가 심상치 않다.

계속해 전화를 걸어보지만 받지 않는다.

그가 정말 해나의 집을 찾은 것일까.

그는 해나가 혼자인 걸 알고 있을까.

내비게이션의 안내가 끝나는 곳에 불꺼진 이층 저택이 보였다.

차에서 내린 나는 찬바람에 뒤섞인 매캐한 냄새를 알아챘다. 시골 병원의 간호조무사 시절 길가에 아무렇게나 자리잡은 이 식물들로 병원을 찾는 이들이 종종 있었기 때문에 그 성질을 웬만큼 알고 있었다.

나는 머플러를 풀어 코와 입을 감싸고 열린 대문 안으로 들어간다.

불 꺼진 이층 목조저택 뒤에서 희미하게 캐럴이 흘러나오고 있다. 소리를 따라 뒷마당으로 가니 유리로 만든 화원이 보인다. 이곳이 매캐한 연기의 진원지인 것 같다.

식물 조명만 밝힌 내부는 전체적으로 어두운데다 이파리가 큰 식물들이 앞을 가로막고 있어 시야 확보하기가 쉽지 않다.

다행히 내부엔 연기가 거의 빠져나간 듯 보인다. 나는 얼굴을 감쌌던 머플러를 풀고 창수의 번호로 전화를 건다. 낮은 벨 소리가 들리자 근처에 세워진 삽을 들고 벨 소리를 따라 바쁘게 고개를 움직인다.

화원 중앙에 도착하자 축 늘어진 상태로 의자에 묶인 창수를 발견한다. 두 팔과 다리는 케이블 타이로 여러 차례 묶여있고 요란하게 번쩍이는 크리스마스 전구가 창수를 장식하듯 온몸에 칭칭 감겨있다. 그는 의식이 없는지 입에 수건을 문 채 고개를 숙이고 움직이지 않는다.

불안하게 뛰는 그의 맥박을 확인한 나는 입속에서 수건을 꺼내고 그를 휘감고 번쩍이는 크리스마스 전구를 *끄*기 위해 선을 따라 긴 테이블 아래로 몸을 숙이고 들어간다.

드디어 찾은 전원 스위치 버튼을 누르려다 테이블을 뒤덮은 천 아래로 성인 남자의 다리를 본다.

저 다리는 창수의 다리가 아니다.

고개를 돌린 나는 치마를 입고 구두를 신은 여자의 다리도 발견한다. 둘에게서 마치 끈 풀린 마리오네트 인형의 다리처럼 아무 움직임이 느껴지지 않는다.

테이블 밖으로 나온 나는 천천히 뒤돌아 긴 테이블에 엎드린 두 사람을 쳐다본다.

한눈에도 그들이 이미 죽었다는 걸 알 수 있다.

테이블에 이마를 댄 채 엎드린 남자의 얼굴은 볼 수 없지만 여자는 고개를 돌리고 있어 얼굴 확인이 가능했다.

예상대로 그녀는 초인혜였다.

맞은편에 엎드린 남자는 진상원일 것이다.

갑자기 그녀가 남긴 유서 내용이 떠오르자 두려움보단 안타까움이 앞선다.

"여기엔 무슨 일이에요?"

어느새 해나가 표정 없는 얼굴로 긴 테이블 끝에 서 있다.

"저 사람… 니가 저랬니?"

"누구요?"

"내 담당 보호관찰관."

"저 사람은 더 이상 언니의 보호관찰관이 아니에요."

"맥박이 너무 약해. 잘못될 수도 있어. 병원에 가야 해."

"해독제를 먹였으니 금방 괜찮아질 거예요."

해나가 팔목을 걷어 시간을 확인한다.

"스무 시간 정도 남았어요. 그때까지 우린 모두 여기 있어야 해
요."

겨우 정신이 들었는지 힘겹게 눈꺼풀을 들어 올린 창수가 끙, 소리
를 내며 겨우 고개를 든다.

우리 둘을 본 그의 얼굴이 순식간에 붉어진다.

"당장 이것부터 풀어. 니들 둘 다 제정신 아니야!"

그는 이 모든 게 해나와 나의 계획이라 여기는 것 같다.

창수가 묶인 채 있는 힘껏 몸부림을 치자 그를 감고 있는 크리스
마스 전구가 짤랑거리는 소리를 낸다.

"거봐요. 괜찮을 거라 그랬잖아요."

몸을 흔들어대는 창수 뒤로 나에게 배달된 것과 같은 모양새의 캐
리어를 발견한다.

내용물을 확인한 나는 그에 대한 혐오감이 밀려온다.

"이것 때문이야? 저 아이를 쫓은 이유가?"

"봤어? 저기 죽은 사람들. 주여경, 넌 이미 다 알고 있었던 거지?
쟨 사람을 죽였어! 지 양부모를 죽였다고!"

"입 다물어! 다시 수건으로 입을 틀어막아버리기 전에!"

해나는 표정도 초점도 없이 그저 인형처럼 가만히 서 있다.

"누굴 해칠 생각은 절대 없었어. 지금 내 사정이… 사정이 너무 안
좋아서 그래. 그냥 저 캐리어만, 아니 전부는 말고 다만 얼마만 있으

면 돼. 조용히 그 돈만 가지고 갈게. 그러니까 이것 좀 풀어줘. 어?"

뻔뻔스러운 창수의 말에 어이가 없어 헛웃음이 터져 나온다.

"하, 누굴 해칠 생각이 없었다고? 저 돈에 손을 대는 순간! 당신은 이 아이의 미래를 박살 낸거야. 여기 이렇게 왔을 땐 당신도 다 알았을 거 아냐. 알아놓고도 사람이 어떻게 그래! 도와주지는 못할망정… 당신도 나도 어른이잖아. 그러면 안 되는 거잖아! 재 보여? 재… 이제 겨우… 겨우 아홉 살이야. 난 재가 아홉 살인 게 볼 때마다 기가 찬데, 당신은 어떻게 그럴 수 있냐고!"

창수는 아무 말이 없었고 해나는 여전히 어딜 바라보고 있는지 무슨 생각을 하고 있는지 당최 알 수 없는 표정으로 서 있다.

나는 이 아이를 위해서 뭘 해야 하는 걸까.

과연 내가 할 수 있는 게 있기나 할까.

우리의 침묵은 테이블 위에 놓인 창수의 휴대전화가 울리면서 깨진다. 액정 화면에서 발신자를 확인한 그의 얼굴이 새하얗게 질려 간다.

"부탁이야. 이 전화 꼭 받아야 해. 안 받으면 가족이 위험해. 아무 말도 안 할게. 약속해."

해나가 고개를 끄덕이자 나는 휴대전화를 창수 얼굴 앞에 대고 영상통화 수락 버튼을 누른다.

화면 속엔 창수의 노모가 양손으로 족발을 집고 입안 가득 욱여넣고 있다. 검은 양복을 입은 남자들이 노모 옆에서 박수를 치며 물잔에 술을 따라 노모에게 건넨다.

"구선생, 어머니가 술을 꽤 하셔. 벌써 두 병째지? 우리 구선생도 어머니 닮아서 풍류도 좀 알고 그럼 좋은데 말이야. 엄니, 노래 불러봐. 여기 아들 있잖아, 아들. 아들이 엄니 자장가 들어야 우리 돈을 갚겠다네?"

붉은 핏줄이 창수의 목에서 눈을 지나 이마로 번져간다.

"아직 내일까지… 멀었어."

"알지. 상상해봐. 내일 어떤 일이 벌어질지. 가만 보면 우리만 급하지 니들은 너무 한가하거든."

"최선을 다하고 있어."

"최선이라…. 구선생이 최선을 다하니까 우리도 최선을 다해야겠지? 내일 당신 딸내미가 학교로 등교할지 우리 사무실로 등교할지 결정하자고. 근데 구선생 어디 좋은 데 있나 봐? 지금 들리는 거 이거 캐럴 맞지?"

"어머닌 지금 당장 아내 집으로 모셔다드려."

"안 그래도 그럴까 해, 더 데리고 있다가 똥이라도 싸지르면 큰일이니까. 우리가 오늘 회식이라 구선생 집까진 너무 멀고 딸내미 학원 앞에 모셔다 놓을게. 함 보자, 마침 좀 있음 마칠 시간이네."

"안 돼! 부탁할게. 수인이가 더는 견디지를…."

전화가 끊어지고 창수는 계속해서 온몸을 뒤틀며 두꺼운 비명을 질러댄다.

"당장 풀어! 나, 가야 해. 안 가면… 내가 안 가면…."

"죄송하지만 그럴 순 없어요. 아저씬 제가 한국을 떠난 뒤에 집으로 갈 수 있어요."

"그럼 늦는다고!"

창수가 또 고함을 지르며 몸부림을 쳤지만 해나는 동요하지 않는다. 나는 그가 가여워진다.

"보내주자."

"…"

"해나야!"

"언니도… 이제 내 편이 아닌 거예요?"

해나가 날 돌아보며 말한다.

"나는 네 편이야. 이제 네가 누군지 알거든."

"나는 우리가 만나기 훨씬 전부터 알았어요."

"알아. 미안해."

어디선가 날아온 눈송이가 해나의 어깨에 내려앉더니 이내 녹아 사라진다. 해나가 공허한 목소리로 말한다.

"괜찮아요. 이제 아무 상관 없어요."

유리천장 위로 4월의 눈이 떨어지고 있다.

아마도 유독 길었던 이번 겨울의 마지막 눈일 것이다.

냉실에선 여전히 캐럴이 흘러나오고 있다.

Since we've no place to go

Let it snow, let it snow

우린 달리 갈 곳도 없으니 그냥 눈이나 펑펑 내리게 둡시다.

산 타

산타를 믿는 아이의 삶은 어떤 것일까.

나는 우는 아이도 나쁜 아이도 아니었지만 매번 산타는 나에게 선물을 주지 않았다. 나중에서야 나는 알게 되었다. 산타가 나에게 들르지 않은 이유는 내가 그 누구의 딸도 아니기 때문이란 걸.

드디어 내가 누군가의 딸이 되어 처음으로 산타를 만나는 날 저녁, 나의 부모님은 내 곁을 떠나버렸다.

결국 그날도 산타는 나에게 들르지 않았다.

***

"산타요?"

"응, 산타할아버지에게 받고 싶은 선물이 있니?"

나에게도 부모님이 생겼으니 이제 진짜 산타가 오는 걸까?

"꼭 필요하지 않은 거라도 괜찮아요?"

'어린 해나'가 산타에게 소원을 빌고 그 소원이 마술처럼 이뤄지는 동안, 보육원에서 나는 어설픈 산타 복장을 한 삐쩍 마른 대학생 오빠들이 나눠주는 학용품을 받으며 자랐다. 우리의 산타들이 선물을 정하는 기준은 '꼭 필요한 것들'이었다.

"상관없을 거야. 그분은 네가 원하는 걸 준비하시거든."

"고민해보고 대답해도 돼요? 뭘 갖고 싶은지 아직 몰라서."

"그러렴."

양어머니는 내 머리를 쓰다듬었다.

중국요릿집 사장 아저씨와 같은 눈빛으로.

그날 저녁 나는 양어머니가 혼자 거실에서 TV를 보며 울고 있는 모습을 봤다.

거실 유리창에 비친 TV 화면엔 나와 꼭 같이 생긴 여자아이가 내복 차림으로 화려한 트리 앞에 앉아 산처럼 쌓인 선물 상자들을 열어보고 있었다. 아무래도 아이는 산타에게 상당히 많은 선물을 요구했던 모양이다. 양아버지는 루돌프 뿔이 달린 머리띠와 붉은 코를 달고 바이올린으로 캐럴을 연주하고 있었다.

방으로 돌아온 나는 차가운 토모코를 끌어안고 산타에게 받고 싶은 선물을 떠올리려 노력했지만 암만해도 떠오르지 않았다.

나는 단 한 순간이라도 '어린 해나'처럼 웃을 수 있을까.

나는 단 한 번이라도 산타를 기다리는 아이가 될 수 있을까.

그런 나를 양부모님은 '어린 해나'처럼 사랑해줄 수 있을까.

***

타닥타닥.

해나가 배기통이 연결된 화로에 장작을 넣자 곧 타닥타닥하는 소리와 함께 냉실이 따뜻하게 데워지기 시작했다.

여경과 해나, 묶인 창수와 죽어버린 해나의 양부모까지 모두 긴 식탁에 자리를 잡고 앉아 장작이 타들어 가는 소리를 들으며 침착해지고 있었다.

"왜 처음 만났을 때 말 안 했어? 네가 누군지 알았다면."

"…반갑지 않을까 봐서요."

잠자코 있던 창수가 갑자기 헛구역질을 시작하자 여경이 그의 고개를 살짝 젖히고 입안으로 물을 부어주었다. 하지만 창수는 물을 토해냈고 힘없는 헛구역질만 계속해댔다.

해나가 주머니에서 작은 유리병을 꺼내 창수의 턱을 한 손으로 받쳐 들고 입속으로 몇 방울의 액체를 떨어뜨렸다.

"해독제에요. 삼키세요. 반응 때문에 더 힘들지도 몰라요."

해나를 노려보며 창수는 혀에 떨어진 약 방울을 삼켰다.

"이제 열아홉 시간이 남았네요."

또다시 창수의 휴대전화가 울렸다.

이번 발신자는 '착한 딸내미'였다.

해나가 휴대전화를 집어 들자 창수가 받지 말라는 듯 격렬하게 고개를 저었다.

"안 돼. 받지 마. 지금 화가 많이 났을…."

창수의 말이 끝나기도 전에 해나가 통화수락 버튼을 누르고 스피

커폰으로 연결하자 아니나 다를까 화가 잔뜩 난 수인이 제대로 알아듣기도 힘든 거친 막말을 퍼부어댔다.

"애들이 전부 다 봤어! 그 미친 새끼들이 할머니를 학원 앞에 두고 갔단 말이야! 아 씨발, 존나 거지 같애! 진짜 아빠란 사람이 도대체 뭘 하고 다니는 거야! 그딴 새끼들이나 찾아오게 만들고! 그거 알아? 엄마가 아빠랑 왜 이혼했는지? 내가 사정했어. 당신 같은 사람이 아빠란 사실이 죽어도 싫으니까 제발 이혼해달라고. 내가 매일 울면서 사정했다고! 근데 왜! 아직도 당신이랑 이렇게 거지처럼 얽혀 있냐고! 당신처럼 안 되려고 내가 얼마나 노력하는데! 왜! 왜! 하필 당신 따위가 내 아빠데! 아씨, 진짜! 악!"

토하듯 쏟아내는 수인의 붉은 말들을 뒤집어쓴 창수는 죄인처럼 고개를 숙이고 아무 말도 하지 않았다. 흥분한 수인 너머 아이처럼 칭얼거리는 노모의 목소리가 들렸다.

"수인아… 아빠가 미안해. 그러니까 이제 그만해. 할머니가 많이 놀라신 것 같아."

"당신 엄마잖아! 나랑 상관없어. 여기 근처 지구대에 두고 갈 테니까 알아서 찾아가. 농담 아니야. 양심 있으면 엄마한테는 연락하지 마. 엄마도 지금 힘들어!"

지켜보던 해나가 휴대전화를 입에 바짝 가까이 갖다 대고 말했다.

"아이가 사랑해주지 않는 부모는 나쁜 사람이 되기 쉬워요."

"뭐래? 너 누구야! 악! 짜증 나, 다 싫어 진짜!"

"…"

"당장 끊어! 끊으라고!"

창수가 고함을 질러대자 어디선가 흥얼거리는 노랫소리가 들려왔다.

"할머니, 지금 뭐하는 거야? 미쳤어? 나 놀리는 거야!"

수인이 흥분해서 날뛰자 해나의 손에서 휴대전화를 빼앗아 든 여경이 소리쳤다.

"시끄러, 조용히 해. 할머니가 아빠한테 할 말이 있다잖아! 네 말대로 할머닌 아빠 엄마니까 넌 빠져."

여경의 말이 통했는지 더는 수인의 고함이 들리지 않았다. 그러자 장작 타는 소리보다 가늘게 노모의 노랫소리가 들려왔다.

그녀는 지금 아들에게 자장가를 불러주고 있었다.

어머니의 자장가에 죄인처럼 고개를 푹 숙인 창수가 어금니를 꽉 깨물고 울음을 참아내고 있었다.

이윽고 수인이 통화를 종료해버리자 더 이상 그녀의 목소리는 들리지 않았다.

"저 언니 때문이에요? 돈이 필요한 이유가?"

그의 어깨가 떨리고 있었다.

창수는 차오르는 모욕감을 애써 견디려는 듯 욱욱거리는 소리를 냈다.

"만약 저 돈을 아저씨한테 주면 언니가 아저씨를 안 미워해요? 제가 저 가방을 주면요. 언니가 아저씨를 사랑할 수 있어요? 혹시 그렇게 간단한 거예요?"

해나는 정말 궁금한 표정이었지만 창수의 귀엔 아무것도 들리지 않았다.

"…풀어줘. 어머니를 모시러 가야 해."

"이미 여러 번 말했지만 그럴 수 없어요. 이제 열일곱 시간 정도 남았어요."

"내가 대신 갈게. 할머니만 원하는 곳에 모셔주고 다시 여기로 오
면 되잖아."

"안 돼요. 언니도 여기 있어야 해요. 할머니는 제가 알아서 할게
요."

"네가 뭘 어떻게 할 수 있는데! 주여경, 넌 묶여 있지도 않잖아! 이
정신 나간 애 좀 어떻게 해봐!"

"흥분하지 마세요. 난 아홉 살이지만 아저씨가 생각하는 것보다
훨씬 많은 걸 할 수 있으니까."

해나가 어디론가 문자를 전송한다. 여경도 익히 아는 번호였다.

창수가 어느 정도 진정을 되찾자 아까부터 빤히 창수를 보던 해나
가 가까이 다가가 창수 앞에 섰다.

"왜? 또 뭐!"

"궁금한 게 있는데 물어봐도 돼요?

"…."

창수가 대답을 하지 않자 해나는 포기한 듯 힘없이 돌아섰다.

"뭔데?"

다시 돌아본 해나가 잠시 망설이다 물었다.

"아저씨 딸은요. 산타를 기다렸어요?"

"뭐라고? 무슨 소리야?!"

"아저씨 딸이요. 산타를 믿었어요?"

그 순간 여경은 인혜의 글에서 읽은 한 문장이 떠올랐다.

'해나에게 산타의 답장이 도착했다.'

인 혜

Santa Claus, Santa Claus' Main Post Office,
96930 Napapiiri, Finland

해나가 우리 곁을 떠난 지 일 년째 되던 날
거짓말처럼 산타에게서 답장이 도착했다.

***

벚꽃이 흐드러지게 피고 지는 4월에도 집엔 종일 캐럴이 울렸다.
해리티지 로비를 장식했던 화려하고 거대한 트리는 해나가 떼를
쓰는 바람에 1월 6일[4]을 훌쩍 넘기고서야 먼지를 수북이 안은 채 겨

---

4) 크리스마스트리는 전통적으로 1월 6일. 12월 15일부터 이어진 아기예수탄생축제가 끝나는 날.
동방박사 세 사람의 방문을 기점으로 정리된다.

우 정리되었다.

7월이 되면 아이의 방에선 매미 소리와 함께 캐럴이 흘러나왔다. 가을이 되어 낙엽이 떨어지면 우린 올해 트리를 장식할 오너먼트를 골랐고, 산타가 선물을 넣어 둘 양말을 바느질했다.

착한 일을 할 때마다 해나는 잊지 않고 삐뚤삐뚤한 글씨로 기록을 했다. 아이는 유독 빙 크로스비가 부르는 캐럴을 사랑했고 그중에서도 특별히 'Let It Snow'를 가장 좋아했다.

크리스마스이브에 태어난 아이라 유독 그랬던 걸까.

남편과 나는 해나가 건강해지면 다 함께 핀란드에 있는 산타 마을을 방문하겠다고 쉴 새 없이 손가락을 걸었다.

해나가 처음 쓰러져 입원했던 그 여름, 남편은 병원에 양해를 구하고 병실에 트리를 만들었고 해나가 뼛속을 파고드는 주사를 맞는 동안 바이올린으로 캐럴을 연주했다.

쓴 약을 먹고 마셔야 할 때마다 우리 부부는 스노우 스프레이를 뿌려대며 춤을 추었다. 당시 우린 병원에 있었지만 매일이 크리스마스이기도 했다. 아니 그래야 했다.

해나보다 세 살이 많던 유정이가 세상을 떠난 뒤 침상을 정리하러 온 유정 엄마가 수화로 말했다.

"덕분에 우리 유정이가 크리스마스는 원 없이 다 지내고 간 것 같아요. 고마워요, 해나 엄마."

유정 엄마는 병원 생활에 큰 힘이 되어준 사람이었다. 언어 장애가 있던 그녀는 남편의 폭력을 피해 딸 셋을 데리고 집을 옮겨 다녔다. 그 와중에 갖은 힘든 일을 해가며 첫째 딸인 유정이를 간호했었다.

나는 그녀를 보며 힘을 얻기도 하고 간혹 웃기도 했으며 둘이서 몰래 펑펑 울기도 했다. 유정이 떠나고 그녀가 무척 안쓰러웠던 우리 부부는 그녀에게 택시를 선물했다. 덩치가 컸던 유정 엄만 가끔 산타 복장을 하고 병실에 나타나 해나와 아이들을 즐겁게 해준 뒤 택시를 타고 돌아갔다.

유정 엄마가 다녀간 어느 날, 창에서 멀어지는 택시를 향해 손을 흔들던 해나가 산타에게 편지를 쓰고 싶다고 했다.

해나는 편지 내용을 우리에게 숨겼고 완성된 편지는 남편이 핀란드에 있는 산타 마을로 보냈다. 산타가 전 세계 어린이들에게 답을 해야 해서 답장은 오래 걸릴 거라 하자 해나는 고개를 끄덕이며 수긍했고 우린… 잊었다. 새까맣게.

이후 해나의 병세는 진전 없이 급격히 나빠졌고 어느 날 거짓말처럼 내 품에서 잠든 그 모습 그대로 숨을 거뒀다.

그로부터 일 년이 흐른 어느 날 해리티지의 매니저인 소윤 씨가 보내준 우편물 사이에 산타가 해나에게 보낸 답장이 끼어 있었다. 비로소 우린 해나가 산타에게 보낸 편지의 내용을 알게 되었다.

'산타 할아버지, 우리 엄마는 세상에서 제일 예쁘고 우리 아빠는 세상에서 제일 멋져요. 하지만 저는 착한 아이가 아니에요. 왜냐하면 저는 아픈 아이거든요. 간호사 선생님이 아픈 아이는 착하지 않아도 선물을 준다 그랬는데 정말인가요? 만약 진짜면요. 저를 또다시 엄마 아빠의 아이로 태어나게 해주세요. 그렇게 해주시면 저는 어른이 될 때까지 선물을 안 주셔도 괜찮아요. 산타 할아버지, 고맙습니다. 아참, 그리고 이사한 집엔 큰 굴뚝이 있어요. 오셔도 저는 모른 척 눈을 꼭 감고 있을 거니 걱정 마세요.'

해나가 떠나고 일 년 동안 남편과 나는 서로를 위로할 수 있는 상황도 처지도 아니었다. 하루가 끝난다는 것은 그저 해나에게 하루 더 가까워지는 것일 뿐. 매일을 죽이며 버텨가던 우리 두 사람에게 어느 날 산타의 답장이 도착한 것이다.

'한국에 살고 있는 진해나 어린이에게.
산타 할아버지는 아픈 어린이를 특별히 존경하고 사랑한단다. 해나의 바람이 이뤄지기를 산타 마을의 모든 엘프들과 함께 기도하고 있어.
추신 : 이번에도 다이어트에 실패했는데 굴뚝이 큰 집이라니 기대되는구나. 곧 만나자.'

편지가 도착한 며칠 뒤 식사 중 남편이 말했다.
"당신… 다시 한번 해나 엄마가 될 준비… 돼 있어?"
그의 말을 이해할 수 없었던 난 아무런 대꾸를 하지 않았다.
남편은 말없이 사진 한 장을 내밀었다. 해나인 줄 알았지만 아니었다. 죽은 내 딸아이의 얼굴을 한 낯선 여자아이였다.
"이 아이 누군지 알겠어?"
남편의 말이 끝나자 나는 손이 떨려 쥐고 있던 물잔을 떨어뜨리고 말았다.
"어쩌려고… 이 아일 찾은 거야?"
남편은 박살 난 유리잔을 맨손으로 쓸어 모았다.
"우리가 데려오면 어떨까 하고."
깨진 유리 조각에 베인 남편의 손에서 피가 흘렀다.
"이 아인 해나가 아니야!"

"알아. 해나가 아니고 될 수도 없어. 알아. 하지만… 지금보단 좀 덜 아플 것 같아. 생각해봐."

나는 한 달이 지나도록 결정을 내리지 않고 남편이 준 사진을 매일 꺼내 보다 해나가 산타에게 보낸 편지 내용이 떠올랐다. 다시 내 아이가 될 수 있게 해달라던 해나.

결국 얼마 뒤 나는 남편과 보육원을 찾았다.

다른 아이들과 어울리지 못하고 혼자 그네에 멀뚱히 앉아 있는 아이를 발견했을 때 나는 다리에 힘이 풀려 남편의 부축을 받고서야 겨우 아이가 있는 곳까지 걸어갈 수 있었다.

해나와 꼭 같은 눈, 코, 입을 가진 아이가 금방이라도 울음이 터질 것 같은 날 쳐다봤다.

"왜 우세요?"

"너무 반가워서…."

"우리 혹시 만난 적 있어요?"

"응…. 있어. 넌 우리 딸이었거든."

그렇게 나는 해나를 되찾았다.

뻔뻔하게.

처음 한동안 해나의 침대에 잠들어 있는 아이를 볼 때마다 잃어버린 아이를 되찾은 기분이 들어 하루에도 몇 번씩 하늘을 올려다보며 감사에 감사를 더했다.

하지만 아이는 우리가 알던 해나와 많이 달랐다.

공기처럼 자연스럽게 웃던 해나와 달리 딱히 뭐라 말할 수 없지만 아이는 어쩐지 '아이다움'을 위해 애쓰고 있다는 느낌이었다. 두 번의 파양 과정에서 생겨난 일종의 방어기제일 거란 상담 선생님의 말을 듣고 우리 부부는 더욱 노력하기로 했다.

아이와 화원을 꾸미고 꽃말을 알려주고 함께 음식을 만들고 소풍을 다니자 조금씩 아이의 표정에서 해나가 보일 때쯤 우린 이 아이에게도 병이 있다는 사실을 알게 되었다.

해나로 인해 병원 생활에 극도의 거부감을 가진 나는 잔인할 만큼 아이의 병에 무관심했다. 아이는 서운해하지도 원망하지도 않고 스스로 주사를 놓고 약을 먹고 음식을 조절했다.

얼마 뒤 도착한 취학통지서엔 해나의 이름이 적혀 있었다. 학교에 방문한 나는 교문 앞에 모여 있는 학부모들을 바라봤다. 그들은 나와 달랐다. 아이를 입학 시키고 하교를 기다리며 하루가 다르게 자라는 아이를 보며 뿌듯함과 기대감 가득한 그들의 모습과 달리 나는 아이의 얼굴에서 죽은 내 딸의 흔적만 찾고 있었다.

그런 마음으로 이 아이의 엄마가 될 수 없었다.

나와 달리 아이는 진짜 해나가 되기 위해 노력했다. 남편에게 드라이기를 주고 젖은 머리를 부탁했으며 나에게 머리핀을 가져와 묶어 달라 요청했다. 아이는 애처로울 만큼 우리의 딸이 되기 위해 최선을 다하고 있었다.

여름 매미가 울기 시작하자 나는 아이에게 산타에게서 받고 싶은 선물이 뭔지 물었고 아이는 날 빤히 쳐다보다 말했다.

"정말 산타가 있다고 믿으시는 거예요?"

이 아이는 산타를 믿지 않았다.

그쯤부터 나는 아이에게서 더 이상 해나의 흔적을 찾으려 애쓰지 않았다. 그건 아이를 위해서도 우리 부부를 위해서도 분명 멈춰야

하는 일이었다.

 아이와 이 집에서 맞이하는 두 번째 크리스마스가 다가오고 있었다. 나는 나의 해나가 산타에게 부탁했던 소원을 들어주기로 결심했다. 다시 한번 해나의 엄마가 되기 위해 나 역시 최선을 다하기로.
 소아당뇨에 관한 책과 자료를 찾고 관련 커뮤니티에 가입했다. 일년 사이에 느리게 자란 아이의 옷을 새로 구입하고 아이 방에 남아 있는 해나의 흔적을 상자에 담아 다락방에 넣어두었다.
 차츰 내가 아이의 엄마가 되어가기 시작할 때쯤 아이와 산책을 다녀온 나는 우편함에 누군가 두고 간 쪽지 한 장을 발견했다.
 발신인은 '목격자'였고 수신인은 '유괴범'이었다.

"뻔뻔한 년, 감히 두 아이를 다 차지해?
유괴범 주제에 잘도 엄마 흉내를 내는군."

질 문

"이제 열두 시간 남았어요."

해나가 손목시계를 확인하고 화로에 장작을 더 집어넣었다.

창수의 마른기침이 멈추질 않자 여경은 물잔을 창수의 입에 갖다
대려 했지만 해나가 막았다.

"안 돼요. 해독 효과가 떨어져요."

여경은 어쩔 수 없이 물 잔을 식탁 위에 내려놨다.

해독제의 약효 때문인지 조용해진 창수의 묶인 손목이 빨갛게 부
어올랐다.

"열두 시간… 니들이 떠나고 나면 난 어떻게 되는 거지?"

겨우 기운을 차린 창수가 물었다.

"걱정하지 마세요. 부탁한 사람이 있어요."

화로 안에서 활활 타오르는 불꽃 때문인지 식탁에 엎드린 부부의

얼굴에 혈색이 도는 것 같은 착각이 일었다.

"이 시신들은 어떻게 할 생각이야?"

여경이 물었다.

"유서를 읽고 나면 다들 무슨 일이 벌어졌는지 알 거예요."

"그럼 넌? 사람들이 널 찾아 묻고 싶은 게 많을 거야."

"…그럴까요? 사람들은 세 번째 파양을 당할 뻔한 불쌍한 아이에게 그렇게 많은 질문은 하지 않을 거예요."

"꼬마, 부탁이 있어…. 저 캐럴 좀 꺼줘. 어지러워서 더 이상 못 듣겠어."

창수의 말에 해나가 턴테이블의 톤암을 옆으로 치우자 쉴 새 없이 돌아가던 산타 모자를 쓴 빙 크로스비의 얼굴이 멈췄다.

그의 목소리가 사라지자 냉실은 더욱 고요해져 장작 타들어 가는 소리와 눈바람 소리만 스산하게 공간을 채우고 있었다.

잠시 뒤 여경은 심상치 않아 보이는 창수의 혈색을 살피다 그의 턱 아래서 맥박을 세기 시작했다.

"…어때?"

창수가 물었다.

"지금이라도 병원에 가는 게 낫겠어. 눈이 더 내리면 길도 위험하고."

여경이 짐짓 심각하게 말했지만 해나는 해독제 몇 방울만 창수 입에 더 떨어뜨릴 뿐이었다. 침과 함께 해독제를 삼킨 창수의 얼굴이 점점 잿빛으로 변해가고 있었다.

"이봐 꼬맹이, 만약에… 만약에 말이지… 내가 너 때문에 죽게 되면… 그러면 내가 필요한 만큼 돈… 을 줄 수 있나?"

창수의 말에 해나가 곧바로 대답했다.

"나는 아저씨를 죽이지 않아요."

해나의 말에 여경이 단호하게 말했다.

"하지만 지금 네가 이 사람을 위험하게 만들고 있어. 계속 이렇게 놔두면 정말 큰일 날지 몰라. 여기까지 하자."

"…제가요?"

지금까지 어떤 감정도 담지 않았던 해나의 눈동자가 미묘하게 흔들렸다. 자신의 편을 들지 않는 여경을 원망하는 것 같기도 하고 떠나기 전 이런 상황을 야기한 창수를 원망하는 것도 같은 눈빛이었다.

"난 여기로 두 사람을 부른 적이 없어요. 내일이면 다 끝날 거였으니까. 그럼 정말 다 끝나는 거였는데… 그랬는데… 그런데요…."

해나는 창수와 여경을 번갈아 쳐다보고 나서 지친 목소리로 물었다.

"도대체… 언제 끝나요?"

이브

결국 끝난 것이 아니었다.

그날의 기억. 솔직히 때론 잊었던 날도 있었다.

갓 태어난 해나가 울 때마다 나는 따라 울며 '미안해 정말 미안해'를 수도 없이 반복했다. 매일 밤, 그날이 반복되는 악몽을 꾸었다.

미국으로 돌아간 오빠는 그날 이후 마지막까지 연락이 없었다. 매일이 형벌 없는 속죄의 나날이었고 동시에 매일이 해나를 보며 뻔뻔하게 행복을 취하던 날이었다.

우리 부부의 살과 뼈로 빚은 아이처럼 해나는 하루가 다르게 우리를 닮아갔다.

해나가 날 '엄마'라고 불렀던 날, 그래 그날부터였다.

더 이상 나는 해나에게 그날의 일을 사과하지 않았다.

나는 어딜 가든 '해나 엄마'로 불렸고 그 말이 나를 '그날의 기억'

에서 해방시켜주었다.

해나가 떠나고 보육원에서 아이를 찾은 뒤 다시 한번 해나의 부모
가 되기로 결심한 우리 부부에게 도착한 쪽지.

날 유괴범이라 칭하는 이 편지 한 통이 '그날의 지옥' 속으로 우리
를 너무도 가뿐히 옮겨다 놓았다.

남편은 당장 아이를 데리고 한국을 떠나자고 했다.

"떠나면… 끝나?"

"그래도 우리가 어디 있는지 모르면….."

"해나가 여덟 살이니까 벌써 시간이… 그렇게 흐른 건가."

"우선 해나 여권부터 만들어야겠지? 그래, 쟨 여권이 없을 테니
까."

불안해하는 남편에 비해 난 이상할 정도도 침착했다.

"…글쎄. 근데 있잖아, 상원 씨."

"왜? 짐작 가는 사람이라도 있어?"

나는 서랍에서 여권을 꺼내 확인하는 남편의 손을 부드럽게 붙
잡았다.

"상원 씨, 난 누가 보냈는지가 전혀 궁금하지 않아. 꼭 언젠가 이
쪽지가 올 걸 안 것처럼."

정말 그랬다. 나는 놀라지도 불안해하지도 궁금하지도 않았다. 그
저 이제 때가 되었나 하는 생각뿐.

내 말에 남편은 조금 전까지 요동치던 불안을 내려놓고 날 바라봤
다. 서로의 눈동자 속에 해나 엄마로 또 해나 아빠로 살았던 모든 순
간들이 영화의 필름처럼 흘러가고 있었다.

내가 알고 그가 기억하는 우리의 시간들.

입가에 나조차 이해할 수 없는 미소가 지어졌다.

내가 내린 결정은 일종의 안심이었고 결심이었고 희망이며 스스로에게 주는 벌이었다.

내 결정을 눈치챈 남편이 날 끌어안고 애써 떨리는 목소리를 감추며 담담하게 말했다.

"약속해줘. 그게 뭐든 당신 결심이 서면… 따로 알리지 말고 마치 아무 일이 일어나지 않을 것처럼, 하루 동안 있었던 일을 나누고 내일을 이야기하며… 매일처럼… 대신 무슨 일이 있어도… 꼭 나와 함께 하겠다고 약속해줘. 그럼 나는 아무래도 상관없어."

한참 동안 대답을 미룬 나를 그가 놓아주지 않았기에 대답해야 했다.

"응, 그럴게."

해나가 떠난 이후 우리에게 의미 있는 것은 남아 있지 않았기에 정리는 신속하고 가볍게 끝났다. 나는 시립 승화원에 안치된 미경의 유골함을 그녀의 딸 이름으로 찾아 내화당으로 옮겼다.

미경이 죽기 전 떠올린 그녀의 딸, 여경은 교도소에 수감 중이었다.

나는 매일 악몽에 시달리던 시절 여경을 찾은 적이 있었다. 고백도 비난도 감당할 자신이 없으면서 나는 왜 그녀를 찾았을까(여전히 이해할 수 없다).

내가 누군지 짐작조차 못 한 여경은 접견을 거부했고 나는 안심하며 집으로 돌아갔다.

그 후 새까맣게 잊고 지낸 미경의 딸이자 아이의 언니.

여경에게 길고 긴 편지를 썼다. 다소 변명처럼 들릴까 염려하며 그날의 일을 사실대로 쓰려 노력했다.

그런 뒤 나는 여경에게 아이의 존재를 밝혔다. 그리고 내가 들어줄 수 없는 아이의 소원을 여경에게 부탁했다.

비겁하고 뻔뻔하게….

그런 뒤 그동안 내가 기록한 모든 것을 상자에 담아 쉽게 발견되도록 침대에 올려두었다.

'주여경님에게 전달 부탁합니다'란 쪽지와 함께.

***

'당신의 어머니는 저의 대리모였습니다.'

돈이 급했던 미경은 나의 대리모가 되었다. 딸을 출산한 경험이 있다 했고 대리모 출산이 불법인 한국 대신 임신 기간 동안 미국에 머물 수 있다고 했다.

약 아홉 달의 임신 기간 동안 미경은 우리가 마련한 고급 빌리지에서 최상의 서비스를 받으며 지냈다. 간혹 침실에서 담배 냄새나 마리화나 냄새가 날 때면 그녀는 청소하는 사람들 탓을 했다.

이후 조금씩 본색을 드러낸 미경 앞에서 우리는 때로 친구처럼 웃어주고 때론 가족처럼 달래며 때론 주인과 노예처럼 시시각각 변하는 그녀의 기분을 맞추며 오로지 출산일만 기다렸다.

놀라운 것은 미경이 입덧을 하면 나도 입덧을 했고 평소에 즐겼던 음식이라도 그녀가 쳐다보지도 못하면 나 역시 그랬다. 비록 내 안에서 자라진 않지만 아기와 나는 강력하게 연결된 느낌이었다. 나는 이 경이롭고 행복한 체험을 매일 기록했다.

하지만 아슬아슬했던 시간은 그리 오래가지 못했다.

오로지 돈이 목적이었던 미경은 반년이 훌쩍 넘는 동안 배 속의 아이를 품으며 아기를 자신의 일부라 믿었다. 결국 출산을 한 달 앞둔 미경이 사라졌다. 다행히 내 크레딧 카드를 사용하고 있어 나는 한국으로 가 그녀가 머무는 호텔 옆방에 짐을 풀었다.

상원은 일 때문에 일주일 정도 늦어질 예정이었지만 때마침 세미나 참석으로 한국에 와 있던 오빠가 불안해하는 내 곁을 지켜주었다.

바로 옆방에 내가 있을 거라 꿈에도 생각 못 한 미경은 나를 마주하자 놀라는 기색이 역력했다. 흥분한 미경은 다짜고짜 손에 집히는 대로 물건을 던지기 시작했다.

화병에 맞은 이마가 찢어지고 휘두른 스탠드에 맞은 팔이 부러진 듯 부어올랐지만 미경의 흥분이 아기에게 미칠 영향이 염려되어 꼼짝 않고 그녀가 진정되길 기다렸다. 씩씩거리며 소파에 기대앉은 그녀 앞에 나는 무릎을 꿇고 말했다.

"미경 씨, 이러지 말아요. 제발 내… 아이를 돌려줘요."

내 말이 끝나기 무섭게 미경이 더는 참을 수 없다는 듯 큰 소리로 웃어댔다. 한참을 웃던 그녀가 숨이 찼던지 한 손으로 불룩한 배를 끌어안고 말했다.

"낳으면 어차피 알게 될 사실이니까 말할게. 이 아이 당신 부부하고 아무 상관 없는 아이야. 물론 아이 아빠가 누군지는 나조차 헷갈리긴 하지만. 여하튼 이 아인 내 아이야. 내가 네 아이를 훔친 게 아니라고."

미경은 이 엄청난 말을 털어놓고도 태연하게 딸기를 집어 들었다. 나는 충격 속에서 갑자기 모든 소리가 몸속에 잠긴 듯 아무 소리도 나오지 않아 엎드려 주먹으로 카펫을 내려치기 시작했다.

미경은 일어나 내 앞에 서서 나를 물끄러미 내려 봤다. 그녀의 손엔 여전히 딸기가 들려 있었다.

"미안하게 됐어. 당신이 너무 간절해 하니까 그냥 줘버릴까도 생각했어. 이건 진심이야. 근데 나도 상상조차 못 했지 뭐야. 내가 애 엄마가 되고 싶어지다니. 너무 실망하지 마. 대리모는 또 구할 수 있어. 그동안 내가 쓴 돈은 조만간 이자까지 갚아줄게. 나한테 돈 빌려줄 사람이 이 호텔에 있거든. 어쩌면 당신도 알지 몰라. 나름 유명하거든. 걔가."

그녀는 손에 들고 있던 딸기를 마저 입속에 넣고 오물거리기 시작했다. 엎드려 있던 나는 자리에서 일어나 나도 모르게 팔을 뻗어 그녀의 목을 졸랐다.

그녀의 입가에서 딸기즙이 흘러내렸다. 캑캑거리며 버둥거리는 그녀를 노려보며 나는 지금 그녀가 죽어버리길 바랐다. 그때였다. 그녀의 불룩한 배에 닿은 내 복부로 태동이 전달되었다. 느껴졌다.

놀란 나는 얼른 팔을 풀고 미경의 비웃음 소리를 뒤로한 채 내 방으로 뛰어 들어가 한참 동안 구역질을 했다.

내 전화에 놀란 오빠가 세미나 도중 달려왔다. 미국에 있는 동안 여러 차례 미경을 진찰했던 오빠는 미경을 설득하겠다며 그녀의 방을 찾았다. 하지만 미경의 방에서 복도까지 새어 나오는 두 여자의 고함에 발걸음을 돌려야 했다.

오빠가 잠시 동료를 만나러 나간 사이 혼자 방에 있던 나는 다시 미경을 만나기 위해 방문을 열었다가 미경의 방에서 나온 여자가 서둘러 복도를 빠져나가는 모습을 목격했다.

챙이 넓은 검은 모자에 짙은 청색의 세틴 드레스를 입은 여자의 목엔 에메랄드가 중앙에 장식된 진주초커를 두르고 있었다. 오빠가 들었다는 미경과 다툰 여자가 저 여자일까?

나는 흥분했을 미경이 걱정되어 망설이다 노크를 했지만 기다려도 대답이 없었다. 돌아서려는데 문이 열렸다. 문고리를 잡고 바닥에 주저앉은 미경의 다리 사이가 젖어 있었다. 한참 전에 양수가 터진 듯했다.

먼저 그녀를 부축해 소파에 눕히고 오빠에게 전화를 했지만 받지 않았다. 서둘러 수화기를 집어 들고 프런트 내선 번호를 누르려다가 미경을 본 나는 내 두 눈을 의심할 수밖에 없었다.

미경의 손엔 주사기가 들려 있었고 막 바늘을 팔에 꽂아 넣으려는 참이었다. 그제야 난 양수가 터지고도 그녀가 곧장 구급차를 부르지 않은 이유를 알 것 같았다. 미경은 취해 있었다. 내가 주사기를 빼앗자 미경이 달려들어 다친 팔을 비틀어버렸다. 나는 비명을 지르며 주저앉았다.

결국 미경은 웃으며 주사를 자신의 팔에 꽂았고 금세 안정을 찾은 듯 지친 얼굴 위로 기분 나쁜 미소를 지었다. 하지만 곧 찾아온 산통은 준비되지 않은 미경을 덮쳤다.

미경은 보이지 않는 무언가와 싸우듯 온몸이 땀으로 흠뻑 젖은 채 연신 비명을 질러댔다. 곧 아이가 나올 것 같아 빨리 도움을 요청해야 했다. 나는 부러진 팔의 통증을 참으며 전화기가 있는 곳으로 기어갔다.

우선 구급차를 부르고 프런트에 알려 도움을 청하는 게 나을 것 같았다. 수화기를 집어 들고 119를 누른 다음 고개를 돌려 미경을 봤다. 극심한 산통에 온몸이 땀에 젖고 엉겨 붙은 머리카락이 얼굴을 뒤덮은 상황에서 그녀의 손엔 또다시 주사기가 들려 있었다.

"네, 119입니다."

주사기에 담긴 액체가 미경의 팔로 흘러 들어가고 있었다.

"여보세요? 119입니다."

고통과 쾌락이 뒤섞인 표정의 미경을 지켜보던 나는 입술이 떨려 말이 나오지 않았다.

"…."

축 처진 미경의 벌어진 다리 사이에서 아기의 머리가 보이기 시작했다.

"어떤 일로 전화 주셨습니까? 여보세요?"

"…."

결국 나는 들고 있던 수화기를 제자리에 내려놓고 말았다.

미경은 예상대로 쌍둥이를 낳았다. 태어난 아기 중 한 아기가 전혀 울지 않았다. 울음이 터지지 않으니 호흡도 감지되지 않았다.

"아가, 울으렴… 어서…."

초조해졌다. 내 손에서 한 생명이 꺼져가고 있었다.

나는 떨리는 손으로 입속에 양수와 이물질로 가득한 아기를 거꾸로 들고 등을 두드리기 시작했다. 부러진 팔의 통증 따윈 느낄 겨를도 없었다. 오직 아기를 울게 만들어야 했다.

"제발 울렴…. 아가야, 부탁이니 울어줘…. 힘내…. 해나야…."

우연일지도 모른다. 하지만 내가 아기를 해나라고 불렀을 때 아기의 우렁찬 울음소리가 터져 나왔다.

안심과 환희가 동시에 가슴을 치고 들어와 눈물이 저절로 흘러 내렸다.

미경은 지친 듯 아기를 돌아보지 않았다. 나는 욕실에서 깨끗한 수건을 가져와 아기와 미경을 덮었다. 커피포트에 과도를 넣어 끓인 다음 소독된 과도로 두 개의 탯줄을 차례로 끊어내고 더운물로 적신 수건으로 아기들을 조심스럽게 닦았다. 이런 내 모습을 미경이 힘없는 눈동자로 멀뚱히 보고 있었다.

"당신은 왜… 왜 그렇게 엄마가 되고 싶었던 거야?"

"몰라. 그냥 처음부터 그랬어."

"난 아니었는데…. 상상만 해도… 너무 무서운 일이거든. 그 아이… 그 아이가… 내가 엄마란 이유로… 항상… 하늘을 보듯 날… 쳐다봤어. 난… 그게 너무 징그럽고… 무서워서 도망이라도 가지 않으면… 죽을 것… 같았어…."

나는 온전히 미경의 말에 집중할 수 없었다. 내 시선은 나도 모르게 테이블 위에 놓인 주삿바늘과 약병에만 불안하게 고정되었다. 저 정도 양이면 치사량일 것 같았다.

"아기들은… 어때 보여?"

"무사해. 예쁘고…."

"믿어져? 내가… 엄마라니…."

나는 스스로 제어할 수 없을 만큼 바들바들 떨리는 손을 뻗어 겨우 주사기와 약을 집었다.

미경이 그런 날 빤히 바라보고 있었다.

나는 주사에 약물을 채우고 축 늘어진 미경의 팔로 가져갔다. 이미 팔엔 여럿 주사 자국 위로 핏방울이 굳은 채 들러붙어 있었다. 편안한 듯 누워 겁에 질린 날 보던 미경이 피식 웃었다.

"왜… 그걸로… 날… 어떻게 할 수… 있을 것 같아서?"

"당신은 우리한테 너무 잔인했어."

"그건 인정. 이해해. 가끔… 내 안에 진짜… 악마 같은 게 있는 것 같거든. 날 낳은 그 여자도 그리 생각하는 것 같고."

"아기는, 아기는 걱정 마. 내가 정말 잘 키울게."

미경이 가소롭다는 표정으로 나를 쳐다봤다.

"과연… 지금의… 너는 나보다… 나을까?"

미경의 말이 끝나기 무섭게 나는 그녀의 팔에 주삿바늘을 찔러 넣고 힘껏 눌렀다.

잠시 뒤 미경이 묘한 표정을 지으며 두 눈을 가늘게 떠 천장을 바라봤다.

"거참… 어이가 없네. 이 순간에… 어째서 그 아이가 떠오른 거지…. 내 손톱에… 촌스런 봉숭아물을 들이던… 그 아이…. 만약에 말이야…. 내가… 그 아이 엄마로 살았다면… 나는 조금… 달라졌을까…."

미경이 이해할 수 없는 말을 혼자 중얼거렸다. 나는 한 번 더 주사에 약을 채워 미경의 시퍼런 핏줄 위로 꾹 눌러 찔렀다.

이윽고 미경이 편안하게 잠이 든 듯 두 눈을 감자 한 아기가 목청이 떨어져라 울어댔다. 울음소리에 정신이 번쩍 든 나는 주사기와 수화기 등에서 지문을 닦아대고 두 명의 아기를 바라보았다. 한명은 여전히 울고 있었고 해나라 부른 아이는 울음을 그친 상태였다. 부러진 팔에선 감각이 느껴지지 않았다. 두 아기를 다 안을 수는 없었다.

나는 성한 팔로 해나를 안고 일어났다. 비틀거리며 나가는 내 뒤로 남겨진 아기의 울음소리가 멈추지 않을 것처럼 들려왔다. 반쯤은 정신이 나간 상태로 복도를 지나 방으로 돌아왔을 때 아기를 안은 내 모습을 본 오빠가 무슨 일이냐고 다그쳤다.

나는 대답 대신 그대로 쓰러졌다. 그 후 우리가 호텔을 떠나는 마지막까지 내 귓가엔 남겨진 아기의 울음소리가 떠나질 않았다.

***

며칠 전부터 방학이 시작된 아이는 차가운 토모코를 끌어안고 잠들어 있었다. 아이의 품에서 조심스럽게 빼낸 토모코는 따뜻했다.

해나를 꼭 닮은 아이, 그날 호텔에서 내가 선택하지 않은 아이, 나로 인해 엄마를 잃은 아이. 때문에 산타를 믿지 않는 아이의 머리를 쓰다듬자 잠결에 놀란 아이가 눈을 떴다.

"죄송해요. 늦잠을 잤어요."

"괜찮아. 잊었니? 방학이야."

"아, 맞아요. 깜빡했어요."

"선물은 생각해봤니? 뭔지 물어봐도 될까?"

"그게… 노력해봤는데 떠오르질 않아요."

"만약 소원 같은 걸 바란다면? 어떤 게 있을까?"

"음… 무사히 어른이 될 수 있게 해달라고 할 거예요."

아이는 한결같았다. 나는 욕조에 따뜻한 물을 받아 아이를 깨끗이 씻겼다.

아이는 혼자 씻을 수 있었지만 가만히 내 손길에 몸을 맡겼다. 따뜻한 드라이 바람으로 머리를 말려주고 발코니로 나가 아이의 머릿결을 여러 번 빗질했다.

해나가 떠난 이후 누군가의 머리칼을 이렇게 오랜 빗질을 하는 건 오랜만이었다. 짙고 윤기 나는 머리카락이 부드럽게 빗살 사이로 흘러내렸다. 정성껏 아이의 머리를 땋아 묶고 완성된 모습을 거울로 보여주자 아이가 환하게 웃었다. 하지만 곧 당뇨 주사 알람이 울리자 아이는 멋쩍어하며 혼자 방으로 들어갔다. 주사 놓는 모습을 보이기 싫어하는 것 같았다.

나는 따라 들어가 아이의 배에 직접 주사를 놓아주고 싶었으나 주삿바늘을 보는 것만으로 그날 일이 떠올라 손이 떨리기 시작했다. 역시 무리였다. 아이는 괜찮다고 했다.

우린 간단하게 샌드위치를 만들어 먹은 다음 크리스마스 케이크를 만들고 온실을 크리스마스 장식으로 꾸몄다. 이 집에 온 이후 처음으로 아이는 아무 눈치 없이 나에게 다가와 이것저것 묻기도 하며 조잘거렸다.

우린 쓸데없는 것에 깔깔거리기도 하고 깜짝 놀라기도 하며 다정한 시간을 보냈다.

해가 기울기 시작하자 나는 오랜만에 화장을 시작했다. 남편이 선물해준 향수를 뿌리고 결혼기념일에 구입했던 드레스를 걸치자 해리티지에서 보냈던 날들이 떠올랐다. 해나와 함께했던 그 날들….

작업실에서 돌아온 남편의 손엔 샴페인이 들려 있었다. 그와 눈이 마주친 나는 환하게 웃었다. 남편은 유학 시절 즐겨 먹었던 굴라쉬 스튜를 만들었다. 아이는 샴페인을 들고 나는 미리 구워놓은 케이크를, 남편은 준비한 음식을 들고 우리 셋은 씩씩하게 온실로 향했다.

날은 온전히 저물어 어둠이 산을 뒤덮고 겨울바람은 윙윙 소리를 내며 매섭게 불어왔지만 온실은 봄처럼 따뜻했다. 온실을 장식한 불이 켜지자 우리 셋은 마치 거대한 트리 속으로 들어온 것만 같았다.

남편이 식탁을 세팅하는 동안 나는 턴테이블에 해나가 가장 좋아했던 빙 크로스비의 캐럴을 올렸다.

모든 준비가 끝났다. 우리 셋은 둘러앉아 서로의 오늘을 이야기했으며 따뜻한 굴라쉬 스튜에 맛있게 구운 깜빠뉴를 찍어 먹고 웃으며 내일을 이야기했다.

화로에서 타닥타닥 장작이 타고 있었다. 아이가 졸린 지, 눈을 비비적거리자 나는 일어나 아이의 등에 담요를 덮어주고 가볍게 등을 문질렀다. 아이는 더는 졸음을 이기지 못하고 식탁에 엎드려 잠이 들었다.

"잘 자렴…."

그는 알고 있었다.

나는 그의 바람대로 따로 알리지 않았고 마치 아무 일도 일어나지 않을 것처럼 오늘 있었던 일들을 나누고 내일을 이야기했다. 매일의 하루와 같이….

나는 샴페인 잔을 부딪친 다음 남편을 보며 말했다.

"꼭 함께이지 않아도 서운하지 않을 거야."

샴페인 잔을 비운 그가 다정하게 미소 지었다.

"내가 서운해서 안 될 것 같아."

우린 잠든 아이를 쳐다봤다.

"괜찮을까?"

"유정 엄마에게 부탁했어. 분명 이해할 거야."

"응…. 유정 엄마라면… 이해할… 지도….'

남편의 눈꺼풀과 입술이 조금씩 떨리기 시작했다.

"상원 씨 있잖아. 해나가 이젠 알겠지? 내가 낳은 엄마가 아닌 사
실을….'

그는 점점 무거워지는 머리를 가누지 못하고 식탁에 엎드려 무뎌
져 가는 혀로 말했다.

"걱정 마…. 해나는 우리 딸이야."

"당신이 그렇게 말하니까 안심이야. 고마워 상원 씨.'

"응…. 있다 봐, 해나 엄마."

"안녕, 해나 아빠."

그 말을 끝으로 남편은 말이 없었다.

나 또한 온몸에서 기운이 빠져나가고 장기들이 돌처럼 **빳빳하게**
굳어가는 느낌이 빠르게 덮쳐왔다.

여전히 온실엔 빙 크로스비의 'Let It Snow'가 낮게 울리고 있었고,
유리 천장 너머로 눈송이가 날리는 것이 보였다.

식탁에 엎드린 난 잠든 아이를 보며 속삭였다.

"너한텐 미안해서 어쩌니. 미안하다, 아이야. 정말 미안해."

아이는 잠에서 깬 듯 잠시 눈을 가늘게 떴다.

놀란 나와 눈이 마주치자 미소를 짓고는 이내 스르르 눈을 감고 들
릴 듯 말 듯 작은 입술로 속삭였다.

"엄… 마…."

내 생에 마지막으로 들은 말은 '엄마'였다.

잘 자라는 키스를 하고서
눈 폭풍이 매섭게 휘몰아치는
밖으로 나갈 생각을 하니 두렵지만
당신이 날 꼭 안아준다면
나는 집에 도착할 때까지 따뜻할 거예요.
바깥 날씨는 끔찍하지만
여기 장작불은 참으로 아늑하답니다.
우린 어차피 갈 곳이 없으니
이 눈이 그치지 않기를…
계속 내리기를…
계속, 계속….

그 날

"어머니?"

그녀가 막 잠에서 깬 나를 바라보고 있다.

부모님이 날 위해 멋진 파티를 준비해줬는데 바보같이 잠이나 들어버리다니…. 속상했지만 눈을 떴을 때 어머니가 날 보고 있어 기분이 무척 좋아진다.

우린 게으른 사람처럼 그대로 엎드려 서로를 바라본다.

"어머니, 나는요…. 오늘 밤 산타가 찾아오지 않아도요, 또 이대로 어른이 되지 않아도 괜찮단 생각이 들어요. 어머니, 요즘 있잖아요. 나는 진짜 해나가 되고 싶어요. 그럼 내일도 모레도 매일 매일이 크리스마스이브일 것 같거든요."

오늘따라 나는 퍽 수다스러운 아이가 된다.

그녀가 계속해서 나만 바라보고 있기 때문이다.

땡동, 알람이 울린다.

평소 우울증 약을 복용하던 어머니의 약 알람 소리다.

"어머니, 약 드실 시간이에요."

어머니는 아무런 대답도 하지 않고 나만 바라본다.

나는 문득 궁금해진다.

왜 어머니는 눈을 깜빡이지 않고 움직이지도 않는 걸까.

죽은 사람을 본 적 없던 나는 내가 자리에서 일어나도 어머니의 시선이 따라 움직이질 않자 그제야 그녀가 숨을 쉬지 않는 사실을 깨닫는다.

그럴 수가 있을까. 불과 두 시간 전에 함께 음식을 먹고 캐럴을 부르고 내일을 이야기했는데. 어제도, 그제도 아닌. 고작 두 시간 전이었는데. 그사이 그들이 죽어버렸다.

땡동, 땡동.

나는 울어야 할지 두려워해야 할지조차 알지 못해 일단 계속 울리는 알람부터 끈다.

어머니의 휴대전화에 혹시 지금 벌어진 일을 설명할 뭔가가 남아 있을까?

나는 통화목록과 문자 사서함을 확인하다 임시저장된 예약발송 문자를 발견한다.

받는 사람은 '유정 엄마'.

익숙한 번호의 그녀는 택시 기사님이었다.

외부 사람을 일절 만나지 않았던 어머니는 기사님도 마찬가지여서 급여 봉투도 내가 직접 전달했는데, 두 사람은 서로 어떻게 알고 있는 걸까.

'유정 엄마, 오늘 같은 날 이런 부탁을 해서 미안해요. 세 시간 뒤에 저희 온실로 방문해서 잠든 해나가 저희를 볼 수 없도록 잠시만 말아줘요. 나머지 사정은 침대 위 상자 속에 전부 넣어뒀어요. 유정 엄만… 우릴 이해할 거라 믿어요. 항상 고마웠어요. 해나 엄마가.'

나는 알아야 한다.

살면서 다시없을 만큼 모든 게 완벽했고 행복했던 오늘을 이토록 처참하게 망가뜨린 이유를.

온실을 나가 집 안으로 들어서자 파티를 준비했던 흔적이 주방에 고스란히 남아 있다.

불과 몇 시간 전 저곳에서 아버지는 요리했고 나는 어머니와 함께 음식 간을 봤다.

그사이에… 우리에게 무슨 일이 일어났던 걸까.

침실 문을 열자 문자 내용대로 상자가 놓여 있다.

어머니가 남겨 놓은 다이어리들과 두 통의 편지.

꼼짝 않고 앉아 내용을 읽은 나는 나의 쌍둥이 자매와 출산 직후 사망한 친모와 여경의 존재까지 알게 된다.

내가 만난 적도, 본 적도 없는 어른들의 이야기가 나를 또다시 버려진 아이로 만들고 있었다.

그냥 잠시 악몽을 꾸고 있는 것 같아 어서 깨길 바라며 멍하니 앉아 있던 나는 번뜩 정신을 차리고 맨발로 온실을 향해 달리기 시작한다.

문자가 예약발송 되기 1분 전이었다.

이 문자가 기사님에게 전달된다면… 며칠 안에 나는 보육원으로 돌아갈 게 뻔했다.

세 번째 파양을 당한 아이로. 네 개의 이름을 가졌던 아이로.

어머니가 여경이란 이름의 여자에게 멋대로 날 부탁했지만 서로의 존재조차 몰랐던 그녀가 거절하면 그만이었다.

'문자 예약발송을 취소하시겠습니까? / 동의 or 취소'

'동의'

나는 그날 온실을 냉실로 바꾸기 위해 온도조절장치를 열며 결심했다.

누구든 두 번 다시 날 버리지 못하도록 어떤 일이 있어도 그 누구의 아이도 되지 않겠다고.

울음

도대체… 언제 끝나요….

아홉 해도 채 못 되는 시간을 산 아이가 우리에게 묻는다.
어른이 되면 끝나는 거냐고.
어른이 되면 답을 알 수 있냐고.

***

해나는 이렇게 묻고 있었다.
'언제까지, 내쫓기지 않게, 도망치지 않게, 버려지지 않게, 들키지
않게, 그렇게 버텨야 하나요.'
오랫동안 나의 질문이었고, 창수의 질문이었으며, 죽은 인혜와 상
원, 또 누군가의 질문이기도 했다.

이 질문을 끝으로 해나는 남은 시간을 확인하지 않았다.

대신 터질 것 같은 울음을 입술로 잠그고 떨어지려는 눈물을 턱을 들어 가두며 버티고 있었다.

작고 여린 어깨가 조금씩 들썩이자 해나는 양 주먹이 하얗게 질리도록 움켜쥐었다.

열두 살의 나는 그녀가 떠난 이유를 알아야 했다.

밥을 너무 많이 먹었고 공부를 잘하지 못했으며 원피스를 입은 예쁜 친구가 없었고 머리를 단정하게 묶지 못했고 늘 소매가 지저분했고 소리 내어 국을 떠먹고 감기에 자주 걸렸으며 그리고… 그녀의 손톱 위에 봉숭아물을 들이려 했다.

이토록 많은 이유를 만들어 나는 내가 버려진 것이 아니라 내가 이런 아이라 엄마가 날 떠날 수밖에 없었다고 믿었다.

나를 향한 나의 공격은 너무나도 빈번하고 습관적이고 당연한 것이어서 나는 자라서도 '버려진 어른'이 되고 말았다.

해나도 나와 다르지 않았다.

그날 호텔에서 왜 자신이 선택되지 않았는지, 왜 중국요릿집 앞에 버려졌는지, 어쩌다 두 번이나 파양되었고 세 번째 입양한 부모는 왜 자신만 내버려 두고 죽어버렸는지.

열두 살의 나처럼 해나가 해나를 공격하고 있었다.

하지만 나는 아홉 살의 해나를 만나 고용되고 엄마의 죽음을 쫓으며 깨닫고 있었다.

이 모든 것은 결코 나의 잘못이 아니다.

이 모든 것은 오직 그들의 잘못이다.

해나에게 아홉 살을 돌려주기 위해.

이제 나는 해나의 질문에 답을 해야 했다.

***

"울면 돼, 그럼… 끝나."

도서관에서 어린이 회원증 발급을 거절당하고 불쌍한 아이란 소리를 들은 '자영'이란 아이가 운다.

신나게 자장면을 먹다 자신이 중국요릿집 앞에 버려져 배달되었단 사실을 알게 된 '자영'이란 아이가 운다.

집에서 한참 떨어진 마트에서 작은 운동화에 자란 발을 억지로 구겨 넣고 길을 잃은 '은율'이란 아이가 운다.

영문도 모르고 파양 당하며 '너는 누군가의 아이가 될 준비가 되어 있지 않아'란 말을 들은 '은율'이란 아이가 운다.

빛도 들지 않은 화장실에 갇혀 두들겨 맞고 찬물 호수 세례를 맞으며 벌벌 떨던 '예은'이란 아이가 운다.

두 번째 입양된 집을 탈출해 몇 날 며칠 먹지도 잠도 자지도 못한 '예은'이란 아이가 운다.

암만 노력해도 죽은 딸만 그리워하는 부모를 보며 대신 차가운 토모코를 끌어안은 '해나'가 운다.

자신만 남겨 둔 채 죽어버린 양부모를 옆에 두고 이층 목조저택에서 혼자 살아가던 '해나'가 운다.

놀이공원에서 종루에 숨어 죽어가던 '해나'가 운다.

여경과 처음 만났던 카페에서 여경과 헤어지고 돌아가는 택시 안에서 '해나'가 펑펑 운다.

"해나야… 네가 울면, 그러면 다 끝나."
울어서 선택받지 못한 아기는 자라서도 울지 못했다.
해나의 눈에서 눈물이 툭 툭 툭 바닥으로 굴러떨어졌다.
해나의 어깨가 들썩이자 움켜쥐었던 흰 주먹이 풀렸다.
이마까지 새빨갛게 달아오른 붉은 열기가 해나의 어깨를 흔들고 입을 열어젖혔다.
그리고 해나는 멈추지 않을 것처럼 울기 시작했다.
보통의 아홉 살 아이처럼 스스로 최선을 다해 울기 시작했다.
누가 이 아이에게 울음을, 아홉 살을 빼앗아갔던 것일까.

삑―

경고음이 울리기 시작했다.
나는 해나 앞에 양무릎을 꿇고 앉아 눈물범벅이 된 얼굴의 해나를 끌어안았다. 해나의 작은 가슴이 갑작스런 울음에 벅찬 호흡을 이기지 못하고 들썩였다. 아직은 기껏해야 어른 손바닥만큼 작은 가슴이었다.
나는 한 손을 해나 등에 대고 천천히 호흡을 시작했다. 조금씩 진정되기 시작했지만 이대로 여기 있는 건 위험했다. 나는 해나의 양팔을 붙잡고 날 똑바로 바라보게 했다.
"난 너한테 한 번도 거짓말한 적 없어. 알지?"

해나가 울면서 고개를 끄덕였다.

"그러니까 울면 끝난다는 것도 진짜야."

호흡이 가쁜지 대답 대신 해나가 크게 고개를 끄덕였다.

"그리고… 약속할게. 너는 반드시 어른이 될 거야."

이 말을 끝으로 해나는 내 품에 축 늘어진 채 쓰러졌다.

나는 해나를 안고 그곳을 나섰다. 4월이 시작되었단 사실이 믿기지 않을 정도로 함박눈이 쏟아지고 있었다.

우리가 떠날 때까지 창수는 아무런 말도 하지 않았다.

***

그들이 떠나고 동이 트기 전 누군가 냉실로 들어서는 소리가 들렸다. 해나의 기사였다.

그녀는 식탁에 엎드린 두 사람을 보고도 놀라지 않았다. 이미 모든 걸 다 아는 얼굴이었다.

묶인 날 풀어주고 캐리어를 끌고 나가기 전 작은 가방 하나를 건넸다.

"이게 뭡니까?"

그녀가 종이에 뭔가를 쓴 다음 나에게 보였다.

[빌려주는 거라고 했습니다. 이자까지 쳐서 반드시 갚으라고.]

가방 속엔 정확하게 필요한 액수만큼의 돈이 들어 있었다.

해나의 기사가 냉실을 떠난 뒤에도 나는 여전히 묶인 듯 꼼짝하지 않고 그 자리에 앉아 있었다.

해나의 말들과 울음소리, 여경의 위로가 내 머릿속을 떠나지 않왔다.

화로에선 여전히 장작이 활활 타오르고 있었다. 따뜻했다.

밤새 내리던 눈이 그치고 붉은 해가 떠오르고 있었다.

나는 화로에서 불붙은 장작 하나를 꺼내 온실 곳곳에 불을 갖다 댔다.

불은 쉽게 옮겨붙어 활활 타오르기 시작했다.

겨울 동안 꽝꽝 얼어붙었던 모든 비밀들을 태워버리겠다는 듯.

나는 모든 것이 재가 될 때까지 기다렸다가 그곳을 떠났다.

이후 나는 다시 직장으로 복귀했다.

쉽지 않았지만 언제나 손이 모자란 곳이라 몇 개월 감봉과 동료들의 원망 섞인 소리로 겨우 협의가 되었다.

여경은 여전히 내 담당이었지만 그녀와 연락은 닿지 않았다. 두 사람에 대한 소식은 어디서도 들을 수가 없었다.

해리티지의 소윤은 그날 이후 제니까지 세 사람 모두 감쪽같이 사라졌다고 했다. 이층 목조저택 화재와 관련한 조사가 있었지만 해나 양모가 남긴 유서가 발견되자 단순 자살로 마무리되었다.

얼마 뒤 여경의 가석방은 취소되었고, 곧 지명수배되었다. 내가 그들을 위해 해줄 수 있는 건 그들을 찾지 않는 것 외엔 아무것도 없었다.

목격

미국에서의 전시는 성공적이었다.

갤러리 관계자들과 식사를 마친 뒤 호텔로 돌아왔을 때 프런트 직원이 그녀를 불렀다.

"미스 주, 우편물이 있어요."

향이 나는 빨간 딸기 스티커로 봉인된 봉투엔 '목격자'라고만 쓰여 있었고 봉투를 열자 USB 하나가 들어 있었다.

방으로 돌아와 샤워를 끝내고 다음 날 스케줄을 확인한 그녀는 노트북을 덮기 전 프런트에서 받은 편지가 떠올랐다.

USB를 꼽고 사과 하나를 베어 물며 영상 열기를 클릭했다.

편집되지 않은 다섯 시간짜리 영상이 끝났을 때 그녀는 겁에 질린 얼굴로 한국에 있는 어머니에게 전화를 걸었다.

"언니가 있던 호텔에 왜… 가셨어요?"

"무슨 소리냐, 새벽에 뜬금없이 전화해서는."

"다 아셨으면서! 왜! 아무것도 모른 척하셨냐고요!"

***

미경이 또다시 우리 모녀 인생을 망치는 걸 두고만 볼 순 없었다. 여경의 전시가 열리는 호텔에 버젓이 나타나다니.

뻔뻔한 계집애 같으니라고.

미경은 내 방문이 의외였는지 반가워하는 것도 잠시 자신의 인생이 이렇게 된 건 전부 내 탓이라며 고함을 질러댔다.

정말이지… 정을 줄래야 줄 수 없는 아이였다.

나는 미경이 화장실을 간 사이 테이블 위에 그 아이가 즐겨했던 약물과 주사기를 올려놓고 눈에 띄지 않는 소형카메라를 내선 전화기 뒤에 숨겨놓은 채 방을 빠져나왔다.

며칠 뒤 카메라를 회수해 녹화 영상을 경찰에 넘길 생각이었다. 그럼 또 한동안 조용하겠지 했는데… 그 아이가 죽어버렸다.

아이를 훔쳐 간 여자가 미경의 팔에 주사를 찔러 넣었을 때까지 미경은 약에 취했을 뿐 분명히 살아있었다.

잠시 뒤 약에 취한 미경이 눈을 떴을 때 전시 인터뷰를 끝낸 여경이 미경의 방을 방문했고, 미경의 왼팔에 주사를 놓았다. 멍청한 것.

미경은 왼손잡이였다. 잠시 형사들의 의심을 살 뻔했지만 다행히 사건은 단순 변사 사건으로 처리되었다.

미경이 쌍둥이를 낳은 사실은 아이를 훔친 여자의 오빠란 사람이 처리해줘서 사건은 빠르게 마무리되었다.

이 과정이 고스란히 녹화된 메모리칩은 누구도 찾을 수 없는 곳,

내화당, 미경의 유골함 속에 숨겨두었다.

내가 미경의 출산도, 죽음도, 호텔 사건도 전혀 모른다고 믿은 여경은 아이를 중국요릿집 앞에 버리고 미경 언니의 죽음까지 나에게 숨겼다. 평생을 미경에게 시달려온 아이였으니 한편 이해가 되면서도 또다시 날 속이려 한 사실이 괘씸했다. 설마 내가 자매가 서로 바꿔치기하며 딸을 출산한 것조차 몰랐을까. 나의 침묵으로 여경이 출산한 아이는 내 눈에 띄지 않고 미경의 딸로 자랄 수 있었다(그랬어야 했다, 여경의 커리어에 사생아라니). 한동안 날 속인 여경을 용서할 수 없었지만 그 아인 날 화나게 한 만큼 날 만족시켜주었다. 더구나 일련의 사건들이 영감이 되었는지 여경의 작품은 날이 갈수록 사람들의 이목을 끌었고, 급기야 이 땅에서 손에 꼽히는 미술 작가가 되었다. 내 꿈이 여경에게서 실현되고 있었다.

그런데 미경이 나타나자마자 곧바로 흔들리다니, 쯧쯧쯧. 다시 술을 마시기 시작했고 우울증 치료를 받기 시작했다. 미경의 재능은 아름다웠지만 미술업계에서 비즈니스로 살아남기엔 너무 부족했다.

그동안 나는 여경이 갖다버린 '그 아이'가 자라는 과정을 보고받고 있었다. 아이는 생각보다 똑똑하고 강해 보였다. 미경의 천박함이나 다혈질 성향은 전혀 닮지 않았다. 바로 데려오기엔 미경의 딸이란 이유 하나로 감당하지 못할 여경도 문제지만 업계에 떠돌 소문도 무시할 수 없었다. 게다가 아이를 키운다니. 상상조차 끔찍했다. 만약 지금처럼 멀쩡하게 자라준다면 때를 봐서 데려올 생각이었는데 호텔에서 미경의 아이를 훔쳐 간 여자가 그 아이까지 데려가 버렸다.

그들이 아이를 제자리로 돌려놓도록 겁만 줄 생각으로 '목격자'란 이름의 짧은 쪽지를 보냈는데 그 겁 많은 사람들이 자기들 멋대로 세상을 떠나버렸다.

　당연히 파양되어 보육원으로 돌아간 줄 알았던 아이는 얼마 뒤 미경의 딸과 함께 미술관으로 나를 찾아왔다. 다행히도 아이는 미경과 전혀 닮지 않아 보였다.

***

　"무슨 일이냐 물었다. 흥분하지 말고 똑바로…."
　"다 알고 있다고요!"
　"뭘? 누가 뭘 안다는 거야!"
　"어머니가 숨겨 놓은… 호텔 영상이요. 다 알고 있어요. 어머니와 내가 무슨 짓을 했는지…. 언니가 어떻게 죽었는지 전부 다요!"
　불가능한 일이다.
　메모리칩은 여전히 내화당 미경의 유골함 속에 숨겨져 있었다.
　누가 유골함 속에 손을 넣고 휘젓기라도 했단 말인가?
　"그럴 리가… 없다. 도대체 누가!"
　"…우리가 버린 아이들이요."

***

　그해 겨울로부터 2년 정도의 시간이 흘렀다.
　그사이 요양원에 계시던 어머니가 돌아가셨고, 외국을 떠돌던 여동생 부부는 귀국해 자수했다.
　수인은 그토록 원하던 고등학교에 입학했고, 아내는 오피스텔에

딸린 작은 편의점을 인수해 아르바이트도 쓰지 않고 혼자서 열심이다.

여경에게 빌린 돈은 기사님이 말한 계좌로 빠지지 않고 입금했다. 다음 달 마지막 입금을 앞둔 나는 딱히 설명할 순 없지만 이상하게 서운했다. 그들과 나의 유일한 연결고리가 사라지는 기분이랄까.

며칠 전 신문을 보다 얼핏 여경의 이름을 본 나는 서둘러 앞장을 넘기다 내가 본 것이 '주여경' 작가의 전시 기사인 걸 알았다. 전시 제목은 '목격자'였고 짧은 기사 내용과 함께 한 장의 작품 사진이 첨부되어 있었는데, 전시장 한가운데 어린 여자아이와 젊은 여자가 손을 잡고 천장을 올려다보는 모습이었다.

나는 문득 작품 속 여자아이와 여자가 해나와 여경처럼 보여 이들이 보고 있는 미술관 맨 꼭대기 층에 있는 사람이 누군지 궁금해졌다.

***

"아빠, 어디 있어? 난 회전목마 앞."

기말고사가 끝난 수인이 거듭해서 조르는 바람에 놀이공원을 찾았다.

기숙사 생활과 그동안 쌓인 학업 스트레스를 풀려는 듯 수인은 무엇을 타든 가장 큰 소리로 웃고 소리를 질러댔다.

방송에서 곧 있을 퍼레이드에 대해 소개하자 수인은 좋은 자리를 선점해야 한다며 내 팔을 끌었다. 이럴 땐 아직 어린애였다.

직원들은 퍼레이드에 방해되지 않게 가운데 통로를 확보해 임시

로 길을 만들었다. 잠시 뒤 놀이공원의 전체 조명이 소등되자 나에게
도 익숙한 애니메이션 곡들과 크리스마스 캐럴이 흘러나왔다.

공간을 가득 채운 색색의 물방울과 동화 속에서 막 튀어나온 듯 살
아 움직이는 캐릭터들, 환상적인 의상과 춤들, 신나는 팡파르와 하늘
에서 떨어지는 눈꽃송이들, 디즈니 공주님과 왕자님의 우아한 손 인
사. 산타와 선물을 잔뜩 실은 썰매를 끄는 루돌프와 사슴들, 엘프들….

행렬은 끝도 없이 이어졌다. 어른 아이 할 것 없이 모두가 네버랜
드에 초대된 듯 밝고 행복한 얼굴들이었다.

그때였다. 나는 건너편 사람들 사이로 얼핏 여경을 본 것 같았다.
전혀 다른 분위기였지만 분명 여경이었다.

옆엔 해나를 닮은 아이가 환하게 웃고 있었고 두 사람 뒤에서 제
니가 행렬을 향해 환호성을 질러댔다.

놀란 나는 벌떡 일어나 행렬이 지나자마자 건너편 사람들 쪽으
로 뛰어갔다.

하지만 그들은 신기루처럼 사라지고 없었고 여경과 닮은 사람과
해나 또래의 여자아이가 서 있을 뿐이었다.

그들이라 믿은 순간 설명할 순 없지만 나도 모르게 울컥한 기분이
들어 쉽사리 자리를 떠나지 못한 채 주변을 두리번거렸다.

수인이 날 쳐다보곤 놀리듯 말했다.

"이것 봐, 이것 봐. 엄마한테만 뭐라 그럴 게 아니네. 아빠도 갱년
기지? 아니 무슨 아저씨가 퍼레이드 보다 눈물을 글썽거린데?"

행렬이 지나간 자리에 빙 크로스비의 캐럴이 울리고 있었다.

"해나, 어때, 신났어?"

"응!"

"얼마나?"

"산타도 믿을 수 있을 만큼."